rowohlt
BERLIN

Johann von Bülow

ROXY

Roman

Rowohlt · Berlin

3. Auflage Februar 2023

Originalausgabe
Veröffentlicht im Rowohlt · Berlin Verlag, März 2023

Satz Warnock Pro bei Dörlemann Satz, Lemförde
Druck und Bindung GGP Media GmbH, Pößneck
ISBN 978-3-7371-0158-5

Die Rowohlt Verlage haben sich zu einer nachhaltigen Buchproduktion verpflichtet. Gemeinsam mit unseren Partnern und Lieferanten setzen wir uns für eine klimaneutrale Buchproduktion ein, die den Erwerb von Klimazertifikaten zur Kompensation des CO_2-Ausstoßes einschließt.
www.klimaneutralerverlag.de

FSC www.fsc.org MIX Papier | Fördert gute Waldnutzung FSC® C014496

I took her to a supermarket
I don't know why
But I had to start it somewhere
So it started there
I said pretend you've got no money
She just laughed and said
Oh you're so funny
I said; yeah
I can't see anyone else smiling in here.

Pulp, «Common People»

EINS

Freundschaft ist etwas Seltsames. Man kann sie sich nicht erarbeiten, hat keinen Anspruch darauf. Sie wird einem geschenkt. Man jagt gemeinsam durchs Leben. Dicht an dicht durch dick und dünn. Manchmal verirrt sich einer. Biegt ab vom gemeinsamen Pfad. Verliert sich. Und am Ende, nach dem Irrlauf, ist doch alles wieder so wie am ersten Tag.

Marc warf die halb gerauchte Zigarette aus dem Fenster des Mietwagens, schloss den Spalt, durch den eben noch ohrenbetäubender Lärm hereingedrungen war, und blickte auf die nasse Straße vor sich. Noch etwa vierhundert Kilometer bis München. Jetzt hatte er es schon mal bis Halle geschafft. Halle war wichtig. Sobald man an Halle vorbei war, lag Berlin ein gutes Stück hinter einem.

Er widerstand dem Drang, rauszufahren und bei McDonald's einen Stopp einzulegen. Um ihn herum eine einzige Suppe aus Nebel und Nass. Er dachte daran, wie er vor vielen Jahren zusammen mit Roy bei strömendem Regen in die entgegengesetzte Richtung gefahren war. Im blauen Saab 900. Seinem ersten eigenen Auto. Petrolblau metallic, kein Cabrio, aber mit Schiebedach. Der hatte noch einen Aschenbecher vorne in der Mitte. Raucherpaket heißt das heute. Wenn man den Zigarettenanzünder hineindrückte, sprang der nach kurzer Zeit mit einem mechanischen Klack wieder zurück, und ein rot glühender Draht spendete Feuer.

Als Kind hatte seine Mutter ihm auf seine Frage, wofür man diesen Stift denn benutzen solle, geantwortet: «Im Auto darf man kein Streichholz anzünden, das ist gefährlich.» Er fand das seltsam. Gefährlich war doch eher, dass man sich die Finger an dem heißen Ding verbrennen konnte und es eventuell bei hundertachtzig Sachen in den Fußraum fallen ließ. Und dass dann der Wagen in Brand geriet. Oder der Sitz ein Brandloch bekam, oder die Hose, oder, noch viel schlimmer, man selbst, je nachdem, wo das Ding hinfiel.

Marcs Großmutter war mit ihrer sehr kleinen Tochter nach dem Krieg in München gelandet und bei entfernten Verwandten untergekommen. Ihr Mann war gefallen, und nun stand sie allein da, eine junge Frau mit einem Baby und ohne einen Pfennig in der Tasche. Das wenige, was sie auf der Flucht Richtung Westen aus einem Ort, der längst einen polnischen Namen hat, mitnehmen konnte, hatten die Russen ihr abgeknöpft, als sie in den letzten Kriegstagen von der Roten Armee eingeholt wurden, kurz bevor sie über Umwege doch noch amerikanisch kontrolliertes Gebiet erreichten. Vielleicht kam es daher, dass sich in seiner Familie alle über alles Mögliche Sorgen machten.

Marcs Mutter war eine geborene Baronin von Messerstein. Ihr vollständiger Name lautete Irmela Margarethe Hedwig Adelheid, Baronin von Messerstein genannt zu Arnsberg. Nach der Heirat mit Marcs Vater hieß sie Berger. Irmela Berger. Die restlichen Vornamen ließ sie weg.

Sein Vater war Mitte der Sechzigerjahre aus Frankfurt nach München gekommen. Er war nicht gerade das, was man «praktisch veranlagt» nannte, er war ein nüchterner Kopfmensch und arbeitete beim Bundesnachrichtendienst.

Seine Großmama – Marc musste Großmama sagen, Oma fand sie ordinär – sah aus wie aus einem Heinz-Rühmann-Film. Sie war streng, dabei aber sehr elegant und schön, auch noch im Alter. Marianne Hoppe mit Betonfrisur. Sie besaß eine Trockenhaube für den Heimgebrauch.

Sie bestand darauf, mit «Baronin» angesprochen zu werden, aber der Spitzname, den Marcs Mutter ihr gab, war «Kronleuchter». Das hatte nichts mit der Trockenhaube zu tun, sondern mit ihrer Angst, erschlagen zu werden. Großmama saß in der Oper nämlich ungern im Parkett, und auf gar keinen Fall in der Mitte. Denn da hängt schließlich dieser große Kronleuchter.

Mit dem Rauchen hingegen hatte sie erstaunlicherweise kein Problem. Ihr Risikomanagement war schwer zu durchschauen. Als er klein war, erklärte sie Marc auf seine Frage, warum sie denn immerzu rauche: «Aus Gewohnheit und gegen den Hunger. Wir hatten so wenig zu essen, damals nach dem Krieg, da haben wir einfach gegen den Hunger geraucht.» Das klang nicht sehr logisch, weil sie ja auch immer noch weiter rauchte, als längst schon wieder genug zu essen auf dem Tisch stand, aber Marc spürte schon früh, dass man ihr mit Logik sowieso nicht beikam.

Auch der Mülleimer in ihrer Küche roch stets nach kaltem Rauch. An einem kühlen Sommermorgen, Marc war vielleicht sechs, als er bei ihr zu Besuch war, fegte ein Windstoß vom offenen Fenster die Asche aus dem Aschenbecher über den Frühstückstisch, sodass das hellgelbe Butterstück in der Schale aus weißem Porzellan schwarzgrau übersprenkelt war. Als Marc die dunklen Flöckchen mit den Fingern abzuwischen versuchte, gab sie ihm einen Klaps auf den Hinterkopf. «Du sollst das Buttermesser benutzen, wie oft habe ich dir das schon gesagt.» Dann schabte sie die kontaminierten Stellen sorgfältig mit dem kleinen Messer ab und pustete die übrige Asche vom Tisch.

Sie rauchte Lord Extra aus einer goldenen Schachtel mit blauem Schriftzug, die sie lange Zeit aus einem bestimmten

Tabakladen bezog, dem einzigen weit und breit, der die Sorte noch führte. Das Gold der Schachtel harmonierte wunderbar mit ihrer tadellosen silbernen Frisur. Auch mit den breiten, beigen Sesseln, in deren Samtbezug man Muster malen konnte, wenn man mit dem Finger gegen den Strich der Faser fuhr. Mit all den komischen alten Sachen, mit denen sie sich umgab, war es bei ihr immer ein wenig wie im Museum. Später wechselte die Marke das Design, und es gab Lord Extra nur noch in einer weißen Schachtel mit roter Schrift. Sie rauchte weiter, aber das neue Design passte nicht mehr so gut zu ihr.

Roy hat auch geraucht. Mehr als Marc. Damals haben sie ständig geraucht. Besonders gern haben sie vor dem Sportunterricht kurz vor acht noch hastig eine durchgezogen. Bevor der Sportlehrer kam, der diesen seltsamen Gang hatte. Als ob er sich bei jedem Schritt den Schuh vom Fuß schleudern wollte. Irgendeine Verletzung beim Ballspielen vor langer Zeit, er sprach nie darüber.

Sie traten die Kippen aus, sobald er das Gittertor zum Sportpark hinter der Schule aufschloss. Die Anlage gehörte zu einer Firma, die das riesige Areal mit Hallen, Tennisplätzen, Tartanbahn und allem Drum und Dran für ihre Mitarbeiter errichtet hatte. Als Freizeitangebot, gestiftet vom Firmenpatriarch für die dankbare Belegschaft. Später wurde der Park geschlossen, er brachte nix und kostete nur. Inzwischen steht auch das große Hochhaus dahinter, in dem Büros waren, seit Jahren leer. Das Unternehmen ist ausgezogen, der Sportpark verwildert. Und das Gelände ist heute mehr wert als jemals zuvor.

Auf dem riesigen Parkplatz neben dem Hochhaus hatten Marc und Roy früher Autofahren geübt, um Fahrstunden zu sparen. Mindestens zehn musste man für die Prüfung absolvieren, sie lieferten sich einen Wettbewerb, wer am wenigsten Stunden brauchte. An der Stelle des Parkplatzes stehen jetzt riesige Wohntürme, höher als das alte Bürohaus, das angeblich auch bald in Wohnungen umgewandelt werden soll.

Marc stellte die Sitzheizung eine Stufe höher. Draußen war November. Leichter Sprühregen ließ die Scheibenwischer in unregelmäßigem Rhythmus über die Windschutzscheibe gleiten. Verschwommene Rückleuchten vor ihm im Nebel. Wenn ihn jemand überholte oder er einem vorausfahrenden Lastwagen näher kam und das fein aufgewirbelte Spritzwasser auf die Scheiben traf, beschleunigten die Wischer, um wenigstens ein bisschen Sicht auf die trübe Landschaft freizugeben. Heute gibt's keine Aschenbecher mehr in den Autos, dafür Regensensoren, dachte er.

Im Wagen roch es jetzt stark nach Rauch. Obwohl er beide Fenster einen Spalt weit geöffnet und nur die halbe Zigarette geraucht hatte. In Mietautos sollte man einfach nicht rauchen. Der Geruch zieht in die Polster, und am Ende zahlt man eine teure Reinigungspauschale. Roy hätte sich gleich die nächste angesteckt. Manchmal stellte er sich den riesigen Haufen Zigaretten vor, die Roy bis zu seinem Tod geraucht haben mag. Großmama kam bis zu ihrem Tod bestimmt locker auf eine halbe Million. Ganz so viele werden es bei Roy nicht gewesen sein, dachte Marc. Zum x-ten Mal nahm er sich vor, bald ganz aufzuhören. Er skippte sich durch die digitale Senderliste des Autoradios. Ob Bayern 3 schon reinging?

Die Gegend am Stadtrand von München, in der er aufgewachsen ist, besteht zu einem Teil aus Villen, die um die Jahrhundertwende erbaut wurden, umgeben von altem Baumbestand und riesigen Gärten. Und zum anderen Teil aus der angrenzenden «Parkstadt». Einer Großwohnsiedlung, errichtet in den Sechziger- und Siebzigerjahren. Zweitausend Wohneinheiten in klassenloser Blockbauweise, die Geschosszahl vom Rand her ansteigend, um den Kontrast zu den älteren Einfamilienhäusern der Nachbarschaft nicht zu krass aussehen zu lassen. Ein Hauch von Marzahn bei München. Dazwischen befanden sich Reihenhäuser, einfache Nachkriegshäuser und eine Doppelhaussiedlung.

Marcs Elternhaus lag gerade noch so am Rande des Villenviertels, aber schon ziemlich nah an den Hochhäusern. Genau auf der Grenze zweier Schuleinzugsgebiete. Auf seiner Straßenseite begann der Bereich der neuen Grundschule mit angegliederter Hauptschule in der Parkstadt. Es gab noch eine weitere Grundschule im alten Ortskern, da gingen die Kinder aus den Villen hin. Diese Grundschule besuchte Roy. Obwohl sie nicht weit auseinanderlagen, waren die beiden Schulen wie verschiedene Planeten.

Sein Vater war von der Schule, der Marc zugeordnet wurde, nicht begeistert. Parkstadt klang zwar schön, fand er, aber mit Park hatte das Ganze so wenig zu tun wie ein englischer Rasen mit einer Motorcross-Strecke. Deshalb brachte er ihn morgens zur Sicherheit mit dem Auto dorthin. Marcs Eltern hatten panische Angst, er könnte entführt werden. In den späten Siebziger- und frühen Achtzigerjahren waren die Zeitungen voll von schrecklichen Geschichten über verschwundene Kinder. Und auch wenn Marc nicht den klangvollen Geburtsnamen seiner Mutter trug, sondern nur den ganz gewöhnlichen seines Vaters, fürchteten seine Eltern, vor allem aber Großmama, er könne ein ähnliches Schicksal erleiden wie der Sohn der Oetkers oder, schlimmer noch, die Opfer der RAF. Dass eine Entführung oder ein politischer Mord an einem Grundschüler, dessen Vater als Unterabteilungsleiter beim Bundesnachrichtendienst und dessen Mutter als Lehrerin arbeiteten, eher unwahrscheinlich waren, spielte dabei keine Rolle. Seine Eltern waren Nachkriegskinder, sie machten sich alle möglichen Sorgen. Er war ihr einziges Kind, ihm durfte nichts zustoßen. Und sie fürchteten sich vor vielen Dingen.

Für Großmama schienen sowieso überall Gefahren zu lauern. «Wer weiß schon, was sich in so einem Entführerhirn alles abspielt? Solche Leute kommen auf die seltsamsten Gedanken», sagte sie zu Marcs Eltern, als sie erfuhr, auf welche Schule er kam. Marc hatte dort in Wahrheit aber ganz andere Probleme.

«Bist du Bayern oder Sechzig?», hatte ihn am ersten Tag ein Junge aus der Parkstadt gefragt. Er hatte eine zerknautschte Nase, kräftige Oberarme und wirkte recht bedrohlich. Marc stand allein mit ihm im Garderobenraum vor seinem Klassenzimmer und hatte keine Ahnung, was er antworten sollte. Es ging um Fußball, so viel war klar, und genauso klar war, dass er eine Antwort geben musste. Nur spielte Fußball in seinem Leben bis dahin überhaupt keine Rolle, sein Vater schüttelte nur den Kopf darüber.

Für wen sollte er denn um Gottes willen sein? Wofür standen diese Mannschaften? War es gut, für die Besseren zu sein? Immerhin wusste er, dass das die Bayern waren. Oder war es gerade uncool, für die Gewinner zu sein? Was, wenn Marc sich für die entschied, die der andere nicht ausstehen konnte? Was, wenn er stolze Verlierer den Siegern vorzog? Überhaupt, für welche Mannschaft würde der Knautschnasige wohl sein? Seine Gedanken kreisten und kamen zu dem

Schluss, dass er wohl am besten für die Besseren wäre. «Sechzig muss die Blumen gießen, Bayern wird die Tore schießen!» – das hatte er irgendwo mal gehört. Blumen gießen war definitiv nichts für coole Typen, damit wollte er nichts zu tun haben. Also war er von da an für die Bayern, auch wenn er leider noch nie ein Spiel von ihnen gesehen hatte. Das war ein weiteres Problem, aber falls Rückfragen kämen, würde ihm schon etwas einfallen.

In Bayern war es insgesamt nicht so einfach für ihn, als Kind von zwei Zugereisten, wie sie hier sagten. Im Kindergarten hatte Marc einen Freund gehabt, er hieß Gerhard. Sein Vater war bei der freiwilligen Feuerwehr. Bei ihm zu Hause wurde man ermahnt, dass es in Bayern nicht «Tschüss» heißt, sondern «Pfiat di». Einmal spielte Marc mit ihm zwischen den Löschfahrzeugen auf der Wache, als ein dicker Feuerwehrmann vorbeikam und plötzlich stehen blieb. Er blickte erst auf Marc, dann zu seinem Freund:

«Griaß di, Gerhard», sagte er, wandte den Kopf, stutzte und sah Marc dann lange an. Schließlich wies er mit dem Kinn in Richtung Marc und fragte Gerhard:

«Is des dei Freind?» Gerhard nickte verlegen. Lange Pause, langer Blick zu Marc, der fühlte, wie er rot wurde. Dann in gleichgültigem Ton, wieder zu Gerhard:

«Is aber koa Bayer, oder?» Gerhard schüttelte stumm den Kopf. Der Feuerwehrmann ging ohne ein weiteres Wort davon.

Die Bayern, das war ein schwieriges Kapitel. Marc ging manchmal mit Gerhard und dessen Mutter einkaufen. An der Wursttheke stellte Marc sich auf Zehenspitzen und rief der Verkäuferin zu: «I bin a Bayer, mei Vater is a Preiß!» Das hatte ihm Gerhards Mutter so beigebracht. Darauf brach die Verkäuferin über dieses Unglück beinahe in Tränen aus und rief ihren Kolleginnen zu: «Mei, der arme Bua hat an Preiß zum Vater. Gebt's ihm Wurstradl!» Es gab meistens Gelbwurst, manchmal sprang sogar ein Wiener Würstel dabei raus. Gerhard bekam auch immer was, obwohl sein Vater, wie er betonte, bestimmt kein Preiß, sondern im Gegenteil ein waschechter Bayer sei. In Gerhards Familie wurde gerne und viel gegessen. Das sah man auch. Gerhards Mutter nahm deshalb gleich noch ein halbes Pfund Gelbwurst für Gerhards Vater mit nach Hause. Er war Mitglied einer Faschingsgruppe, in die nur echte Bayern aufgenommen wurden. Echte Bayern waren diejenigen, die über Generationen im Ort, zumindest aber in Bayern ansässig waren, anständige Berufe wie beispielsweise Feuerwehrmann hatten, viel Gelbwurst aßen und denen niemals ein «Tschüss» über die Lippen kam. Gerhard zog ein paar Jahre später weg. Marc war traurig darüber. Er zog irgendwo aufs Land, wo nur echte Bayern lebten. Marc wusste nicht, ob er als Preiß ihn dort überhaupt besuchen kommen durfte.

Er versuchte, sich zu erinnern, wie der Junge damals in der Garderobe reagiert hatte, als er sagte, dass er für die Bayern sei, und ob die Antwort, die er gab, richtig oder falsch gewesen war. Vielleicht wäre sein Leben ganz anders verlaufen, wenn er damals Sechzig gesagt hätte, dachte Marc. Roy hatte sich noch weniger als er für Fußball interessiert. Aber das ließ er sich nicht anmerken. Wenn irgendwo über Fußball gefachsimpelt wurde, konnte er alle glauben machen, dass er sich wahnsinnig gut auskennt. So etwas fiel Marc bis heute schwer. Was Fußball betraf, hatte sich in seinem Leben im Grunde nicht viel geändert, seit dem Moment in der Garderobe.

Marcs Vater hatte vor sehr vielen Dingen große Angst. Das war bei Rolf Berger offensichtlich berufsbedingt. Beim Bundesnachrichtendienst war es quasi eine Einstellungsvoraussetzung, immer das Schlimmstmögliche anzunehmen. Die Sowjetunion war ständig auf dem Sprung, die Bundesrepublik zu überrennen oder in eine atomare Fallout-Zone zu verwandeln. Jeder Kollege beim BND konnte ein von der Stasi eingeschleuster Spion sein. Vor Markus Wolf und der gefürchteten Hauptabteilung Aufklärung des MfS hatten dort alle großen Respekt, auch wenn sie das niemals zugegeben hätten. Die Nachbarn in der Doppelhaussiedlung könnten ihre Gespräche auf der Terrasse oder im Garten belauschen, fand Marcs Vater. Vielleicht wohnten da ja sogar Agenten, die auf ihn angesetzt waren. Rolf Berger reduzierte daher den nachbarschaftlichen Austausch auf das absolut notwendige Minimum. Im Garten sprach er nur im Flüsterton. Überhaupt ging es ihm immer darum, sich so unauffällig wie möglich zu verhalten.

Der BND hatte seine Zentrale in einem benachbarten Vorort, und immer, wenn sein Vater Marc zur Grundschule brachte, kamen sie an einem Bus vorbei, der heimlich in einer Seitenstraße auf die Mitarbeiter des Geheimdienstes wartete, die mit der S-Bahn zur Arbeit fuhren. Die Spione stiegen daraufhin möglichst schnell in diesen Bus, der sich, kaum waren alle an der Bushaltestelle versammelt, langsam aus seinem Versteck bewegte. Ab und zu wartete er auch an einer anderen Stelle, vermutlich, um ausländische Agenten auf diese raffinierte Weise zu täuschen. Aber immer rollte er am Ende verlässlich an der Haltestelle vor und nahm die Beamten auf, wie ein Raumschiff, das sie auf ihren eigenen Planeten brachte, auf dem andere Gesetze herrschten als in der normalen Welt. Marc fand die ganze Geheimniskrämerei als Kind aufregend. Obwohl er natürlich keine Ahnung hatte, was sein Vater beim BND machte. Er durfte auch gar nicht wissen, dass er dort arbeitete. Wenn die Frage aufkam, welchen Beruf sein Vater habe, hatte Marc zu antworten, er sei «Angestellter im öffentlichen Dienst». BND-Mitarbeiter und ihre Familien durften niemals sagen, dass sie beim BND arbeiteten. Es gab sogar eine eigene Behörde, die extra zu deren Tarnung geschaffen wurde, das «Bundesamt für Vermögensaufgaben».

Die Scheibenwischer hatten aufgehört zu schlagen. Ein Drängler war endlich vorbeigefahren, und der Regen ließ nach. Marc musste lachen, weil die Sache mit dem Bus so typisch war für das ganze Räuber-und-Gendarm-Getue der Leute dort. Nichts wäre für den KGB leichter gewesen, als morgens die grauen Gesichter der müden BND-Männer und -Frauen beim Einsteigen einfach abzufotografieren. Der Bus fiel einem ja schon dadurch auf, dass er geheimnisvoll, ohne Liniennummer, aber versehen mit der unauffälligen Anzeige «Dienstfahrt», leer durch die Seitenstraßen schlich, bevor er seine Fahrgäste aufnahm.

Marcs Vater war Unterabteilungsleiter im Bereich «Regionale Auswertung und Lageberichte Asien/Fernost». In den Siebziger- und Achtzigerjahren war das ein Abschiebeposten für Leute, die irgendwie auf der Karriereleiter hängen geblieben waren. Er hätte auch im Finanzamt oder bei der Kfz-Zulassungsstelle arbeiten können, es hätte keinen Unterschied gemacht. Rolf Berger fuhr immer mit dem Auto zur Arbeit. Stets ein Gebrauchtwagen. Ein Neufahrzeug zu kaufen, das bereits, wenn man den Hof des Autohändlers verließ, mehrere Tausend Mark an Wert verlor, schien ihm nicht nötig. So was hielt er für Extravaganz. Sparsamkeit war ihm ein hohes Gut. Geld gab er nur aus, wenn es sich nicht vermeiden ließ. Marc bekam ein knappes Taschengeld, zwei Mark in der Woche, das musste reichen. Wenn Not am Mann war, konnte er sich an seine Mutter wenden, sie half ihm ab und zu, sich besondere Wünsche zu erfüllen.

Er wurde zwar mit dem Auto morgens in die Schule

gebracht, aber abgeholt wurde er nicht, seine Eltern waren ja beide berufstätig. Seine Mutter kam oft erst am späten Nachmittag nach Hause. Deshalb war das strenge Sicherheitskonzept, das am Morgen galt, für den Rückweg ein wenig aufgeweicht. Als ob all die dunklen Bedrohungen der Nacht, am Morgen noch gefährlich, im hellen Mittagslicht aber schon ein Stück harmloser waren. Für den Heimweg durfte Marc den Bus nehmen. Die Strecke, die er nach der Schule zurücklegte, führte durch die Parkstadt zurück in seine Doppelhaussiedlung. Zwischen den mäßig hohen Wohnblöcken der Trabantenstadt stach ein einziges Hochhaus mit mehr als zwanzig Stockwerken als großer Riegel hervor. Marc kannte niemanden, der darin wohnte, aber im Erdgeschoss dieses Gebäudes befand sich ein Fahrradgeschäft. Wenn etwas an seinem Rad kaputt war, scheute er sich davor, es dorthin zur Reparatur zu bringen. Er hatte das Gefühl, die Fahrradmonteure verachteten ihn. Es schien, als könnten sie ihm seine handwerkliche Ungeschicklichkeit an der Stirn ablesen. Der Werkzeugkasten im Haus seiner Eltern enthielt einen Hammer, ein paar Reißnägel, einen Schraubenzieher und eine Zange. Sonst nichts. Wenn es im Haus etwas zu erledigen gab, wurden Handwerker bestellt.

Marc wohnte mit seinen Eltern in einer Doppelhaushälfte aus den Sechzigerjahren. Viele ihrer Nachbarn arbeiteten bei der Firma mit dem Hochhaus und dem Sportpark. Direkt nebenan lebte das Ehepaar Falter, das kinderlos geblieben war. Herr Falter starb bald, nachdem die Bergers dort eingezogen waren, und nun lebte nur noch die winzig kleine Frau Falter im Nachbarhaus. Sie war wirklich sehr klein, höchstens einen Meter fünfzig groß, wenn überhaupt. Bereits an seinem zehnten Geburtstag hatte Marc sie größenmäßig eingeholt. Wenn er nach der Schule wie so oft seinen Schlüssel vergessen hatte, lief die Sache jedes Mal gleich ab.

Marc klingelte und sagte: «Entschuldigung, Frau Falter, tut mir furchtbar leid, aber ich hab schon wieder meinen Schlüssel vergessen.»

Darauf Frau Falter in ihrem schönen Münchnerisch: «Des macht doch nix, Bua!»

Sie lächelte, gab ihm den bei ihr verwahrten Ersatz, und Marc schloss schnell die Haustür auf. Meist gab es dann noch einen kurzen Plausch, in dem Marc die Rosen bewunderte, die Frau Falter in ihrem Vorgarten hatte, oder er streichelte und beruhigte ihren uralten Dackel, der kläffend und keuchend um Frau Falters kurze Beine strich. Marc entwickelte da bereits ein gutes Gespür dafür, wie er trotz seiner Schusseligkeit die Gunst der Nachbarin stets neu erlangen konnte. Er redete dann zum Beispiel mit ihr über die Gesundheit oder das Wetter, wie das Erwachsene eben so machten. Er fand das vollkommen normal, jetzt, wo er sich mit einer von ihnen auf Augenhöhe befand. Er war stolz, wenn ihn Frau Falter lobte, was für ein gescheiter Bub er sei. Dass er ab und zu den Hausschlüssel vergesse – «ja mei», das sei eben so, wenn man so viel im Kopf hat, «was soll denn da noch alles reinpassen?».

Um die Ecke wohnte Henning Grawert. Obwohl er sprengelmäßig auf die «gute» Grundschule im Ortskern hätte gehen können, schickten ihn seine Eltern auf die «Gettoschule», damit er dort mit einer anderen Realität in Kontakt kommen würde, wie sein Vater sagte. Er war mal KPD-Mitglied gewesen und die Grawerts so etwas wie Hippies, in den Augen ihrer gutbürgerlichen Nachbarschaft. Ihr

Haus war größer und deutlich schöner als das der Bergers. Zwischen all den Nachkriegshäusern stach es wie ein Solitär heraus. Eine schmale, hohe Villa mit einem unordentlichen Garten drum herum. Zwischen den wild wuchernden Wiesenblumen und dem an vielen Stellen ungemähten Gras leuchteten bunte Keramikkugeln in kräftigen Farben, die Hennings Mutter selbst fabriziert und auf lange, hölzerne Stäbe gesetzt hatte. Hennings Mutter war Künstlerin. Sie kam aus Frankreich und hielt Malkurse für die Kinder der Nachbarschaft ab.

Seine Eltern hatten sich mit denen von Henning angefreundet, obwohl die Familien nicht unterschiedlicher hätten sein können. Sie fanden die Grawerts irgendwie aufregend. Marc hatte den Eindruck, sein Vater war von der französischen Malkurs-Mutter besonders angetan. Natürlich hätte er das niemals zugegeben, aber für seine Verhältnisse lächelte er recht viel, wenn er mit ihr sprach. Als sie erfuhren, dass ihre Söhne in die gleiche Klasse gingen, schlug Marcs Vater vor, er könne Henning ja morgens mit dem Auto gemeinsam mit Marc zur Schule bringen und dafür könne Henning doch am Nachmittag Marc auf dem Rückweg im Bus begleiten. So wäre das Sicherheitsproblem endlich gelöst.

Alle fanden die Idee wunderbar und hatten sich in den Kopf gesetzt, dass die Söhne nun ganz schnell Freunde werden mussten. Henning fand Marc auch gleich nett, aber Marc hatte überhaupt keinen Bock auf Henning. Es half nichts. Er bekam die strenge Auflage, nach Schulschluss fortan nur noch gemeinsam mit dem Sohn der Grawerts nach Hause zu fahren. Sie mussten also zusammen zum Bus dackeln, damit sie aufeinander achtgaben, um nicht entführt zu werden. Marc war sauer auf seine Eltern, die ihn zwangen, täglich mit diesem schnarchnasigen Nachbarsjungen den Bus zu nehmen. Obendrein sollte er manchmal bei den Grawerts zum

Mittagessen bleiben, wenn seine Mutter mal wieder nicht dazu gekommen war, ihm etwas vorzukochen, was er sich zu Hause hätte aufwärmen können, wenn sie spät von der Schule kam.

Er hatte sich alle möglichen Tricks ausgedacht, um nicht neben Henning im Bus sitzen zu müssen. Oft gab er vor, sein Hausschlüssel sei ihm aus der Hosentasche gefallen. Dann begann er alles abzusuchen, kroch zwischen den Sitzen umher und entfernte sich so weit wie möglich von ihm. Manchmal wartete er nach dem Einsteigen an der Tür und sprang kurz vor der Abfahrt wieder heraus. Henning nahm Marcs Ablehnung stoisch hin. Er war still und unaufdringlich, nur halt irgendwie uncool. Marc konnte gar nicht so genau sagen, was ihn an Henning eigentlich störte. Vielleicht war es einfach nur, dass er keine Lust hatte, mit einem Jungen befreundet sein zu müssen, dessen Eltern Freunde seiner Eltern waren. Und vielleicht noch, weil Henning manchmal etwas müffelte. Seine Mutter benutzte Waschnüsse. Chemische Waschmittel hielt sie für Teufelszeug.

Henning war ein verträumter Typ, hatte eine eigene Briefmarkensammlung und interessierte sich außerdem noch für Astrologie. Als Marc das erste Mal zu ihm ins Zimmer kam, hatte er dort gerade ein Experiment aus einem Yps-Heft aufgebaut. «Die Eier der Urzeitkrebse» schwammen in einer salzigen Brühe vor sich hin. Daneben lag eine Ausgabe, in der eine «echte Agentenausrüstung» enthalten war. Marc fragte sich, ob sein Vater vielleicht recht hatte und ob die Grawerts möglicherweise vom KGB geschickt worden waren, um die Bergers auszuspionieren. Als Henning ihn aufforderte, das Fingerabdruckpulver auszuprobieren, behielt Marc seine Hände lieber in den Hosentaschen. Darüber hinaus gab es im Haus noch eine Schwester, die zwei Jahre älter war als Henning. Sie hieß Véronique, und Marc fand sie noch doofer als ihren Bruder. Sie hatte ein Johnny-Hallyday-Poster an der Tür ihres Zimmers hängen, das Marc und Henning nicht betreten durften und aus dem meist französische Popmusik drang. Unter der Türritze guckte fast immer das Telefonkabel durch. Es war extra lang, damit es bis in ihr Zimmer reichte, und extra lang waren auch ihre Telefonate.

Hennings Großvater mütterlicherseits war ein berühmter französischer Schriftsteller gewesen. Seine Tochter, Hennings Mutter, hatte alles, was Deutsche den Franzosen nachsagen: Eleganz, Lässigkeit und ein sehr entspanntes Verhältnis zur Ordnung. Im Haus der Grawerts war es immer gemütlich, weil überall alles herumlag. Riesige Bildbände und Zeitungsstapel türmten sich auf dem Fußboden zwischen wild geschwungenen Möbeln voll riesiger bunter Kissen, die Hennings Eltern von ihren Reisen nach Indien mitgebracht hatten.

Hennings Vater war Professor für Literatur, und von den vielen Büchern im Haus hatte der Vater manche selbst geschrieben. Es war ein großbürgerlicher Intellektuellenhaushalt mit alternativem Einschlag und genug Geld für Gelassenheit im Alltag. Die Nonchalance, mit der sie ihr Leben führten, war das genaue Gegenteil der leicht verkniffenen Art gekränkten Stolzes, mit der die Bergers ihr Dasein manchmal erduldeten. Seltsamerweise fanden Marcs Eltern alles, was sie sonst ablehnten, ausgerechnet bei diesen Grawerts «herrlich». «Das sind herrliche Leute, Irmela», sagte sein Vater, wenn sie zusammen mit Marc nach einem Abendessen bei den Grawerts zurück in ihre Doppelhaussiedlung liefen.

Wenn Hennings Vater von der Arbeit nach Hause kam, konnte es sein, dass er sich bereitwillig im Garten an einen Baum fesseln ließ, der als Marterpfahl diente, und Henning, seine Schwester Véronique und Marc tanzten als Indianer um ihn herum und stießen dabei ein wildes Kampfgeschrei aus, bis die Nachbarn sich beschwerten. So etwas hätte sein eigener Vater niemals mit sich machen lassen. Irgendwann fügte Marc sich aber insgeheim in diese von seinen Eltern angebahnte Freundschaft, und nach einer Weile genoss er die Zeit mit Henning sogar richtig. Henning war treu und machte bereitwillig mit, wenn Marc ihn überredete, seine langweiligen Experimente liegen zu lassen, um endlich etwas Aufregenderes zu spielen. In der abendlichen Dunkelheit der Vorweihnachtszeit schlichen sie zu den Nachbarn und drehten die elektrischen Kerzen der Lichterketten aus, die sie um die Koniferen und kleinen Fichten in ihren ordentlichen Gärten gewunden hatten. Henning schwang sich über einen Gartenzaun und schlich in der Dämmerung auf ein besonders hell leuchtendes Exemplar zu. Wie Rambo robbte er durch den Garten, an dessen Ende eine große Fensterscheibe den Blick auf eine Familie beim Abendessen freigab. Aus einem seiner Yps-Hefte hatte er eine Dose mit dunkler Schminke eingesteckt und sich das Gesicht mit schwarzen Streifen bemalt. Drinnen brannte Licht, das verschaffte ihm in der Dunkelheit einen Vorteil. Aber nur, solange die Kerzen am Baum nicht erloschen. Sobald man nämlich an einer Kerze drehte, ging die gesamte Lichterkette aus. Als Henning den elektrischen Kontakt unterbrochen hatte, robbte er, so schnell er konnte, wieder zurück zu Marc, der am Gartenzaun Schmiere gestanden hatte. Marc war beeindruckt, das hätte er Henning nicht zugetraut. Danach konnten sie aus dem Schutz einer nahen Hecke heraus beobachten, wie ein erstaunter Mann in den Garten trat und sich fluchend auf eine längere Fehlersuche bei seiner erloschenen Weihnachtsbeleuchtung begab, die am Ende aussichtslos bleiben sollte. Henning strahlte Marc an und hielt ihm die kleine Schminkdose hin. Marc strich sich mit zwei Fingern über die Wange und nahm sich vor, von nun an im Bus nicht mehr abzuhauen, wenn Henning den Platz neben ihm haben wollte.

Langeweile war das, was Marc in seiner Kindheit am meisten fürchtete. Ein langer, zäher Schatten, der ihn auf Schritt und Tritt begleitete. Ein vertrauter Freund, den abzuschütteln unmöglich schien. Der stets in einer dunklen Ecke des Zimmers saß und geduldig wartete, wie ein Auswechselspieler, allzeit frisch und mit aufgewärmten Muskeln. Marc erinnerte sich, dass er einmal, er war höchstens acht Jahre alt, so verzweifelt ein Treffen für den Nachmittag erzwingen wollte, dass er die gesamte Telefonliste seiner Schulklasse abtelefonierte. Er saß im Flur mit den dunkelgrünen Fliesen, den Ellbogen auf das hölzerne Telefontischchen gestützt, und wählte mit wachsender Verzweiflung die Telefonnummern der Klassenkameraden durch, eine nach der anderen. Es musste sich doch einer finden lassen, der Zeit hatte. Die Vorstellung, allein zu bleiben an diesem Tag, auf sich gestellt zu sein, sich gar, wie seine Mutter sagte, «mit sich selbst zu beschäftigen», erschien ihm als Kind wie ein Albtraum, eine Katastrophe, die unbedingt abgewendet werden musste. Ein Unglück, das mit jeder Absage der Angerufenen – Training, Hausaufgaben, Hausarrest, andere Verabredungen – näher zu rücken schien wie eine Lawine, die unaufhaltsam ins Tal der Erkenntnis rollte und deren Grollen die unheilvolle Botschaft lauter und lauter verkündete: Du bist allein! Keiner hat Zeit, dich von dir selbst abzulenken! Am Ende hatte Marc ganz unten auf der Liste einen Jungen gefunden, der sich unglaublich freute, dass endlich mal jemand bei ihm anrief, und der ihn gleich zu sich nach Hause einlud. Marc war noch nie bei ihm gewesen, hatte überhaupt noch nie etwas mit ihm unternommen. Er war bekannt für sein seltsames Kichern, wenn er etwas lustig fand, weshalb ihn alle nur «Kichererbse» nannten.

Richard, wie er richtig hieß, wohnte nicht weit entfernt, in einem Haus, das in den Nachkriegsjahren in sehr einfacher Bauweise errichtet worden war. Es war einstöckig, hatte einen kleinen Garten ringsum und war mit Dämmplatten versehen, die aussahen wie Sofakissen, die jemand einfach auf die Fassade geklebt hatte. Eine Art Chesterfield-Häuschen, wie ein englisches Ledersofa, mit Wölbungen, die in der Mitte von einem Knopf gehalten wurden, seltsam rund und verformt. Die Witterung hatte auf der Dämmung über die Jahre Spuren hinterlassen, alles wirkte leicht angegraut. Im Garten standen hohe Kiefern, ihre Nadeln lagen überall, in der Nachmittagssonne wirkte das Ganze wie ein Sepia-Postkartenmotiv aus der Zeit um die Jahrhundertwende. Marc klingelte mit einem mulmigen Gefühl. Richard und seine Mutter öffneten ihm freudestrahlend. Drinnen musste man die Schuhe ausziehen. Im ganzen Haus lag dicker Teppichboden, der jedes Geräusch verschluckte. Er zweifelte, ob es wirklich eine so gute Idee gewesen war, ausgerechnet hier den Nachmittag zu verbringen.

Nachdem Marc und Richard von dessen Mutter im Wohnzimmer vor einer olivenholzbraunen Schrankwand Kakao und Kuchen serviert bekommen hatten, blätterten sie ein «Captain Future»-Heft durch und redeten über ihre liebsten Comic-Helden. Kichererbse mochte besonders Professor Simon Wright, von dem nur noch das Gehirn existierte, welches in einem fliegenden Spezialbehälter, einer Art gläserner

Servierschüssel, durch die Gegend flog. Marc fand Captain Future selbst viel besser. Er liebte Comics. Besonders «Die blauen Panther», die Abenteuer einer Gruppe von französischen Pfadfindern und ihrem Chef Mustang. Er wünschte sich nichts sehnlicher, als genau so ein Anführer zu sein.

Kichererbses Mutter öffnete die Wohnzimmertür aus hellem Eichenholz mit Milchglasscheibe einen Spaltbreit, steckte den Kopf herein und fragte, ob der Kuchen schmeckte. Richard kicherte nur ein klein bisschen und sagte weiter nichts, deshalb antwortete Marc übertrieben laut: «Vielen Dank, es schmeckt ausgezeichnet!» Er erschrak. Der Teppichboden schluckte den Schall seiner Worte fast vollständig. Richards Mutter lächelte selig und verschwand. Er konnte hören, wie sie etwas herumräumte. Irgendwann verstummten auch diese ohnehin schon leisen Geräusche komplett. Im Haus war es totenstill. Als Marc sich das letzte Kuchenstück in den Mund schob, hörte er seine eigenen Kaugeräusche so laut in seinem Kopf, als wären sie durch ein Mikrofon verstärkt, das jemand an seinen Kiefer hielt. Ihm fiel auch plötzlich auf, dass die Kichererbse schon einen leichten Flaum über der Oberlippe hatte, ein feiner Kakaofilm brachte diesen jetzt noch besser zur Geltung. Ihn überkam das Gefühl, dass Richard dieses seltsame Haus vielleicht nur verließ, um die Schule zu besuchen. Die übrige Zeit schien er mit seiner Mutter – ob es einen Vater gab, war nicht zu erkennen – hier vor sich hin zu leben und dabei zufrieden kichernd Kakao und Kuchen zu naschen, schalldicht verpackt und umhüllt von dickem Teppichboden – ein flaumbärtiges Faultier in einem sepiagrauen Lebkuchenhaus.

Den weiteren Nachmittag verbrachten sie im Keller, wo sie mit einer riesigen Modelleisenbahn spielten, die bereits von Richards Großvater dort aufgebaut worden war. Die Langeweile, der Marc an diesem Nachmittag entfliehen wollte, hatte es sich da bereits zwischen den Faller-Eisenbahn-Häuschen und der Ho-Spurbahn gemütlich gemacht. Marc entdeckte sie auf einer Weide mit Schafen und Ziegen, die sich über einen Hügel zog, den gerade eine Dampflok – mit echten kleinen Rauchwolken – hinauffuhr. Sie lächelte ihm in Gestalt eines Hirtenknaben zu, der, auf dem Rücken liegend, die Beine überkreuzt und einen Grashalm im Mund, Marc frech zuzuzwinkern schien.

Es hatte aufgehört zu regnen. Inzwischen war er im südlichen Thüringen. Entlang der A9 waren in der Dunkelheit nur wenig andere Autos unterwegs. Wie in einem endlosen Pac-Man-Spiel schien das Auto die weißen Fahrbahnmarkierungsstreifen vor sich zu verschlingen, einen nach dem anderen, in stoischem Gleichmut. Drei oder vier weiße Streifen leuchteten jeweils im Licht der Scheinwerferkegel kurz auf und verschwanden sogleich unter dem Wagen. Kilometerfressen. Marc hatte das Radio ausgeschaltet, und nur das gleichmäßige Geräusch der Reifen und das leise Brummen des Motors waren zu hören. Er schaltete das Fernlicht ein. Die Strecke war hier kurvenreich, und die Müdigkeit, die ihn langsam ergriff, machte es ihm schwer, dem Streckenverlauf zu folgen. Immer wieder musste er das Lenkrad plötzlich korrigieren, wenn der Wagen ein Stück auf den Standstreifen oder auf die linke Spur zu geraten drohte. Ein Lastwagen auf der Gegenfahrbahn blinkte auf, Marc erschrak und löschte hektisch das Fernlicht. Er hob die Hand zur Entschuldigung und merkte im selben Moment, wie unsinnig diese Geste war. Der Fahrer konnte ihn ja nicht sehen. Vielleicht wäre eine Pause angebracht, bevor er noch einen Unfall baut, dachte er. Das wäre was: auf dem Weg zur Beerdigung verunglückt. Durch Sekundenschlaf dem Freund auf dem Fuße gefolgt. Wie ein altes Ehepaar, der eine stirbt, der andere bald danach.

Als er in die fünfte Klasse des Gymnasiums kam, wurde er der Zweigstelle zugeteilt. Das Haupthaus lag im benachbarten Vorort. Groß, gewaltig und komplett aus Beton. Die Zweigstelle war ein eingeschossiger Flachbau mit Wänden aus Kunststoff, alles wie aus Lego, außen und innen vollkommen schmucklos, wie in die Landschaft gewürfelt. Direkt dahinter begannen Felder. Das zusätzliche Gebäude war notwendig geworden, weil jede Menge Kinder geboren wurden. Das starre Bildungssystem war durchlässiger geworden, und die Zahl der Schüler mit Gymnasialempfehlung stieg rasant an. Das Haupthaus war bald zu klein geworden, um all die vielen Hoffnungsträger für eine bessere Welt etwas lernen zu lassen, und man beschloss, die Zweigstelle zu gründen.

Marc fand es seltsam, eine Schule mit Zweigstelle zu haben. Normalerweise hatten Banken eine Zweigstelle, oder ein Supermarkt vielleicht. Es gab in seinem Stadtteil darüber hinaus seit Kurzem einen Getränke-Tengelmann, den Gemüse-Tengelmann und den normalen Tengelmann. Irgendwie schienen in diesen Jahren alle Gebäude plötzlich zu klein zu werden, dachte er. Zu klein, um die ganzen Zahnpasta-, Gemüse- und Biersorten in die Regale zu stellen, die alle verkauft werden wollten. Es musste ja jedes Jahr mehr verkauft werden. Zu klein auch die Schule, um all die Schüler aufnehmen zu können, die auf einmal im Überfluss da waren und unterrichtet werden mussten. Im Heimat- und Sachkundeunterricht, seinem Lieblingsfach in der Grundschule, hatte man ihm erzählt, dass seine Geburtsstadt im Krieg weitgehend zerstört worden war. Später hatte man sie wieder aufgebaut und aus den Bergen von Schutt Ausflugshügel geschaffen, wie die im Olympiapark. Mit bescheidenen Mitteln wurden neue Häuser errichtet, manche davon auch für die Vertriebenen aus dem Osten. Den anschwellenden Autoverkehr, der zunächst munter durch das Herz der Stadt floss, hatte man irgendwann zugunsten einer Fußgängerzone aus dem innersten Stadtzentrum verbannt. Eine U-Bahn wurde gebaut, deren Stationen in grellen Farben leuchteten, deren Böden, Wände und Sitzmöbel aus robustem buntem Plastik den Weg in eine helle Moderne wiesen, in der sich das Neue, hoffentlich Bessere, bald durchsetzen würde. Der unverbrüchliche Glaube, dass sich der Mensch, zumal der schuldig gewordene deutsche Mensch, bessern ließe, fand seinen Ausdruck in der Architektur jener Jahre. In Marcs Kindheit waren alle überzeugt, dass alles immer nur besser werden konnte. Großmama sagte zu ihren Gästen, die staunend den Blick aus ihrem Wohnzimmer in den herrlichen Gemeinschaftsgarten ihrer schmucken Wohnanlage bewunderten: «Tja, manche Flüchtlinge machen sich!»

An seinem ersten Schultag auf dem Gymnasium wurde Marc auf einen Platz in der ersten Bankreihe gesetzt, neben einen Jungen, der einen orange-blauen Nickipulli trug und ständig blinzelte. Er hieß Joschi, und gegen ihn war Henning mit seinen Yps-Heften ein geradezu lässiger Typ. An einem Tisch etwas weiter hinten saß ein Junge mit dichtem braunen Haarschopf, umgeben von ein paar Schülern, die ihm offenbar treu ergeben waren. Sobald er einen Zwischenruf machte, lachten alle wie auf Kommando. In der Pause stellte sich jemand für ihn in die Schlange beim Verkaufsstand des Hausmeisters und besorgte ihm Chips und Cola. Auf Joschi hatte sich die Entourage dieses Bandenführers offenbar besonders eingeschossen. Sie rempelten seinen Ranzen um, wenn sie an seiner Bank vorbeikamen, oder sie warfen mit Papierkügelchen nach ihm, wenn der Klassenlehrer sich an die Tafel gedreht hatte. Am Ende der letzten Stunde bekamen alle die Hausaufgabe, ein Namensschild zu basteln, welches sie am nächsten Tag vor sich auf die Bank stellen sollten. Am nächsten Morgen stutzte der Lehrer kurz, als er an der Bank des Braunhaarigen vorbeikam.

«Wer soll das sein?», fragte er, als er den Namen mit der Klassenliste abglich.

«Na, ich», sagte der Junge und kippelte herausfordernd mit seinem Stuhl.

«Aber du heißt doch Robert? Robert Grünbauer. So steht es jedenfalls hier.»

«Das kann schon sein, aber alle nennen mich so, wie's hier steht.»

Der Lehrer sah kurz auf das Schild, dann wieder in das Gesicht des Jungen. Jetzt war der Moment, wo sich entscheiden würde, wer dieses Duell gewann. In der Klasse wurde es still. Der Junge sah den Lehrer herausfordernd an.

«Also schön», sagte er leicht resigniert. «Wenn das alle machen, dann machen wir das hier eben auch so.» Der kleine Kampf schien es ihm nicht wert, allzu viel Energie aufzuwenden. Als er weiterging, drehte sich Marc langsam um und versuchte zu sehen, was genau auf dem Schild stand. Zwischen den Köpfen seiner Mitschüler hindurch konnte er kaum etwas erkennen. Mit rotem Filzstift standen da auf einem schief gefalteten DIN-A4-Blatt drei schwungvolle Buchstaben: Roy.

Marc war beeindruckt. Er wäre selbst gerne so ein Anführer gewesen wie dieser Roy. Ihm war klar, dass er sich schleunigst etwas einfallen lassen musste, wenn er hier nicht zum Außenseiter werden wollte.

Nach ein paar Monaten, in denen er immer noch an niemanden so recht Anschluss gefunden hatte, kam er eines Morgens an der Schule an und fand sich auf einmal inmitten eines riesigen Winterwimmelbildes wieder. Über Tage hatte es ordentlich geschneit. In der Nacht hatten einige ältere Schüler die Zweigstelle mit Schnee zugeschippt, alle Eingänge waren dicht, die Schlösser vereist. Fahrradständer hatten sie aufgestapelt und Schnee drübergeschaufelt, bis kein Durchkommen mehr war. Mit dem kurzgeschlossenen Räumtraktor des Hausmeisters hatten sie den Schnee eisenfest vor die Eingänge gedrückt. Womöglich steckte sogar Wolfi selbst, ein lockerer Typ mit goldener Halskette und Minipli, mit den Tätern unter einer Decke. Und falls Wolfi den Schneeräumer nicht persönlich gesteuert hatte, hatte er bestimmt grinsend den Zündschlüssel an die Räumbrigade rausgerückt! Er fuhr einen Opel Granada Coupé in Knallrot, in dem er ein wenig aussah wie Rod Stewart mit Locken. Der Traktor war sozusagen nur sein Zweitwagen. Wolfi stand an diesem kalten Wintermorgen feixend zwischen wütenden Lehrern und schneeballwerfenden Schülern vor der verrammelten Schule. Der Direktor begann, zusammen mit dem Schwingfuß-Sportlehrer, den Haupteingang freizuschaufeln. Sogar über die Fenster im Flachdach versuchten einige Lehrer in die Schule zu gelangen, bis ihnen klar wurde, dass man auf diese Weise zwar hinein, aber noch lange nicht durch die Tür wieder hinauskam. Fluchend kletterten sie vom Dach wieder herunter. Auf dem Schulhof herrschte das schönste Durcheinander. Überall flogen Schneebälle durch die Luft, und zwischen Knäueln von raufenden Jungs und tobenden Mädchen standen die ratlosen Lehrer, die zusehen mussten, wie alles im Chaos versank. Marc hatte sich irgendwann unauffällig zu der Gruppe um Roy gestellt, die gerade dabei war, mit Schneebällen auf ein Kruzifix zu zielen, das am Giebel der kleinen Garage für Wolfis Schneeräumtraktor angebracht war. Die Garage lag etwas außerhalb des Schulgeländes, an der Einfahrt zum Lehrerparkplatz. Sie standen in einigen Metern Abstand davor und versuchten, den Christus «vom Dach zu schießen», das war jedenfalls die Parole, die Roy ausgab. Jeder gab sich Mühe, aber bisher war es keinem gelungen, so zu treffen, dass der hölzerne Heiland herunterfiel.

Plötzlich kam Wolfi mit knatterndem Motor angerauscht und schob eine weitere Ladung Schnee vom Schulhof in einen Schneehügel am Rand des Parkplatzes. Die Ausfahrt war jetzt nicht mehr sehr breit. Wenn er weiter Schnee ablud, kämen die Lehrer mit einem größeren Auto bald nicht mehr heraus, dachte Marc. Für Wolfis Opel war die Ausfahrt schon sehr schmal.

«Hört's gefälligst sofort auf mit dem Schmarrn», brüllte er ihnen zu, fuhr den Traktor rückwärts in die Garage, drehte den Zündschlüssel, der an einem Fuchsschwanz hing, aus dem Schloss und hakte ihn an dem Karabiner ein, den er immer an seiner Jeans trug. Dann zwinkerte er ihnen zu.

«Der Herrgott kann doch nix dafür. Der hat euch doch den ganzen Schnee erst vom Himmel fallen lassen, wegen dem ihr heut kein Unterricht habt's.» Er schnappte sich eine Schaufel aus der Garage und schlenderte zurück zum Schulbau. Offenbar hatte er es nicht eilig, die Eingänge dort frei zu bekommen. Dann gab es ein leises Geräusch, ein weiches Plumpsen auf dem verschneiten Boden.

Marc sah es als Erster. Roy hatte es gleich darauf bemerkt. Wolfi hatte seinen Fuchsschwanz verloren. Offenbar hatte er ihn nicht richtig eingehakt. Als er um die Ecke war, schlichen sie auf den Pelz zu. Der Traktorschlüssel lag unschuldig vor ihnen im Schnee. «Wer als Nächster danebenwirft, muss mit seiner Karre 'ne Runde fahren», sagte Roy. Ehrfürchtig starrten sie auf den haarigen Bommel.

Keiner aus der Gruppe wollte der Erste sein, da schnappte sich Roy den Schlüssel und ging auf Marc zu:

«Wetten, du traust dich nicht, Angsthase?»

Marc wusste sofort: Das war seine Chance, ihnen zu beweisen, dass er genauso cool war wie sie. Wenn er in die Bande um Roy aufgenommen werden wollte, musste er diesen verflixten Jesus irgendwie treffen, oder er wäre verdammt dazu, neben Joschi zu versauern. Manchmal ertappte er sich auch schon dabei, wie er blinzelte. Die ewige Blinzelei steckte offenbar an. Er nahm eine Handvoll Schnee und formte ein festes Geschoss, dann holte er aus und zog durch. Der Schneeball flog auf das Kruzifix zu und zischte knapp unter den Füßen des Gekreuzigten in die offene Garage. Er landete auf der hochgestellten Schaufel des Traktors, der hiermit einen neuen Fahrer gefunden hatte. Alle starrten Marc an, und Roy hielt ihm den Schlüssel hin.

«Na dann zeig uns mal, was du kannst.»

Er setzte sich auf den Fahrersitz und ließ den Motor an. Der Lärm war ohrenbetäubend. Sicher würde er von der Schule fliegen, nachdem er gleich von einem Lehrer oder von Wolfi von der Karre heruntergerissen werden würde, dachte Marc. Das war aber auch schon egal. Hauptsache, kein Joschi mehr. Unter dem Gejohle der Bande um Roy legte er den Vorwärtsgang ein und trat das Gaspedal durch. Mit einem Ruck setzte sich der Schneeräumer in Bewegung. Erschrocken klammerte er sich ans Lenkrad und hielt jetzt direkt auf

Roy zu. Wenn er ihn nicht mit der Schaufel, die ihm ständig die Sicht versperrte, einen Kopf kürzer machen wollte, musste er etwas tun. Er riss das Steuer herum und bretterte über den Vorplatz, ohne zu sehen, was vor ihm lag. Er suchte nach einem Hebel, um die Schaufel irgendwie nach unten zu fahren, damit er freie Sicht bekäme. Als er den Kippschalter endlich gefunden hatte, tat es einen lauten Rumms, und der Motor ging aus. Dann sah er es. Er steckte mit der Schaufel mitten in dem Schneehaufen, den Wolfi eben an der Parkplatzausfahrt zusammengeschoben hatte. Damit war die Ausfahrt blockiert. Solange der Traktor hier quer feststecken würde, käme kein Lehrer vom Parkplatz runter, so viel war sicher. Benommen stieg er vom Sitz, in der festen Erwartung, vom aufgebrachten Wolfi am Schlafittchen gepackt und direkt zum Direktor geschleppt zu werden.

Stattdessen sprang Roy in das Führerhaus des Traktors, zog den Zündschlüssel ab und warf ihn in hohem Bogen über den Zaun in das angrenzende Wäldchen. «Respekt, Angsthase, hätte ich dir gar nicht zugetraut», sagte er und zog Marc hinter eines der Autos, weil jetzt die ersten Lehrer ankamen und sahen, was passiert war. Leise schlichen sie zwischen den parkenden Fahrzeugen zurück, kletterten über den Schulzaun und mischten sich wieder in das Gewühl der Schüler, das dort immer noch herrschte.

Am Ende fiel der Unterricht für den ganzen Tag aus. Einige Lehrer versuchten vergeblich, mit Wolfi den Traktor aus dem Schneehaufen herauszuziehen. Es musste ein Unimog der freiwilligen Feuerwehr von Gerhards Vater kommen, um das Gefährt schließlich abzuschleppen. Die Verursacher der Blockade wurden nie gefunden, mit nahezu geheimdienstlichen Methoden wurden die Anführer der Aktion mit den zugeschaufelten Türen zu ermitteln versucht. Alles erfolglos. Am Ende wurde Wolfi an eine andere Schule versetzt. Marcs und

Roys Freundschaft aber hatte an diesem denkwürdigen Morgen ihren Anfang genommen, als sie sich gemeinsam über den Parkplatz davonstahlen. Ab jetzt wurde alles anders.

Eine faszinierende Machtdemonstration, fand Marc. Alle Schulen standen still, wenn des Schülers Arm es will. Wenn Gymnasium so aussah, standen goldene Zeiten bevor, fanden die beiden.

Bei Roy zu Hause sah alles ganz anders aus als bei Marc. Die Familie besaß ein riesiges Anwesen am Isarhochufer. Ein weiter Garten zog sich den gesamten Hang hinter dem herrschaftlichen Haus bis zum Isarkanal hinunter. Eigentlich war es mehr ein Park. Es gab wild wuchernde Bereiche, die etwas Verwunschenes hatten. Ein verwitterter Pavillon lag zwischen riesigen Farnen an einem kleinen Tümpel, in dem Goldfische schwammen, manchmal auch Enten. In einer Garage weiter vorn, die so groß war wie ein eigenes Haus, war die erlesene Sammlung von Oldtimern seines Vaters untergebracht. Ein Jaguar E-Type Coupé aus der Serie 1, Baujahr 1964, *British racing green*, stand neben einem Ferrari 365 GTS/4 Daytona Spyder von 1973. Die Lackfarbe hieß *grigio ferro*, was sich mit Stahlgrau übersetzen ließ. Aber wenn das Licht richtig stand, schimmerte der Wagen auch ein kleines bisschen braun.

Roys Vater hatte ein besonderes Faible für Italien. Wie viele Deutsche, denen es an Leichtigkeit fehlte und die unfähig waren, die angenehmen Seiten des Lebens zu genießen, liebte er die kraftvolle Eleganz und die Sportlichkeit der großen italienischen Autobauer. Ihre Schöpfungen hatten etwas ungemein Lässiges, für einen Deutschen wie ihn geradezu verboten Nachlässiges, wie leicht ging daran etwas kaputt. In seiner Sammlung befanden sich außerdem ein paar sehr spezielle Autos der Gegenwart. Da gab es zum Beispiel einen Lancia Delta S4 Stradale, eine seltene Straßenversion des Sportwagens, der unter anderem die Rallye Monte Carlo 1986 gewonnen hatte. Ehrfürchtig erzählte Roy, als er Marc das eckige Gefährt, dem man die Herkunft aus dem Rallyesport deutlich ansah, zum ersten Mal zeigte, dass davon nicht einmal hundert Stück hergestellt wurden. All diese Fahrzeuge standen in ihrer zerbrechlichen Eleganz und verschwenderischen Unzuverlässigkeit in größtmöglichem Gegensatz zur wuchtigen Solidität und demonstrativen Langeweile, die das Geschäft von Roys Vater als Bauunternehmer ausmachten. Im Alltag fuhr er ausschließlich eine 500er-S-Klasse.

Roys Vater besaß all diese wunderschönen Autos, fuhr sie aber höchst selten, weil er panische Angst hatte, ein Kratzer oder eine Delle könnten den Wert der raren Objekte mindern. Nur an Tagen mit perfekten klimatischen Bedingungen wurde ab und zu eines der Fahrzeuge bewegt, dann aber höchstens zu einem kleinen Ausflug in die oberbayerische Voralpenlandschaft. Wenn bei Föhnwetter auf der Landstraße vor München die Alpen zum Greifen nahe schienen und Ludwig Grünbauer Roy und Marc im Ferrari bei geöffnetem Dach zu einer kleinen Tour mitnahm, spürte man bereits, dass Italien nicht weit war. Aber wenn die Fahrt mal wieder im Undosa am Nordufer des Starnberger Sees endete, brachte einen der dort servierte Cappuccino, damals klassischer Filterkaffee mit Sprühsahne, mit Wucht in die Gegenwart der westdeutschen Achtziger zurück. Bayern war eben doch nur fast Italien.

In der Schule saßen Marc und Roy seit der Aktion mit dem

Kruzifix und dem Schneeball nun nebeneinander. Sie unternahmen fast alles gemeinsam, und besonders gern gingen sie ins Kino. Nachdem sie «Zurück in die Zukunft» gesehen hatten, musste jeder sofort ein Skateboard haben wie das im Film. Roys war natürlich ein Markenprodukt, Marc hatte ein günstiges bekommen. Es war rosa, deshalb war der Preis herabgesetzt. Beide trugen Daunenweste und rot-weiße Nikes, wie Marty McFly, gespielt von Michael J. Fox, der in echt fast so klein wie Frau Falter war. Roy spielte ständig mit Marc die Szene mit den Kopfnüssen nach. «Hallo, McFly, jemand zu Hause?» – dabei klopfte er Marc immer etwas zu fest auf den Schädel, wie die Jungs im Film Martys Vater in der Bar. Die Schulpartys gingen los, und Marc war das erste Mal verliebt. In die einzigartige Petra. In Petra waren aber beinahe alle zwölf Jungs der Klasse verliebt. Leider nur in Petra. Die anderen etwa zwanzig Mädchen der Klasse fanden das verständlicherweise nicht so toll. Roy zog Marc mit seiner Schwärmerei deshalb gnadenlos auf. Was er selbst über sie dachte, war nicht so eindeutig zu sagen, dachte Marc.

Als an ihrer Schule in der Vorweihnachtszeit ein Wohltätigkeitsbasar stattfinden sollte und alle Klassen aufgefordert wurden, einen Beitrag zu leisten, um Spenden für hungernde Kinder in der, wie jemand sagte, «Dritten Welt» zu sammeln, zeigten Marc und Roy zunächst wenig Ehrgeiz, sich zu engagieren. Roy nahm an, es würde wieder auf die üblichen Kuchen hinauslaufen, die von emsigen Müttern zu Hause gebacken und die dann, an einem sich in endloser Langeweile hinziehenden Samstagnachmittag, von deren übereifrigen Söhnen und Töchtern an die eigenen Eltern zurückverkauft werden. Und da sich sonst niemand finden ließ, der den staubtrockenen Zitronenkuchen für drei Mark pro Stück kaufen wollte, erbarmten sich meist die Väter und lobten pflichtgemäß die Backkünste ihrer eigenen Ehefrauen. Dazu gab's allerlei Gebastel aus dem Kunstunterricht, das ebenfalls für den guten Zweck verramscht wurde, und obendrein schenkte der leicht schmuddelige Biolehrer seinen Tee aus selbst gesammelten Hagebutten aus. Es war klar, dass sie um solche Veranstaltungen einen möglichst großen Bogen machen würden.

Marc war zusammen mit Petra in eine Arbeitsgruppe für den Basar eingeteilt worden. Ihre Aufgabe war es, Ideen zu sammeln, was die Klasse dazu beitragen könnte. Der neue Deutschlehrer sagte: «Wie wäre es, wenn wir ein Bühnenprogramm auf die Beine stellen? Kleine Sketche, Einlagen, Lesungen, was immer euch einfällt.» In der Grundschule hatte Marc einen Vorlesewettbewerb in seiner Klasse gewonnen und zum ersten Mal gespürt, dass es ihm Spaß machte, sich vor anderen zu zeigen. Etwas gut zu können und dabei angesehen zu werden, fühlte sich großartig an. Die von Marc angehimmelte Petra hatte die Idee zu einer Art Mini-Playbackshow. Und Marc war sofort Feuer und Flamme für ihren Vorschlag, schon allein, weil er von Petra kam. Roy blieb skeptisch, hielt sich aber in der Diskussion im Hintergrund. Gleich in der nächsten Pause stand die kleine Arbeitsgruppe um die betonierte Tischtennisplatte im Hof herum. Es wurden alle möglichen Ideen genannt, Michael Jacksons «Moonwalk», den damals jeder Zweite beherrschte, war dabei, und ansonsten das ganze musikalische Spektrum von Supertramp bis Spider Murphy Gang.

«Ein bisschen tanzen und die Lippen bewegen zu Musik

vom Band», meinte Petra schließlich, «reicht aber nicht. Da muss schon noch ein Knaller her. Was Besonderes.»

Einen Moment lang sagte niemand etwas. Sie standen da in ihren Winterjacken, kauten auf den Pausenbroten herum und pellten Mandarinen, während sie fieberhaft überlegten, was denn wohl *besonders* genug sein könnte. Petra war so etwas wie die Meinungsführerin der kleinen Gruppe. Offenbar hatte sie genaue Vorstellungen von dem, was sie auf der Bühne sein und vor allem auch, was sie von anderen dort sehen wollte. Marc war beeindruckt von ihrer Energie und davon, wie gut sie wusste, was sie wollte. Er räusperte sich schließlich, und alle schauten ihn erwartungsvoll an.

«Meine Großmama hat eine riesige Plattensammlung mit diesen ganzen alten Schlagern. Wir könnten doch so eine Art Nostalgieshow machen. Mit ausgefallenen Kostümen vielleicht.» Wie beim Tennis schauten jetzt alle zu Petra, die ihm gegenüberstand.

«Keine schlechte Idee. Ich wollte immer schon mal Marlene Dietrich sein.»

Der Ball lag wieder bei ihm.

«Ich könnte zum Beispiel als Peter Alexander gehen und ein bisschen moderieren, wie in der großen Peter-Alexander-Show, die immer Weihnachten läuft, und dann so einen Schlager raushauen, so mit Klatschen und Schunkeln. Und wir machen uns über diesen ganzen Schlagerkram lustig, was meint ihr?»

«Kannst du denn Peter Alexander gut nachmachen?», fragte Petra skeptisch, und Marc steuerte sofort ein paar Sätze in einem beinahe österreichischen Dialekt bei, die zwar nicht wie Peter Alexander klangen, aber die Umstehenden zum Lachen brachten.

«Finde ich super», antwortete Petra begeistert, «aber wie wäre es, wenn du als Marlene Dietrich gehst und ich als Peter

Alexander? Das wäre doch viel lustiger. Du als Frau und ich als Mann, das wäre doch der Oberknaller.»

Marc zögerte, seine Begeisterung war nicht ganz so groß wie die von Petra. Er in Frauenklamotten. Aber er durfte jetzt natürlich kein Spielverderber sein. Nicht jetzt, wo er ihr endlich etwas näherkam. Zum Glück erlöste ihn der Pausengong. Als sie zurück ins Schulgebäude liefen, holte Petra ihn auf den Treppenstufen ein.

«Wenn ich schon als Mann in einer Nostalgieshow auftrete, dann geh ich vielleicht doch lieber als Heinz Rühmann. Den hört meine Oma immer, und der hat so ein Lied, das viel besser passt. ‹Ich fang die Herzen der stolzesten Frauen› oder so.»

«Ich ‹brech› die Herzen, glaub ich. Meine Großmama hat die Platte auch», gab Marc grinsend zurück. Petra guckte ein wenig komisch, hoffentlich hielt sie ihn nicht für einen Schlagerheini, der das ganze alte Zeug auswendig kannte. Der Gedanke, dass Petra, ausgerechnet die schöne Petra, davon sang, wie sie die Herzen aller Frauen brechen würde, war erotisch verwirrend schön, fand Marc. Wie die anderen Mädchen und Jungs seiner Klasse, wie am Ende Roy es finden würde, wenn er in Netzstrumpfhose und Zylinder seine Lippen zu einem Text in der Art von «Männer umschwirren mich wie Motten das Licht» bewegen würde, war ihm zwar noch nicht ganz klar, aber das würde er schon hinbekommen. Der Deutschlehrer hatte nichts dagegen einzuwenden. Für Petra mussten ein altmodischer Anzug und eine Nelke fürs Knopfloch aufgetrieben werden, für Marc Stöckelschuhe, ein Zylinder und eine Netzstrumpfhose.

Beim Abendbrot erzählte er seinen Eltern von dem Vorhaben. Sein Vater war nicht begeistert. Er verbot ihm rundheraus in, wie er sagte, «irgendwelchen Fummeln» als Frau aufzutreten. Marc war überrascht. So energisch kannte er ihn gar nicht. Auch seine Mutter ließ sich nicht auf Diskussionen ein und wollte seinen Vater auch nicht durch sanften Druck Marc zuliebe doch noch umstimmen, wie sie es sonst manchmal tat. Die Sache war entschieden. Sein Auftritt als Marlene Dietrich war abgesagt, bevor er angekündigt werden konnte. Das Boy-George-Poster in seinem Zimmer hatte seine Eltern bereits beunruhigt, dabei hatten zu der Zeit eben alle Teenager «Bravo»-Poster aufgehängt. Schon die Bravo selbst fanden sie ja problematisch.

Einige Tage später saß er in Großmamas Wohnzimmer zwischen den alten Möbeln in einem ihrer weichen Sessel. Sie hatte offenbar sofort bemerkt, dass es ihm nicht gut ging. Vor ihm stand eine Tasse Kakao, und gerade holte sie noch eine weitere Portion der feinen Vanillekipferl, die sie ausschließlich bei der Konditorei Schustermann kaufte, aus der Küche. Er hörte sie im Hintergrund klappern, stand auf und betrachtete die Ahnengalerie im Raum, all die Augen dieser seltsamen Gestalten, die auf ihn gerichtet waren. Er zählte durch. Achtzehn Generationen nebeneinander, bestimmt auf einer Strecke von vier Metern. Lauter alte Stiche hingen da in historisch korrekter Reihenfolge. Marc aß das letzte Vanillekipferl, das in einer silbernen Schale auf dem Wohnzimmertisch lag. Bei Großmama wurde alles in Silberschalen serviert. Krümelnd stand er vor einem Mann aus dem vierzehnten Jahrhundert, der einen großen Hut trug und eine weite Halskrause, und fragte sich, ob er wirklich das Kind, der Enkel, der Nachfahre all dieser ernst dreinblickenden Leute sein konnte, die hier herumhingen. Er stellte sich vor, wie kleine Kipferlbröselchen in die Falten einer solchen Halskrause fielen und dann nicht mehr rauszubekommen wären. Kratzte das etwa auch so, wie wenn man nach dem Haareschneiden überall piksende Haarreste im Nacken hatte? Die Ehefrau des Urahns, der außer der Halskrause noch einen gezwirbelten

Schnurrbart trug, hing direkt darunter und sah aus wie eine Nonne. Sie trug eine seltsame Haube, fast wie eine Madonnenfigur, die in einem weiten Gewand mit kunstvoll gestochenem Faltenwurf die Hände zum Gebet erhoben hatte. Die nächsten Männer hatten alle lange Haare, wie die Rockstars der Siebziger. Einer hatte eine Pudelfrisur, eine ausladende lockige Haarpracht, so wie der König in den «Drei Musketieren». Und Marc folgte den Ahnen weiter durch die Epochen, von der Renaissance über den Barock ins Rokoko, mit noch mehr Perücken und Rüschenhemden und Frauen mit Puppengesichtern. Dann kam das Biedermeier. Hier sahen die Männer aus wie auf Spitzweg-Gemälden, mit langen Koteletten und dicken Bäuchen. Zum Schluss stand er vor einer Fotografie, aufgenommen um die Jahrhundertwende. Das waren seine Urgroßeltern. Der Mann trug eine Uniform mit ganz vielen Orden, und seine Frau hatte eine riesige Frisur, die unter einem breiten, schräg aufgesetzten Hut mit Federbusch hervorlugte. In ihrem hochgeschlossenen Kleid sah sie aus wie Adele Sandrock, die komische Alte aus den Heinz-Rühmann-Filmen. Großmama hatte diese Ahnengalerie, lauter gleichformatige, etwa schreibmaschinenblattgroße, gerahmte Bilder, allesamt Reproduktionen alter Stiche, nach ihrer Flucht unter komplizierten Umständen irgendwie über Westberlin aus «der Zone» herausschmuggeln lassen. Seitdem hingen sie an der längsten Wand in ihrer Wohnung und bildeten dort eine Art Ikonostase der Vergangenheit, die ihr offenbar so viel besser schien als die Gegenwart.

All diese Menschen haben gar nichts mit mir zu tun, dachte Marc. Er fragte sich, ob er wohl als Kind vertauscht worden war. Schwer zu glauben, dass diese seltsamen Leute wirklich seine Familie waren. Er interessierte sich doch vor allem für das Jetzt und eigentlich noch viel mehr für die Zukunft. Seine alte Familie schien ihm oft schon mit der Gegenwart überfordert. Und er war der Dolmetscher, der seinen Eltern und erst recht seiner Großmama die heutige Welt beibringen musste, in der sie mit all ihrer übermächtigen Vergangenheit nun gelandet waren. Wie sollte er ihnen nur erklären, dass ein Auftritt in Frauenkleidern vollkommen harmlos war? Und vor allem, wie sollte er Petra erklären, dass seine Eltern ihm nicht erlauben wollten, an der bereits von der ganzen Klasse beschlossenen Show teilzunehmen?

Großmama kam zurück ins Wohnzimmer und sah ihn verzweifelt vor der versammelten Historie ihrer Familie stehen.

«Ich hätte mir nicht träumen lassen, dass ich all diese Bilder eines Tages wiederbekommen würde. In den entbehrungsreichen Nachkriegsjahren, als ich die unterschiedlichsten Berufe ausgeübt hatte, um deine Mutter satt zu bekommen, habe ich mich oft gefragt, was sie alle wohl zu unserem Schicksal sagen würden.» Mit Schicksal war die Flucht gemeint. Marc ahnte, was jetzt kommen würde, und versuchte, Großmamas Erzählung auf ein weniger oft erzähltes Kapitel der jüngeren Familiengeschichte zu lenken.

«Was für Berufe hattest du denn so?»

«Die Auswahl an Möglichkeiten war bedauerlicherweise nicht sehr groß. Aber Drückebergertum wollte ich mir nicht vorwerfen lassen. Durch Fleiß und harte Arbeit konnte ich uns in den Nachkriegsjahren einen bescheidenen Wohlstand erschaffen. Ich war Schwarzmarkthändlerin und habe zentnerweise Butter eingetauscht. Danach habe ich im Vier Jahreszeiten in der Hotelwäscherei gearbeitet. Beim Mangeln habe ich die giftigen Dämpfe der Wäschestärke einatmen müssen. Zum Schluss fand ich Gott sei Dank eine Anstellung beim Film, wo es deutlich angenehmer zuging.»

«Du hast beim Film gearbeitet?»

«Bei der Bavaria, draußen in Geiselgasteig.»

Er hatte schon davon gehört, dass Großmama dort eine

Zeit lang beschäftigt war. Sein Vater hatte darüber einmal einen Witz gemacht, den seine Mutter nicht sehr komisch fand. Aber gesprochen hatte Marc mit ihr noch nie darüber. Vielleicht konnte sie ihm ja helfen, seine Eltern zu überzeugen?

«In der Gagenbuchhaltung», sagte sie lächelnd und reichte ihm die Silberschale mit den Vanillekipferln. «Nimm dir ruhig noch, es sind genug da. Aber gib acht, dass du nicht krümelst. Natürlich nicht etwa als Schauspielerin. Meine ostpreußische Verwandtschaft hätte Gaukler und sonstiges fahrendes Volk nicht mit der Kneifzange angefasst.»

Großmama erzählte, dass sie dort eine Menge Stars kennengelernt hatte. Aber sie wollte nicht so recht darüber sprechen.

«Was ist denn so schlimm an denen?»

«Fast alle haben das Geld, das sie beim Film verdient haben, mit beiden Händen zum Fenster rausgeschmissen. Künstler können nicht mit Geld umgehen, merk dir das!»

Da sie selbst fast all ihren Besitz verloren hatte, war ihr die Verschwendungssucht der Künstler besonders widerwärtig gewesen. Nach ein paar Jahren hatte sie dann aber von einem entfernt verwandten Großonkel ein bescheidenes Vermögen geerbt, und so konnte sie auch ohne Arbeit endlich wieder annähernd so leben, wie es ihr für jemand ihres Standes angemessen erschien.

Als er ihr von der Idee, als Marlene Dietrich aufzutreten, erzählte, machte sie einen Kompromissvorschlag. Wenn er so unbedingt auf die Bühne wollte, warum musste es denn dazu noch der Geschlechtertausch sein, der seinen Vater so empörte? Warum wollte nicht er einfach den Heinz Rühmann übernehmen und Petra stattdessen die Dietrich geben?

Das war zwar nicht das Gleiche, fand Marc und haderte ein wenig, wie er Petra klarmachen konnte, dass seine Eltern ihm den Travestieauftritt aus Schamhaftigkeit schlichtweg verboten hatten, aber er fand auch, dass überhaupt aufzutreten immer noch besser war, als gar nicht aufzutreten. Und so bedankte er sich artig bei Großmama für ihren Rat und hoffte im Stillen, Petra würde ihn nicht auslachen für seinen Rückzieher.

Am nächsten Tag passte er sie auf dem Pausenhof ab. Sein Plan war perfide, aber genial. Mit hängenden Schultern stand er da, als Petra ihn fragte, was los sei und ob er denn schon alle Kostümteile beisammenhabe. Leidend, als müsse er sich von einem lang gehegten Traum verabschieden, gab er zur Antwort:

«Véronique hat gesagt, wenn ich in Frauenkleidern auftrete, dann boykottiert sie mit ihrer Umweltgruppe unseren Auftritt. Und sie schreibt in der Schülerzeitung einen Artikel darüber, dass es frauenfeindlich ist, wenn Jungs Frauenrollen übernehmen. Wir leben ja schließlich nicht mehr zu Shakespeares Zeiten.»

Das saß. Véronique und ihre Umweltgruppe waren für die Mädchen der unteren Klassen eine Art feministische Speerspitze, und wen sie in die Mangel nahmen, der konnte sich auf etwas gefasst machen. Das mit Shakespeare hatte Großmama ihm erzählt. Marc fand, es konnte nicht schaden, Petra bei der Gelegenheit gleich ein wenig mit Spezialwissen zu beeindrucken.

«Scheiße, Véronique hat das gesagt?», fragte Petra erschrocken.

Marcs Plan ging auf. In dem Moment, als sie erfuhr, dass ausgerechnet Véronique mit dem Ganzen möglicherweise nicht einverstanden sein könnte, war der erneute Rollentausch für sie kein Problem mehr.

«Dann musst du aber irgendwas anderes Verrücktes anziehen, sonst wird das langweilig.» Ganz so einfach schien sie sich mit der Planänderung doch noch nicht zufriedengeben zu wollen.

Er gab ihr vollkommen recht und beschloss daraufhin, bei der Aufführung das lilafarbene Samtjackett mit Goldknöpfen zu tragen, welches Großmama ihm geschenkt hatte, damit er bei wichtigen Anlässen «ordentlich angezogen» war. Er fand, darin sah er aus wie ein lässiger Verführer, dem keine Frau widerstehen konnte. Er hoffte, dass damit sein Outfit für Petra verrückt genug sein würde.

Bei den Proben in der Turnhalle saß er auf einem Mattenstapel und sah ihr dabei zu, wie sie mit einer Freundin die Tanzschritte für ihren Auftritt übte. Von ihren Bedenken, dass die Sache langweilig werden könnte, war nichts mehr zu spüren. Elegant schwang sie sich auf einen Barhocker und streckte das Bein von sich, während sie andeutungsweise mit einem Stock an ihren noch nicht vorhandenen Zylinder stupste. Marc fand, sie sah bereits jetzt, ohne Kostüm und nur in Trainingsklamotten, umwerfend aus. Aber als sie dann bei der Aufführung in ihrem Marlene-Outfit, komplett mit Netzstrumpfhose und Zylinder, schließlich vor ihm stand, war es endgültig um ihn geschehen. Stimmlos hauchte sie «Ich bin von Kopf bis Fuß auf Liebe eingestellt» ins Mikro, und er stellte sich vor, sie sang das Lied, oder besser bewegte ihre Lippen zum Playback, für niemanden außer ihn.

Nachdem er kurz nach ihr endlich selbst aufgetreten war und den vollen Klassenraum mit viel Charme und augenzwinkernder Schüchternheit als Rühmann'scher Don Juan zu ekstatischem Applaus animiert hatte, entfuhr dem Deutschlehrer im Beisein seiner Eltern: «Donnerwetter, Junge. Du gehörst ja wohl unbedingt auf die Bühne.»

Marcs Vater tat so, als hätte er diese Bemerkung im Lärm der fröhlichen Schüler um sie herum nicht gehört, und seine Mutter lächelte sie freundlich weg. Und Petra hatte sich zwar immer noch nicht eindeutig für ihn entschieden, sie war bereits umgeben von ihren zahlreichen Verehrern, aber sie nahm ihn nach dem Auftritt bestimmt anders wahr als bisher, dachte Marc. Er hatte gerade zum ersten Mal bemerkt, dass es durchaus eine Möglichkeit gab, ein anderer werden zu können, und das gefiel ihm gut.

Roy hatte sich an keinem der Sketche, die ihre Klasse neben Petras und Marcs Playbacksongs zur Aufführung brachte, beteiligt. Er blieb außen vor und schien Marc seltsam lustlos zu sein, in diesem Umfeld von ansonsten rotwangig begeisterten Teenies. Als ob eine gläserne Wand zwischen ihm und den anderen stünde, durch die er alles sehen, aber beinahe nichts hören könne. Und auch selbst nicht gehört werden wollte.

Während der Aufführung blickte Marc von der aus Podesten zusammengeschusterten Bühne über die Köpfe des Publikums aus Lehrern, Eltern und Mitschülern hinweg, direkt in Roys Augen. Er stand am anderen Ende des Raums und hatte sich, die Hände hinter dem Rücken verschränkt, an die zusammengeklappte Tafel gelehnt. Um ihn herum klatschten alle zur Musik. Marc konnte den Blick seines Freundes nicht deuten. Unendlich lange, so kam es ihm vor, hatte er Roy angesehen. Er wusste plötzlich auch nicht mehr, ob er in den endlosen Sekunden, seit er Roy entdeckt hatte, überhaupt seine Lippen weiter zum Playback bewegt oder ob er bei einigen Zeilen des Schlagers innegehalten hatte, ausgestiegen war, um zu verstehen, was Roy ihm sagen wollte. Doch als er gleich darauf wieder die lachenden Mitschüler und Eltern sah und das Klatschen hörte, wurde ihm klar, dass niemand sonst diesen kurzen Moment wahrgenommen hatte. Als er ein zweites Mal in die Richtung blickte, war sein Freund nicht mehr da.

In der Mittelstufe waren Marc und Roy stolz darauf, mit den Jungs aus den höheren Klassen schon ab und zu ein Bier saufen zu gehen, während Henning weiterhin mit Kakao zufrieden schien. In letzter Zeit hatten sie sich bei ihm wieder ein wenig rangewanzt, hauptsächlich wegen seiner Schwester Véronique und ihrer rasanten körperlichen Entwicklung. Marc war nicht sehr wohl dabei. Er hatte ein schlechtes Gewissen, Henning schnöde fallen gelassen zu haben, als er sich mit Roy anfreundete. Aber dann hatte Henning plötzlich alle überrascht, die ihn für ein Baby hielten: Ausgerechnet er hatte dieses Video organisiert.

Atemlos saßen sie im Hochsommer mit vier weiteren Klassenkameraden bei heruntergelassenen Rollläden im abgedunkelten Wohnzimmer von Hennings Eltern. Draußen glühende Hitze, drinnen die nicht weniger heiße, wenn auch stark flimmernde Sibylle Rauch in voller Action in einem Auto, das sich gerade durch die Waschanlage schob. Darin ein haariger Typ, auf dem Sibylle saß und mehr von sich präsentierte, als Marc bis dahin jemals von einer Frau gesehen hatte. Er guckte genau hin. Es war faszinierend und abstoßend zugleich. Roy konnte es nicht fassen: Ausgerechnet der lahme Henning, dessen französische Mutter hier ihre Malkurse gab, hatte die VHS-Kassette aufgetrieben.

Marc musste beim Gucken ständig an Véronique denken. Sie war zwei Jahre älter und zwei Klassen über ihm. Sie sah zwar gar nicht aus wie Sibylle Rauch, aber durchaus ziemlich weiblich. Marc fragte sich, ob echter Sex mit ihr so sein würde wie das, was da auf dem Bildschirm vor seinen und sechs anderen weit aufgerissenen Augenpaaren stattfand. Er gab sich große Mühe, im Halbdunkel möglichst teilnahmslos zu erscheinen. Er hoffte, dass Sex in echt weniger unbequem sein würde als auf der Rückbank eines Autos, an dem rotierende Riesenbürsten entlangschrappten. Und wie sollte man, wenn der Wasch- und Trockenvorgang beendet war, überhaupt wieder rechtzeitig von der Rückbank nach vorne ans Steuer kommen? Marc war schon einige Male mit seinem Vater in einer solchen Waschstraße gewesen, dort stand am Ausgang immer, man solle «bei Grün zügig abfahren». Er kannte den angespannten Blick seines Vaters, der stets die Ampel scharf beobachtete, um den Moment, in dem die Anzeige von Rot auf Grün sprang, nicht zu verpassen. Was, wenn man dann erst mal seine Hose wieder anziehen musste? War bei einem Auffahrunfall in einer Waschstraße auch immer der Hintermann schuld?

Während die Jungs um ihn herum weiter gebannt auf das Geschehen im Fernseher starrten – inzwischen hatte die Szenerie gewechselt, es ging nun auf einem Reiterhof zur Sache –, fand der Dienstags-Malkurs im Freien statt. Ein Rollladen war nicht ganz heruntergelassen worden. Marc stand auf und beobachtete durch den Spalt, was draußen im Garten geschah. Es kamen hauptsächlich Mädchen. Auch Véronique war da! Marc hatte keine Ahnung, wie er sie als Grundschüler doof finden konnte. Seit damals hatte sie sich ziemlich verändert. Sie hatte lange dunkle Haare und trug meist weit ausgeschnittene Oberteile, die einiges darunter erahnen ließen.

Er drehte sich um zu den Jungs auf dem Sofa. Roy hatte zur Sicherheit die Hand an der Fernbedienung, um im Fall der Fälle auf das harmlose Nachmittagsprogramm schalten zu können. Nicht auszudenken, wenn eines der Mädchen, die sich in der Küche nebenan jederzeit etwas zu trinken holen oder ihre Pinsel auswaschen konnten, sie zufällig erwischt hätte. Oder noch schlimmer: Frau Grawert, die Malkurs-Mutter. Sie war überzeugt, selbst eine große Künstlerin zu sein, und pflegte überdies einen recht offenherzigen Umgang mit den pubertierenden Freunden ihres Sohnes, der Marc immer ein wenig Angst machte.

Aber das war alles nichts gegen Véronique. Sie wollte ebenfalls bildende Künstlerin werden, wie ihre Mutter. Deshalb half sie mit, die Mädchen zu unterrichten. Marc konnte Véronique aus dem Stimmengewirr im Garten genau heraushören. Das gab den Aufnahmen von Sibylle noch einmal eine ganz spezielle Note.

Einmal hatte sie Marc, Roy und Henning gefragt, ob sie nicht mal etwas töpfern wollten. Und ihnen gleich einen Schnupperkurs gegeben. In Marcs Kopf stiegen ganz komische Gedanken auf, als Véronique den harten Tonklumpen auf der Töpferscheibe mit ihren nassen Händen und viel Wasser zu bearbeiten begann, bis der Klumpen immer weicher und geschmeidiger wurde und sich in «alle erdenklichen Formen bringen ließ», wie sie betonte. Er hätte schwören können, dass Véronique seine Gedanken lesen konnte, als er sie mit offenem Mund anstarrte, während er geistesabwesend seinen eigenen Tonklumpen zu formen versuchte. Sie schien es zu genießen, wie fasziniert er war von der Art, wie sie ihre Hände jetzt bewegte. Dass er überhaupt von allem fasziniert war, was sie tat. Sie trug einen Overall aus fast weißem ausgewaschenen Jeansstoff, komplett mit Farbklecksen übersät. Er war nicht ganz bis oben geschlossen, und Marc sah immer wieder die Träger ihres Tops darunter aufblitzen. Er konnte nicht anders, als sich das Darunterliegende wieder und wieder auszumalen. Dabei vergaß er vollkommen die Töpferscheibe. Als er aus seinen Tagträumen aufschreckte, weil Véronique ihm etwas zurief, war es schon zu spät. Die Fliehkräfte auf der rotierenden Scheibe vor ihm taten mit seiner Tonmasse, was sie tun mussten. Der nasse Klumpen löste sich von dem kreiselnden Untergrund und hob ab wie ein Frosch, der langsam seine Kraft zu einem großen Sprung gesammelt hatte, flog in hohem Bogen durch die Luft und landete in Hennings Haaren. Henning schrie auf, pulte sich das klebrige Zeug heraus und warf damit nach Marc. Roy griff ebenfalls nach seiner Masse und stieg ein in die Tonballschlacht. Véronique schrie, dass sie aufhören sollten, und zog Henning von Marc herunter, der inzwischen versuchte, Roy den Ton in den Mund zu stopfen.

Véronique wollte Marc anschließend nicht glauben, dass der fliegende Ton ein Versehen gewesen sei. Sie pulte mit ihren Fingern ein kleines Kügelchen Ton zwischen ihren Brüsten hervor und warf sie dann alle drei hinaus. Marc dachte auf dem Heimweg, dass ihr Overall jetzt ein paar Kleckse mehr haben musste, mit denen er sich an diesem Nachmittag darauf verewigt hatte und die ihn ihr von nun an stets ins Gedächtnis rufen würden. Leider hatte er sich geirrt. Von da an ignorierte Véronique Marc nämlich komplett, wenn er ihr in der Schule begegnete, und es gab für ihn auch keine weiteren Töpferstunden mehr.

Manchmal ist es plötzlich aus, dachte Marc, als er an Nürnberg vorbei war und auf der lang gestreckten Geraden, die die A9 von da ab bildete, das Tempo beschleunigte. Das Leben macht am Ende, was es will. Und manchmal, da will es eben nicht mehr. Ganz plötzlich. Bei einem, bei dem man das nie erwartet hätte. Was für ein seltsamer Gedanke, durchzuckte es Marc. Bei wem hättest du es denn erwartet? Wer sieht so aus, als ob er nicht alt wird? Er dachte seit der Sache mit Roy ständig über den Tod nach.

Der Typ im Hof bei ihm gegenüber, der immer zu Hause ist, der mit der vietnamesischen Frau, die ihn oft anschreit, der auch immer nachts wach ist und raucht. Der hustet inzwischen so stark, dass Marc sich fragt, wie lange der das wohl noch packen wird. Überhaupt, warum gibt es Körper, die man Jahre oder sogar Jahrzehnte täglich malträtieren kann, und trotzdem halten sie irgendwie durch? Und andere machen alles richtig, passen gut auf und sterben dann plötzlich einfach so.

Wann ist das noch mal passiert? Wieso gab's keinen Übergang, keine sanfte Ab- und Aufblende? Stattdessen ein harter Schnitt. Eben noch unsterblich, und auf einmal Tod und Krankheit um einen, wohin man blickt. Woher kommen all diese Herzinfarkte, diese plötzlich gesetzten Stents, die Schlaganfälle, ob leicht oder schwer, die Krebsdiagnosen? Alles hat seine Zeit? Alt werden ist nichts für Feiglinge? Aber wir sind doch nicht alt, wir waren doch eben noch die Jungen, alt waren immer die anderen. Gut, ohne Brille kann Marc kaum noch etwas lesen, und in seinem Schrank befinden sich eine Menge Kleidungsstücke, die mit seiner körperlichen Entwicklung nicht ganz mithalten konnten. Da sind einige Gürtel dabei, die neue Löcher bräuchten, weil sie schon lange nicht mehr über dem Bauch zugehen. Von den Hosen wollen wir gar nicht erst reden. Aber alt?

Roy war siebenundvierzig. Das ist nicht wirklich alt. Außer, wenn man zwanzig ist, da ist siebenundvierzig sehr alt. Aber zum Sterben ist siebenundvierzig definitiv zu jung. Um unsterblich zu werden, muss man richtig jung sterben. James Dean war gerade erst vierundzwanzig geworden, als er mit seinem Porsche in ein entgegenkommendes Auto krachte. Die Gelegenheit zur Unsterblichkeit haben Männer im besten Alter lange verpasst. Marc hatte auf einmal das Gefühl, als ob trockenes Laub auf seinen Stimmbändern läge. Es ging nicht weg, egal, wie oft er sich räusperte. Roy hatte wahrscheinlich nicht immer ganz gesund gelebt, aber wenn er ehrlich war, hatte er keine Ahnung, wie Roy in den letzten Jahren gelebt hatte. Um diese Dinge zu wissen, hätten sie sich einfach mal sehen müssen.

In ihrer Freundschaft gab es von Anfang an einige Hindernisse zu überwinden. Zumindest aus Marcs Sicht waren diese Hindernisse nicht klein. Roy hatte vieles, was Marc nicht hatte. Geld war da vielleicht noch am unbedeutendsten. Roy war ganz einfach leicht, er war selbstsicher. Er konnte ohne Weiteres fünfe gerade sein lassen. Es war ihm schlicht egal, wenn etwas schiefging. Versucht man es halt morgen noch mal. Jeder Tag ein neues Glück. «Et hät no immer jot jejange», sagte seine rheinische Mutter immer.

Marc dagegen wollte immer alles richtig machen. Er hatte einen ausgeprägten Instinkt dafür, welche Erwartungen an ihn gestellt wurden und wie er diese möglichst gut erfüllen konnte. Er nahm Menschen leicht für sich ein, aber nicht, weil er sich selbst als leicht empfunden hätte, sondern weil er sich nur dann sicher fühlte, wenn er gemocht wurde. Deshalb faszinierte Roy ihn ja so sehr. Denn was andere von ihm hielten, scherte den kein bisschen. Deshalb beschloss Marc von Anfang an, ihn zu seinem Freund zu machen, koste es, was es wolle. Das Gefühl der Selbstsicherheit, das Roy besaß, strahlte warm wie eine Sonne, und das Licht, das ihn wie ein heller Kranz umgab, sollte auch Marc beleuchten und in der gleichen Schönheit schimmern lassen wie den bewunderten Freund.

Dieser Pakt war gefährlich, denn so groß Roys Ego war, so gnadenlos war sein Gespür für die Schwächen seiner Mitmenschen. Roy hatte Marc sofort erkannt. Er sah Marcs Bedürftigkeit, auch wenn der sie mit Übermut tarnte. Er nahm den Stolz in seinem Gesicht wahr, wenn Marc eine

Bemerkung gemacht hatte, die die anderen zum Lachen brachte. Er lächelte über den Eifer, mit dem Marc sich daranmachte, eine Idee in die Tat umzusetzen, und genoss es geradezu, dass er selbst dagegen besonders nachlässig war. Wenn er verschusselt vorgab, keinen Stift dabeizuhaben, wenn sie etwas schreiben mussten, ins Buch von Marc guckte, weil er seins mal wieder vergessen hatte. Auf Marc war ja Verlass. Es war fast rührend für ihn zu sehen, wie ernsthaft Marc sich in jede Aufgabe verbiss, die erledigt werden musste. Für Marc schien das Leben aus einer unendlichen Folge von Prüfungen zu bestehen, bei denen es am Ende einen Preis zu gewinnen galt. Roy wollte keine Preise. Wozu auch? Alles, was es zu gewinnen gab auf der Welt, hatten er und seine Familie längst gewonnen. Es war eigentlich egal, was er machte, es konnte höchstens schlechter werden, als es schon war. Für ihn war immer alles schon da. Das Geld seiner Eltern konnte er in einem Leben nicht ausgeben, warum sollte er da morgens in die Schule gehen? Für welches Leben sollte er etwas lernen?

Es war so seltsam, sich vorzustellen, dass Roy nicht mehr da war, dachte Marc, als er beim Tanken einen Leichenwagen beobachtete, dessen zwei Fahrer gerade auf dem Parkplatz hinter dem Tankstellenhäuschen Brotzeit machten. Es war schon fast dunkel, und er versuchte zu erkennen, was für ein Nummernschild der dunkelgraue Mercedes Kombi hatte. Was, wenn ausgerechnet Roy in diesem Auto lag? Aber das konnte nicht sein, er musste ja längst nach München gebracht worden sein. Roys Mutter hatte ihn schon vor zwei Tagen angerufen und gesagt, dass der Leichnam bereits aufgebahrt wäre und wer möchte, nun kommen könne, um sich von ihm zu verabschieden.

Er war am Leben, Roy dagegen war tot, dachte er verwundert, als würde er ein Prüfungsergebnis mitgeteilt bekommen ... Von jetzt auf gleich hatte sein Herz aufgehört zu schlagen. Das Herz. Wenn Marc in sich hineinhörte und sich vorstellte, wie es da pumpt und saugt und sich zusammenzieht und weitet – konnte er verrückt werden. Nicht daran denken, nur nicht zu viel darüber nachdenken, sagte er sich.

Er fragte sich, was Roy wohl empfunden haben mochte, als es so weit war. War er da genauso wie sonst auch? Gelassen auf seine Chance lauernd, die Sache am Ende für sich zu entscheiden? Hatte er überhaupt mitbekommen, was mit ihm geschah? Marc fiel ein Satz von Handke ein, dass der Tod im Schlaf mitnichten friedlich sei. «Friedlich entschlafen» heißt es so oft – aber wer weiß das denn schon? Vielleicht schreckt man ja auch für grausame letzte Sekunden hoch, ergriffen von einer unfassbaren Panik, schnappt einen letzten Atemzug Luft, und dann zieht einen eine fremde Kraft unaufhaltsam hinab in eine unendliche Tiefe. Und dieser kleine Moment des Luftholens, des Bewusstseins, dass es aus ist, der ist möglicherweise schlimmer als jedes Siechtum, jeder quälend langsame Weg heraus aus diesem Leben, dachte er, als er den Tankstutzen aus der Öffnung zog und zurück an die Zapfsäule hängte. «Also lieber ein Ende mit Schrecken oder Schrecken ohne Ende?», hörte er die Stimme von Susi aus der Fernsehshow «Herzblatt» in seinem Kopf fragen, als er zum Bezahlen ging. Die beiden Männer vom Bestattungsunternehmen hatten ihre Pause beendet und fuhren gerade vom Parkplatz in Richtung Autobahnauffahrt.

Im Schlaf vom Tod überrascht, das klang nach einem fürchterlichen Scherz, fand Marc. Der einzige Grund, warum wir nicht ein Leben lang traumatisiert sind von der Qual, in das Leben herausgepresst worden zu sein, ist der, dass wir uns schlicht nicht daran erinnern. Er fragte sich, ob das am Ende des Lebens dann wieder so sein wird. Wenn es stimmt, was manche glauben, dass unser Ich erhalten bleibt nach dem

Tod, hat es dann vergessen, dieses Ich, welcher Schrecken ihm eben widerfuhr, als sein irdisches Dasein ein Ende fand? Oder jagt es, einem außer Rand und Band geratenen Satelliten gleich, mit vor Schrecken geweiteter Fratze durch das Universum? Sah Roy ihm hier gerade zu, wie er zum zweiten Mal seine Geheimnummer in das Gerät, das der Kassierer ihm ungeduldig hinhielt, einzutippen versuchte, weil er vor lauter Gedanken seine PIN-Nummer vergessen hatte? Nach dem Tod also dann: «Schrecken ohne Ende»? Marc verzog das Gesicht beim Gedanken daran.

Als Teenager war ihnen ihr Körper noch unzerstörbar erschienen. Die Belastungen, die sie ihrem Organismus damals zufügten, konnten nicht groß genug sein. Das Oktoberfest bot dazu die perfekte Gelegenheit. Mit sechzehn war Marc mit Roys Eltern beim Anstich gewesen, der offiziellen Eröffnung am ersten Wiesn-Samstag im Schottenhamel. Großer Auftrieb. Der Oberbürgermeister stach ein Fass an und reichte die erste frisch gezapfte Maß dem Ministerpräsidenten. Erst dann floss auch in den anderen Zelten das Bier. Der sozialdemokratische Oberbürgermeister gab hier den Schankknecht des CSU-Landesfürsten. Die Ehrengäste waren mit dieser Rollenverteilung sehr einverstanden. Allen voran Roys Vater, Ludwig Grünbauer, der zwar seine Box, eine Art eingezäunten Schrebergarten innerhalb des Zeltes, nicht direkt neben der des Ministerpräsidenten hatte, aber doch nah genug dran, damit jeder sehen konnte, wie wichtig er war. Im Baugewerbe waren gute Kontakte in die Politik

Gold wert. Roys Großvater Robert Grünbauer senior hatte in den Jahren des Wiederaufbaus ganze Wohnsiedlungen für die Stadt München errichtet und den Grund, auf dem die Häuser standen, später günstig erworben. Roys Vater Ludwig war somit schon qua Geburt Teil des bayerischen Hofstaats aus Wirtschaft und CSU. Begabt für das leutselige Gespräch, das der alte Robert so gut beherrschte, zeigte er sich allerdings nicht, stattdessen hatte Ludwig Grünbauer als kühler Rechner sein Unternehmen zu einem der profitabelsten in ganz Bayern gemacht. Roys Mutter Rosi war in ihrer offenen Art gewissermaßen das Gegenteil ihres Mannes und gleichzeitig seine perfekte Ergänzung. Strahlte er eine Art von Seniorität aus, die etwas Furchteinflößendes haben konnte – er sprach wenig und guckte oft streng –, so war sie eine charmante Unterhalterin und warmherzige Gesprächspartnerin, der es mühelos gelang, einen ganzen Tisch in ihren Bann zu ziehen. Ihr überschäumender Charakter und ihre Schlagfertigkeit bildeten einen interessanten Gegenpol zur altbayrischen Verstocktheit ihres Mannes, der oft nur schweigend, hechtartig seine Umgebung beäugte. Unter seinen Vorfahren und Verwandten waren Generationen von Chiemseefischern. Die alte Fischerei war immer noch in Familienbesitz, ein Cousin hatte sie jetzt gepachtet. Roy verabscheute nichts so sehr, wie mit seinem Vater zum Angeln zu müssen. Sein Vater liebte die Stille, die da herrschte, aber Roy zählte die stummen Stunden, die er mit der Angel in der Hand neben ihm verbringen musste.

Die Sprachlosigkeit, die zwischen ihm und seinem Vater herrschte, machte Roy zu schaffen. Roy wollte nach außen glänzen, sein Vater verachtete den Glanz. Er war ein Lodentyp. Fast stumpf, wie aus Filz. Dabei beharrlich, genau und ausdauernd. Der Gedanke, sein Firmenerbe an Roy weiterzureichen, war ihm fast körperlich unangenehm. Dieser Vater, der so ganz anders war als Roy, mochte Marc offenbar. Und er fand vor allem, dass der Einfluss, den Marc auf seinen Sohn hatte, diesem guttat. Deshalb luden die Grünbauers Marc zu allen möglichen familiären Gelegenheiten ein. Marc verbrachte mit ihnen oft die Ferien und manchmal auch festliche Anlässe wie den Oktoberfest-Anstich.

Roy hatte an diesem Mittag einen Zug drauf, bei dem Marc schwer mithalten konnte. Marc trank deshalb bis zum Nachmittag mehr, als gut für ihn war. Am Ende werden es bestimmt vier Maß gewesen sein. Er hatte irgendwann aufgehört zu zählen. Das Bier kostete ihn ja nichts.

Er lief irgendwann, leicht schwummerig und ohne Roy, mit wackeligen Knien aus dem Zelt. Draußen in der spätsommerlichen Wärme fühlte er sich plötzlich wie Gustav Aschenbach, der Held aus Thomas Manns «Tod in Venedig». Das hatten sie kurz zuvor im Deutschunterricht gelesen. Und nun war es ihm, als ob auch er, fiebrig krank und gleichzeitig voll unstillbarer Sehnsucht durch die Gassen des choleraverseuchten Venedigs trieb. Er tappte im warmen Nachmittagslicht durch den Duft von Zuckerwatte und gebrannten Mandeln, vorbei an hupenden Autoscootern und blinkenden Riesenradlichtern. Der Rausch in seinem Kopf, bei Tag noch einmal realer als bei Nacht, hatte etwas Wohliges und gefährlich Hinabziehendes zugleich. Er stellte sich vor, der große Löwenbräu-Löwe mit seinem kehlig dunklen Ruf sitze plötzlich auf der Säule des Markuslöwen und blickte auf die Masse an Leibern herab, die sich unter ihm durch die Gassen zwischen den Zelten wälzte. Die Gesichter der sich an ihm vorbeischiebenden Frauen und Männer schienen ihm fratzenhaft verzerrt. Einmal glaubte er sogar, den grell geschminkten Musikanten, der, einem Todesboten gleich, Aschenbachs Überfahrt zum Lido begleitet, in der Menge zu erkennen. Dann wurde ihm schwindlig, und er fand nicht mehr heraus aus dem Gewirr der Zelte und Fahrgeschäfte. Legte sich, als er erschöpft den Rand der Festwiese erreicht hatte, zu den Bierleichen auf den sogenannten Kotzhügel. Alles drehte sich. Alles löste sich auf. Er kannte das schon. Durchgemachte Nächte mit viel Alkohol, diese befremdliche Taubheit der Glieder, ein Gefühl der Unbehaustheit im eigenen Körper, weil der Alkohol alles unwirklich macht. Die Musik der Fahrgeschäfte und das brummende Treiben drangen nur noch wie von ferne in seine Ohren. Irgendwann wurde es ganz still, und er schlief ein.

Und wieder begann der alte Traum, den er als Kind oft geträumt hatte. Immer wieder der gleiche Albtraum, der besonders schrecklich war, weil er so abstrakt aussah. Schlimmer als jeder Horrorfilm. Er ähnelte am Anfang dem Testbild, das damals nach Sendeschluss erschien. Ein grafisches Standbild, durchzogen von Farben und Linien, als hätten es der Maler Joan Miró und der Designer Dieter Rams gemeinsam entworfen. Dieses Testbild tauchte stets im Traum vor ihm auf. Die Farben waren grell und schienen auf der Rückseite der geschlossenen Lider zu brennen, und gleichzeitig schien etwas von außen auf seine Augäpfel zu drücken, wie Daumen, die zunächst sanft, aber kontinuierlich, immer fester und dann zum Schluss erbarmungslos zudrückten. Dazu erklang ein unangenehm hoher Dauerton, scharf und dabei seltsam dräuend, obwohl er so hell war. Und dann, wie ein harter Filmschnitt, begann das Bild plötzlich zu schneien. Ein analoges Rauschen von apokalyptischer Urgewalt, visuell und akustisch zugleich. Eine Lawine von schwarz-weißen Blitzen, die bildfüllend die Rückseiten seiner Augenlider anstrahlten, als stünde irgendwo in seinem Kopf ein riesiger Projektor, der sich nicht ausschalten ließ.

Immer wieder schlug das Ende einer ausgelaufenen Filmspule gegen den sich endlos weiterdrehenden Projektor, und

Marc versuchte, mit der Hand danach zu greifen, die Spule festzuhalten, damit wenigstens dieses Geräusch aufhörte, dieses Schlagen in seinem Kopf. Aber es gelang ihm nicht, er bekam sie nie richtig zu fassen, immer wieder rutschte das kurze Ende der Spule zwischen seinen Fingern hindurch. Er wurde wütend, weil es aussichtslos war, das Flimmern und Klopfen zu beenden. Dann wurde das Klopfen im Kopf lauter und lauter, und die Blitze vor seinen Lidern zuckten stärker, wie ein außer Kontrolle geratenes Feuerwerk. Durch einen dumpfen Trichter, den man mit Watte ausgekleidet hatte, hörte er jemanden seinen Namen rufen, erst von fern und dann schließlich immer lauter, dabei leiernd wie von einer Schallplatte, die zu langsam abgespielt wird.

«Marc ...! Marc ...!» Pause. «Hey, McFly! Aufwachen, komm schon, du kannst hier nicht liegen bleiben. Aufstehen!» Marc öffnete seine Augen und sah in Roys Gesicht. Er stand über ihm, packte ihn an den Schultern und versuchte, ihn, ohne eine der allgegenwärtigen Kotzepfützen zu streifen, vom Hügel zu ziehen. Marcs Füße schleiften über den Boden, als wollte Roy mit seinem schlaffen Körper eine Ackerfurche in das feuchte Gras des Hügels pflügen. Als er ihn heil durch die herumliegenden Alkoholleichen manövriert, aufgerichtet und einigermaßen stabil hingestellt hatte, legte er Marcs Arm über seine Schulter, stützte ihn und half ihm langsam aus dem Lärm des Volksfests heraus.

Es war eigentlich ein aussichtsloses Unterfangen, an einer der den Festplatz umgebenden Straßen ein Taxi zu bekommen, zumal mit einem total besoffenen Typen im Arm. Aber Roy pfiff nur kurz und prägnant auf zwei Fingern, als ein Taxi auf der gegenüberliegenden Straßenseite seine Fahrgäste herausließ, und dann zog er Marc zwischen hupenden Autos auf den Mittelstreifen der Fahrbahn, über die sich bereits die erste Dämmerung gelegt hatte. Ein rosafarbener Himmel schimmerte über den rot, weiß und gelb leuchtenden Lichtern des Abendverkehrs, und das Taxi legte zu Marcs Erstaunen nun wirklich den Rückwärtsgang ein, stieß zurück und kam schließlich genau vor ihnen zum Stehen.

Roy öffnete die hintere Tür, ließ den benommenen Marc sanft und vorsichtig schiebend auf den Rücksitz gleiten. Dann stieg er von der anderen Seite ein. Die Geräuschkulisse um sie herum, das brodelnde An- und Abschwellen der Menschen, das schon fernere Hupen und Tröten der Fahrgeschäfte, die Stimmen der Ausrufer, die Discoklänge der Autoscooter und das rasselnde Klingeln der Achterbahn. All das war auf einmal stumm geschaltet und drang nur noch dumpf und wie von weit her ins Taxi.

So wie jetzt, als Marc in den Mietwagen stieg und den Rastplatz wieder verließ, war der Lärm der Autobahn, das Rauschen der Lastwagenreifen und der Wind, der stärker geworden war, seit er Berlin verlassen hatte, auf einen Schlag ausgesperrt. Genauso wie damals, als Roy ihn im Taxi nach Hause brachte. Er hatte ihn nach oben in sein Zimmer geschleppt und ins Bett gelegt. Hatte ihm die Schuhe ausgezogen und Marcs Mutter beruhigt, die sich Sorgen machte, dass er eine Alkoholvergiftung haben könnte.

«Ihm geht's gut», hatte er leise zu ihr gesagt. «Der muss nur seinen Rausch ausschlafen, morgen ist er wieder der Alte, keine Sorge.» Marc hatte das Gespräch zwischen Roy und seiner Mutter wie durch Watte mitangehört und fühlte sich auf eine Weise geborgen, die er in seinem Zwischenzustand zwischen Schlafen und Wachen, im vorsichtigen Abklingen des Rausches, den er eben erst herbeigeführt hatte, irgendwie festzuhalten versuchte, weil es sich so gut anfühlte. Er wusste, wenn er wirklich aufgeschmissen war, konnte er sich auf Roy verlassen. All sein Werben um ihre Freundschaft war nicht vergebens gewesen. Roy konnte es nur eben nicht so direkt zeigen. Vielleicht waren ja seine immer wiederkehrenden Sticheleien nur Ausdruck einer besonderen Liebe, die er für ihn empfand.

Als Marc beschleunigte, um sich wieder in den Verkehr einzureihen, beschlich ihn ein unangenehmes Gefühl. In etwa eineinhalb Stunden würde er in München ankommen. Wie würde es sein, nach all den Jahren, in denen sie sich nicht mehr gesehen hatten, dem toten Freund zu begegnen? Und was heißt begegnen, dachte Marc. Konnte man das überhaupt so sagen? Ein Kloß machte sich in seinem Hals breit. Dieser Abschied war für immer. Die Chance war endgültig vertan, sich jemals mit Roy auszusöhnen. Als Kind war er lange Zeit sicher, geliebt zu werden. Er kannte das Gefühl, zu lieben, ohne auf die gleiche Weise zurückgeliebt zu werden, überhaupt nicht, bis er auf Roy traf. Wie verletzlich man ist, dachte er, wenn man selbst jemanden anderen voller Inbrunst liebt und um dessen Liebe immer wieder kämpfen muss. Sich jetzt von Roy zu verabschieden, war nicht nur der Akt, einen Freund zu seinem Grab zu begleiten. Es war auch ein Abschied von einem Kampf, den er nie ganz gewonnen hatte. Plötzlich wurde er von einem heftigen Weinkrampf geschüttelt. Zum ersten Mal, seit er von Roys Tod erfahren hatte, reagierte er mit der ganzen Wucht seines Körpers auf diese Nachricht. Ohne Gegenwehr ließ er dieses Gewitter durch sich hindurchfegen, hielt mit beiden Händen das Lenkrad fest umklammert, gab weiter Gas und heulte hemmungslos. Er war überrascht, wie sehr ihn dieser Gefühlsausbruch erleichterte, wie viel angestaute Trauer sich da ihren Weg bahnte.

Als sie klein waren, hatte er Henning manchmal dazu gebracht, ihm ein Spielzeug zu überlassen, um das sie sich gestritten hatten, indem er sagte: «Wenn du es mir nicht gibst, dann bin ich nicht mehr dein Freund!» Das war grausam, denn er wusste, dass Henning mehr daran gelegen war, mit Marc befreundet zu sein, als umgekehrt. Er hatte Macht über ihn, weil er wusste, dass ihm selbst nicht so viel an Henning lag. Als er ein paar Jahre später Roy kennenlernte, war dann er auf einmal in der Position des Schwächeren im Ringen um die Freundesliebe. Roy wusste genau, welche Knöpfe er bei Marc drücken musste, um ihn zu manipulieren. Und Marc genoss es ungewöhnlicherweise sogar heimlich, vom bewunderten Freund immer wieder schlecht behandelt zu werden. Die Intensität des Schmerzes, die er dabei empfand, schien ihm den Wert ihrer Freundschaft ins Unermessliche zu steigern. Nur wenn es wehtat, war es echt, war es wahre Freundschaft. Wenn es nichts kostet, war es nichts wert. Er hatte lange gebraucht, um aus diesem Muster auszubrechen. Sein Brustkorb hob sich, er tat einen tiefen Atemzug, nach all dem Weinen fühlte sich die Weite zwischen den Rippen gut an. Sein Atem wurde ruhiger. Er fuhr sich mit der Hand über die nasse Wange, hob den Blick ein Stück und sah am Horizont das letzte Licht des Tages aufleuchten, das da nach all dem Regen, kurz bevor die Dunkelheit sich über die Autobahn legte, durch die Wolken brach.

Marc hätte Roy gerne noch einmal gesprochen. Hätte sich ausgesprochen. Aber irgendwann hatten sie sich endgültig verloren. Irgendwann war das ewige Ungleichgewicht ihrer Freundschaft zu weit gekippt, sodass einer runterfiel von der Wippe und aus dem Orbit des ewigen Anziehens und Abstoßens geriet. Und dann hinaustrieb ins Weltall, ohne Chance auf Rückkehr in die Raumstation ihrer Freundschaft, verschluckt von den Weiten des Raums, der sich auftat zwischen ihnen.

Frau Reischl fiel ihm ein, seine Grundschullehrerin, die einmal ein Gleichnis erzählte, vom armen und reichen Mann, die am Himmelstor von Petrus nach ihrem Wunsch gefragt werden. Jeder hat nur einen einzigen frei! Der Reiche wünscht sich, täglich Geburtstag zu haben, mit Torten und Bier und Schweinsbraten. Sogleich wird der Wunsch ihm gewährt. Der Arme hingegen fragt nur nach einer Bank zu Füßen Gottes. Natürlich wird es dem Reichen bald zu viel mit dem ewigen Geburtstag und der ewigen Völlerei, er kann das Bier und die Torten und den Braten nicht mehr sehen. Als Petrus nach tausend Jahren einmal vorbeikommt, fleht der Reiche ihn an, erlöst zu werden von der immerwährenden Geburtstagsqual. Und Petrus, der leider keine Erlösung gewähren kann – «nur ein Wunsch, das war so verabredet» –, bietet dem Reichen aus Mitleid an, durch ein Fenster, ganz oben, durch welches man nur sehen kann, wenn man auf einen Hocker steigt, ganz kurz die Herrlichkeit Gottes zu erblicken. Als Ausgleich sozusagen für die weltliche Selbstfeier, die offenbar falsche Entscheidung, die er getroffen hat beim Eintritt ins Himmelreich. Der Reiche steigt auf den Hocker und blickt auf Zehenspitzen durchs Fenster ins Paradies. Dort sieht er den Armen auf seiner Bank zu Füßen Gottes. Er ist vollkommen geblendet von der Schönheit des Bildes. Petrus lächelt, lässt den reichen Mann noch ein wenig länger durch das Fenster gucken und wendet sich ab. Und als Petrus nach zehntausend Jahren wieder vorbeikommt, sieht er den Reichen noch immer auf dem Hockerchen stehen und unverwandt durch das Fenster hinein ins Paradies schauen. Das rührt Petrus so, dass er beschließt, eine Ausnahme zu machen. Er befreit den Reichen von seinem ersten, unglückseligen Wunsch und nimmt ihn mit hinauf ins Paradies. Zu dem Bettler. Und zu Gott.

Marc wusste nicht, warum ihn diese Geschichte so bewegt hatte als Kind. Vielleicht weil es darin um Barmherzigkeit geht. Darum, dass man eine zweite Chance bekommt, wenn man bereut und glaubhaft Buße tut. Und dass es offenbar noch etwas anderes geben muss im Leben als Rausch und Tanz, weltliche Freuden und das Kreisen um sich selbst. Und er fragte sich, wer von ihnen, Roy oder Marc, eigentlich dieser Mann am Himmelsfenster war. Der auf Zehenspitzen ausharrt, zehntausend Jahre, nur um Gott nah zu sein. Der, der inmitten aller Völlerei nach etwas buchstäblich Höherem sucht, nach dem man sich strecken muss, dahin, wo nicht jeder hinkommt. Roy hätte sich niemals damit begnügt, das Paradies nur anzuschauen. Er hätte lieber zehntausend Geburtstagsfeiern gefeiert. Marc hingegen hatte schon immer eine Ahnung davon, wie leer sich alles anfühlt, wenn nichts mehr von Bedeutung ist. Ihm war, als habe er all das Höhere, das Besondere schon immer gesucht und nur das Fenster nicht gefunden, durch das er blicken musste, um erlöst zu werden. Als wäre er der Einzige in dieser Blase der Oberflächlichkeit, der sich nach etwas anderem sehnt, als täglich Geburtstag zu feiern.

Im Umfeld der ganzen Oberflächlichkeiten und Angebereien ihres Teenagerlebens, in diesem Karussell der Eitelkeiten, hatte Marc schon damals oft das Gefühl gehabt, nicht wirklich verankert zu sein, sich nicht verlassen zu können auf die, die er für seine Freunde hielt. Wenn es mir wirklich schlecht gehen würde, dachte er oft, käme doch keiner von denen und würde fragen, wie es mir geht. Keiner nähme Anteil an Leid, einer Krankheit gar. In dieser Welt zählte nur der Glanz der Unbeschwertheit und Sorglosigkeit. Wie bei

Frau Reischls Gleichnis fand hier die ewige Feier des immer gleichen Tags statt. Ein Groundhog Day der Völlerei und des Überflusses.

Damals gab es in ihrer Clique einen Typen, den alle nur den «Schober» nannten. Er selbst nannte sich «Graf Schober von Schobenhausen», war aus Heilbronn und sah aus wie das Klischee eines Verbindungsstudenten aus einem schlechten Tatort. Bundfaltenhose und Button-down-Hemd mit rahmenloser Rundbrille, einer Art Doppelmonokel. Dazu Fassonschnitt mit leichtem Undercut. Die Anstrengung, gesehen zu werden, bemerkenswert zu sein, trieb ihm den Schweiß auf die Stirn, sodass sein teigiges Gesicht davon glänzte. Er erzählte ständig Geschichten. Sein Grinsen, wenn er den Leuten wieder irgendeinen Bären aufband, hatte etwas Entrücktes, so als blickte er nach innen und sähe sich selbst ungläubig dabei zu, wie er diese Person spielt, die er doch unbedingt wirklich sein wollte. Roy hatte seinen Spaß mit ihm und große Freude daran, ihn bald zu immer wilderen Angebereien anzustiften. Ob Großwildjagd, Poloturnier, Ausflug auf die Privatinsel mit dem familieneigenen Learjet, kein Erlebnis konnte schrill genug sein, um es einer feixenden Schar scheinbar beeindruckter Zuhörer und Zuhörerinnen nicht in den buntesten Farben zu schildern. Er merkte nicht, dass Roy nur immer wieder nachfragte und neue Details wissen wollte, um sich heimlich über den vermeintlichen Grafen lustig zu machen.

Alle fanden den Typen wahnsinnig peinlich. An den Locations, wo sie sich aufhielten, waren viele Kinder aus privilegierten Verhältnissen. Aus genau diesem Grund ging der Schober da ja auch hin. Aufdringlich, aber auf eine Art auch unterhaltsam, inszenierte er sich als das, was er für typisch für einen reichen Sprössling hielt, sodass alle sich gerne von ihm auf Drinks oder Koks einladen ließen und sich einen großen Spaß daraus machten, ihn aufzunehmen in ihrer Jeunesse-dorée-Welt, als skurrilen Fixstern jeder ausufernden Nacht. Ein greller Clown, der, um dabeizubleiben, immer greller werden musste. Er behauptete, der uneheliche Sohn eines reichen Adeligen aus Württemberg zu sein und er hätte sich das Recht, seinen Grafentitel zu führen, vor Gericht erstreiten müssen.

Marc hatte kein gutes Gefühl dabei, er bedauerte den armen Schober, bei dem offensichtlich alles Fake war und dem man doch so sehr ansah, wie sehr er sich einfach nach Freunden sehnte. Als wäre er ein Wiedergänger des Generaldirektors Haffenloher aus Dietls «Kir Royal», dem Kleberfabrikanten, dem keine Entwürdigung zu schrecklich ist, um endlich etwas zu erleben, endlich jemand zu sein. Nur der Moment des Zurückschlagens, die Rache für all die Erniedrigungen, die Haffenloher am Pool des Bayerischen Hof im Film gewährt wurde, der berühmte Satz «Ich scheiß dich zu mit meinem Geld», der war dem ebenso unangenehm aufdringlichen wie in Wahrheit unglücklichen Schober in der realen Welt nicht vergönnt. Über Monate hatte er nächtelang im Roxy abgehangen und den großen Max gegeben. Umgeben von ein paar Glücklichen, die alles hatten – allen voran Roy –, deren Reichtum tatsächlich unerschöpflich war, hatte er sich aufgeschwungen zum Lokalrundenschmeißer und Salonlöwen. Das Unechte an ihm, das Übertriebene, diese debile Freude am Exzess und der aufgesetzte Dünkel, mit dem er um Zustimmung heischte, war genau das, was Roy anziehend fand und was er gierig aufsog, um sich daran zu ergötzen und darüber zu erheben. Nur um ihn dann ebenso schnell, wie er ihn verschlungen hatte, wieder auszuspucken.

Die unermesslich hohen Rechnungen rauschender Nächte, die vielen Abende, an denen die letzten Spötter ihn unter irgendwelchen Vorwänden zum Schluss alleine an der Bar ließen, wo er blieb, bis der Laden schloss und der Club das Licht anmachte, um die letzten Übriggebliebenen hinauszukehren, das alles hatte Schobers Finanzen schneller versiegen lassen, als er gedacht hatte. Eines Nachts wurde er wegen Kreditkartenbetrugs und Urkundenfälschung noch an der Bar des Roxy verhaftet und aus dem Lokal geführt. Es war ein Abend, an dem nicht viel los war, und fast niemand von denen, die er so gerne um sich scharte, war dabei. Der selbst ernannte König der Nacht hatte in der Zwischenzeit einen so großen Berg Schulden angehäuft, dass er längst zu illegalen Mitteln greifen musste, um mit seiner Maskerade fortfahren zu können. Die Kreditkarte, mit der er an diesem Abend bezahlen wollte, hatte sich als gesperrt herausgestellt. Die Barfrau bat den Geschäftsführer unauffällig, die Polizei zu verständigen. In der Zwischenzeit versuchte sie, den Schober hinzuhalten. Der hatte natürlich gemerkt, dass etwas nicht stimmte. Und während er lautstark herumtönte, das sei das letzte Mal, dass er diesen Scheißladen besuchen würde, ob sie nicht wüssten, wer er sei, und überhaupt, wenn er wollte, kaufte er einfach den ganzen Schuppen, betraten zwei Zivilbeamte den Club und baten ihn und seinen Begleiter mitzukommen. Das war der Anfang vom Ende seiner Karriere als schillernder Hochstapler.

An diesem Abend hatte er einen Jungen im Schlepptau, der nicht älter als sechzehn gewesen sein mochte und den er irgendwo am Hauptbahnhof aufgelesen hatte. Der Junge war aus der Oberpfalz und von zu Hause ausgerissen. Ein schüchterner Bauernbub mit ausgebeulter Jeans, der wenig sprach und den krakeelenden Herrenreiter an seiner Seite, seit er von ihm aus dem Bahnhofsdreck gezogen worden war, durch stummes Nicken in seinem Kampf gegen die übermächtigen Windmühlen des Münchner Nachtlebens unterstützte wie ein treuer Sancho Pansa seinen Don Quijote. Sie reckten die schlanken Pilsgläser in die Luft, als wären es Lanzen, mit denen sie die Ungeheuer vertreiben und am Ende vielleicht ja sogar die Huld der Barfrau erringen könnten. Zwei traurige Ritter, der Junge so betrunken, dass die Polizisten ihn stützen mussten, als sie die beiden, vor den Augen einiger weniger Versprengter der Nacht, an einem trostlosen Mittwochmorgen aus dem Lokal führten. Erst als sie herausgebracht wurden, bemerkte der Türsteher die Grasflecken auf der Jeans des Bauernjungen und nahm sich vor, das nächste Mal genauer hinzusehen, wenn wieder einer, den er kannte, eine Begleitung mit ins Lokal schleppen wollte.

Roy hatte Marc kurz darauf von der Verhaftung erzählt, die Story verbreitete sich in rasender Geschwindigkeit. Später erfuhren sie, dass es sich bei diesem Schober in Wahrheit um einen Professorensohn handelte. Er hatte unbemerkt das Konto zur Altersvorsorge seiner Eltern geplündert, und als er dieses Geld ausgegeben hatte, war er dazu übergegangen, sich mit den Identitäten ahnungsloser Kommilitonen an der TU, wo er offiziell für Maschinenbau eingeschrieben war, verschiedene Kreditkarten ausstellen zu lassen. Die Namen und Passdaten, die er für seinen Identitätsdiebstahl brauchte, hatte er sich im Uni-Sekretariat verschafft, indem er sich nachts unbemerkt einschließen ließ und die Daten handschriftlich in ein Oktavheft übertrug, das bei der Durchsuchung seiner Wohnung später von der Polizei gefunden wurde. Ganz im Gegensatz zu seiner ausladenden Persönlichkeit war die Schrift in dem DIN-A5-Heftchen sehr klein und akkurat. Ein winziger Strom von gestochen scharfen Buchstaben, Namen, Geburtsdaten, Adressen. Ein Haushaltsbuch voll mit angeeigneten Leben, geführt von einer Krämerseele. Der beträchtliche finanzielle Schaden, den er verursacht hatte, indem er die kurze Zeit zwischen Ausstellung der per Brief beantragten Karten und der Entdeckung seines Betrugs nutzte, um sein ausschweifendes Leben damit zu bezahlen, führte zu einer zweijährigen Haftstrafe und natürlich zur Exmatrikulation. Keiner aus Marcs und Roys Runde hatte je wieder von ihm gehört.

Marc hatte sich gefragt, wie sich die Eltern dieses Hochstaplers gefühlt haben mussten. Bestohlen und getäuscht vom eigenen, vielleicht einzigen Kind. Aller Hoffnungen auf eine Fortführung der eigenen bürgerlichen Existenz durch den Sohn beraubt. Im Wunsch nach Fortpflanzung steckt ja auch immer der Wunsch nach einer Verstetigung des Selbst, nach der Überwindung des Todes durch das Weiterleben im eigenen Kind, dachte er. Und wenn sich dieser Wunsch nicht erfüllt, sondern das Kind sich für das Gegenteil dessen entscheidet, wofür die eigenen Eltern stehen? Was für ein Schock muss es gewesen sein, zu erleben, dass alles, was sie bisher über ihr Kind geglaubt hatten, offenbar nur Fassade gewesen war. Wussten sie von dieser geheimen Person, die da in ihrem Kind steckte?

Jeder ein Star für fünfzehn Minuten. Aber die sollen es dann wenigstens in sich haben! Wie mochte er sich gefühlt haben, fragte sich Marc, in den Wochen, in denen er täglich zugleich mehr und mehr glänzte und doch immer tiefer in den Abgrund fiel, der sich währenddessen immer weiter vor ihm auftat? Marc fragte sich, ob ihm von Anfang an klar gewesen war, worauf er sich da einließ, oder ob er in die Sache einfach nur hineingerutscht war. Ob er einfach verdrängte, nicht wahrhaben mochte, dass auf den kurzen Traum, ein anderer zu sein, ein umso heftigeres Erwachen folgen musste. Und wie konnte sich jemand überhaupt wünschen, von einer Horde oberflächlicher jugendlicher Angeber bejubelt zu werden? Die Abende waren grotesk. Der Jubel zu falsch, die Übertreibungen zu maßlos, die Fratzen zu schief, als dass nicht klar gewesen wäre – hätte man nur mit nüchternem Blick hingesehen –, dass hier alles unecht war. Die Show, die er bot, genauso wie der Applaus, den er dafür bekam.

Dachte der Schober mit seinem entrückten Lächeln immer schon an das Ende dieser Reise? Bewunderte er sich insgeheim dafür, wie lange er schon durchgehalten hatte? Hatte er womöglich schon längst mit seinem Auffliegen gerechnet und genoss nur die ihm unverhofft zugefallene Nachspielzeit?

Marc war siebzehn und hatte sich gefragt, ob ihm eines Tages wohl etwas Ähnliches wie dem Schober geschehen könnte. War da auch eine Sehnsucht nach Größerem, die er glaubte, übererfüllen zu müssen? Kam der Schober vielleicht aus einer Familie mit Geschichten von alter Größe? Vielleicht hatte der Schober sein Geltungsbedürfnis aber auch ganz allein aus sich heraus entwickelt. Dessen Mut oder besser seinen Wahnsinn, alles auf eine Karte zu setzen, besaß Marc nicht. Darüber war er sich vollkommen klar. Vielleicht war es einfach auch nur die Angst vor der dräuenden Langeweile eines Lebens, in dem er sich an alle Erwartungen, die an ihn gestellt wurden, anpassen würde, die den dringenden Wunsch in ihm weckte, daraus auszubrechen? Marc hatte nie ein richtiges Gefühl dafür gehabt, wer er eigentlich war. Er wusste, was seine Eltern, Lehrer, Freunde von ihm erwarteten, und er war geschickt genug, diese Erwartungen zu bedienen. Er war geschmeidig und anpassungsstark. Er konnte sich verwandeln. Aber er hatte schlicht keine Ahnung, wer er selbst eigentlich sein wollte. Er wusste nur, dass er jemand anderes sein wollte als der, der er bisher gewesen war.

Roys Tod hatte ihn kalt erwischt. Der erste Gleichaltrige, der plötzlich weg war. Einfach nicht mehr da. Endgültig. Marc hatte es nicht über sich gebracht, Roys Kontakt auf seinem Telefon zu löschen. Er fand das unvorstellbar. Obwohl sie einander schon lange nicht mehr angerufen hatten. Er beschloss, Roys Nummer weiter zu behalten, als gäbe es noch eine winzige Chance darauf, dass er doch nicht für immer verschwunden wäre aus seinem Leben, dem Leben überhaupt. Als ob er dadurch vielleicht das Unbegreifliche ungeschehen machen könnte.

Henning hatte es ihm gesagt. Er hatte ihn angerufen und nur gesagt: «Roy ist tot.» Marc stand gerade am Flughafen und wartete aufs Boarding. Es war vollkommen unwirklich. Er fragte Henning, wie er denn davon erfahren habe. Er wusste zwar, dass die beiden immer noch in Kontakt waren, als Marc und Roy schon eine Zeit lang nicht mehr miteinander sprachen, aber er hatte keine Ahnung, ob sie sich immer noch ab und zu trafen. Offenbar schon.

Henning und Roy hatten ein spezielles Verhältnis. Nachdem Marc Henning in den Anfangsjahren ihrer Schülerfreundschaft oft im Schlepptau gehabt hatte, mobbte Roy ihn irgendwann richtiggehend weg. Die Sache mit Sibylle Rauch und das Töpfern mit Véronique war für lange Zeit die letzte gemeinsame Aktion. Aber gegen Ende der gemeinsamen Schulzeit hatte Henning dann wieder Anschluss an die Clique um Marc und Roy gefunden. Das Verhältnis der drei blieb dennoch kompliziert.

Roy gegenüber war Marc immer derjenige, der sich unterordnete, wie ein kleiner Bruder. Für Henning war wiederum Marc, noch von der Zeit her, als sie klein waren, eine Art großer Bruder. Das Verhältnis zwischen Roy und Marc wurde aber ausgeglichener, sobald er dabei war. Als hätten die beiden durch ihn ihrer Freundschaft auf einmal ein Element hinzugefügt, das immer gefehlt hatte. Bevor Marc Roy kennenlernte, war Henning sein bester Freund. Roy hatte sich irgendwann dazwischengedrängt, aber Henning blieb ausdauernd und eroberte sich am Ende, wenn nicht gleich seine Liebe, so doch Roys Achtung. Henning konnte einstecken, er war hart im Nehmen und ließ sich auch von der immer wieder unerwartet auftretenden Boshaftigkeit, mit der Roy sich auf jedermann stürzen konnte, nicht einschüchtern.

Als sie im Begriff waren, das Teenageralter hinter sich zu lassen, wurde Henning von Roy weiterhin eher geduldet als geschätzt. Aber er besaß nicht nur Ausdauer, er hatte auch noch andere eigentümliche Qualitäten. Er wurde berühmt als «Tröster der Witwen und Waisen», wegen seiner einfühlsamen Art, mit Frauen, die sonst niemandes Beuteschema entsprachen, besonders tiefschürfende Gespräche zu führen. Und diese Gespräche führten nicht selten direkt ins Schlafzimmer dieser Frauen. Aller Arten von Frauen. Für Henning gab es, genau betrachtet, keinen «Typ», er hatte überhaupt kein Beuteschema. Außer, dass er auch diejenigen wahrnahm, die unscheinbar waren. Und die waren dankbar für seine Aufmerksamkeit. Er sah nicht besonders attraktiv aus, aber er war offenbar gut darin, diesen Mangel anderweitig zu kompensieren. Er war lustig und sensibel. Sein Kleidungsstil war Kraut und Rüben. Oft konnte man meinen, er habe mit geschlossenen Augen in den Schrank gegriffen; kein Teil passte wirklich mit dem anderen zusammen. Aber die Frauen, die ihn so sahen, bekamen das Bedürfnis, sich seiner anzunehmen. Wenn Henning Marc und Roy nach dem gemeinsamen Ausgehen von einer neuen Eroberung berichtete, reagierten die beiden mit einer Mischung aus ungläubigem Staunen und klammheimlichem Neid. Henning hatte eindeutig die beste Quote von ihnen dreien, was das betraf.

Damit wurde er zu einem Typen, der jede Runde bereicherte. Es blieb wegen seines ungewöhnlichen Erscheinungsbildes zwar immer ein Risiko, ihn mit auf die Piste zu nehmen, vor allem, weil er sich gerne mit den Türstehern anlegte, die ihn aufgrund seines Aussehens aussortieren wollten. Aber wenn sie einmal drin waren und die Party losging, entfaltete dieser Junge einen Bombencharme und sorgte dafür, dass sie die schönsten Frauen des Abends kennenlernten. Henning hatte einen reinen Kern. Deshalb hatten alle Vertrauen zu ihm. Das war eine Seltenheit in Marcs und Roys Umfeld, und schon allein deshalb musste er ab jetzt immer dabei sein.

Der Höhepunkt ihrer Zeit als Dreierbande war die Reise auf der Yacht gewesen. Wegen Roy hätte Henning bei diesem Trip allerdings nicht unbedingt dabei sein müssen. Dass Henning so gar nichts vom Appeal seiner bourgeoisen Eltern geerbt hatte, fand Roy, trotz des Spaßfaktors, den er brachte, irgendwie seltsam. Véronique hatte offenbar allein alles mitbekommen, was da an Coolness und Sexyness zu vererben war. Und Roy zog deshalb den etwas küchenpsychologischen Schluss daraus, dass Henning wohl keine andere Möglichkeit blieb, als sich da seine Nische zu suchen und eben der lustige Nerd zu werden. Ein perfekter allerdings, der alle um den Finger wickelte. Roy war trotz allem klar, was für ein wunderbarer Eisbrecher und Türöffner Henning war. Mit ihm war es deutlich wahrscheinlicher, dass diese Reise ein Kracher werden würde, also stimmte er schnell zu, als Marc darum bat, Henning mitzunehmen.

ZWEI

Am Ende des vorletzten Schuljahres, ein knappes Jahr bevor sie Abitur machten, in diesem letzten Sommer, in dem sie noch Schüler waren, brachen Marc und Roy zusammen mit Henning zu einer kleinen Europareise auf. Roys Vater besaß eine fantastische Segelyacht. Sie lag im Hafen von Palma de Mallorca. Der russische Skipper, der das Schiff ganzjährig betreute und dafür sorgte, dass es immer genau dort ankerte, wo Roys Vater es haben wollte, hatte das Schiff vor einer Woche dorthin überführt.

Ein paar Ausbesserungsarbeiten waren fällig. Danach, bis sein Vater die Yacht wieder selbst nutzen wollte, hatte Roy das Boot ein paar Tage für sich und durfte ein paar Freunde einladen. Später sollten sich alle im Haus seiner Eltern in Südfrankreich treffen. Roy, Marc und Henning durften dann dort weiter Urlaub machen, während sein Vater das Schiff übernahm. Als Letzter stieß Oliver zu den dreien. Oliver hatte sich mit Marc angefreundet, als sie beide kurzzeitig den vollkommen irrwitzigen Plan gefasst hatten, knapp vor dem Ende ihrer Schulzeit noch schnell Russisch zu lernen. Nach drei Monaten gaben sie das Unterfangen so schnell wieder auf, wie sie es begonnen hatten, weil die Siebtklässlerinnen, die mit ihnen zusammen im Kurs saßen, inzwischen fünf Kapitel weiter waren als sie. Oliver war eher der gemütliche Typ, er hatte kein Vergnügen daran, sich besonders zu verausgaben, wie Marc bald herausfand. Sein Vater besaß mehrere ausgezeichnete Restaurants, ein kleines Imperium. Den Russischkurs hatte er belegt, weil sein Vater der Überzeugung war, nach dem Fall des Eisernen Vorhangs böten sich im Osten ungeahnte Chancen für die Gastronomie, da die Leute in den Lokalen dort doch jahrzehntelang nur schlechtes Essen vorgesetzt bekommen hatten. Olivers Vater hatte gehofft, sein Sohn würde die Expansion des Familiengeschäfts nach Moskau durch die Kenntnis der Landessprache leichter machen. Oliver hatte aber gar keine Lust, Russisch zu lernen. Er liebte es zu kochen, eine Sprache zu lernen hingegen nicht so. Er war eher schweigsam, aber wenn er einmal auftaute, nicht zu bremsen. Also die perfekte Nummer vier im Team, das diesen Sommer unvergesslich machen sollte. Für einen Achtzehnjährigen sah er schon ein wenig verlebt aus. Alles an ihm war ein wenig aus der Form geraten. Er kämpfte sehr darum, sein Gewicht zu halten, was ihm nicht leichtfiel, weil er jede Art von Genuss liebte. Er wusste alles übers Essen und konnte als Einziger, den Marc kannte, wirklich gut kochen.

Das Schiff, das vor den Balearen darauf wartete, von diesen vier jungen Männern in Besitz genommen zu werden, war eine klassische Holzyacht. Lang und elegant, mit großer Suite, zwei Gästekabinen und Crewkabine im Heckbereich. Die Yacht war in den frühen Fünfzigerjahren für einen jordanischen Prinzen gebaut worden. Später gehörte sie einem libanesischen Unternehmer, mit dem Roys Vater Geschäfte in Beirut machte.

Es gab keine Frauen im Team. Geplant war ein reiner Männersommer, der in verschiedene Abschnitte unterteilt war. Zunächst Mallorca und ein bisschen Segeln im Mittelmeer. Nach zwei Wochen sollte das Schiff dann in St. Tropez sein, wo Roys Vater mit seinen Geschäftspartnern an Bord gehen wollte. Die Familie besaß dort ein extravagantes Ferienanwesen. Roys Großvater, der sich als Baulöwe für Architektur begeisterte, hatte es nach eigenen Entwürfen errichten lassen. Ob das, was bei diesen Entwürfen herausgekommen war, als gelungen bezeichnet werden konnte, war eine andere Frage, fand Marc, als er vor ein paar Jahren zum ersten Mal mit den Grünbauers dort war. Dass es viel Geld gekostet hatte, sah man allemal.

Véronique hätte die vier Jungs mit einer Freundin ursprünglich dort treffen sollen, hatte sich aber im letzten Moment dagegen entschieden, weil sie in den Semesterferien ihren neuen Freund in Montreal besuchen wollte, den sie beim Studium in Paris kennengelernt hatte. Marc war ein bisschen enttäuscht, dass sie also nicht dabei sein würde, wenn sie dieses Haus in Besitz nahmen, das spektakulär über der Bucht von St. Tropez lag und, wenn auch nicht von Véronique, so doch hoffentlich von vielen anderen aufregenden Frauen besucht werden würde.

Die Gäste der Yacht, die den Namen «Umbra» trug, bekamen normalerweise ein paar Tage vor der Reise einen Anruf aus der Verwaltung von Roys Vater, daraufhin holte ein Fahrer rechtzeitig das Gepäck ab, und ein Kurier verbrachte es auf das Schiff. So konnte der Gast ohne Kofferschleppen anreisen und fand bei seiner Ankunft an Bord bereits alle seine Sachen in der Kabine vor, fein säuberlich eingeordnet in die Schränke und Schubladen aus Mahagoni. Roy und seine Freunde mussten natürlich ohne diesen Service klarkommen.

Sie schleppten ihre Taschen durch die Ankunftshalle des Flughafens in Palma. Henning fragte alle möglichen Leute nach dem Weg zum Hafen und versuchte herauszufinden, ob es einen Direktbus gäbe. Oliver hatte sich ein Sandwich und ein paar Stück Ensaimada, mallorquinisches Schmalzgebäck, geholt, Marc rauchte, und Roy beobachtete die drei anderen leicht genervt. Ein paar Ameisen auf Klassenfahrt. Sie nahmen schließlich ein Taxi, um zum Hafen zu gelangen. Roy wollte zahlen, obwohl die anderen heftig protestierten. Aber dann stellten sie fest, dass keiner von ihnen Geld am Automaten gezogen hatte und sie gar keine Peseten bei sich hatten. Marc bot noch einen Travellerscheck an, aber Roy gab dem Fahrer seine Kreditkarte, die der Mann durch einen klobigen Imprinter zog, der ewig nicht mehr benutzt worden zu sein schien. Er unterschrieb den dreifachen Durchschlag, dann öffnete der Taxifahrer den Kofferraum und gab ihnen ihr Gepäck.

Am Passeig Marítim erwartete sie bereits ein kleines Empfangskomitee, voran der Skipper, Kristof. Ein russisches Riesenbaby mit blondem Bürstenschnitt und Gesichtszügen, als sei er einem Hervé-Comic entsprungen: kantiger Kopf, riesiges Kinn und breite Schultern mit massiven Oberarmen. Im Verhältnis dazu ein eher dünner Unterleib und seltsam schmale Füße. Er begrüßte Roy mit einem Lausbubengrinsen und hielt den Jungs die ausgestreckte Hand zum High Five entgegen, aber nur Henning und Marc klatschten mit ihm ab. Er strahlte Roy an, der keine Miene verzog und seine Tasche demonstrativ auf den Boden fallen ließ.

Kristof verstand sofort. Er ließ den jungen Mann neben ihm, wohl ein weiterer Matrose, das Gepäck Roys und seiner drei Gäste mit einer Sackkarre über das Geflecht der Wege und Stege am Hafen an Bord bringen. Die Umbra lag am Ende eines sich ewig lang hinziehenden Stegs. Bis sie sie erreicht hatten, passierten sie unzählige Schiffe, kleine und dann immer größere. Marc fragte sich, was eine Nacht in diesem Hafen wohl an Liegegebühr kostete.

Als sie angekommen waren und ausgeknobelt hatten, wer zu zweit in einer der Gästekabinen unterkommen musste und wer die andere allein für sich haben durfte – Roy beanspruchte die große Suite natürlich exklusiv –, liefen sie endlich aus. Marc hatte gewonnen und hatte eine Kabine für sich allein, Henning und Oliver teilten die andere.

Roy stand neben Kristof am Steuer und drehte die Boxen der Bordanlage auf volle Lautstärke. «Cocaine» von Eric Clapton beschallte das Hafenbecken. Aus den Blicken der Angler am Kai war nicht herauszulesen, ob sie das kleine Schauspiel neidvoll oder verächtlich beobachteten. Kristof beschleunigte die Umbra sanft, sobald sie die Hafenmauer hinter sich gelassen hatten. Es war vollkommen windstill, und die Aussichten darauf, in den nächsten Tagen die Segel setzen zu können, waren eher gering. Marc ging unter Deck und suchte in seiner Tasche nach Sonnencreme. Das Geprolle mit der Musik fand er peinlich.

Henning und Oliver tranken inzwischen schon den ersten weißen Rioja des Tages und benahmen sich, als gehöre das Boot ihnen. Sie posten überdreht auf dem Achterdeck herum, und Oliver machte ständig Fotos mit einer von mehreren Einwegkameras, die er extra für diesen Sommer eingekauft hatte. Kristof stand am Steuer und brüllte «Paaarrrty time, boys!», während der schweigsame Leichtmatrose, offensichtlich in der Rangfolge an Bord an unterer Stelle, ein Bimini-Sonnendach aufzuspannen versuchte, das sich verklemmt hatte. Die Sonne knallte ordentlich. Roy saß auf dem Vorderdeck, hatte sein T-Shirt ausgezogen und rauchte einen Joint. Er hatte auch im Winter immer einen gebräunten Teint, aber im Sommer wurde er richtig dunkelbraun. Marc beneidete ihn darum, dass er sich nie eincremen musste und dennoch keinen Sonnenbrand bekam.

Das Wetter blieb in den folgenden Tagen so windstill wie vorhergesagt, und immer, wenn Kristof versuchsweise die Segel setzte, machte die Umbra so wenig Fahrt, dass sie es bald wieder aufgaben mit dem Segeln und stattdessen den Motor anwarfen. Einige Tage verbrachten sie im Hafen von Ibiza, dann segelten sie an dem einzigen Tag mit Wind unter einer kleinen Brise rüber nach Menorca. Abends gingen sie aus, aßen und feierten unspektakulär an Land, in den beschaulichen Hafenstädten, tagsüber schliefen sie bis Mittag unter Deck, während Kristof und der Matrose die fälligen Arbeiten am Boot erledigten. So versprachen auch die folgenden Tage zu verlaufen. Voller trägem Luxus und letztlich ereignislos. Es wurde ein wenig langweilig, fand Marc.

Als Oliver von einem Ausflug nach Menorca eine Flasche sehr alten Sherry, die er in einer kleinen Bodega gekauft hatte, mit an Bord brachte und wahnsinnig kennermäßig über Fässer aus amerikanischer Eiche und schokoladige Aromen sprach, hatte Roy genug und beschloss kurzerhand, die Tage in den balearischen Gewässern, die sich wie Kaugummi hinzogen, abzukürzen und am nächsten Morgen binnen vierundzwanzig Stunden über das Mittelmeer nach Barcelona zu segeln. Was bei der anhaltenden Flaute natürlich bedeutete, die ganze Strecke unter Motor zurückzulegen, von Segeln konnte weiterhin keine Rede sein.

Nach einem kurzen Telefonat mit dem Sekretariat von Roys Vater erhielt Kristof die Freigabe für die Planänderung und die notwendigen Mehrkosten an Treibstoff, und von nun an veränderte sich die Stimmung an Bord merklich. Eine elektrisierte Spannung breitete sich aus, in Vorfreude auf eine Stadt, die Underground und Abenteuer versprach. Dort gab es angeblich richtige No-go-Areas, Junkies und Zuhälter, es gab Straßenprostitution, und zwischen den heruntergekommenen, engen Mietskasernen in El Raval blühte eine Subkultur, von der Marc schon einiges gehört hatte. Barcelona hatten sie nicht ohne Grund gewählt. Henning hatte den drei anderen von Amy erzählt. Der Nichte seiner Gastmutter in Portland, die er als Austauschschüler in den USA kennengelernt hatte. Amy war kurz vor Hennings Rückkehr nach Barcelona gezogen, um Malerei zu studieren, oder Bildhauerei, das wusste er nicht so genau. Sie kannte die Stadt von einem früheren Aufenthalt und hatte ihm vorgeschwärmt: von der Aufbruchstimmung, die in Spanien seit einiger Zeit herrschte, von der Olympiade, die dort ausgetragen werden sollte, der unglaublichen Club- und Partyszene. Von Ecstasy und Acid House Music. In den Köpfen der Freunde verschmolzen diese Worte zusammen mit einer schwülen Fantasie von Amy, der wahrscheinlich äußerst hotten Bildhauerin, zu einer verheißungsvollen Melange aus Hitze, Drogen und hoffentlich viel Sex.

In der Dämmerung nahmen sie Kurs auf das spanische Festland. Sie hielten ausreichend Abstand zu den großen Fährschiffen und Frachtern, die in derselben Richtung unterwegs waren. Marc und Roy saßen auf dem Vordeck und beobachteten die riesigen, hoch aus dem Wasser ragenden Tanker, gegen die die Umbra winzig erschien.

Marc fragte Roy, ob es gefährlich war, bei Nacht diese Strecke zu fahren.

«Keine Ahnung», antwortete Roy, «musst du Kristof fragen, der ist hier der Chef.»

«So wie du mit ihm umgehst, sieht's aber nicht danach aus», sagte Marc.

«Hä? Wer denn sonst? Ich versteh doch nichts vom Segeln, und der Russe macht das nicht zum ersten Mal, also vertrauen wir jetzt mal darauf, dass er weiß, was er tut.»

«Warum bist du dann so genervt von ihm?», fragte Marc.

«Ich bin nicht genervt», sagte Roy, «ich habe nur kein schlechtes Gewissen, wenn jemand für Geld Sachen für mich macht, die ich von ihm verlange. Du anscheinend schon?»

Marc war überrascht. «Wie kommst du darauf?»

«Ich seh dir doch an, wie du dich bemühst, freundlich zu sein. Wie du dich ständig bedankst. Wenn du denkst, das ändert irgendwas an der Tatsache, dass Kristof hier arbeitet, wogegen mir, oder halt meinem Vater, das Schiff, das er steuert, nun mal gehört, irrst du dich. Deine Großmama hätte kein Problem damit, das zu verstehen. Vielleicht kann sie es dir ja mal erklären.»

Roy hatte einen untrüglichen Instinkt für die Schwachstellen der anderen. Eitelkeit, Hochmut und Gefallsucht, aber auch Geiz, Scham und Verklemmtheit eines Menschen konnte er blitzschnell erfassen und lächerlich machen, wenn er fand, dass es sich lohnte. Und es gab niemanden, absolut niemanden, vor dem er sich gefürchtet hätte. Im Gegenteil. Er hatte immer eine Portion Wut auf den Rest der Welt im Bauch, die nur darauf wartete, sich irgendwo entladen zu können. Er hielt sich für einen Grenzgänger. Er gehörte zu keiner Mannschaft. Er war sein eigenes und einziges Teammitglied.

Silvester zuvor, bei einer Feier auf einem Schloss in der Nähe von Salzburg, hatte Marc ihn morgens um vier in der Hotelküche gefunden, wo er mit den Kellnern und Köchen abhing. Das war ihm allemal lieber, als mit dem Rest der Gesellschaft oben im Saal idiotische Tänze aus vergangenen Jahrhunderten aufzuführen. Ein Haufen in bonbonfarbene Cocktailkleidchen gehüllter Adelsmädchen lief dort herum, auf deren schneeweißer Haut glänzende Perlenketten obszön schimmerten. Schwere Broschen prangten an schwarzen oder dunkelblauen Samtoberteilen, die bestmöglich zur Geltung brachten, was ihre Trägerinnen zu bieten hatten. Blassrosa oder königsblaue Seidenstoffe harmonierten perfekt mit den Goldtönen des Rokokosaals, in dem sich all die Kinder aus bestem Stall schon einmal nach zukünftigen Ehepartnern umsehen konnten.

Dazu wurde Quadrille getanzt. Ein französischer Paartanz, bei dem sich vier Paare im Quadrat gegenüberstehen und ein Zeremonienmeister Kommandos gibt, zu denen sich die Tänzerinnen und Tänzer folgsam bewegen. Alle haben dabei natürlich den größten Spaß. Selbstverständlich nur, wenn man weiß, wie das Ganze abläuft. Eine weitere Hürde, um die, die nicht dazugehören, spüren zu lassen, dass man hier am liebsten unter sich blieb. Zum Schluss ging es dann im Galopp durch den Saal. Eine Polonaise höherer Art, Bauernpolka mit Diadem im Haar.

Roy saß währenddessen unten beim Personal und diskutierte die Frage, welche Unterschiede zwischen den Menschen bestünden und ob der Einzelne es in der Hand habe, selbst zu entscheiden, wer er sei. Eine unangenehme Stimmung schwebte in der Schlossküche, als Marc hinuntergestiegen kam, um nachzusehen, wo sein Freund abgeblieben war. Roy saß auf einer der Abstellflächen aus Edelstahl und ließ die Beine baumeln, wie ein Trainer, der mit seiner Fußballmannschaft in der Kabine ein Strategiegespräch führt. Die Küchenkräfte, ein Koch, zwei Spüler und mehrere Kellnerinnen und Kellner, die jetzt, da das Fest weit vorangeschritten war, endlich eine Pause einlegen konnten, standen und lehnten ihm gegenüber an der Wand und betrachteten einigermaßen ratlos diesen Exoten, der da zu ihnen in die Katakomben herabgestiegen war und Erklärungen abgab, die sie nicht bestellt hatten. Einer aus ihrer Runde, der Einzige, der ebenfalls saß, ein Kellner mit schwarzer Haartolle und breiten Schultern, der ein bisschen wie der junge Mickey Rourke aussah, fixierte Roy mit angriffslustigem Blick. Er hockte auf einem umgedrehten Stuhl und schnippte immer wieder die Asche von seiner Zigarette auf einen Teller, der vor ihm auf dem Fußboden stand.

«Glaubst du denn», fragte ihn Roy, «du bist der, der du bist, weil das Schicksal ist, oder kannst du selbst bestimmen, wer du sein willst?»

Er hatte die Frage ganz ernsthaft gestellt, aber zugleich mischte sich da etwas Hinterhältiges hinein. Als wäre das Ganze ein Test.

Der Kellner, er war sicher nur ein paar Jahre älter als Roy, zog an seiner Zigarette und warf den Kollegen, die die Auseinandersetzung skeptisch, aber durchaus amüsiert, verfolgten, einen kurzen Blick zu. Dann lächelte er und sagte mindestens so hinterhältig: «Schau, zwischen euch und uns wird's immer an Unterschied gebn, des is einfach so. Da kann ma nix dran ändern, und ihr wollt's auch nix ändern. Da kannst noch so lang bei uns in da Küch'n hocken.»

Es war sehr lässig, wie er das sagte. Und es gefiel Roy, dass er offenbar auch Spaß an der Auseinandersetzung hatte. Er hatte nur die Schwachstelle noch nicht gefunden, an der er den Kellner packen wollte.

«Wenn du jetzt mit mir Klamotten tauschst und da hochgehst zu den anderen, wird keiner merken, dass du eben noch Gläser abgeräumt hast. Ich kann derweil genauso gut deinen Job hier übernehmen. Null Problem.»

«Ich glaub, du hast mi ned verstanden», erwiderte der Kellner. «Ich will gar ned du sein – du willst ja selber ned mal du sein, wie's ausschaut.» Er zog an der Zigarette und schnippte erneut die Asche Richtung Teller. «Komm, geh wieda z'rück zu de andern, die genauso san wie du.»

Roy war hier offenbar an den Falschen geraten. Der Kellner war sich seiner sehr sicher. Vielleicht schon aufgrund seiner physischen Überlegenheit. Er wusste, dass er dem Leben besser gewachsen war als dieses Bürschchen, das hier vor ihm saß und einfach so behauptete, zu können, was es wollte. Er wusste auch, dass die, für die er arbeitete, auf ihn herabsahen, auch wenn sie so taten, als wäre es nicht so. Er selbst und seine Kollegen sahen ja umgekehrt genauso auf diese verweichlichten und verwöhnten Menschen herab, die zwar das Geld besaßen, sich von all den Lasten, die das Leben bereithielt, freizukaufen, aber aufgeschmissen waren, wenn sie etwas mit ihren eigenen Händen machen sollten. Das Putzen, das Kochen, irgendwelche Handwerksarbeiten, dafür hatten diese Leute immer jemanden, der das für sie erledigte. Ohne Menschen wie ihn waren sie aufgeschmissen. Sie waren so viel schwächer als er, und deshalb verachtete er sie, egal wie großspurig sie auch auftraten.

Marc hoffte nur, die Sache würde jetzt nicht eskalieren. Er kannte seinen Freund. Auch wenn er nach außen hin tat, als sei das hier ein leichtes Florettfechten, ein großer Spaß, so spürte er, dass Roy dabei war, sich in die Auseinandersetzung zu verbeißen.

«Ich bin sicher», sagte Roy und zog dabei die Nase kraus, «wenn du wüsstest, wie gut es ist, ich zu sein, würdest du dir das noch mal überlegen.» Der Kellner lachte ein bisschen müde, und seine Kollegen feixten. Das Gestichel ging noch eine Zeit lang weiter, aber irgendwann war die Luft plötzlich raus. Roy hatte keinen Bock mehr auf diesen Klassenkampf und verließ das Schlachtfeld, ohne dass es einen richtigen Sieger gegeben hätte. Einfach so stand er auf und ließ die anderen stehen. Marc folgte ihm schweigend zurück in den Rokokosaal.

Den Rest der Nacht über trank Roy oben endlos Champagner, und zwar so viel, dass er sich am Ende mehrmals übergeben musste. Marc hatte ihn irgendwann aus den Augen verloren und fand ihn morgens auf dem Klo, nachdem er den ganzen Ball nach ihm abgesucht hatte. Er selbst hatte nur noch Wasser getrunken. Eines der Cocktailkleidmädchen kam gerade hinzu, als Marc dabei war, Roy aus dem Klo zu zerren.

«Braucht ihr Hilfe?»

«Passt schon», sagte Marc nur. Er legte sich Roys Arm über die Schulter und schleifte ihn fort zum Parkplatz. Dort stand der alte Jaguar, den Roys Vater ihnen zu benutzen erlaubt hatte. Eigentlich durfte nur Roy hinters Steuer, aber Marc war sicher, dass der alte Grünbauer in diesem Fall nichts dagegen hatte, dass er fuhr.

Auf der Fahrt zurück nach München dachte er, dass niemand mehr an der Welt litt als Roy und niemand seinen Schmerz über die Erkenntnis der Sinnlosigkeit der eigenen Existenz mutiger und rücksichtsloser ausspuckte. Marc war Zeuge geworden, wie Roy sich aus Überdruss in eine peinliche Auseinandersetzung stürzte. Dabei hatte er sich ziemlich blamiert, und Marc hatte ihn zum Schluss aufgefangen. Diesmal war er es, der den anderen auffing. Das tat ihm gut. Marc konnte ihre Freundschaft in diesem Moment so stark spüren wie selten. Jetzt blickte er hinüber zu seinem Freund, der neben ihm auf dem Beifahrersitz schnarchte. Es war Roy scheißegal, was diese Leute auf dem Fest von ihm hielten. Marc wusste, dass ihm das nie gelingen würde. Dazu war er viel zu höflich. Und vielleicht auch ängstlich. Sie waren wie zwei Enden eines Magneten. Zusammen waren sie eigentlich unschlagbar. Aber ein Unbehagen blieb immer bestehen. Marc fürchtete sich vor Roy, wenn er so war wie in dieser Nacht.

Jetzt auf der Umbra sah Marc einer Fähre nach, die mit unglaublicher Geschwindigkeit im letzten Licht des Tages, schon fast in der Dunkelheit, vor ihnen davonzog. Die Lichter des Schiffes spiegelten sich auf der Meeresoberfläche. Sie flackerten im Wasser, das sich von einer bereits aufziehenden Brise kräuselte, als wären es Stromstöße, die eine riesige Badewanne durchzogen.

«Glaubst du denn», fragte Marc, «dass man immer der bleibt, als der man geboren wurde? Oder kann man selbst entscheiden, wer man sein möchte?»

Roy sagte nichts, sah ihn nur an.

Marc bohrte weiter nach: «Wer entscheidet das denn?» Sein Herz schlug schneller, er war nun auch in Kampfstimmung. «Kannst du etwas anderes, als dich von Leuten bedienen zu lassen und einfach weiter das Geld deines Vaters auszugeben? Glaubst du, du wirst jemals irgendetwas zustande bringen, was dich glücklich macht? Etwas, das nicht vollkommen bedeutungslos ist, angesichts all dessen, was schon da ist? Der ganze Kram, das Geld, das nie ausgehen wird. Worauf kannst du dich denn freuen? Wann hast du dich das letzte Mal wirklich auf etwas gefreut?»

Roy schwieg immer noch und sah jetzt, wie Henning mit einer Wodkaflasche aus dem Schiffsinneren auf das Achterdeck gestiegen kam und sich zu Oliver an den Tisch setzte. Der hatte einen Schluck seines kostbaren Sherrys in einem riesigen bauchigen Glas vor sich stehen und versuchte, Kristof die paar Brocken Russisch, die er gelernt hatte, aufzusagen. «Garderob», brüllte er immer wieder, «Garderob.» Eines der Wörter, die im Deutschen und im Russischen identisch waren. Kristof stand am Steuer, und aus den Bordboxen klirrte das Anfangs-Gitarrensolo von «Sweet Child of Mine» von Guns n' Roses wie ein aufkommender Sturm über das Schiffsdeck. Marc bekam eine Gänsehaut und wusste nicht, ob es wegen der Abendkühle, wegen des Songs oder wegen des Pathos war, das in solchen großen Fragen ja immer steckte.

«Wenn man es will, wirklich will, kann man dann nicht selbst entscheiden, wer man sein will? Wenn man schon so viele Möglichkeiten hat wie wir. Ich meine, wir hätten auch in einem Dorf in Sri Lanka zur Welt kommen können. Oder in einer Trabantenstadt in Usbekistan.» Marc dachte einen Moment nach, dann fiel ihm auf: «Aber haben wir denn wirklich so viele Möglichkeiten? Kannst du jetzt entscheiden, was du aus deinem Leben machen möchtest? Oder ist das alles eigentlich schon entschieden?»

Roy stand auf, suchte in seinen Hosentaschen nach den Zigaretten und blickte hinunter auf Marc, der auf dem Teakholzdeck sitzen geblieben war, und sagte lächelnd:

«Ich lebe jedenfalls das Leben, das du leben solltest, wenn du einer deiner Vorfahren wärst. Aber nimm's nicht so schwer, Marc, du kannst ja mein Hofnarr sein, was hältst du davon? Du kannst dich aus freien Stücken dafür entscheiden, mein Hofnarr zu sein. Immerhin eine Entscheidung, oder?»

Er fand die zerknitterte Packung Marlboro in der hinteren Hosentasche, sah, dass die verbliebenen zwei Zigaretten zerknickt waren, griff nach dem Rest der etwas besser erhaltenen und steckte sich den nun filterlosen Stummel zwischen die Lippen. Die restliche Packung warf er hinter sich ins Wasser. Dann sagte er: «Komm, wir gucken mal nach den beiden hinten am Heck, ich frier mir hier langsam den Arsch ab. Hast du Feuer für mich?»

Marc atmete aus, griff in seine Tasche, drückte Roy das Feuerzeug in die Hand und sagte, indem er eine kleine Verbeugung andeutete: «Mein Fürst, sehr gern. Nur bitt ich, Euch die Zigarette selber anzuzünden. Es ist zu windig hier, und schließlich fürcht ich nichts so sehr wie Euren Zorn. Dann lasst uns gern zu den Gefährten gehen und sehen, wie wir sie recht verspotten können.» Roy grinste, steckte sich den Stummel an, und beide machten sich auf zu Henning und Oliver, die sich gerade ein erbittertes Luftgitarrenduell zu Guns n' Roses lieferten. Kristof war dabei, das riesige Schwenkglas, in dem sich ein klein wenig Sherry befand, um «ein wenig zu atmen», wie Oliver sagte, komplett mit Wodka aufzufüllen, und brüllte ekstatisch: «CHERRY? WHY CHERRY? DOES IT GO WITH VODKA?»

Oliver versuchte noch zu erklären: «Nicht Cherry, *Sherry*, von Jerez, in Spanien, *some sort of wine*! Marc, was heißt Kirsche denn auf Russisch? Hatten wir das überhaupt?» Aber es war zu spät. Kristof nahm das riesige Glas in seine mächtigen Pranken, setzte an und trank die Mischung des Grauens, ohne abzusetzen, in einem Zug aus. Dann nahm er Oliver, der fassungslos zugesehen hatte, wie sein edles Getränk entweiht worden war, in den Schwitzkasten, rieb mit der Faust über seinen Schädel und brüllte wieder: «It's good! It's very good! I like it! Do you have more?»

Die Stimme von Axl Rose schnitt messerscharfe Linien in den Nachthimmel, und die Soli von Slash waberten über die Wellen des Mittelmeers hinweg wie eine Seeschlange, die fauchend über das schwarze Wasser jagte. Und Kristof lief von einem der Jungs an Bord zum nächsten und hielt die Hand hin, um abzuklatschen.

«High five, boys, high five!» Und alle, selbst Roy, schlugen ein.

Wie durch ein Wunder erreichten sie am nächsten Tag dennoch den Hafen von Barcelona.

Henning hatte es mit einem Telefonanruf bei seinen ehemaligen Gasteltern geschafft, die Adresse von Amy ausfindig zu machen. Ausgestattet mit einem ordentlichen Kater liefen die vier nun zu einem Haus in der winzigen Carrer del Picalquers, einer sehr engen Straße in Raval, auf der südlichen Seite der Ramblas. Die Fassaden hier waren ockerbraun, überall vor den Fenstern hing Wäsche. Marc hatte mit seinen Eltern einmal Neapel besucht, die Quartieri spagnoli, das berühmt-berüchtigte Viertel, in dem man als Tourist nachts lieber nicht unterwegs sein sollte, wie sein Vater betonte. Barcelona sah hier ähnlich arm und auch ein wenig gefährlich aus. Es gab viele Junkies, Obdachlose lagen auf dem Gehsteig herum. Er nahm aus den Augenwinkeln wahr, wie sie aus dunklen Ecken heraus angestarrt wurden. Auf dem Weg waren ihm die Polizeicontainer aufgefallen, die als Brennpunktwachen fungierten. So etwas gab es in Neapel nicht. «Wahrscheinlich wegen der Olympiade nächstes Jahr», sagte Henning.

Als sie ankamen, klingelte er. Prompt kam Amy ganz oben über ihnen ans Fenster. Sie war total überrascht, schrie laut «Henny», verschwand und stand eine Minute später in der Haustür. Eine Gegensprechanlage gab es zwar, aber die funktionierte offenbar nicht. Als sie sich zu viert hinter ihr die enge Treppe in den vierten Stock hochdrückten, erzählte sie, dass die Regierung dabei sei, das Viertel komplett *clean* zu machen, damit die Olympiatouristen nichts von dem Dreck und der Armut der Leute hier zu sehen bekämen. Sie wohnte seit einem Jahr in Barcelona, von Anfang an in Raval, und sie war Mitglied in einer Bürgerbewegung, die sich gegen die Vertreibung der Alteingesessenen aus dem Viertel wehrte. Das Apartment, das sie sich mit einem Mitbewohner teilte, war nicht besonders groß. Neben einem Schlafzimmer, in das gerade mal ein Einzelbett passte, gab es ein Wohnzimmer mit einem ausgezogenen Sofa und einen schmalen Küchenschlauch. Das Bad musste man sich mit den anderen beiden Wohnungen auf der Etage teilen.

Ein Viertel wie dieses kannten Marc und die Freunde aus München nicht. Alles hier schien vollkommen anders, exotisch und wild. Der Mitbewohner lag im Bett und rauchte. Er nahm keine besondere Notiz von dem unangekündigten Besuch. Amy erklärte, er sei Maler. Die abstrakten Bilder, die überall in den kleinen Räumen herumstanden, sahen aus, als ob Drogen eine ziemlich große Rolle in seinem Schaffen spielten. Es herrschte ein einschüchterndes Durcheinander. Nicht nur auf den Bildern, auch in der gesamten Wohnung. Der Kontrast zur Luxuswelt der Yacht hätte nicht größer sein können.

Der Maler war groß, schwarz und schweigsam, und es war nicht klar, ob er nur der Mitbewohner oder auch der Freund von Amy war. Marc war ohnehin verwirrt von ihrer leicht überspannten Art, ständig drehte sie sich eine Zigarette, während diejenige, die sie sich eben angesteckt hatte, noch in irgendeinem Aschenbecher vor sich hin glühte. Ihr rot gefärbtes kurzes Haar, das winzige Nasenpiercing und die Henna-verzierten Hände, dazu die weiche Kleidung, unter der sich ihr schlanker Körper erkennbar abzeichnete, übten eine seltsame Anziehungskraft auf ihn aus. Marc hatte den Eindruck, dass es Roy hier zu gefallen schien.

Als die Nachmittagshitze erträglicher wurde und die Straßen sich langsam wieder füllten, zog Amy mit ihnen durchs Viertel. Vor einem Kiosk mit Stühlen und Tischen drum herum ließen sie sich nieder und bestellten Café con Leche und irgendeinen Schnaps, den Amy offenbar gerne trank und dessen kräutrige Süße Marc erst schüttelte, der ihn dann aber in eine angenehme Schwerelosigkeit versetzte, die in ihm die Hoffnung auf einen guten Abend aufkeimen ließ. Eine Frau unbestimmbaren Alters, dunkelhaarig und mit einer Art Morgenmantel bekleidet, kam mit einem Hündchen auf dem Arm die Gasse hinauf. Sie hatte ein merkwürdiges Lächeln im Gesicht. Mit einer Mischung aus Scheu und Stolz warf sie dem ein oder anderen, der vorüberging, Kusshände zu. Um dann plötzlich die Augen niederzuschlagen wie ein junges Mädchen. Sie strahlte, wenn ihr Blick erwidert wurde, blieb schließlich stehen und setzte, sehr behutsam, ihr weißes Hündchen auf dem Platz vor den Tischen und Stühlen, an denen Marc, Roy, Amy, Henning und Oliver saßen, auf den Boden nieder, und dann begann langsam ihre Darbietung.

Zu einer Musik, die nur sie hören konnte, drehte sie sich wiegend im Kreis. Sie legte ihren Kopf in den Nacken, breitete die Arme aus und öffnete dann ihren Morgenmantel, dessen Stoff sich den wunderbar fließenden Bewegungen ihres Körpers seltsam zu widersetzen schien. Jetzt, da sie nah bei ihnen war, erkannte Marc, dass es sich um eine Art Pelz- oder Fellmantel handeln musste. Er rutschte ihr von der Schulter und fiel schließlich ganz auf die unebenen Pflastersteine, über die sie mit ihren winzigen Tanzschritten zu schweben schien. Vollkommen nackt, bis auf eine fast verschwindende Unterhose und weiße, ebenfalls winzige Schuhe, die von zarten Riemen an ihren Füßen gehalten wurden und die den Rhythmus ihres Tanzes wie leise, federnde Kastagnettenklänge akzentuierten, gab sie sich ganz ihrem inneren Lied hin. Drehte sich leise summend und singend am Platz. Ihr Körper – es war wirklich schwer zu sagen, wie alt sie gewesen sein mochte – war weich und üppig und übersät von blauen Flecken. An den Armen und Beinen sah Marc zahlreiche Einstichstellen, manche offenbar entzündet. Irgendwann nahm sie mit grazilem Schwung ihr Hündchen wieder auf und barg es zwischen ihren ausladenden Brüsten, die sie nun, ebenso wie ihre Hüften und den Hintern, immer selbstbewusster und lasziver, vor den staunenden Gästen an den Cafétischen hin und her schwang. Die Schuhe, der Slip und das Hündchen blitzten dabei auf ihrer braun-olivfarbenen

Haut immer wieder auf wie Lichtreflexe, während ihre Bewegungen schneller und schneller wurden, bis einem davon schwindlig werden konnte. Und dann endete ihre kleine Einlage ebenso plötzlich, wie sie begonnen hatte. Zurück in den Pelz geschlüpft, mit dem Hund unter dem Arm, huschte sie durch die Zuschauerreihen und sammelte Geld für ihre kleine Show, indem sie die aufgesetzte Tasche ihres Mantels wie einen Klingelbeutel aufhielt und sich sogleich, nun wieder ganz verlegen, für jede noch so kleine Spende bedankte.

«She comes here every day and does her show», sagte Amy zu den Freunden, die sich während des Auftritts verwirrt und zugleich belustigt angesehen hatten. Nur Oliver unternahm einmal kurz den zaghaften Versuch, die Tänzerin mit einem Ruf anzufeuern. Die respektvolle Stille, mit der alle anderen um ihn herum diese nachmittägliche Stripeinlage entgegennahmen, ließ ihn aber gleich wieder verstummen, und er traute sich schließlich auch nicht, die kleine Einwegkamera zu zücken, mit der er auf dieser Reise ansonsten beinahe jeden Moment festhielt. Roy bestellte noch eine weitere Runde von dem süßlichen Schnaps und fragte Amy, in welchen Club sie heute Nacht gehen könnten und wo hier das beste Ecstasy zu haben sei. «It's your Glückstag, darling», sagte sie, «I know the right people. If you want to have fun …»

Ein paar Stunden später standen Marc, Roy, Henning und Oliver in einer riesigen Halle irgendwo im Norden der Stadt. Bässe wummerten durch den Raum, Lichter blitzten, und dichter Rauch stand in der Luft. Amy hatte sie mit großer Selbstverständlichkeit an den Dragqueens mit den endlosen Wimpern vorbeigelotst, die die Tür bewachten. Marc musste unbedingt ein Klo finden, als sie den Eintritt bezahlten. Als er zurückkam, waren Amy und die anderen im Gewühl verschwunden. Er stand allein am Rand des lang gestreckten Raumes. Die Tanzfläche war vollgepackt mit Körpern, die in weiß flackerndem Licht zu Acid House Beats vor sich hin zuckten. Darüber zwei lange Balkone, ebenfalls voll mit Leuten. Die Freunde waren nirgendwo zu sehen, und Marc drängte sich durch die schweißnassen Körper, um sie wiederzufinden. Die Energie all der Menschen im Raum und die Bässe – es fühlte sich an wie ein gewaltiger Schlag in den Unterleib. Sein Magen begann sich plötzlich zu drehen, und er hoffte nur, der Kräuterschnaps vom Nachmittag würde sich nicht gleich wieder aus ihm herausdrängen. Er musste etwas trinken, Wasser, ab jetzt lieber Wasser.

Er stand auf der Treppe zu den Balkonen und versuchte, sich einen Überblick zu verschaffen. An einer Bar am hinteren Ende des Raums schien weniger los zu sein, und er ließ sich von dem dampfenden Lindwurm der Partymenge durch den Club schieben, wie ein Stück Holz auf einem zähen, schlammigen Fluss, bis er irgendwann am Ende des Raumes angekommen war. Inzwischen standen auch hier vor der Bar die Menschen ziemlich dicht. Er konnte sich gerade so in eine frei gewordene Lücke quetschen. Die Barleute hinter ihrem Tresen wirbelten tanzend umher, als seien sie stampfende Schimpansen auf Speed, die ihre Knie hüfthoch anzogen und mit breiten Schritten zur Musik trampelten, während sie die Bestellungen wie nebenbei abarbeiteten. Sie sahen gefährlich aus, fand er. So, als könnten sie ihn jederzeit plötzlich über ihre Theke ziehen und ihn auf dem Boden hinter der Bar, der über und über mit Dreck, Scherben und zersplitterten Eiswürfeln übersät war, einfach zertreten.

Sie erinnerten ihn an die Katalanen von La Fura dels Baus. Sie kamen auch aus Barcelona. Marc hatte die Performancetruppe bei einem Theaterfestival gesehen und hatte das martialische Getue der Show abstoßend gefunden. Die Barleute machten ihre Drinks mit ähnlichem Tamtam wie die spektakulären Performer, die ihr Publikum mit Kettensägen zu schocken versuchten. Sie pfefferten die leer gewordenen Flaschen mit der gleichen hämmernden Wucht in die Mülleimer hinter sich, mit der die Aktionskünstler auf ihre Trommeln einschlugen. Sie hatten Trillerpfeifen umhängen, auf denen sie immer wieder gellend pfiffen wie durchgeknallte Schiedsrichter, zu einem Rhythmus, der nur in ihrem Kopf schlug, pfiffen sie und freuten sich diebisch darüber, dass keiner verstand, warum und vor allem warum ausgerechnet jetzt. Die Acid House Beats aus den schwarzen Boxen über ihnen schwollen zu einem dunklen Grollen an, das irgendwann zu einem hellen Rauschen wurde, bis der endlos hinausgezögerte Drop des DJs die Menge der Feiernden schließlich für einen winzigen Moment erlöste und der ganze Club sich quasi selbst aus der gemeinsam aufgebauten Spannung in einem völlig ekstatischen, kollektiven Schrei befreite.

Während Marc vergeblich die Aufmerksamkeit der Barmannschaft zu erlangen versuchte, fiel sein Blick auf eine Frau ein paar Plätze rechts von ihm, immer wieder verdeckt von den Feiernden um sie herum. Er konnte nur ab und zu kurze Blicke auf ihre schmale Silhouette erhaschen. Lässig streckte sie ihre Hand aus und strich einem der wilden Barmänner über den Arm. Sein Gesicht hellte sich auf, er rief ihr über die Theke hinweg etwas zu, und sie lachte zurück, als ob ihr eine Überraschung besonders gut gelungen sei. Kurze Zeit später stand ein Longdrinkglas mit Strohhalm vor ihr. Der Barmann beugte sich vor, sagte ihr etwas ins Ohr und winkte lächelnd ab, als sie ihm einen Schein geben wollte. Sie hatte langes braunes Haar, und um ihre Handgelenke hingen große silberne Armreife, die im zuckenden Licht der flackernden Lichtanlage des Clubs aufblitzten. Marc war gebannt von ihrer Anmut. Als sie aufstand, begegneten sich ihre Blicke für einen kurzen Moment. Sie zog an ihrem Strohhalm, hob die Augenbrauen, als wolle sie Hallo sagen, aber ehe er reagieren konnte, hatte die Menge sie bereits wieder verschluckt.

Obwohl er immer noch diesen irren Durst hatte und nichts bestellen konnte, gab er seinen Platz auf, um ihr zu folgen. Aber sie war nirgends zu entdecken. Er stürzte sich ins Gewühl, rempelte durch die Menge, auf der Suche nach ihr. Dabei stieß er auf Amy, deren Maler-Mitbewohner inzwischen aufgetaucht war und seine Hand jetzt in einer Weise um Amys Hüfte gelegt hatte, die wohl doch sehr klar nahelegte, dass er mehr als ein Mitbewohner war. Amy sagte etwas zu Marc, was er in dem Lärm und der Musik nicht verstand, und weil er immer noch die Umgebung nach der verschwundenen Frau abscannte, nickte er nur, ohne zu wissen, um was es ging. Amy zog einen Plastikbeutel aus ihrer Tasche, in dem lauter kleine Pillen in unterschiedlichen Farben waren. Als auch Roy auf einmal aus dem schwarz-weißen Flackerlicht über der Tanzfläche auftauchte, trat Amy vor ihn hin, nahm sein Gesicht in beide Hände und zog es sanft zu sich heran. Völlig versteinert beobachtete Marc, wie Amy Roy lang und innig küsste, während der schweigsame Malerfreund gleichmütig vor sich hin stierte. Marc verstand nun gar nichts mehr, er hatte immer noch brennenden Durst und dachte an die Frau von der Theke – wo verdammt war sie abgeblieben, er durfte sie nicht verlieren. Und warum machte es dem Maler nichts aus, dass seine Freundin Roy hier gerade einen Zungenkuss gab? War sie vielleicht doch nicht seine

Freundin? Er brauchte jetzt Wasser, der Durst war wirklich kaum noch auszuhalten, der Rauch und der Eisnebel trockneten ihn vollkommen aus. Die Übelkeit machte sich wieder bemerkbar, der Kräuterschnaps. Da kam Amy auch zu ihm, ihre Hände umfassten Marcs Gesicht, und sie öffnete behutsam seinen Mund mit ihren Lippen. Zart und erstaunlich geschickt schob sie ihm eine kleine Pille unter die Zunge.

Marc war so perplex, dass er nicht wusste, wie ihm geschah. Als Amy sein Gesicht losließ, wollte er sie wieder an sich heranziehen, den unerwarteten Kuss taumelnd erwidern. All die Bilder des Tages, die Bilder, die er jetzt um sich sah, das Henna auf Amys Händen, ihr Körper unter dem fließenden Stoff in ihrem Apartment, die Frau mit dem Hündchen, die Unbekannte von der Bar und der Schnaps und die Bässe um ihn herum vermischten sich in seinem Kopf zu einem bunten Kaleidoskop und versetzten ihn in eine seltsame Trance. Amy schob ihn sanft von sich, lächelte mild verständnisvoll und zog die drei, Roy, den Maler Wasauchimmer und Marc, einfach mit sich. Tiefer hinein in das Gewühl. Marc versuchte, während die Körper der Tanzenden an ihn heran- und wieder weggespült wurden, wie Wellen in einem aufgewühlten Meer, das Mädchen von der Bar in seinem Kopf festzuhalten, innerlich zu fotografieren, damit er sie wiederfände heute Nacht. Er musste sie wiederfinden, er durfte nicht vergessen, wie ihr Gesicht aussah, sie konnte nicht weit sein, war eben noch hier. Er durfte nicht ... so viele Gesichter, die ihn unvermittelt anstrahlten oder grimassierten, während sie an ihm vorbeizogen ... wo war sie abgeblieben, wo ... Irgendwann übernahm das MDMA dann das Kommando, Marc verwandelte sich in einen der stampfenden Schimpansen, vergaß und tanzte.

Am nächsten Tag schien die Sonne weniger heiß als in den Tagen zuvor. Einzelne Wolken standen am Himmel, und ein leichter Wind wehte vom Wasser her über die Stadt. Nachdem die vier direkt vom Club durch die halbe Stadt zum Hafen gelaufen waren, um sich an Bord endlich ein wenig hinzulegen, fanden sie beim Hafenmeister eine Nachricht von Kristof vor.

«Sorry, boys, had to leave early. Change of plans by the boss ... Roy, your dad will be waiting to see you in St. Tropez by the end of the week. Call his office for your new travel schedule. Best, K.»

Roy reichte den Zettel an die anderen weiter. Marc stand da und las und hätte sich am liebsten gleich draußen auf die Mole gelegt, so müde war er. Die Wirkung des Ecstasy hatte schon lange nachgelassen. Amy war irgendwann verschwunden, samt ihrem Maler. Die Frau von der Bar war nie mehr aufgetaucht, sodass Marc sich bereits gefragt hatte, ob er sie sich vielleicht nur eingebildet hatte. Und jetzt war auch noch das Schiff einfach abgefahren. Ohne die vier. Ihr Gepäck stand säuberlich aufgereiht vor ihnen im Büro der Hafenmeisterei. Es fühlte sich an, als hätte man am Morgen vor der Klassenarbeit die S-Bahn verpasst, und nun wurde einem langsam klar, dass man genau deswegen, nur wegen dieser einen verpassten Arbeit, wahrscheinlich die Klasse wiederholen werden muss. Kraftlos und schicksalsergeben stand er da. Er zitterte ein wenig und dachte kurz, dass er jetzt in Tränen ausbrechen würde, er war vollkommen durch von der Nacht. Oliver und Henning schienen noch gar nicht richtig begriffen zu haben, was gerade los war. Sie blickten immer noch diesen Zettel an, als ob die Worte darauf in einer fremden, unbekannten Schrift verfasst wären, die sich vielleicht, wie durch ein Wunder, doch noch in etwas Begreifbares, Lesbares verwandeln würden, wenn sie nur lange genug hinsahen.

Roy nahm den Zettel und knüllte ihn wortlos zusammen. Als sie ihre Sachen aus dem Häuschen des Hafenmeisters schleppten, versuchte er, das Papier in den Abfallkorb neben der Tür zu schnippen, verfehlte aber knapp. Marc, Henning und Oliver schlurften wortlos über das Hafengelände hinter ihm her. Auf dem Pier rauchte Roy eine Zigarette und blickte mit schmalen Augen auf das offene Meer hinaus. Marc trat neben ihn, sagte nichts. Er wusste nur zu gut, dass man Roy in diesem Zustand durch ein falsches Wort zur Explosion bringen konnte. Also stand er einfach da. Wartete. Das hatte er oft getan. Darin war er gut. Das war irgendwie seine Aufgabe in dieser Konstellation. Beobachten, abwarten, vorfühlen, wie es gerade so ist. Um sich dann anzupassen, fast anzuschmiegen an den Zustand des anderen. Um ihn zu beruhigen, zu bestätigen oder auch vorsichtig zu raten. Aber ohne zu viel Initiative zu übernehmen. Immer dranbleiben an Roys Zustand, stets wach, die leiseste Stimmungsschwankung registrierend. Einholen, ohne zu überholen. Er wusste ziemlich gut, wie es jetzt aussah in Roy. Er konnte förmlich in seinem Inneren spazieren gehen.

«War klar», sagte Roy irgendwann. «Warum sollte es diesmal anders sein, er macht das so, wie es ihm passt. Das macht er sowieso immer.» Sein Vater hatte seine Pläne geändert, und nun standen sie in Barcelona und mussten eben sehen, wie sie weiterkamen. Es war ein Dienstag, weshalb «by the end of the week» hieß, dass sie ein paar Tage Zeit hatten, um nach Südfrankreich zu kommen. Geld war nicht das Problem, sie mussten ja nur im Büro anrufen und bekämen Flugtickets, nichts leichter als das. Aber Marc konnte sehen und fühlen, dass die Aktion seines Vaters an Roys Selbstwertgefühl nagte und wie sein Herz sich gerade zusammenzog, bei dem

Gedanken, dass er ihm einfach egal war. Total egal. Irgendetwas war immer wichtiger als Roy, eigentlich waren ihm alle um ihn herum einfach nicht so wichtig. Roy war nur einer von vielen für ihn. Marc fiel ihr Gespräch vor zwei Tagen auf dem Vorderdeck der Umbra ein. Und als hätte nun Roy wiederum seine Gedanken gelesen, sagte er plötzlich in die Stille hinein zu Marc: «Vielleicht sollten wir tauschen?» Marc lächelte und blickte zu Boden. Er wusste, dass Roy es mit seinem, Marcs Vater und dessen Marotten und Zwängen und all der Normalität in seiner Familie und all dem Behütetsein viel zu langweilig gewesen wäre.

Zumindest dachte er das damals, auf dem Pier. Da waren sie achtzehn Jahre alt, so viele Möglichkeiten standen ihnen offen. Aber er hatte schon gespürt, dass so viele Möglichkeiten eben auch bedeuten konnten, dass es unendlich viele Möglichkeiten gab zu scheitern. Roy wollte nicht scheitern, das war allen klar, die ihn kannten. Er war dieser Typ, der vorgab, alle zu durchschauen, weil er hoffte, dadurch selbst undurchschaubar zu sein. Er war faul, er strengte sich nicht gerne an. Und obwohl er flink im Kopf war und vieles tatsächlich schneller erfassen konnte als andere, verlor er wahnsinnig schnell die Lust an allem. Ein bisschen wie die Sportwagen seines Vaters: Hochmotorisiert und mit laut knallendem Auspuff stand er an der Ampel des Lebens und machte Krach, aber am Ende fuhr er nie richtig los. Nichts als Fehlzündungen.

«Und jetzt?», sagte Henning irgendwann, der es sich neben Oliver auf einem der breiten Poller, an denen die großen Schiffe festgemacht werden, bequem gemacht hatte und darauf wartete, dass Roy und Marc sich daran erinnerten, dass sie nicht allein auf der Welt waren.

«Wir nehmen den Zug!», sagte Roy.

Marc lachte, er hielt das für einen Scherz. Aber Roy meinte

es offenbar ernst. Oliver bat um Aufschub, er habe gestern noch ein paar von seinen Filmen aus den Einwegkameras hier zum Entwickeln gegeben, die seien erst morgen fertig. «So lange müssen wir auf jeden Fall noch hier bleiben!»

Marc guckte Roy an:

«Von mir aus. Was soll's. Nehmen wir uns ein Hotel, und morgen suchen wir uns einen Zug?» Er war darauf gefasst, dass Roy ihn auslachen und gleich sagen würde: «Spinnst du? Ich setz mich doch nicht einen Tag und eine Nacht mit tausend Idioten in einen glühend heißen Zug, um von hier nach Südfrankreich zu fahren.» Er sagte aber nichts, und das war schon seltsam. Sie hätten sich einen Flug buchen können, die Fähre, egal, Roys Vater hätte es bezahlt. Aber hier in dieser Stadt waren sie nicht die, die sie sonst waren. Roy hatte sich verändert, seit sie am Vortag hier angekommen waren. Marc hatte den Eindruck, er spiele eine neue Rolle: den bescheidenen Backpacker mit Tiefgang. Am Nachmittag zuvor hatte er schweigend auf Amys Sofa gesessen und die riesigen Bilder angestarrt, die überall in der Wohnung rumstanden. Er sah aus, als suche er in diesen seltsamen Gemälden verzweifelt nach etwas, das sein Interesse länger festhalten würde als die nächsten fünf Minuten. Als Marc ihn dabei beobachtete, wurde ihm klar, dass er Roy noch nie weinen gesehen hatte.

Am Pier stieg jetzt die Sonne langsam immer höher. Oliver nahm die Einwegkamera in die Hand und drehte sie um, sodass die Linse auf ihn selbst im Vordergrund und die anderen hinter ihm gerichtet war. Das Foto, das er später jedem der vier groß abzog, hatte in jeder Wohnung gehangen, in der Marc seitdem gelebt hatte. Vier Jungs mit weichen Gesichtszügen, im weichen Licht des Südens nach einer durchgemachten Nacht. Besser konnte es nicht werden, dachte er später. Besser wird's nicht werden, das wusste er ja in dem Moment, als das Foto entstand, schon.

Marc, Roy, Henning und Oliver beschlossen, ein Taxi zu nehmen, und ließen sich ins Hotel fahren. «Irgendeins, völlig egal, Hauptsache, in der Nähe», sagte Marc. Am Nachmittag des nächsten Tages machten sie sich mit wenig Schlaf auf den Weg zum Bahnhof, um nach den Verbindungen Richtung Südfrankreich zu gucken. Sie waren spät aufgestanden. Henning hatte sich morgens noch umentschieden, als die anderen drei schon aus dem Taxi stiegen. Vor dem Hotel blieb er alleine im Wagen sitzen und nannte dem Fahrer plötzlich Amys Adresse. Ein paar Stunden später war er dann im Hotel wieder aufgetaucht und hatte Café con Leche für alle dabei. Keiner stellte blöde Fragen. Marc fragte sich aber schon heimlich, ob Amy ihn reingelassen hatte und was der Maler-Mitbewohner von alldem wohl hielt. Und er dachte an die Unbekannte an der Bar. Nach dem Aufwachen hatte er versucht, sich ihr Gesicht genau vorzustellen, es gelang ihm immer schlechter. Im Bad hatte er lange in den Spiegel geblickt. Seine Gesichtsfarbe war fahl und nicht mehr so frisch wie auf dem Bild, das sie am Morgen von sich gemacht hatten. Roy sah aus wie das blühende Leben, als er ihn kurze Zeit später in der Lobby traf.

Das Licht des Nachmittags stand schon recht tief, als sie wieder durch Raval, vorbei an all den Verrückten und Normalen, all den Gehetzten und Geduldigen, all den Armen und Reichen, all den Katalanen und Spaniern und natürlich den unendlich vielen Touristen durch Barcelonas Straßen zogen. Trotz des bedeckten Himmels war der Wind warm, ihre Körper hatten die Weichheit, die einen umfängt, wenn man eine lange Nacht mit lauter verbotenen Substanzen hinter sich hat, und irgendwie war es super, genau jetzt genau hier zu sein. Jetzt am Leben zu sein. Der Kater ging langsam weg, und Roy fing damit an, beim Gehen Olivers Fuß von hinten spaßeshalber zur Seite zu kicken, sodass der aus dem Tritt kam. «Gehfehler geben», hieß das.

«Bis einer heult», sagte Marc irgendwann und nahm Roy in den Schwitzkasten. Es war herrlich.

Die Fahrt von Barcelona dauerte fünfzehn Stunden, der Zug schlängelte sich über die Pyrenäen nach Avignon, Aix-en-Provence und schließlich nach Nizza. Zwischendurch würden sie einmal umsteigen müssen. Als Marc und die Freunde am Nachmittag des folgenden Tages durch den Zug liefen, fanden sie jeden Waggon schon voll besetzt. Es waren alles altmodische Abteilwagen, die Luft stand in den Gängen, überall roch es nach Essen, Schweiß und dem beißenden Geruch von heiß gelaufenen Bremsen. Sie gingen durch den gesamten Zug, aber nirgendwo war noch Platz für alle vier. Mehrere Schulklassen reisten mit und hatten ganze Waggons besetzt, und andere Sitze wurden für irgendjemand freigehalten, der sicher gleich, bestimmt, demnächst kommen würde.

Im letzten Wagen fanden sie vier Plätze, wenn auch nicht zusammenhängend. Sie lagen in zwei Abteilen nebeneinander. Bis Avignon ging es den Abend und die Nacht durch. In Nizza sollten sie abgeholt und zum Haus von Roys Eltern in St. Tropez gebracht werden.

Als Marc und Roy endlich saßen und das Gepäck über ihnen verstaut war, hatte der Zug Barcelona bereits verlassen. Die Sitze waren aus beige-braunem Kunstleder, prall gepolstert, und gaben kaum nach, wenn man sich darauf setzte. Marc verfluchte die Entscheidung, dass er am Morgen die kurzen Hosen angezogen hatte. Seine Haut klebte an den Sitzen, als wäre sie festgesaugt, wo immer seine nackten Beine mit dem Kunststoff in Berührung kamen. Bei jeder Bewegung gab es ein schmatzendes Geräusch, wenn die Haut sich erst wie eine Käsescheibe, die mit den anderen Scheiben in der Packung fast verschmolzen war, vom Sitz löste und bei der nachfolgenden Berührung mit dem beigen Sitzbezug dann wieder geräuschvoll angesaugt wurde. Marcs Mutter hatte früher einen VW Käfer gehabt, dessen Sitzbezüge aus grau genopptem Gummi waren. Als Kind hatte er es gehasst, in diesem Auto zu sitzen. Die Noppen hinterließen hässliche Abdrücke auf seinen Beinen.

Roy blieb trotz der Enge total gelassen. Er schien das alles auf eine seltsame Art zu genießen. Immer wieder stand er im Gang vor dem Abteil und ging höflich zur Seite, wenn sich jemand an ihm vorbeischob.

Die Strecke hinauf in die Pyrenäen war sehr kurvenreich. Sobald der Zug sich in eine Biegung legte, quietschte er fürchterlich. Marc blickte aus dem Fenster und dachte wieder an die schöne Unbekannte im Club vorgestern Nacht. Er hatte sie den ganzen Abend nicht wiederfinden können. Als sie im hellen Tageslicht aus dem Laden stolperten, hatte er gehofft, sie vielleicht draußen irgendwo zu entdecken, aber nichts. Ob er sich das doch alles eingebildet hatte? Konnte das sein? Sie hatte ihm, in diesem kurzen Augenblick an der Bar, im Umdrehen einen Blick zugeworfen. Sie hatte doch die Augenbrauen gehoben, als wolle sie sagen: «Was machst du denn hier?» Marc konnte nicht sagen, ob sie Katalanin war, Spanierin, was auch immer. Klar, der Barmann kannte sie, und sie war offenbar nicht zum ersten Mal dort. Sie sah aus wie eine Frau, die in jedem Laden der Welt Stammgast sein könnte. Zumindest würden sich das die meisten Clubbesitzer wünschen, dachte Marc. Sie war … Er dachte nach, er konnte ja gar nicht so genau sagen, wie sie war: Sie wirkte zart und dabei irgendwie trotzdem stabil. Nicht so zerbrechlich wie manche der Nachtmädchen aus dem Park Café oder dem Roxy. Ihr Lachen, die Reaktion auf den Barmann, als er ihr etwas ins Ohr rief, schien so selbstverständlich. So gar nicht kokett. Und trotzdem war klar, dass sie es gewohnt war, dass sich alle nach ihr umdrehten, wenn sie den Raum betrat …

Irgendwann fielen Marc die Augen zu, und er schlummerte langsam weg in einen unruhigen Schlaf. Der Mann neben ihm war auch eingeschlafen, und als Marc nach einer unbestimmten Weile wieder wach wurde, dämmerte es draußen bereits. Sein Kopf lehnte an der Schulter des Nebenmannes. Marc schoss hoch und blickte benommen auf den sich hebenden und wieder senkenden Brustkorb des Nachbarn, der in ein gleichmäßiges Schnarchen verfallen war. Roy stand im Gang und ließ sich durch die geöffneten Zugfenster den Fahrtwind ins Gesicht wehen. Es war immer noch drückend heiß, obwohl es fast dunkel war. Von außen drang der ätherische Geruch südlicher Sträucher herein. Roy drehte sich um, als Marc hinter ihm die Schiebetür des Abteils aufzog. «Hast du Kippen?», fragte er. Marc wühlte in seinem Rucksack und fand noch genau eine. Als sie die zusammen im knatternden Wind vor dem offenen Fenster geraucht hatten, machten sie sich auf die Suche nach Oliver und Henning. Die beiden waren verschwunden. Als sie durch den Zug liefen, um nach ihnen zu suchen, zwängten sie sich vorbei an den feiernden Schülern, die überall in den Gängen herumstanden. Musik drang aus Kassettendecks, Bierdosen lagen am Boden, lachende Gesichter tauchten auf, kreischende Italienerinnen. Roy war genervt und drehte irgendwann um. Marc fand Oliver im Bistrowagen fast am anderen Ende des Zugs. Einen halb ausgetrunkenen Sixpack Bierdosen zwischen die Beine geklemmt, spielte er Karten mit einer Gruppe italienischer Schüler. Die sprachen schlecht Englisch und Oliver kein Wort Italienisch, also verständigten sie sich mit irgendwelchen Gesten.

«Du musst ein Bier als Einsatz leisten, wenn du mitspielen willst», rief Oliver Marc zu, als der ihn entdeckt hatte.

«Wo ist Henning?», rief Marc zurück. Oliver nickte mit dem Kopf Richtung Theke. Von Henning keine Spur. Der Mann vom Service hatte seinen kleinen Kiosk unter dem Ansturm der feierwütigen Schulklassen offenbar irgendwann dichtgemacht. Vor dem geschlossenen Rollladen der Theke türmte sich der Müll. Der Fußboden klebte von verschüttetem Bier. Durch die Ritzen des Rollladens konnte Marc erkennen, dass dahinter Licht brannte. Scheppern und Geklapper drang heraus, offenbar wurde aufgeräumt. Marc ging ganz bis zum Ende des Zuges, aber von Henning war nichts zu sehen.

Als er zu Oliver zurückkehrte, zog der einen vollen Sixpack unter seinem Platz hervor und schrie heiser: «Hab ich gewonnen! Setz dich, ich geb einen aus!» Marc grinste schief, schüttelte den Kopf und machte sich auf den Weg zurück in sein Abteil.

Als er ankam, hatten drei der anderen Passagiere das Abteil verlassen. Roy hatte es sich über die komplette Länge von drei Sitzplätzen gemütlich gemacht. Er hatte die Armlehnen hochgeklappt und schlief fest. Auf der anderen Bankreihe saß Marcs schnarchender Sitznachbar von vorhin. Im Dämmerlicht einer schwachen Leselampe war er in eine Sportzeitung vertieft. Marc ließ sich in den Mittelsitz neben ihm fallen und sah seinem Freund beim Schlafen zu.

Am Ende des Urlaubs hatten sie noch ein Jahr bis zum Abitur. Dieser Sommer war gerade dabei, seine ganze Kraft zu entfalten, und es fühlte sich ungeheuer richtig an, sich genau jetzt mit diesen Freunden durch Europa treiben zu lassen. Gleichzeitig fürchtete er sich ein wenig vor der Begegnung mit Roys Vater. Wenn sie morgen in St. Tropez ankämen, würde Marc wahrscheinlich wieder die Rolle des Vernünftigen zugeteilt bekommen. Marc diente Roys Vater dazu, seinen Sohn anzuspornen, damit der sein Leben endlich auf die Reihe bekäme. Auf die Art von Reihe, die für Leute wie ihn, aus Sicht seines Vaters, vorgesehen war. Studium der Betriebswirtschaft, und dann das Leben des Erzeugers bruchlos weiterführen. Ein Abziehbild des Vaters sein, sich nahtlos in die Kette dieser erfolgreichen Familie begeben. Marcs Vater war viel zu sehr in sich selbst gefangen, um seinen Sohn irgendwohin zu schubsen. Oder gar Erwartungen an ihn zu stellen. Wenn Marc Roy betrachtete und den Druck, unter dem er stand, war er froh, dass sein Vater sich so seltsam unklar verhielt.

Er sah zu Roy, der ihm gegenüber tief und fest schlief. Ausgestreckt über die ganze Breite, seliger Gesichtsausdruck. Schlagartig war Marc wieder sicher, dass sie einander für immer als Freunde erhalten bleiben würden.

Am nächsten Tag waren sie in Frankreich. Es war noch heißer als in Barcelona, schon morgens knallte die Sonne durch die Fenster, als hätte jemand einen Schalter umgelegt, und eine Hochsommerhitze der Stufe «kaum auszuhalten» breitete sich im Zug aus. Henning war wieder aufgetaucht, mit einer Megalaune hing er in der Tür ihres Abteils. «Als Oliver im Bistrowagen mit seinen trinkfesten Italienern beim Kartenspiel versackt ist, bin ich ein bisschen weitergezogen. Am Tresen stand dann diese supergut aussehende Lehrerin!»

Oliver gab mit den Augen zu verstehen, dass «supergut aussehend» Ansichtssache sei, und Roy musste grinsen, Hennings schlafwandlerische Sicherheit, ungewöhnliche Frauen aufzureißen, hatte wohl auch gestern nicht versagt. Das führte manchmal zu seltsamen Amouren, die dann unglücklich endeten. Aber er interessierte sich einfach wahnsinnig für Frauen. Marc versuchte, sich vorzustellen, wie diese Lehrerin wohl tatsächlich aussah. «Sie ist Spanischlehrerin und kommt aus Marseille», fuhr Henning fort. «Die ist mit ihrer Klasse nach Barcelona auf Kursfahrt gewesen, und jetzt sind sie gerade wieder auf dem Heimweg ...»

«Soso. Und lief noch was?», fragte Roy beinahe interessiert.

«Wir haben den Schlüssel vom Bistro klargemacht. Haben dem Typ versprochen, dafür noch alles aufzuräumen. Ham wir auch gemacht ... na ja und dann ...» Er grinste vielsagend. «Irgendwann hat sie mich gefragt, warum ich so reif bin für mein Alter. Ich kann euch nur sagen, das, was man sich über Französinnen erzählt, stimmt!»

Johlendes Gelächter. Der Zeitungsleser sah auf. «Jedenfalls hat Anaïs mich eingeladen, die nächsten Tage bei ihr in Marseille zu verbringen, sie hat ein Haus mit Garten und, da jetzt Ferien sind, auch viel Zeit.»

Marc, Roy und Oliver konnten sich nicht mehr halten vor Lachen, und Roy rief irgendwann:

«Wie alt ist die denn, verdammt noch mal?»

«Fünfzig», schrie Oliver, «mindestens.»

«Quatsch», sagte Henning beleidigt, «höchstens fünfunddreißig», und alle mussten noch mehr lachen. Als er meinte, er könne Anaïs ja fragen, ob die anderen vielleicht auch bei ihr wohnen dürften in den nächsten Tagen, winkte Roy nur ab.

«Wieso? Dann werdet ihr ja sehen, die ist super und gar nicht wie eine Lehrerin, was glaubt ihr denn?»

Henning blieb tatsächlich bei seiner französischen Spanischlehrerin in Marseille. Er hatte den anderen ihre Adresse auf einen Zettel gekritzelt, war am Bahnhof mit ihr ausgestiegen und trug bereits ihre Reisetasche. «Kommt einfach vorbei, wenn ihr es euch anders überlegt», rief er ihnen vom Bahnsteig aus zu. Anaïs sah ganz anders aus, als Marc sie sich vorgestellt hatte. Sie hatte lange dunkle Haare und war offenbar wirklich höchstens Mitte dreißig. Ihre Schüler, die nur ein wenig jünger waren als Marc und seine Freunde, schienen keinen Anstoß daran zu nehmen, dass Henning nun ihre Tasche trug. Sie hatte ein blauweiß gestreiftes Kleid an, lächelte den im Zug verbleibenden Freunden ihres neuen Begleiters zu und sah so rein und sauber aus, als ob sie einer Waschmittelwerbung entsprungen sei und gleich mit Henning zusammen kilometerlang Wäsche auf die Leine hängen wolle. Als sie den dreien, die am offenen Zugfenster standen, zuwinkte, grüßten alle höflich zurück. Dann sagte Roy sehr leise zu den anderen: «Ich glaube, sie schielt», und Oliver zog schnell das Fenster hoch, damit man sein Lachen draußen nicht hören konnte.

Als sie in Nizza die Endstation erreichten, stand am Bahnsteig der Hausmeister der Grünbauers, der sich um das Anwesen in St. Tropez kümmerte. Es dauerte eine Weile, bis er das Gepäck von Oliver, Roy und Marc im Kofferraum eines alten Golfs verstaut hatte. Sie mussten sich zu dritt auf die Rückbank quetschen, weil auf dem Beifahrersitz irgendein Gerät für den Garten transportiert wurde. Im Urlaub mochten es die Eltern von Roy unkompliziert. Sein Vater hatte hier nur diesen uralten Golf, den er auch selbst fuhr, wenn er dort war. Es war heiß, und sie kurbelten die Fenster runter, um den strengen Körpergeruch, der sie nach der anderthalbtägigen Zugreise umgab, nicht ganz so intensiv riechen zu müssen.

Eine halbe Stunde später standen sie auf der Terrasse der riesigen Villa und blickten über das tiefblaue Meer und die vielen Yachten, die in der Bucht vor ihnen ankerten. Das Haus lag mitten am Hang, hinter einem Kap, umgeben von duftenden Bäumen, eingebettet in einen paradiesischen Garten, in dessen Mitte ein großer Pool darauf wartete, in Besitz genommen zu werden.

Roys Mutter war nicht da. Sie hatte von ihren Eltern ein kleines Steinhaus an einem See in Norditalien geerbt, und zum ersten Mal seit langer Zeit war sie diesen Sommer ein paar Tage dort. Ganz ohne ihren Mann und ihren Sohn. Irgendwelche Arbeiten, die gemacht werden mussten.

Roy hatte Marc das Haus einmal gezeigt. Nach einer ausufernden Nacht düsten sie über den Brenner bis nach Riva. Es war ein ziemlicher Ritt. Von dort ging es die Gardesana entlang, hinauf in ein kleines Bergdorf. Marc fand das Haus sehr schön, aber auch ein wenig heruntergekommen, der kleine Ort war in der Vorsaison vollkommen verlassen, und sie verschliefen fast den ganzen Tag, bevor sie am Abend wieder zurück nach München fuhren, ohne ein einziges Mal schwimmen gewesen zu sein. Das Haus hier in Südfrankreich war ganz anders. In diesem verschwenderischen Palast, in dem alles danach schrie, ausschweifende Partys zu feiern und die schönsten Frauen der Côte d'Azur zu beeindrucken, würden sie eine großartige Zeit haben. Da war er sich sicher.

Sie gingen hinein. Hinter der Terrasse lag ein riesiger Salon. Roys Vater saß an seinem Schreibtisch, an dem er auch in den Ferien immerzu arbeitete, und blickte auf. Als sie da so abgeranzt vor ihm standen, musste er lachen. Das war ungewöhnlich, er lachte selten.

«Geht euch erst mal waschen, ihr seht's ja aus, als hättet ihr Läuse. War's so wild da unten?» Der weiche Klang seines Münchner Tons war jetzt fast sympathisch, konnte aber nicht verdecken, dass er den allgemeinen Lebenswandel seines Sohnes missbilligte. Verdächtig nachlässig fand er ihn. In gewohnter Strenge fuhr er fort:

«Ich will keine Drogen hier im Haus haben, dass das klar ist! Marc, du bist mir dafür verantwortlich, dass sich der Robert anständig benimmt, hast des verstanden?»

Roy verzog keine Miene.

«Keine Sorge, Herr Grünbauer, ich pass gut auf ihn auf.»

Das sollte locker rüberkommen, die Situation war aber durchaus angespannt. Das merkten alle, und Roy war es besonders unangenehm. Ludwig Grünbauer war auch in seinen Ferien eine Respektsperson. Er mochte nicht, dass sein Sohn sich Roy nannte, er hatte ihm den Namen Robert gegeben, nach seinem Vater, Robert Grünbauer senior. Wenn er zufällig einmal zu Hause das Telefon der Familie abnahm, konnte es vorkommen, dass er, wenn nach «dem Roy» gefragt wurde, zurückfragte: «Wen willst du sprechen?» – «Na, den Roy!», kam es verdutzt zurück. – «Ach so», sagte er dann. «Du meinst wahrscheinlich den Robert.» Roy hasste diese Spielchen, aber er hätte nie gewagt, sich mit seinem Vater anzulegen. Da zog er den Kürzeren. Eigentlich zog jeder, der sich mit Ludwig Grünbauer anlegte, den Kürzeren.

«Ich bin dann in zwei Stunden weg, ich muss aufs Schiff, ich hoffe, ihr habt euch anständig benommen auf dem Kahn und ich muss keine Klagen von der Mannschaft hören?»

«Keine Sorge, Vater, alles tipptopp an Bord, wirst sehen», antwortete Roy.

«Also dann, macht's es euch gemütlich daherinnen. Aber seid's bitte leise, ich muss noch arbeiten, bevor ich abreise.» Sie waren schon halb aus dem Arbeitszimmer, da fragte er noch: «Wo is denn überhaupt der Henning?»

«Dem ist was dazwischengekommen», erwiderte Oliver

trocken, und Ludwig Grünbauer zog eine Augenbraue hoch, als Marc sich ein Prusten nicht verkneifen konnte.

«Na gut, ihr seid's ja alt genug, um auf euch selbst aufzupassen.»

Damit war das Gespräch beendet, und die Jungs verteilten sich auf die Gästezimmer. Roys Vater brach wie geplant am frühen Nachmittag auf, um die nächsten zwei Wochen mit Geschäftsfreunden zu verbringen.

Marc, Roy und Oliver fuhren erst einmal einkaufen. Der alte Golf durfte während der Abwesenheit von Roys Eltern ausschließlich von Roy gesteuert werden. Das war ein ehernes Gesetz. Wer auf dem Beifahrersitz sitzen durfte, wurde ausgeknobelt. Schere, Stein, Papier, die klassische Variante, ohne Brunnen. Oliver und Marc lieferten sich erbitterte Schlachten um den Beifahrersitz. Auf jeder noch so kurzen Fahrt wurde geknobelt, selbst wenn es nur zum Zigarettenholen ging. Der Gewinner durfte seinen Sitz bis zum Anschlag nach hinten schieben, sodass der Verlierer sehen konnte, wo er seine Beine unterbekam. Roy hatte seinen Fahrersitz in einen Liegesitz verwandelt, die Lehne möglichst weit nach hinten gestellt, so tief, dass er das Lenkrad lässig von unten mit zwei Fingern halten konnte. Der Golf zeigte mehr als hundertfünfzigtausend gelaufene Kilometer an. Als Marc die hintere Beifahrertür etwas zu kräftig zuschlug, fiel die Kurbel des Fensterhebers ab und landete vor ihm im Fußraum. Er hatte beim Knobeln um den Vordersitz mal wieder den Kürzeren gegen Oliver gezogen.

Der Fahrtwind wehte durch die Haare der drei immer noch ungeduschten Freunde, als sie die steile und kurvenreiche Strecke bis hinunter in den Ort düsten. Aus dem Radio schepperte «I love Rock 'n' Roll» von Joan Jett, die übersteuerten Gitarrenriffs fuhren direkt in die Eingeweide, zusätzlich verstärkt in der Verzerrung durch die komplett überforderten Boxen des alten Autos. Es war die perfekte Untermalung zu einem heißen Sommertag, an dem alles passieren konnte.

«Keine Ahnung, was Henning in diesem Augenblick mit seiner Lehrerin veranstaltet», rief Roy, «aber wenn die Girls in den Clubs hier sehen, in was für einer Hütte wir abhängen, läuft der Rest von alleine, was meint ihr?»

«Wenn sie die Hütte überhaupt zu sehen bekommen», schrie Oliver über die Musik, «erst mal sehen sie höchstens diese Karre hier, und die sieht eher nach Schrottplatz aus als nach Playboy Mansion.»

Keiner ahnte, dass sich Olivers Prophezeiung später erfüllen sollte.

Der riesige Supermarkt mit dem passenden Namen Hypermarché befand sich etwas außerhalb des Ortes. Auf der Fahrt dorthin musste sich der alte Golf durch eine endlose Reihe von Kreisverkehrsinseln schlängeln. Franzosen lieben Kreisverkehr. Wenn man schnell genug war und sich wagemutig genug einfädelte, konnte man sich manchmal noch vor das nächste, bereits von links herannahende Auto schieben und einen Platz gutmachen. Das war irgendwie sexyer als das Rechts-vor-links an einer stinknormalen Kreuzung zu beachten, wie es Marcs und Roys Fahrlehrer sonst von ihnen verlangt hatte. Im Ausland Auto zu fahren, das war ein bisschen, wie eine andere Version des eigenen Ich auszuprobieren, fand Marc. Man durfte sich Dinge trauen, die man sich zu Hause nicht getraut hätte, auch weil einem die anderen Verkehrsteilnehmer durch ihre «französische Art» zu fahren vormachten, dass es eben auch ganz anders ging. Überholen in einer unübersichtlichen Kurve bei durchgezogener Linie schien eine Frage des Selbstvertrauens und nicht etwa von Unvernunft zu sein. Das passte ganz gut zu Roy, dachte Marc, während er vergeblich versuchte, die Kurbel des Fensterhebers wieder einzusetzen. Er gab das Unterfangen schließlich auf, weil er sich darauf konzentrieren musste, aus dem Fenster zu schauen. Bei dem ganzen Geschaukel war ihm auf seinem Verliererplatz hinten ganz schlecht geworden.

Die Keilriemen quietschten in jeder Kurve und in jedem Kreisel wie der Zug in den Pyrenäen, und Roy tastete sich, immer mutiger experimentierend, an die ideale Kurvengeschwindigkeit heran. Als ihm plötzlich das Lenkrad verrutschte, weil sich beim Widerstreit von starken Fliehkräften und hoher Geschwindigkeit einerseits und nur locker aufgelegten Fingern andererseits irgendwann eine der beiden Kräfte durchsetzen musste, schoss der Wagen krachend über den Bordstein, und es gab einen kurzen Schrei aus den Kehlen aller drei Insassen, der sich in Sekundenbruchteilen in atemlose Stille wandelte. Vor der Kühlerhaube tauchte ein Straßenhund auf, dem Roy durch ein beherztes Reißen am Lenkrad auszuweichen versuchte. Die Zeit begann langsamer zu laufen, die Sekundenbruchteile dehnten sich, und eine seltsame Klarheit erfasste Marcs Gehirn. Alle Sinne schienen in diesem Moment besonders geschärft zu sein, Marc konnte die Bewegung, mit der der Hund seinen Kopf umwandte und sich der Gefahr bewusst wurde, ganz deutlich erkennen. Als hätte jemand das Tier mit einer Kamera herangezoomt. Gestochen scharf sah Marc die spitzen Ohren sich hektisch aufrichten, es musste eine Menge Schäferhund in dieser Mischung stecken, dachte er noch.

Der Hund hatte in der Nachmittagssonne auf dem warmen Pflaster gedöst und war von der unerwarteten Attacke überrascht worden. Mit einem Satz war er auf den Beinen und setzte zum Sprung an, den er allerdings quasi rückwärts vollführen musste, wenn er nicht in die Fahrtrichtung des Autos springen wollte. Roy hatte es geschafft, den Wagen ein Stück weit zu bändigen, und riss nun mit aller Kraft am Lenker, um den Wagen zurück auf die Straße zu zwingen.

Obwohl die Masse weiter nach außen schob, erlangten die Räder wieder Haftung. Der Hund schoss auf und schien, halb in der Luft, eine zweite Fluchtbewegung zu vollführen. Es sah so aus, als würde er im Sprung die Richtung wechseln und gleichzeitig nach oben zur Seite sowie nach hinten springen. Für einen Moment konnte man denken, sein Satz würde groß genug sein, um der Kollision noch zu entrinnen. Dann war er plötzlich weg. Für einen kurzen Augenblick war der Körper des Tieres aus Marcs Blick verschwunden, vielleicht hatte er ja eine rettende Kuhle gefunden, in die er sich hatte wegducken können. So wie Marc es einmal von jemand gehört hatte, der sich aus dem Gleis, in das er gestürzt war, vor einer einfahrenden U-Bahn retten konnte, indem er sich in den Hohlraum unter dem Bahnsteig presste, der neben den Schienen unter der Plattform liegt. Und der dann voller Angst aus nächster Nähe auf die quietschenden Räder des voll bremsenden Zugs gestarrt hatte und am Ende, wie durch ein Wunder, unverletzt geblieben war.

Dem Hund war ein so glimpflicher Ausgang seines Zusammentreffens mit dem Auto nicht vergönnt. Er war nicht weit genug gesprungen. Ein dumpfes Geräusch machte schnell klar, dass der Wagen das Tier voll erwischt hatte. Im Moment des Aufpralls und danach schienen die durch die Verlangsamung der Zeit eben noch verlorenen Sekundenbruchteile plötzlich im Schnellvorlauf zu rasen, als müsste die Zeit ebenso schnell aufgeholt werden, wie sie vorher aufgestaut worden war. Dann war die Gegenwart wieder synchronisiert mit der Vergangenheit und der Zukunft. Bild und Ton passten wieder zusammen.

Nachdem der Wagen halb auf dem Bordstein zum Halten gekommen war, stiegen die drei Freunde aus. Roy war ganz ruhig. Marc bemerkte nur, dass seine Finger ein wenig zitterten. Oliver hatte sich den Kopf an der Scheibe der Beifahrertür gestoßen, als das Auto hin und her geworfen worden war, und rieb sich die Stirn.

Von dem Hund war nichts zu sehen.

«Verdammte Scheiße», sagte Oliver, «was war das denn?»

«Haben wir ihn erwischt?», fragte Roy und beugte sich zu der Stelle an der Stoßstange hinunter, an der er den Aufprall vermutete. Es war nichts zu sehen. «Hier ist jedenfalls kein Blut oder so.» Neben dem Bordstein des Verkehrskreisels begann eine Wiese, weiter hinten standen Büsche, etwas unterhalb lagen ein Gewerbegebiet mit Baumärkten und eine Filiale eines amerikanischen Landmaschinenfabrikanten. Ein großes Schild mit einem springenden gelben Hirsch auf grünem Grund prangte über dem Parkplatz. Marc glaubte in den Büschen unterhalb, neben der Straße, etwas zu sehen, was sich bewegte und was vielleicht ein Fell haben konnte, es war aber nicht zu erkennen, was genau es war. Das Zirpen der Zikaden um sie herum war so ohrenbetäubend laut, dass Marc sich einbildete, eine riesige Demo von aufgebrachten Insekten skandiere unablässig Parolen, mit denen sie die Unverantwortlichkeit der Menschen anprangerten, die so rücksichtslos in den Lebensraum anderer Geschöpfe eindrangen. «Geh nach Hause. Geh nach Hause – ritsche, ratsche –, geh nach Hause!»

Roy fluchte leise, als er sich unter das Auto legte und sah, dass die rechte vordere Spurstange etwas abbekommen hatte. Dann inspizierte er gewissenhaft den Vorderreifen, der bei der Kollision mit dem Bordstein erstaunlicherweise heil geblieben war. «Das müssen wir angucken lassen», sagte er, als er wieder unter dem Golf hervorkam. Ein Wagen hinter ihnen hupte, als er sich in die havarierte Rostlaube zwängte. Dann stiegen auch Oliver und Marc wieder ein. Sie rollten vorsichtig zurück auf die Fahrbahn und setzten die Fahrt zum Hypermarché fort. Von vorne rechts waren dunkle Klopfgeräusche zu vernehmen, die Spurstange musste definitiv repariert werden. «Der Mechaniker von der Werkstatt in Fréjus soll sich das mal ansehen, der bringt das schon in Ordnung. Ist ja nichts passiert. Vielleicht geht's ja schnell, dann muss es mein Vater gar nicht mitbekommen.»

Im Supermarkt streiften sie durch die riesigen Gänge voller Lebensmittel. Es gab alles in x verschiedenen Sorten. Die Meeresfrüchteabteilung war ein blau leuchtendes Raumschiff aus Aquarien und den abgefahrensten Fischen, Schalen- und Krustentieren, die auf einem überdimensionalen Beet aus Crushed Eis unter greller Neonbeleuchtung auslagen. Oliver kaufte Austern, Jakobsmuscheln und Rotbarben und hielt alles mit seiner Einweg-Kodak fest. Marc sollte Eiswürfel holen. Lustlos ließ er sich durch die Gänge treiben und fragte sich, wie der Hund nach dem Zusammenstoß so schnell verschwunden sein konnte. Lag er vielleicht noch verletzt ganz in der Nähe der Stelle, wo sie von der Fahrbahn abgekommen waren?

Roy kam mit einem großen Einkaufswagen um die Ecke. «Hier bist du! Hast du die Eiswürfel gefunden?»

Marc schob den Gedanken an den Hund beiseite. «Nein, keine Ahnung, wo die sein sollen. Ich hab alles abgesucht.»

In dem Wagen lagen jede Menge Flaschen Gin und Tonic Water. Außerdem Zitronen, Zigaretten, Cola und ein Haufen Fertiggerichte.

«Der Eiswürfelspender im Kühlschrank ist kaputt», sagte Roy, «wir brauchen Eiswürfel, sonst bringt das doch alles nichts.»

Als sie oben in der Villa ankamen, war es draußen dunkel. Unter ihnen funkelten die Lichter von St. Tropez, und auf dem Meer leuchteten die Yachten, die im Sommer und besonders im August hier massenweise ankerten. Oliver stand in der großen, offenen Küche vor Oberschränken, die in rosa und grünen Pastelltönen gehalten waren und goldfarbene Griffe hatten. U-förmig waren sie um eine Kochinsel aus roséfarbenem Marmor gruppiert. Roys Mutter hatte einen mexikanischen Innenarchitekten mit der Gestaltung und Ausstattung des Hauses beauftragt. Die Sofas im Wohnzimmer waren mit Stoffen mit aztekischen Mustern bezogen, die vorherrschenden Farben im Haus waren Ocker, Altrosa und in manchen Räumen ein helles Mintgrün.

Auf dem Gasherd hatte Oliver eine große gusseiserne Pfanne erhitzt und presste frische Orangen auf der langbeinigen Alessi-Zitronenpresse von Philippe Starck aus, die als Hingucker auf der ansonsten sehr aufgeräumten Abstellfläche stand wie ein Kunstobjekt. Aus dem Garten hatte er Thymian geholt, und nun komponierte er daraus mit den Jakobsmuscheln und viel Butter eine duftende Vorspeise, während Marc die Gin Tonics mixte.

Roy hatte sich inzwischen eine Packung Tortellini in Sahnesoße in der Mikrowelle warm gemacht. «Ich hab Hunger», hatte er zu Oliver gesagt, der ihn beleidigt ansah, als er die fettigen Tortellini runterschlang, «ich kann nicht ewig auf deinen Budenzauber hier warten.»

«Meinst du, wir schaffen mit der kaputten Spurstange die Strecke bis Monte Carlo ins Jimmy'z?», fragte Marc, als er eine der Eiswürfeltüten aus dem doppeltürigen Edelstahl-Kühlschrank holte. Leider waren die Würfel auf der Strecke zurück im Kofferraum schon reichlich zusammengeschmolzen, es hatte auch am frühen Abend noch fast dreißig Grad im Schatten. Als Marc die im Tiefkühlfach gelagerte Tüte nun aufriss, wollte er zunächst mit den Händen ein paar würfelgroße Stücke aus dem inzwischen wieder zusammengefrorenen Eisblock herausbrechen. Als das nicht gelang, zerhackte er den Block mit einem Küchenmesser und schmiss die Eisbröckchen in die Gin-Tonic-Gläser, die er dann großzügig mit Gin und eher knapp mit Tonic Water befüllte.

«Keine Ahnung. Wir sollten den Wagen vorher durchchecken lassen», sagte Roy.

Marc reichte Roy und Oliver die fertigen Drinks.

«Wo ist da die Zitrone?», fragte Oliver, der gerade die Jakobsmuscheln in der Pfanne gewendet hatte und begeistert auf die hellbraune Röstfarbe blickte, die die weißen Dinger unter seiner Aufsicht angenommen hatten. «Da gehört noch Zitrone in den Drink rein. Ich hab doch welche gekauft!»

«Klar hast du», sagte Roy und griff in eine der Tüten mit den Einkäufen, die noch unausgepackt neben ihm stand. «Schneid da mal 'ne Scheibe rein, du Barmann für Arme», rief er Marc zu und warf eine Zitrone gefährlich scharf in dessen Richtung. Marc fing sie auf und tat, wie ihm befohlen.

«Wenn wir hier die Girls einladen», fügte er an, «wollen wir doch nicht wie die Deppen dastehen, die keine Ahnung von Drinks haben, oder?»

Oliver goss etwas von dem frisch gepressten Orangensaft zu den Muscheln in die Pfanne und legte einige Orangenfilets in die zischende Flüssigkeit, die sich mit der Butter und den Säften der Meeresfrüchte zu vermengen begannen, und fragte: «Welche Girls eigentlich? Und wie sollen wir die hier hochbugsiert bekommen? Liegt doch total ab vom Schuss.»

«Wir gehen morgen an den angesagtesten Strand in der Bucht und präsentieren dort deinen behaarten Luxuskörper», antwortete Roy grinsend, «wenn sie das nicht heißmacht, weiß ich auch nicht weiter.»

«Wenn alle Stricke reißen, quartieren wir uns einfach bei Henning und seiner Lehrerin ein, vielleicht können wir von der ja noch was lernen», sagte Oliver und überlegte, ob er noch einen Schuss Gin in die Pfanne geben sollte.

La Voile Rouge» war ein Privatstrand, der unverschämt viel Eintritt kostete und an der lang gestreckten Plage de Pampelonne lag. Zum Eingang lief man durch einen Pinienhain, die staubtrockene Erde wurde bei jedem Schritt aufgewirbelt, und weil sie das Auto wegen des Unfalls tags zuvor zu Hause stehen gelassen hatten und den ganzen Weg mit dem Bus fahren mussten, waren sie ziemlich spät dran. Am Eingang zahlte jeder 300 Francs, dafür gab es eine Tagesmitgliedschaft. Dazu ein weißes Handtuch mit einem stilisierten geblähten Segel darauf und eine Liege mit Sonnenschirm. Getränke gingen natürlich extra und waren nicht wirklich billig.

Wenn der Urlaub so weitergeht, muss ich mir einen Nebenjob suchen, um das Geld, das ich hier rausfeuere, irgendwie wieder reinzuarbeiten, dachte Marc. Großmama hatte ihm zwar eine großzügige Apanage in Form von Travellerschecks mitgegeben, aber die gingen schneller weg als erwartet. Die grau-blauen Scheine konnte man in jeder Bank, wie auch in Geschäften und Restaurants, gegen Bargeld einlösen oder direkt zum Zahlen verwenden. Marc hatte bereits mehr Schecks eingelöst als bis zu dem Zeitpunkt geplant, und er hatte Großmama etwas leichtfertig versprochen, nach dem Urlaub alles zurückzuzahlen. Das war ein Problem, dem er sich jetzt aber erst mal nicht weiter widmen wollte.

Als sie den abgezäunten Bereich hinter der weißen Doppeltür aus Holz betraten, wies ihnen der Page ihre Liegen zu. Er führte sie fast ganz an den Rand, in die letzte Reihe. Olivers Liege lag direkt am Zaun, Marc und Roy hatten die beiden daneben. Zwischen den Liegen waren kleine Tischchen mit Halterungen aus Metall, in die der Page einen Sonnenschirm steckte und fragte, ob er ihn öffnen solle. «Parasol, Messieurs?» Roy ignorierte ihn und kramte in seiner kleinen

Strandtasche nach Zigaretten. Marc lächelte dem Pagen zu und nickte, «S'il vous plaît, oui». Der Page schob mit einem kräftigen Ruck den Ring an der Schirmstange hoch, ein wenig Sand rieselte heraus. Dann vertäute er den geöffneten Schirm mit einem Seil in zwei im Sand verankerten Ösen, sodass er bei einem Windstoß nicht weggeweht werden konnte. Er verharrte einen kurzen Moment zwischen den Liegen und tat so, als würde er die Festigkeit der Konstruktion gewissenhaft prüfen, während er in Wirklichkeit darauf wartete, dass Roy, Marc und Oliver vielleicht an sein Trinkgeld denken würden. Als er feststellte, dass bei den dreien nichts zu holen war, wandte er sich grußlos ab und stapfte zwischen den fast vollständig besetzten Liegen durch den Sand davon.

In der Mitte des Beachclubs, leicht erhöht auf einer Art Steg, befand sich die Bar, das Zentrum der Anlage. Elektronische Beats wummerten über den Strand, und ein kahlköpfiger schwarzer Barmann schüttete aus mehreren Flaschen gleichzeitig Wodka, Wermut und Likör in überdimensionale Mixgeräte. Dazu drückte er im Rhythmus der Musik auf den Mixern herum, schmiss Fruchtstücke von einem Schneidebrett, auf dem er zwischendurch mit einem Messer herumhackte, in die Mixer, bis der Inhalt aus reichlich Alkohol und schaumigem Fruchtsaft bereits überzuschwappen begann. Er war mehr ein Showdancer als ein Cocktailmixer. Die Bar war aus denselben weiß gestrichenen Holzlatten errichtet wie der Zaun und die Eingangstür des Clubs. Ein bisschen Miami Vice, ein bisschen Südstaaten-Ranch, leicht schrabbelig und kunstvoll patiniert, damit die superreiche Kundschaft ein wenig dem Hippiegefühl des St. Tropez der Sechzigerjahre nachspüren konnte.

In der Bucht vor der lang gezogenen Plage de Pampelonne lagen die teuren Yachten, deren Besitzer und ihre Gäste mit

Wassertaxis an den Strand gebracht wurden. Marc und seine Freunde kannten das aus dem Roxy in München, auch dort lautete das erste Gebot: «Du sollst nicht glotzen.» Wenn bekannte Persönlichkeiten da waren und an den Strand geshuttelt wurden oder irgendein Hollywood-Star die Liege neben einem besetzte, dann taten alle so, als wäre das normal. Alle hatten sich diesen unauffällig-gleichgültigen Blick zugelegt, der signalisieren sollte, dass man durch nichts zu beeindrucken war, weil man eh alles schon gesehen hatte. Trotzdem guckte jeder heimlich, ob diese Exoten, aus der Nähe betrachtet, irgendetwas an sich hatten, das sie vom Rest der Menschheit unterschied. Marc, Roy und Oliver hatten, nachdem sie eine Weile auf den Liegen herumgehangen hatten, einen Platz an der Bar ergattert und beobachteten, während sie auf ihre Drinks warteten, die Leute um sie herum. Natürlich so unauffällig wie möglich.

Dieses Jahr war Al Pacino da. Er hatte zwischen den Liegen eine Art VIP-Loge eingerichtet bekommen. Der Bereich seiner Entourage war hinter einer roten Kordel abgetrennt, die von goldglänzenden Metallständern getragen wurde, und am Eingang standen zwei Bodyguards und bewachten den Schauspieler, der in echt tatsächlich genauso klein war, wie es immer hieß. In einem weißen Bademantel ging er zum Wasser, begleitet von einer sehr italienisch aussehenden dunkelhaarigen Frau, die ihn um anderthalb Köpfe überragte. Unter dem Bademantel trug er – Marc glaubte zunächst, dass er sich das doch nur einbilden würde – einen Tanga im Leopardenmuster.

Er warf den Bademantel ab und stürzte sich, wie Marc fand, etwas übertrieben wild ins badewannenwarme Mittelmeer. Seine Begleiterin ging nur bis zur Hüfte ins Wasser. Vielleicht wegen ihrer Haare, dachte Marc. Sie lächelte dem planschenden Helden aus dem «Paten» liebevoll zu, wie eine

Mutter ihrem Kind, das zum ersten Mal ohne Schwimmflügel schwimmen darf.

Marc musste an die Unbekannte im Club denken. Er stellte sich vor, wie sie aus dem Wasser steigen würde, wie Ursula Andress am einsamen Südseestrand vor Sean Connery. Aus den Boxen der Bar tönte derweil «Brazil» von Chocolate, und ihm fiel ein, dass er vergessen hatte, sich einzucremen. Auf seinem Rücken fühlte er dieses leichte Glühen, das bereits von einem zarten Roséton auf seinen Schultern begleitet wurde. Er wusste, dass das bedeuten würde, dass er die nächsten Tage wieder nur mit T-Shirt in die Sonne gehen konnte. Die Musik von Chocolate, die schwingenden House Beats, mit denen der Song unterlegt war, brachten die Leute um ihn herum zum Tanzen, und Marc sah zu Oliver und Roy, die sich von der Bar wegbewegt hatten und ausgelassen in der Menge herumsprangen. Als der DJ «Push It» von Salt 'n' Pepa spielte, rasteten alle aus. Bei der Stelle «This dance ain't for everybody, only the sexy people», bewegte Oliver die Lippen so exakt synchron zum Text, als wolle er bei Milli Vanilli einsteigen.

Oliver und Roy schossen sich über den Rest des Nachmittags bis in den frühen Abend hinein an der Strandbar komplett ab und kauften schließlich noch bei irgendeinem Typen Gras, das bei Marc allerdings keine Wirkung entfaltete. Als sie dann irgendwann total bekifft und besoffen mit einem Taxi oben im Haus ankamen, fingen Roy und Oliver an, Poker zu spielen und dabei weiter Gin Tonics zu kippen. Marc hatte irgendwann am Nachmittag aufgehört mitzutrinken und fiel, von der Sonne und dem Trubel am Beach völlig erschöpft, sofort ins Bett.

In der Nacht träumte er eine seltsame Mischung dessen, was sie in den vergangenen Tagen erlebt hatten. Die schöne Unbekannte aus Barcelona trug einen Leoparden-Bikini.

Sie stand am La Voile Rouge vor einer kleinen Spielzeugtafel und klopfte immer wieder streng mit einem Zeigestab auf die Strandliegen vor ihr. Al Pacino und Roy saßen auf diesen Liegen und lachten die ganze Zeit, als ob sie bekifft wären. Die Unbekannte schrie ständig «Atención!», offenbar war sie Spanischlehrerin. An ihrer Seite kniete Henning und hatte ein Hundehalsband um, dessen Leine die jetzt in eine Lehrerin verwandelte Schöne sich um den linken Fußknöchel gebunden hatte. Dann begannen Al Pacino und Roy auf einmal, eine perfekt einstudierte Choreografie zu Neneh Cherrys «Buffalo Stance» im Sand zu performen, der durch das Getanze komplett aufgewirbelt wurde. Plötzlich rief Oliver in dröhnender Lautstärke über die Szene: «Now wait a minute! – This dance is not for everybody», und Marc sah die dunkelhaarige Italienerin, die Al Pacino am Nachmittag so liebevoll beim Planschen zugesehen hatte, aus dem Wasser kommen. Ihre Haare waren jetzt klatschnass. Sie zückte ein Messer, das sie wie Ursula Andress in einem Holster an ihrem Bikinihöschen befestigt hatte, und wollte es der Schönen in den Rücken rammen, die nicht bemerken konnte, welche Gefahr ihr drohte, weil um sie herum inzwischen ein unglaublicher Sandsturm tobte. Dann war nicht mehr ganz klar, welche der Frauen welche war. Ihre Gesichter wechselten ständig. Mal hatte die Lehrerin aus dem Zug das Holster um, mal die schöne Unbekannte die Leine am Fuß, und umgekehrt.

Marc wachte auf, als er sich zwischen die dunkelhaarige Angreiferin und die Lehrerin, also eigentlich seine schöne Angebetete, werfen wollte. Sein Mund war trocken, die Morgensonne brannte so grell in sein Gesicht, als wollte sie sich durch die Haut, unter seine Lider und dort direkt auf das Weiß seines Augapfels fressen. Er lag auf dem Boden neben seinem Bett und rieb sich den Kopf. Im Haus war es vollkommen still. Er suchte etwas zu trinken. Weil er keine Ahnung hatte, ob sich nicht vielleicht irgendwelche Angestellten im Haus befanden, zog er sich vorsichtshalber eine Jeans über seine Boxershorts. Als er sich das T-Shirt überstreifte, erinnerte ihn der Schmerz auf seinen Schultern auf unangenehme Weise an den Sonnenbrand vom Vortag. Er ging runter in den Wohnbereich und musste die Augen zusammenkneifen, weil auch hier das Morgenlicht so unglaublich hell durch die riesigen Fenster schien, dass es kaum auszuhalten war.

Es sah aus wie auf einem Schlachtfeld. Im Salon standen die Reste von Roys und Olivers Poker-Gin-Exzessen. In der offenen Küche lagen noch die Überbleibsel der Küchenschlacht mit den Jakobsmuscheln am Ankunftstag herum, offenbar gab es hier doch kein Personal, das so was gleich weggeräumt hätte. Aus einer ungespülten Pfanne wehte ihn der penetrante Geruch von faulem Fisch an, und er musste würgen. Er öffnete die Kühlschranktür und trank einen großen Schluck Milch aus einer Glasflasche. Das half ein wenig, aber dann hatte er plötzlich den Eindruck, dass die Milch nach faulem Fisch schmeckte, und er stellte die Flasche schnell wieder weg. Er hielt seinen Mund unter den Wasserhahn, drehte auf und trank ein paar große Schlucke Leitungswasser. In der Spüle stapelten sich die Teller. Die Reste der Tortellini, die sich Roy vor zwei Tagen gemacht hatte, standen, noch in der Packung mit offenem Aludeckel, auf der Marmorfläche der Kücheninsel, und daneben schwamm eine Lache trübes Wasser, in der ein aufgerissener Plastiksack lag. Auf dem Boden darunter hatte sich eine große Pfütze gebildet, in der Marc fast ausgerutscht wäre. Es waren die Überreste einer Tüte Eiswürfel, die Roy und Oliver gestern für ihre Gin Tonics aufgemacht und dann liegen gelassen hatten.

In der Ecke stand eine Espressomaschine. Marc schaltete sie ein, hatte aber keine Ahnung, wie so ein Gerät funktioniert. Der Kaffee, den er, nach mehreren Fehlversuchen mit dem Siebträger, schließlich aus einer Espressotasse trank, die seltsamerweise keinen Halt auf der Untertasse fand, schmeckte bitter und dünn. Er beschloss, jetzt sofort allein nach Fréjus zu fahren und das kaputte Auto reparieren zu lassen. Die beiden anderen schliefen noch tief. Aus Olivers Zimmer konnte Marc ein brummendes Schnarchen vernehmen, das klang, als würde hinter der Tür ein wildes Tier knurren. Denjenigen, der die Tür öffnete, würde es ganz sicher auf der Stelle zerfleischen. Leise zog er die Haustür zu, startete vorsichtig den Wagen und rollte langsam aus der Garage. Er fuhr noch, immerhin.

Auf der Fahrt entlang der Küstenstraße machte der Golf grauenhafte Geräusche. Marc dachte ständig, dass in der nächsten Kurve bestimmt gleich der Vorderreifen abbrechen und er mitsamt dem Wagen über die Klippen ins Meer stürzen würde. Es gab so vieles, was an einem Auto kaputtgehen konnte – die Lenkung konnte blockieren, die Benzinleitung lecken oder der Wagen womöglich bei voller Fahrt in die Luft fliegen ... Und was war das eigentlich für ein seltsamer Geruch, der da durch das Wageninnere zog? Schmorte da nicht etwas vor sich hin? Ihm wurde klar, dass er keine Ahnung hatte, wo genau sich diese Werkstatt eigentlich befand. Roy hatte nur etwas von einem Mechaniker in Fréjus gesagt.

Er musste drei Runden durch das Zentrum des kleinen Ortes drehen, bis er endlich das Schild «Garage» fand. Der Inhaber sprach wahnsinnig schnell und nuschelte so stark, dass Marc das Gefühl hatte, er könne auf einmal kein Französisch mehr. Der Mechaniker hatte den Wagen auf seine Hebebühne gefahren und leuchtete mit einer Taschenlampe unzählige Roststellen am Unterboden aus. Die meisten Worte, die der Mann da sprach, schienen Marc vollkommen unbekannt. Vielleicht redete er aber auch in einer ganz anderen Sprache? Marc machte ein ungeheuer konzentriertes Gesicht. Seine Miene hellte sich zwischendurch kurz auf, wenn ihm ein einzelnes Wort bekannt vorkam. «Oue», sagte er dann und gab sich Mühe, dabei möglichst selbstverständlich rüberzukommen. Er belegte dieses «Oue» mit verschiedenen Färbungen: Zweifel, wenn er meinte zu erahnen, dass es um Fachfragen zum Fahrzeugzustand gehen könnte, Gleichmut, wenn er das Gefühl hatte, sein Gegenüber könnte eben gewarnt haben, dass die Angelegenheit teuer werden könne. Seine gespielte Weltläufigkeit stachelte den Mechaniker allerdings nur an, noch schneller und noch unverständlicher zu sprechen, sodass Marc irgendwann aufgab und beschloss, Roy oder der Hausmeister sollten einfach alles klären, wenn der Wagen abgeholt würde. Das wäre frühestens übermorgen der Fall, so viel hatte er verstanden. Er hatte den Wagen zur Reparatur gebracht, das sollte erst mal genügen. Der Mechaniker riss ein Blatt Papier von einem Block und teilte es in zwei Hälften. Auf dem unteren Teil des Zettels, der mit Fingerabdrücken und Ölflecken verschmiert war, stand die Telefonnummer der Werkstatt. Dort konnte er, wie der Mechaniker sagte, in frühestens zwei Tagen anrufen, um sich zu erkundigen, ob der Wagen fertig sei. Auf der anderen Hälfte musste Marc die Angaben zum Auftraggeber machen. Er beschloss, einfach den Namen von Roys

Vater anzugeben. Der Mechaniker hielt kurz inne, als er den Namen las.

«Je pense que je connais la voiture», murmelte er nur. Dann fuhr er, unablässig weiter vor sich hin brabbelnd, die Hebebühne wieder herunter und lenkte den alten Golf schwungvoll, wie es sich für einen Franzosen gehört, rückwärts auf den Werkstatthof.

Marc verabschiedete sich und war erleichtert, aber auch ein bisschen stolz, dass er so früh am Morgen bereits etwas geleistet hatte. Er lief die verschlungene Straße von der Werkstatt zurück und beschloss, sich zur Feier des Morgens etwas zu gönnen und in dem hübschen Hotel zu frühstücken, das ihm aufgefallen war, als er in den Ort hineinfuhr. Es lag auf einer kleinen Anhöhe über dem Hafen und hatte eine Terrasse, von der aus man einen herrlichen Blick über das Meer haben musste.

Dementsprechend sah es hier auch aus. Kellner in weißen Jacketts schwirrten zwischen eleganten Gästen umher, die an weiß gedeckten Tischen saßen und in silbernen Kännchen Kaffee und Tee gebracht bekamen. Ein dünner Oberkellner mit Clark-Gable-Bärtchen sah durch Marc hindurch, wies ihm einen freien Tisch in der Mitte der Terrasse zu und reichte ihm die Karte. Die Preise waren so, wie man es an einem solchen Ort vermutete. Marc entschied, einen weiteren von Großmamas Travellerschecks einzusetzen, die er vorsorglich eingesteckt hatte, falls der Mechaniker auf Vorkasse bestanden hätte.

Zum ersten Mal auf dieser Sommerreise kam Marc sich richtig erwachsen vor. Seine Fantasie begann zu sprudeln. Er malte sich aus, wie er ganzjährig die schönsten Hotels Europas bereisen und für eine internationale Zeitschrift ausführliche Berichte darüber schreiben würde. Natürlich bekäme er stets das beste Zimmer, und das Personal würde ihm jeden Wunsch von den Augen ablesen, da sich jeder Hotelier eine gute Beurteilung seines Hauses durch einen angesehenen Kritiker wie ihn wünschte. Die Eleganz dieser Orte zog ihn schon immer magisch an. Sein Vater fand dagegen, Hotels seien Plätze, wo man sich nur zum Schlafen aufhielt, da sei Luxus doch bloß rausgeworfenes Geld. Nur Großmama hatte der Familie Gott sei Dank immer mal wieder einen Winter- oder Sommerurlaub in mondänen, teuren Häusern spendiert. Sie freute sich darüber, dass Marc sich für diese Welt begeistern konnte. Und sie hatte Spaß daran, ihm alles zu erklären, was es dort zu entdecken gab, denn Marc sog die Anmut dieser Welt förmlich auf.

Jetzt bestellte er Kaffee mit einem kleinen Kännchen warmer Milch, dazu ein Croissant und Eier im Glas. Die Sonne tauchte den Hafen in ein warmes Licht. Er war achtzehn Jahre alt und fühlte sich, als sei er ein Lord aus einem Roman von Charles Dickens. Sein Blick fiel auf eine junge Frau, die an einem Tisch nicht weit entfernt mit dem Rücken zu ihm saß. Ihr gegenüber hockte, stark nach vorne gebeugt, ein Mann mit kurz geschorenem Haar, dickem Bauch und kräftigen, sehr behaarten Beinen, die in geblümten, knielangen Badeshorts steckten. Er trug über seinem massigen Körper ein weites T-Shirt mit dem Schriftzug «Gold's Gym» und aß mit aufgestützten Ellbogen und großem Appetit ein Croissant nach dem anderen. Er biss riesige Stücke ab und hatte, kaum war eines vertilgt, bereits das nächste in der Hand. Marc musste an Vincent d'Onofrio als Private

Pyle denken, den dicken Rekruten aus Stanley Kubricks «Full Metal Jacket». Der Blick, mit dem er die zierliche Frau vor ihm betrachtete, hatte etwas Obszönes, als ob er sie mit den Augen auf die gleiche Weise verschlingen wolle wie die Croissants, die er in sich hineinschob. Das schien sie aber nicht zu stören, denn sie warf immer wieder ihren Kopf zurück, strich durch ihr Haar und schien sogar zu lachen über das, was der Kerl mit vollem Mund da zu ihr sagte. Marc konnte nicht hören, worüber sie sprachen, dazu waren sie zu weit entfernt, auch ihr Gesicht konnte er nicht sehen. Er hoffte, dass sie sich einmal umdrehen würde, aber den Gefallen tat sie ihm nicht. Ihre zarte Silhouette vor dem haarigen Fleischberg faszinierte ihn, und er konnte seinen Blick kaum abwenden.

Sie reichte dem Typen eine Serviette über den Tisch, er wischte sich den Mund ab und sah Marc dabei auf einmal direkt in die Augen. Sofort wandte er den Blick ab. Fühlte sich ertappt. Im gleichen Augenblick brachte der Kellner den Kaffee und die Milch. «Anything else, sir? Eggs and croissant will come right away», sagte er, ohne ihn richtig anzusehen, und ignorierte gelassen Marcs Versuche, das Gespräch auf Französisch zu führen. Er behandelte ihn mit jenem Hochmut, den Franzosen für Ausländer übrighaben, die ihre Sprache, die Feinheiten ihrer Grammatik und der Aussprache nicht durchdringen und die man daher daran hindern muss, sie zu verhunzen. Marc ergab sich der subtilen Zurechtweisung durch den Kellner nur allzu gerne, weil sie ihn aus der Peinlichkeit befreite, beim Anstarren ertappt worden zu sein, und antwortete daher beflissen und ein wenig zu laut: «No thank you, I'm fine.» Der Kellner quittierte seine Antwort mit einem zufriedenen «Very well», deutete einen Diener an und verschwand.

Marc traute sich nicht, seinen Blick wieder in Richtung der

beiden von eben zu wenden, und konzentrierte sich darauf, den spärlichen Schaum der warmen Milch aus dem Kännchen mit einem kleinen Löffel auf dem Kaffee zu verteilen. Er hatte das ungute Gefühl, der Dicke habe ihn in der Zwischenzeit keine Sekunde mehr aus den Augen gelassen, es war, als könne er spüren, wie sein Blick auf ihm brannte. Als der Clark-Gable-Kellner das Croissant und die Eier brachte, ließ Marc die gestärkte Serviette vom Schoß rutschen und unternahm einen umständlichen Versuch, sie wieder aufzuheben. Er verdrehte sich seitlich im Stuhl, um unter den Sitz zu greifen und auf diese Weise beim Wiederauftauchen für einen kurzen Moment den Blick wie zufällig die rätselhafte Frau streifen zu lassen. Dabei kniff er die Augen zusammen, als verspüre er einen leichten Schmerz im Nacken, um die Wendung seines Kopfes zusätzlich zu beglaubigen – und sah überrascht, dass der Stuhl, auf dem die Frau gesessen hatte, jetzt leer war. Nur der Dicke hockte da, über ein Stück Zeitung gebeugt, und hatte Marcs peinliche Verrenkung offenbar glücklicherweise nicht bemerkt.

Nach einer Weile fragte sich Marc, warum die junge Frau nicht wieder an den Tisch zurückkam. Auch nach einer Viertelstunde saß Private Pyle allein mit seiner Zeitung beim Frühstück. War es möglich, dass sie gegangen war und Marc nicht bemerkt hatte, wie sie sich verabschiedete? Er aß behutsam weiter, als könne er auf diese Weise verhindern, dass ihm erneut etwas Wichtiges in seiner Umgebung entging, und blickte immer wieder ratlos in Richtung des Hotels, in das sie verschwunden sein musste. Irgendwann erhob sich der wabbelige Mann und verließ die Terrasse über eine Außentreppe, die Marc bis dahin nicht bemerkt hatte. Gleich darauf winkte Marc eilig nach Clark Gable. Der Kellner weigerte sich standhaft, Travellerschecks als Zahlungsmittel zu akzeptieren, willigte aber, als er verstand, dass Marc ansonsten die Rechnung gar nicht hätte bezahlen können, genervt ein und gab ihm das Wechselgeld in Francs zurück.

Marc schlenderte über die Terrasse und gab sich Mühe, betont gelangweilt zu wirken. Sein Herz klopfte stark, als er seine Finger elegant über das Geländer gleiten ließ. Er tat so, als ginge er jeden Tag nach dem Frühstück hier spazieren, auf das morgendliche Meer hinausblickend. Dann kam er zu der Treppe, über die der Badehosen-Klops entschwunden war. Sie führte auf eine abschüssige kleine Straße, die hinunter zum Meer ging. Kein Mensch war zu sehen. Marc überlegte kurz, ob er weiter nach den beiden suchen sollte, gab sich aber schließlich einen Ruck und machte kehrt.

Als er über die Terrasse zurück ins Hotel lief, überlegte er, wie er es anstellen könne, drinnen nach einer Busverbindung zurück nach St. Tropez zu fragen, ohne dabei als zu pleite für ein Taxi rüberzukommen. Als er ins Foyer trat, sah er sie auf einmal vor sich. Die Unbekannte, die ihm an der Bar in Barcelona einen sekundenkurzen Blick zugeworfen hatte und gleich darauf in der Menge verschwunden war. Die er den ganzen Abend lang im Club vergeblich gesucht hatte. Sie kam jetzt eine kleine, dunkle Treppe herab und trat an die Rezeption. Es war dieselbe Frau, die eben auf der Terrasse mit dem Rücken zu ihm gesessen hatte.

«Le chauffeur vous attend dehors, Madame», sagte der Concierge und nahm ihren Zimmerschlüssel entgegen.

«Merci.»

Ihre Stimme war ein wenig rau, und Marc dachte, sie ist wahrscheinlich keine Französin, konnte aber auch nicht sagen, ob sie Spanierin sein mochte. Sie wandte sich dem Ausgang zu, und Marc, der noch nie gut darin gewesen war, den ersten Schritt zu tun und jemanden anzusprechen, hörte sich auf einmal sagen, als sei er jemand völlig anderes: «Hey, have I seen you in Barcelona some days ago?»

Seine Stimme war ihm in der Aufregung ein wenig tiefer geraten als sonst. Aber besser zu tief als zu hoch, dachte er noch.

Sie drehte sich um und sah ihn an. Sie war, wie sie da in der Lobby stand und ihm einen skeptischen Blick zuwarf, etwas kleiner, als er sie in Erinnerung hatte. Er glaubte in ihren Augen lesen zu können, dass sie unschlüssig war, wie sie auf diesen plumpen Satz reagieren sollte, der ihm da gerade herausgerutscht war.

Sie trug eine ausgewaschene hellblaue Jeans, dazu einen breiten schwarzen Gürtel mit silberner Schnalle. Marc dachte, dass er noch nie eine so perfekt sitzende Jeans an einer Frau gesehen hatte. Sie war hoch geschnitten, der dunkle Gürtel umschlang die schmale Taille wie eine Schärpe und bildete einen kontrastvollen Schlussstrich gegen das weite, hellgraue T-Shirt irgendeiner Heavy-Metal-Band, das sie unordentlich in den Hosenbund gestopft hatte. Das lange braune Haar war auf dem Kopf zusammengesteckt, und Marc sah im Gegenlicht der Sonne ein paar Strähnchen, die sich dem Griff der hornfarbenen Klemme entzogen hatten. Vorhin auf der Terrasse hatte sie das Haar noch offen getragen. Da bedeckte es ihren Hals komplett, und er hatte sich vorgestellt, wie er es anheben und mit den Fingern vorsichtig über die Stelle fahren würde, an der die Wirbelsäule im weichen Haar verschwand. Der schmale Nacken einer schönen Frau konnte ihn in Aufruhr versetzen.

Diese Frau hier schien ihm so weit außer Reichweite zu sein, dass es fast lächerlich war, sich irgendwelche Hoffnungen zu machen.

Aber offenbar hatte das ungläubige Erstaunen, mit dem er sie ansprach, etwas in ihr ausgelöst, das nicht etwa Verachtung oder Mitleid für seine Unbeholfenheit war, sondern eine Art irritiertes Interesse. So, als ob sie überlegen würde, bei welcher Gelegenheit sie ihn getroffen haben könnte, fragte sie zurück: «Maybe … Do we know each other?»

Marc war überrascht, dass sie ihn tatsächlich einer Antwort für wert befunden hatte und dass er sich, von einem Moment auf den anderen, bereits in einem Gespräch befand, das er eben noch für undenkbar gehalten hätte. Sobald Ablehnung möglich war, sagte er lieber nichts, als sich einen Korb zu holen. Roy war eigentlich derjenigen von ihnen, der immer einen Spruch parat hatte, nie um eine Anmache verlegen war und sich um einen Korb bestimmt nicht scherte. Aber nun war Marc wie befreit von all den Zweifeln und sagte lächelnd:

«Of course, don't you remember? The club some days ago? We had a short conversation. Well, we just had eye contact. But to me, it seemed like a conversation.» Eine kleine Falte bildete sich zwischen den Augenbrauen des Mädchens, als ob sie dächte, es sei doch ein Fehler gewesen, nicht einfach weitergegangen zu sein und den Typen ignoriert zu haben; wahrscheinlich einfach ein Freak mit großem Ego, der sich für Gottes Geschenk an die Frauen hält.

«Kommst du aus Deutschland?», fragte sie ihn jetzt ein wenig spöttisch, und Marc war ernsthaft irritiert darüber, dass nach dem Kellner, der gerade seine Französisch-Versuche ignoriert hatte, schon wieder jemand seine Fremdsprachenkenntnisse in Zweifel zog. Sein Englisch war nun wirklich nicht so schlecht.

«Aus München», sagte er konsterniert, «und du?»

«Alles klar», antwortete sie und lachte, «dachte ich mir.» Bevor Marc fragen konnte, warum sie sich das dachte und was das bedeuten solle, sagte sie knapp: «Tut mir leid, aber ich kann mich nicht erinnern, scheint ja kein so intensives Gespräch gewesen zu sein. Ich muss los. Mein Fahrer wartet draußen.»

Marc wusste, er durfte das Gespräch nun keinesfalls abreißen lassen.

«Wo fährst du hin?», fragte er schnell.

«Nach St. Tropez.»

«Kannst du mich mitnehmen?»

Hatte er das eben wirklich gesagt? Es war doch offensichtlich, dass sie ihm keine weitere Beachtung mehr schenken würde.

Sie verdrehte die Augen, wahrscheinlich, weil sie es nicht packte, dass dieser Typ nicht kapieren wollte, wie peinlich sie ihn fand. Sie drehte sich um, ging auf die Drehtür zu, wandte dann aber überraschenderweise doch den Kopf halb über die Schulter und warf ihm ein knappes «Ausnahmsweise. Aber beeil dich» zu.

Marc stolperte fast, als er etwas zu schnell in die Drehtür schlüpfte, die sich vor ihm öffnete. Er war direkt hinter ihr, nur durch eine Glasscheibe getrennt. Draußen sprang sie in einen Wagen, dessen Chauffeur eilig herbeistürzte, um ihr die Tür aufzuhalten, und als er sie hinter ihr geschlossen hatte, zog er die Stirn ein kleines bisschen kraus, als Marc an ihm vorbei auf der anderen Seite ebenfalls einstieg und sich neben sie auf die Rückbank fläzte.

Sie erzählte ihm, dass sie aus Barcelona nach Südfrankreich gekommen war, um Werbeaufnahmen für irgendeine Marke zu machen, von der Marc noch nie gehört hatte. Der Typ, der mit ihr am Frühstückstisch gesessen hatte, war von ihrer französischen Modelagentur, und sie fand ihn grauenhaft.

Die Sache mit dem Fahrer und der Limousine schien ihm so unwirklich wie der ganze bisherige Tag, dieser Urlaub überhaupt. Erst der schrottige Golf in der Werkstatt, davor die Yacht und das Haus in den Hügeln der Côte d'Azur, die Tage in Barcelona, jetzt das schicke Frühstück im Hotel und diese wunderschöne Frau mit eigenem Chauffeur. Die Gegensätze waren einfach zu krass.

Sie sagte jetzt, es sei wichtig, Leute wie ihren Agenten bei Laune zu halten, wenn man gebucht werden wollte, auch wenn ihr schon klar sei, dass solche Typen extrem ekelhaft sein könnten zu ihren Klientinnen. Das ganze Modebusiness sei eigentlich komplett frauenverachtend, und sie habe eh vor, bald auszusteigen. Jetzt lächelte sie plötzlich. Gerade hatte er noch den Eindruck gehabt, sie sei so cool, dass sie die Temperatur im Wagen schon durch ihre pure Anwesenheit um ein paar Grad absenken würde.

Der BMW, der sie entlang der Küstenstraße nach St. Tropez brachte, glitt lautlos dahin. Sie war nicht nur hübsch, sondern offenbar manchmal sogar verlegen. Das irritierte Marc und gefiel ihm gleichzeitig umso mehr. Draußen war es brutal heiß, im Wageninneren hatte der Fahrer die Klimaanlage voll aufgedreht. Marc fröstelte. Die Ledersitze waren eiskalt.

Sie kam aus der Nähe von Köln. Sie war zwei Jahre älter als er, und nach dem Sommer würde sie ein Studium an der berühmten Lee Strasberg School in New York anfangen, um Schauspielerin zu werden. Sie erzählte auch, sie habe in New York schon einige Modeljobs gehabt, und ihr Freund – Marc zuckte kurz bei dem Wort – studiere ebenfalls dort. Er war auch aus Deutschland und würde bald seinen Abschluss machen. Das Modeln war etwas, was sie nur ab und zu tat, um Geld zu verdienen. «Wie gesagt, seltsames Business, nichts für länger», fand sie.

Marc war überrascht, dass sie plötzlich so viel erzählte und gar nicht mehr aufhörte damit. Er hätte nie gedacht, dass sie Deutsche war, als er sie vor ein paar Tagen an der Bar hatte stehen sehen. Sie sah so international aus. Kosmopolitisch. In Barcelona war sie gewesen, weil ihre Mutter dort lebte. Nach dem Shooting in Südfrankreich ging es nach Hause.

Den Rest der Woche sei sie aber noch da, und die Produktion mache am Freitag ein kleines Abschlussfest, wenn Marc Lust hätte, solle er doch vorbeikommen. Als er fragte, ob er ein paar Freunde mitbringen könne, grinste sie und fragte: «Alleine traust du dich nicht?»

An der Abzweigung der Hauptstraße, die den kleinen Berg hinauf zum Grünbauer'schen Anwesen führte, stieg er aus. Es war, als würde er gegen eine Wand von Hitze prallen, als er die Tür der Limousine hinter sich zuwarf. Der BMW beschleunigte und war nach kurzer Zeit verschwunden. Autos rauschten an Marc vorbei, der sich einen Moment auf einen Stein am Straßenrand setzte und zu begreifen versuchte, was ihm da eben widerfahren war. Auf dem Weg zur Villa war es ihm, als schwitzte er den gesamten Alkohol, den er in den letzten Tagen getrunken hatte, vollständig aus. Heute Abend nichts trinken, wiederholte er mantraartig beim Aufstieg, immer wieder. Nichts. Keinen Tropfen. Er wusste sehr genau, dass er darüber am Abend schon wieder anders denken würde.

Die nächsten Tage verbrachten Marc, Oliver und Roy so gelöst, dass es ihnen im Nachhinein als die glücklichste Zeit dieses großartigen Sommers erschien. Henning kehrte irgendwann aus den Fängen seiner französischen Lehrerin in den Schoß der Gruppe zurück und vervollständigte das Viererteam. Endlich durften sie all die Dinge erleben, auf die sie sich schon immer gefreut hatten, wenn sie nur erst einmal achtzehn wären.

Sie beschlossen, in Port Grimaud ein quietschrotes Plastikmotorboot zu leihen, um damit entlang der Küste Wasserski zu fahren. Roy hatte den Verleiher überredet, ihnen ein Boot zu geben, für das man eigentlich einen Führerschein gebraucht hätte. Keiner von ihnen hatte so ein Dokument, aber Roy überzeugte den Mann durch professionelles Ablegen und müheloses Herummanövrieren im engen Hafenbecken lässig von seinen tadellosen nautischen Fähigkeiten.

«Frankreich ist nicht Deutschland», erklärte er den anderen. «Hier zählt die Praxis mehr als die Theorie», also konnten sie den Kahn haben. Es war ein kleines, wenn auch auf beschämende Weise hässliches Schiff mit einem riesigen Außenborder, der unglaublichen Krach machte, wenn man ihn auf Vollgas stellte.

Nach ein paar Stunden auf dem Wasser und nach etlichen halbherzigen und missglückten Versuchen, auf den Wasserskiern zu stehen, wurde Roy plötzlich seekrank. Ausgerechnet er, wo doch sonst keiner Erfahrung mit dem Steuern eines Bootes hatte. Das Geschaukel auf der Nussschale war wohl ungewohnt für ihn und machte ihm mehr zu schaffen, als er zugeben wollte. Und weil es auch mit dem Wasserski nicht so recht klappte, verlangte er schließlich von den anderen, am Voile-Rouge-Strand abgesetzt zu werden. Henning war dankbar und stieg mit ihm aus. Er hatte für Wassersport so wenig Ehrgeiz wie für sonst irgendeine Art, sich zu bewegen. Marc und Oliver cruisten nun also zu zweit mit der roten Schüssel die Côte d'Azur entlang, als wären sie Sonny Crockett und Rico Tubbs aus Miami Vice. Draußen im offenen Wasser, wo es keine Hindernisse gab, fühlten sie sich bald wie die Könige der Meere. Irgendwann aber war es genug mit der Sonne und dem Übers-Wasser-Gleiten auf der Heckwelle. Außerdem wurde das Benzin langsam knapp, und so steuerten sie das Boot zurück Richtung Port Grimaud.

Am Ende des Tages, an dem sie meistens Vollgas fuhren, fiel Oliver im Hafenbecken von Port Grimaud in fataler Fehleinschätzung der Geschwindigkeit seiner nur scheinbar gedrosselten Fahrt zu spät auf, dass ein Motorboot, im Gegensatz zum Auto, leider keine Bremse besaß. Das Plastikboot mit dem kräftigen Außenborder hielt mit hoher Geschwindigkeit auf die anderen Boote zu, die im Hafenbecken vertäut waren. Es gab ein paar Rufe von den umliegenden Schiffen, «Attention!» – aber Oliver bemerkte seinen Fehler erst, als es schon fast zu spät war. Er musste mit dem Motor bremsen. Panisch schob er den Gashebel in den Rückwärtsgang, gab Vollgas und hoffte so, irgendwie eine Kollision mit den teuren Schiffen, denen er sich weiterhin mit hohem Tempo näherte, zu verhindern. Knapp vor dem makellos weißen Lack einer Yacht kam er endlich zum Stehen. Aber kaum hatte er die eine Katastrophe vermieden, schoss das Boot schon in die andere Richtung, wo ebenfalls Yachten vertäut lagen. Der Bootsverleih musste durch ein Labyrinth von Wasserwegen zwischen den ganzen Schiffen im Hafen angesteuert werden. Schockierte Bootsbesitzer, die sich fragten, welcher Irre da durchs Hafenbecken jagte, tauchten an den Relings ihrer Kähne auf und versuchten, den hilflos manövrierenden Freizeitkapitän mit hektischen Gesten zu verscheuchen, als sei sein winziges rotes Guerillaboot eine Hornisse, die sich auf einen glänzenden Obstkuchen zu stürzen drohte.

Die Großzügigkeit des praxisorientierten Verleihers, der ja auf einen Führerschein verzichtet hatte, wurde arg enttäuscht. Aufgeschreckt rannte er von Steg zu Steg, griff sich immer wieder entsetzt an den Kopf, riss an seinen Haaren und rief ständig: «Mais non, Monsieur ... Monsieur, ah noooon ... Monsieur!»

Marc saß die ganze Zeit in einer Art katatonischer Schockstarre in seinem Sitz und hielt sich krampfhaft mit beiden Händen am Armaturenbrett fest. Der Bootsverleiher verhinderte die Katastrophe zum Schluss Gott sei Dank durch einen beherzten Sprung vom Steg, als die beiden Comandanti Dilettanti für einen Moment nahe genug waren. Er tat einen lauten Schrei, stieß Oliver mit einem kräftigen Hieb vom Steuer und bändigte das röhrende Boot in Rekordzeit.

Plötzlich war es ganz still im Hafenbecken. Der Motor blubberte gedämpft durch das aufgewühlte Wasser, als hätte er nie etwas anderes getan. Es war nichts zu hören außer ein paar üblen Verwünschungen, die er den beiden Teenagern zuzischte, die schweigend hinter ihm im Bootsheck kauerten.

Mit Höflichkeitsformen wie «Monsieur» hielt er sich nicht mehr auf, sobald sie an Land waren. In seinem Büro hatte es sich dann ausgemonsieurt, er verweigerte die Rückzahlung der hinterlegten Kaution, tausend Francs, fast dreihundert Mark. Das sei die Strafe, wie er mit beleidigtem Gesichtsausdruck sagte, die Arme vor der Brust verschränkt, sodass klar war, hier gab es nichts zu diskutieren. Dabei drehte er die rechte Handfläche ein wenig nach oben, als wolle er sagen: «Rien ne va plus.» Dann zog er die Augenbrauen hoch und wies ihnen die Tür.

Oliver war wütend und wollte sich das Geld gleich am nächsten Tag, am besten mit einem Anwalt, zurückholen. Roy und Henning lachten sich kaputt, als Marc die ganze Geschichte erzählte. Oliver versuchte zwar noch, sich zu rechtfertigen, das änderte aber nichts daran, dass er für den Rest der Reise von den anderen nur noch Käpt'n genannt wurde.

Der Typ von der Werkstatt meldete sich am nächsten Tag telefonisch, der alte Golf sei wieder fahrtüchtig, sie könnten ihn jetzt abholen. Marc hatte schon die Busverbindung ausgekundschaftet, aber Roy bestellte ein Taxi. Die Sitzordnung im Auto wurde weiterhin durch Schere, Stein, Papier ermittelt. Roy wollte sogar noch mit dem Taxifahrer knobeln, wer sich hinters Steuer setzen dürfe. Und auf der Rückfahrt, im frisch reparierten Golf, der jetzt kein bisschen mehr klapperte, headbangten die beiden Freunde wie Mike

Myers und Dana Carvey in «Wayne's World» zu Bohemian Rhapsody.

Dieser Sommer hielt, was er versprach. Die Nächte blieben lang; das Meer war unfassbar blau, und die Tage glühten vor sich hin. Nur die Frauen spielten eine immer noch viel zu kleine Rolle in diesem Urlaub. Außer Henning, der ein paar Tage im Bett mit seiner Lehrerin gewesen war und möglicherweise zuvor etwas mit Amy in Barcelona am Laufen gehabt hatte, war keiner von ihnen in dieser Hinsicht zum Zug gekommen. Es stand jetzt also zwei zu null, zu null und zu null.

Oder vielleicht auch anderthalb zu null. Das mit Amy war schließlich nur eine Vermutung.

Als Marc seinen Freunden von der Begegnung ein paar Tage zuvor erzählte, fiel ihm auf, dass er nicht mal wusste, wie die Frau überhaupt hieß, die er da auf so überraschende Weise wiedergetroffen hatte. Er erzählte von der Clubnacht in Barcelona, wo er sie kurz gesehen und dann gleich wieder verloren hatte. Und von dem Zufall auf der Terrasse des Hotels in Fréjus, die er zum Frühstücken nach seinem Werkstattbesuch aufgesucht hatte, vom dicken Agenten und von der eiskalten Limousine.

Dass er keine Ahnung hatte, wie sie hieß, war den anderen natürlich egal. Sie sah, wenn man seinen Schilderungen Glauben schenken durfte, umwerfend aus. Und es gab eine Party? Das genügte, natürlich wollten sie da hin. Marc war froh, dass die anderen mitkamen. Alleine hätte er sich wahrscheinlich tatsächlich nicht getraut. Es war seltsam: Vier achtzehnjährige Jungs zogen durch Spanien und Südfrankreich. Zuerst cruisten sie auf einer Yacht rum, jetzt logierten sie in einer Wahnsinnsvilla in den Hügeln oberhalb eines bizarren Luxusspots. Sie überboten einander an Energie, um die Welt von sich zu beeindrucken. Und trotzdem blieben sie auf seltsame Weise unter sich. Vielleicht war dieser Abend endlich die Gelegenheit, das zu ändern.

Sie hatte Marc auf ein Streichholzheftchen die Adresse des Restaurants geschrieben, in dem sie mit dem Fotografen, den anderen Models und dem ganzen Team den Abschluss des Shootings feiern wollte. Über eine Woche lang hatten sie an verschiedenen Orten der Côte d'Azur geshootet. Das Lokal lag in der Altstadt, ein Stück entfernt vom Hafen. Die üblichen Hotspots, das Sénéquier und all die anderen Restaurants mit ihren bunten Stühlen und den Yachtbesitzern, die dort mit Backgammonprofis um hohe Summen zockten, waren weit weg. Marc hatte den Spielern ein paarmal zugesehen. Es war faszinierend: Bei 1000 Dollar Einsatz, der sich schnell vervielfachen ließ, gelang es manchem der Profis, den reichen Leuten, die sich auf ein Spiel mit ihnen einließen, so viel Geld aus der Tasche zu ziehen, dass sie das restliche Jahr von ihren Gewinnen dort leben konnten. Es gab genug Millionäre, die glaubten, in allem am besten zu sein. Warum nicht davon profitieren, dass sie sich überschätzten?

Das Lokal, in dem Marc, Roy, Oliver und Henning schließlich eintrafen, war klein und unspektakulär, aber sehr gemütlich. Weiß gekalkte Wände, Holzstühle mit schmalen Lehnen, die in einem hellen Stahlblau gestrichen waren. Ein paar alte Schwarz-Weiß-Fotografien an den Wänden. An einer langen Tafel saß das Produktionsteam schon beim Essen. Roy trug einen dunkelblauen Blazer, Jeans und Cowboystiefel. Die anderen hatten sich auch in Schale geworfen, sie hatten ja keine Ahnung, was für ein Dresscode herrschen würde bei so einer Abschlussfeier, noch dazu unter Modeleuten. Marc trug ebenfalls einen dunkelblauen Blazer, peinlicherweise sogar mit Goldknöpfen und Einstecktuch. Und Oliver hatte ein blütenweißes Hemd an, das unter den Achseln bereits Schweißflecken aufwies und über seinem Bauch ein wenig spannte. Nur Henning trug die gleichen Klamotten wie immer. Schlabbrige Jeans und ein altes Alf-T-Shirt in einer undefinierbaren Farbe. Irgendwas Verwaschenes zwischen Braun und Orange. Sein schlampiger Style passte hier auf einmal ziemlich gut, stellte Marc fest. Die Gruppe, die da um den Tisch saß, Fotograf, Assistenten und ein paar Models, Jungs wie Mädchen, waren alle in Jeans mit abgeschnittenem Saum, Turnschuhe und T-Shirt gekleidet. Einer hatte ein Polohemd an, das war aber auch schon das höchste der Gefühle. Marc grinste peinlich berührt, als er bemerkte, dass sie total overdressed waren. Das Mädchen, dessen Namen er nicht kannte, saß an der langen Tafel und winkte, als sie ihn erblickte. Er hob unsicher die Hand und sah sich um. An ihrem Tisch war kein Platz mehr, auch die meisten anderen Tische waren belegt, nur einer, etwas abseits, war noch frei. Die Freunde setzten sich, weil sie nicht so recht wussten, wo sie sonst hinsollten. Am liebsten wäre Marc in diesem Moment gleich wieder abgehauen. In ihrem seltsamen Aufzug zogen sie die Blicke der anderen Gäste auf sich. Da war auch der Agent, den er von der Terrasse des Hotels kannte, und Marc hatte wieder dieses Gefühl, dass er ihn anglotzte. Sie bestellten eine Flasche Weißwein, und Marc meinte zu erkennen, dass auch Roy sich nicht besonders wohlfühlte. Er saß still auf seinem Platz und beobachtete das Geschehen um ihn herum argwöhnisch.

Irgendwann fragte er Marc: «Welche ist es? Die, die gewunken hat?»

Oliver wollte gerade seine Einwegkamera zücken und ein Foto vom Lokal machen, als Marc seinen Arm ergriff und den Kopf schüttelte. In dem Moment trat ein Typ aus der Gruppe an den Tisch und fragte auf Englisch, was sie hierherbrächte. Er war etwas älter als die anderen. Es stellte sich heraus, dass er aus der Marketingabteilung des Kunden war, der das ganze Shooting und damit natürlich auch den Abend hier bezahlte. Marc stotterte ein wenig herum, er wusste nicht, wie er es sagen sollte, er kannte ja ihren Namen nicht, jedenfalls hatte er mit dem Model am Tisch gegenüber vor ein paar Tagen gesprochen, und sie hatte ihn eingeladen. Der Marketingtyp drehte sich um: «Carolin? She's great. You know each other from Germany? You guys are German, right?»

Sie hieß also Carolin. Marc beobachtete, wie sie sich mit den Leuten an ihrem Tisch angeregt unterhielt. Er wäre gerne aufgestanden und hätte sich dazugesetzt. Aber er brachte es nicht fertig. Die ganze lässige Selbstsicherheit, mit der er ihr vor drei Tagen begegnet war, war wie weggeblasen. In Gegenwart von Roy fühlte er sich sowieso etwas gebremst. Als stünde er unter Beobachtung. Der Agent zumindest guckte nicht mehr rüber.

Henning war der Erste, der es irgendwann aussprach. «Was machen wir hier eigentlich? Ich dachte, das sei eine Party?» Eine rothaarige Kellnerin mit kurzem Bürstenschnitt und robuster Stimme kam an den Tisch, fragte, ob sie etwas zu essen bestellen wollten. Roy war in Gedanken versunken, sein Blick ging immer wieder in Richtung der Gruppe am Nebentisch. Marc kannte das, seine Fähigkeit, sich auszuklinken aus Gesprächen, innerlich abwesend zu sein, obwohl er da war. Aber nun kam zu seiner anwesenden Abwesenheit noch etwas dazu, was Marc als Schwermut interpretierte. Als er bemerkte, dass Marc ihn beobachtete, warf Roy ihm einen Blick zu, als wolle er sagen: «Was ist denn jetzt?» Marc reagierte nicht. Er hatte keine Lust, sich von ihm zu irgendetwas drängen zu lassen. Roy sah wieder zu ihr rüber. Soll er doch, dachte Marc.

Oliver studierte die Karte. Henning begann ein aufgeräumt-ungelenkes Gespräch mit der burschikosen Kellnerin und ließ sich umständlich die Spezialitäten des Hauses erläutern. Er ließ sich offenbar jede Zutat einzeln erklären. Die beiden fingen an, immer heftiger zu flirten, was in Marc das ungute Gefühl aufkeimen ließ, es könnte ein Abend werden, an dessen Ende wieder einmal Henning als Einziger zum Zug kommen würde. Er verfluchte seine Entscheidung, den anderen von der Begegnung mit Carolin erzählt zu haben, und fragte sich, welcher Teufel ihn überhaupt geritten hatte, sie alle hierher mitzunehmen.

Sie bestellten Rindfleisch, das um einen Spieß gewickelt und scharf gegrillt wurde. Oliver meinte, das habe er auf Korsika schon mal gegessen, das müssten sie probieren. Marc war egal, was es zu essen gab. Er hatte sowieso keinen Hunger und wartete weiter darauf, dass sich eine Gelegenheit ergeben würde, mit Carolin ein paar Worte zu wechseln. Als die Spieße kamen, war die Stimmung am Nebentisch ausgelassen. Die vier braven Jungs auf der Suche nach dem wilden Leben aßen derweil schweigend vor sich hin und gaben sich Mühe, dabei möglichst cool rüberzukommen.

Irgendwann bemerkte Marc, dass Roy und Carolin sich Blicke zuwarfen. Er dachte zuerst, er habe sich getäuscht. Aber es bestand kein Zweifel. Sein Freund war dabei, der Frau zuzulächeln, auf die er, Marc, ein Auge geworfen hatte. Von der er dachte, dass sie sowieso außerhalb seiner Liga wäre. Roy dachte das, auf sich bezogen, offenbar keineswegs. Machten sich die beiden gerade über ihn lustig? Wie bescheuert konnte er sein, ausgerechnet Roy dabeizuhaben, wenn er sich mit einer Frau traf, für die er sich wirklich interessierte? Noch dazu eine, die aussah wie Carolin. Die so auffällig war, dass jeder sich nach ihr umdrehte. Und die natürlich Roys Konkurrenzgeist weckte. Wenn Roy die Chance bekam,

Marc auf den Platz zu verweisen, den er in ihrer beider Hackordnung für ihn vorgesehen hatte, ließ er sie sich nicht entgehen. Marc fühlte, wie sein Kopf heiß wurde.

Tatsächlich stand Roy kurz danach auf und ging an den Nachbartisch hinüber. Er zog sich einen freien Stuhl heran, setzte sich direkt neben Carolin und fing an, sich mit ihr zu unterhalten. Einfach so. Marc konnte es nicht fassen. Und hasste sich dafür, dass er selbst wie gelähmt sitzen blieb. Oliver goss Marc von dem Wein nach, der in einer Karaffe vor ihnen auf dem Tisch stand. Sein Gesicht schien zu sagen: «Was willst du machen? Du kennst ihn doch.»

Henning war aufgestanden, um am Tresen mit der Kellnerin zu quatschen. Marc zwang sich, nicht weiter zu Roy und Carolin rüberzugucken, und fragte sich, warum ihm diese Leichtigkeit abging, die Roy und Henning so mühelos zur Verfügung stand.

Nach einer Weile hatte sich die Sitzordnung am Nebentisch aufgelöst. Die Leute standen herum, redeten. Roy kam zurück an den Tisch zu Marc, rief nach der Rechnung und zahlte für alle mit der Kreditkarte seines Vaters. Marc gegenüber tat er so, als wäre nichts geschehen. Kein Wort über das, was eben war. Und Marc schämte sich so für seine Verkrampftheit, dass er ebenfalls so tat, als gäbe es nichts zu besprechen.

Roy ließ sich einen 100-Franc-Schein für Zigaretten kleinmachen und ging zu einem Automaten, der beim Eingang zur Toilette stand.

Carolin warf Marc einen Blick zu, den er als Aufmunterung verstand. Obwohl er immer noch das Gefühl hatte, an seinem Stuhl festzukleben, stand er auf und fand sich zu seiner eigenen Überraschung kurze Zeit später mit ihr in einer Ecke des Lokals wieder, wo er versuchte, an das lockere Gespräch von neulich anzuknüpfen.

«Und?» Sie lächelte, und wieder schien es Marc, als sei sie verlegen. Sie tippte mit den Ballen auf dem Boden herum. Ihr Blick ging von ihren Schuhspitzen hinauf zu Marcs Gesicht. Seine Hände steckten in seinen Hosentaschen. Er hatte keine Ahnung, warum sie ihn überhaupt hierher eingeladen hatte. Keine Ahnung, warum er gekommen war. Er wollte etwas Lustiges sagen, das eine Verbindung schuf zwischen ihnen beiden. Er blickte zu Henning, der gerade irgendwelche Verrenkungen machte, um die Kellnerin zu erheitern. Sie lachte laut über seine Slapsticks, und Marc fiel nichts ein.

«Geht ihr später noch woandershin?», fragte er Carolin, mehr aus Verlegenheit, weil das Schweigen schon eine Zeit lang anhielt. Sie sah in Richtung des Zigarettenautomaten, aus dem Roy gerade eine Schachtel herauszog, blickte dann rüber zu einem Typen aus ihrem Team, der ihr zuwinkte. Sie zog die Schultern hoch und atmete einmal tief ein, als ob sie plötzlich an etwas sehr Trauriges denken musste. Dann sah sie Marc mit einem Gesichtsausdruck an, der vielleicht bedeutete: «Ich weiß es nicht, sag du's mir», oder aber auch: «Wer bist du noch mal? Und warum stehst du hier vor mir und fragst mich nach Dingen, die dich nichts angehen?»

Es kam kein Gespräch in Gang. Worte schienen nicht das rechte Mittel, um ihr näherzukommen. Plötzlich waren nicht einmal mehr Blicke geeignet, um sich zu verstehen. Es herrschte totale Fremdheit zwischen ihnen. Von der spontanen Vertrautheit im Auto vor ein paar Tagen war nichts mehr übrig. Es schien, als hätten sie sich ineinander geirrt.

«Glaub eher nicht», sagte sie irgendwann leise, als ob sie sich bei ihm für etwas entschuldigen müsse. Marc nickte, als könnte er sie verstehen, obwohl er gar nichts verstand. So stand er nur da, zuckte kurz mit den Schultern und sagte: «Na dann ...»

«Na dann», antwortete sie. Und in einer Art Übersprunghandlung umarmten sie sich plötzlich. Er überlegte kurz, ob zwei oder drei angedeutete Wangenküsse angebracht wären, also deutsch oder französisch, hatte den Gedanken aber sofort wieder vergessen, als er sah, wie Henning ihm von der Bar aus grinsend einen hochgereckten Daumen zeigte.

O Gott, dachte er, das ist alles so peinlich hier, ich fasse es nicht ..., und er brach die Umarmung ebenso schnell ab, wie er sie begonnen hatte. Dann wich er ein paar Schritte zurück. Er fühlte, wie seine Ohren knallrot wurden dabei. Ohne sich noch einmal umzudrehen, lief er Richtung Tür und war im nächsten Augenblick draußen.

Auf der Straße vor dem Lokal griff er in seine Taschen – keine Zigaretten mehr. Das auch noch. Unschlüssig blieb er stehen, unfähig, über irgendetwas nachzudenken. Er drehte sich um und stellte fest, dass er durchs Fenster überraschend genau sehen konnte, was drinnen vor sich ging.

Roy kam vom Zigarettenautomaten zurück und ging langsam auf Carolin zu. Er hielt ihr die Schachtel hin, die er gerade gezogen hatte. Marc stand draußen im Schatten und beobachtete die beiden. Er konnte sie nicht verstehen, aber er stellte sich vor, was sie einander sagten.

«Warum hast du ihn überhaupt eingeladen?»

«Weil er nett ausgesehen hat», antwortete sie und nahm sich eine Zigarette aus der Schachtel.

«Nett ist die kleine Schwester von scheiße», sagte Roy wahrscheinlich gerade und gab ihr Feuer. Das war in letzter Zeit sein Lieblingssatz. Sie nahm seine Hand, mit der er das Feuerzeug hielt, in beide Hände, um die Flamme zu schützen, zog an der Zigarette und pustete ein wenig Rauch in Roys Richtung. Er grinste sie an, als sie ihre Hände von seiner Hand löste. Marc traute seinen Augen nicht.

«Danke», sagte sie und hielt die Zigarette kurz hoch, um

zu signalisieren, was sie meinte. «Du findest nett sein also scheiße?», fragte sie bestimmt. Dabei legte sie den Kopf ein wenig schief und machte eine Schnute, wie um zu sagen: «Du siehst ein bisschen so aus.»

Flirtete sie gerade mit ihm? Marcs Herz pochte bis zum Hals. Carolin hatte sich mit der Hand in den Nacken gefasst, als ob sie eine Verspannung lösen wollte.

Er stellte sich vor, wie Carolin Roy wohl fand. Man hätte ihn durchaus auf eine bestimmte Weise als gut aussehend bezeichnen können. Er war braun gebrannt und hatte dunkle Augen. Sein braunes Haar, das er mit Gel streng nach hinten gekämmt hatte, begann sich aus der Form, in die er es gepresst hatte, zu befreien und hing in Strähnen seitlich von der Stirn. Außerdem hatte er einen kleinen Bauchansatz, und aus seinem offenen Hemd sprossen dichte Brusthaare. Er hatte nichts Edles oder Schönes an sich, und dennoch fühlten sich viele Frauen von ihm angezogen. Erst jetzt nahm Marc wahr, dass das Fenster, an dem er stand, nur angelehnt war. Er öffnete es ein Stück und schnappte dadurch einige Fetzen des Gesprächs auf.

Roy hatte scheinbar etwas gesagt, was Carolin nicht gefiel. Jetzt ging sie zum Angriff über, sie funkelte ihn an und fragte laut: «Ist das diese seltsame Nummer, bei der manche Männer versuchen, eine Frau durch ein bisschen Provozieren und Beleidigen zu verunsichern? Natürlich nur zum Spaß. Die funktioniert bei mir nicht, das hast du doch schon vorhin am Tisch versucht.»

«Was redest du da?»

Als wollte sie sicher sein, dass andere es hören konnten, legte sie noch ein wenig lauter nach: «Na, als du davon gesprochen hast, dass Frauen sich immer so wichtig nehmen heutzutage.»

«Da musst du was missverstanden haben», sagte Roy, der

recht zufrieden schien mit dem Eindruck, den er auf sie machte. «Ich setze mich schon lange für Frauen ein, und weißt du auch, warum?»

«Glaub ich dir irgendwie nicht so ganz», antwortete sie und sah ihm in die Augen. Er hielt ihrem Blick mühelos stand. Sie seinem auch. Dann sagte er mit weicher Stimme:

«Ich mag Frauen. Die meisten sogar lieber als Männer.» Dabei machte er ein unschuldiges Gesicht und zog die Schultern hoch, als wolle er sich für etwas entschuldigen, für das man sich eigentlich nicht entschuldigen müsste, aber ihr tue er gern den Gefallen, weil sie sich so süß aufrege.

Dann ließ er sie stehen und ging zurück an den Tisch, wo Oliver inzwischen ganz alleine saß. «Lass uns abhauen», sagte er. «Was sollen wir hier noch?»

Carolins Blick blieb noch einen Moment an ihm haften. Es fiel Marc schwer zu sagen, was sie über Roy dachte, aber er hatte kein gutes Gefühl. Vielleicht war er selber ja wirklich zu nett. Vielleicht stand sie in Wahrheit genau auf das, was Roy hier abzog. Was fürchtete er denn, wenn er es einfach mal drauf ankommen ließ und versuchte, so zu sein, wie er sein wollte? Warum konnte er sich selbst manchmal als lustigen Typen präsentieren, der federleicht durchs Leben treibt, und war dann doch immer wieder so voller Furcht, nicht zu genügen, abgelehnt zu werden? Warum vertraute er sich nicht einfach? Eines der anderen Mädchen aus ihrem Team zog sie an der Hand zwischen die zur Seite geräumten Tische des Lokals, wo inzwischen getanzt wurde. Henning und die Kellnerin mittendrin. Marc wandte sich ab und setzte sich auf den Bordstein.

Oliver trat mit Roy zu Marc auf die Straße. Die beiden setzten sich zu ihm, sagten nichts und rauchten die Zigaretten, die Roy eben besorgt hatte. Und dann warteten sie auf Henning.

Ziemlich lange. Nach einer Ewigkeit trat er breit grinsend vor das Lokal, das tatsächlich «Le Vieux Corse» hieß.

«Naaaaaa?», rief er, wie immer ein wenig zu laut, packte Marc von hinten und zog ihn in die Höhe. Der entwand sich zappelnd und stieß ihn weg. «Lass das», sagte er auf einmal ziemlich humorfrei. Henning hatte die Situation noch nicht so richtig erfasst, er war so damit beschäftigt gewesen, mit der Kellnerin zu schäkern, dass er gar nicht mitbekommen hatte, dass Marc von der Frau, wegen der sie überhaupt erst hergekommen waren, den ganzen Abend über so gut wie ignoriert worden war.

Eine längere Stille entstand. Irgendwann fragte Oliver trocken: «Wann hat denn die Rothaarige mit dem Bürstenschnitt Dienstschluss?» Alle mussten lachen. Sogar Marc.

Das Ende des Sommers war nicht mehr weit. Es war Mitte August, und zum ersten Mal seit Langem war die Luft in der Nacht nicht mehr unerträglich warm. Sogar ein leichter Windhauch zog durch die Gassen der Altstadt.

DREI

Jetzt legte sich der feuchtkalte Münchner Novembernebel über die Hänge an der Prinz-Ludwigs-Höhe. Die weißen Schwaden krochen malerisch von der Isar herauf, als Marc den Mietwagen vor dem Haus der Grünbauers parkte. Er zog den Reißverschluss der viel zu dünnen Jacke bis zum Kragen hoch. Er fröstelte, hier war es kälter als in Berlin bei seiner Abfahrt.

Das hohe Tor mit der barocken schmiedeeisernen Verzierung, ein großes geschwungenes L und ein G, die Initialen Ludwig Grünbauers, sowie die das gesamte Grundstück umgebende hohe Mauer ließen keinen Blick zu auf das, was dahinter lag.

Roys Mutter hatte geschrieben, dass sie Roy zu Hause aufbahren würden, sodass enge Freunde dort Abschied nehmen konnten, sofern sie wollten. Marc hatte wenig Erfahrung mit solchen Dingen. In seinem Leben spielte der Tod bisher keine große Rolle. Er hatte lange Zeit keine Bekanntschaft mit dem Verlust eines nahen Menschen machen müssen. Bis Großmama vor einigen Jahren sehr krank wurde. Die Lunge. Es war ein Wunder, dass sie überhaupt so lange durchgehalten hatte, bei den vielen Zigaretten, die sie ihr Leben lang geraucht hatte. Eine Zeit lang bekam sie Unterstützung durch ein Sauerstoffgerät, das sie ständig hinter sich herzog. Ihr Zuhause verließ sie kaum noch. Sie war schon lange nicht mehr die kraftvolle Person von früher, aber dem Tod hatte sie sich immer noch erfolgreich widersetzen können. Dabei ging sie nur zum Arzt, wenn es unbedingt sein musste, und fürchtete nichts so sehr wie Krankenhäuser. Als er sie das vorletzte Mal besuchte, hatte eine Operation sie zu einem kurzen Klinikaufenthalt gezwungen. Marc half ihr, das breiartige Mittagessen zu löffeln. Sie saß auf dem Bett, hustete in einem fort und sagte zwischen einzelnen Happen undefinierbarer Krankenhauskost ständig Sätze wie: «Furchtbar. Bin ich froh, wenn ich hier bald rauskomme. Schmeckt scheußlich. Wirklich scheußlich!»

Er hatte da schon Angst, dass sie vielleicht nicht mehr lange leben würde. Aber sie wünschte keinen Abschied, kein Gespräch über die letzten Dinge, den Tod. Dagegen wehrte sie sich mit dem bisschen Kraft, das ihr noch zur Verfügung stand. Zum Abschied wechselten sie dann nur ein paar Worte über den Frühling, der schon deutlich zu spüren war. Und dass «der Verkehr doch wirklich herausfordernd ist, hier in München, kein Vergleich zu Hamburg, wo du gerade Theater spielst, oder?». Marc stimmte zu, obwohl er dachte, dass Großmama zuletzt selbst hinter dem Steuer gesessen haben dürfte, als Kohl noch Kanzler war. Er musste noch am gleichen Tag wieder zurück. Beim Gehen fragte er sich, ob dies das letzte Mal gewesen sein würde, dass er sie sah.

Wenige Monate später war es tatsächlich so weit. Seine Mutter hatte angerufen, als er abends gerade zur Vorstellung wollte. Sie sagte, dass es mit Großmama zu Ende ginge. Marc hoffte, dass er es noch rechtzeitig schaffte, wenn er nach der Aufführung sofort losfuhr. Er war dann in der Nacht in einem Affenzahn von Hamburg nach München gerauscht. Sie war schon nicht mehr bei Bewusstsein, als er auf der Intensivstation eintraf.

Seine Mutter war müde und hatte viel geweint, sein Vater tat, was er konnte, um ihr beizustehen. Als Marc da war, fuhr sein Vater kurz nach Hause, um ein wenig zu schlafen, er blieb mit seiner Mutter im Krankenhaus. Die Ärzte gaben ihnen zu verstehen, dass Großmama wohl nichts mehr von den Dingen um sie herum mitbekommen würde. Trotzdem hielt seine Mutter ihre Hand ganz fest und sprach leise mit ihr.

So schmerzhaft es für Marc war, der Tod alter Menschen schien ihm etwas Unvermeidliches zu sein. Er sah, wie sehr seine Mutter litt, und wollte ihr ein Stück der Last abnehmen. Je näher ihm etwas ging, umso mehr versuchte er immer, sich von seinen Gefühlen nicht überwältigen zu lassen.

Es war das erste Mal, dass er den Tod sah. Und er wusste, dass Großmama das alles hier, die vielen Geräte im Zimmer, nicht gefallen würde. Er hoffte inständig für sie, dass sie nichts mehr von alledem mitbekäme. Wie ein Körper sich aus dieser Welt verabschiedet, ob friedlich oder im Zorn, hatte er noch nicht erlebt. Wie ein Leben seinen Weg hinaus suchte. Großmama sah friedlich aus, immerhin. Die Tränen seiner Mutter sorgten seltsamerweise dafür, dass sein Kopf klar und sein Herz kühler als ihres blieb. Aber auch er hatte das Bedürfnis, noch zu Großmama zu sprechen, er hoffte, sie in ihrem Zwischenreich vielleicht doch zu erreichen. Sie würden die lebenserhaltenden Maßnahmen nun beenden, sagte der Arzt und versuchte, in einem dem Ernst der Situation angemessen mitfühlenden Ton zu sprechen. Marc sah, dass er abgelenkt war, sich gar nicht richtig auf die existenzielle Ausnahmesituation, die sich hier für seine Mutter und ihn abspielte, einlassen konnte. Immer wieder blickte der Arzt auf das kleine Gerät, mit dem er angepiept wurde. Sein Bemühen um Gefasstheit rührte und befremdete Marc zugleich. Als er hinausging, sagte der Arzt noch, der Tod träte sicher sehr bald ein. Als ob er durch die Tür kommen und den Körper von seiner schweren Seele befreien würde, dachte Marc. Keine zehn Minuten später kam ein Pfleger, überprüfte die Geräte und sagte in würdevollem Ton: «Sie ist soeben verstorben, mein Beileid.»

Dann schaltete er so selbstverständlich die letzten Geräte aus, die ihre Lebenssignale gemessen hatten, dass Marc alles ganz unwirklich erschien. So sehr, dass er beinahe gelacht hätte, wenn seine Mutter nicht geweint hätte. Großmama und die Geräte, das Leuchten und Blinken zwischen Leben und Tod. Die verzweifelte Tochter. Die Professionalität der Krankenhausleute. Beim Verlassen der Klinik sah er den Pfleger an der Bushaltestelle stehen. Er hatte offenbar Feierabend. Sein Gesicht trug keinerlei Spuren von der Begegnung mit dem Tod, der Marc gerade so nah gekommen war. Nichts wies darauf hin, dass sich unter seiner Obhut gerade etwas Außergewöhnliches ereignet hatte.

Marc konnte nicht sagen, ob seine Beklemmung daran lag, dass er dem Tod plötzlich tatsächlich begegnet war. Oder ob er einfach erschüttert war vom selbstverständlichen Umgang derer, die täglich mit ihm zu tun hatten. Oder ob das Trauer war.

Nun war sie tot. Friedlich entschlafen, hoffentlich, dachte Marc. Er war froh, vor ein paar Wochen noch bei ihr gewesen zu sein. Er fand den Gedanken schrecklich, einen Anruf zu erhalten und über den Tod eines geliebten Menschen einfach nur informiert zu werden. Plötzlich ist jemand weg. Da muss man sich doch verabschieden, fand er. Dass man sich so sehr voneinander entfernt, dass nicht einmal der nahende Tod alte Gräben überwindet, die sich im Laufe des Lebens aufgetan haben, konnte er sich da noch nicht vorstellen.

Später hatte er mit seiner Mutter nie mehr darüber gesprochen. Als er ihr von Roys Tod erzählte, sagte sie nur: «Das tut mir schrecklich leid. Aber weißt du, es ist ein großes Glück, in deinem Alter zu sein und bisher so wenig Berührung mit dem Tod gehabt zu haben.»

Er hatte keine Ahnung, was ihn erwartete, als er die Klingel neben dem großen Tor drückte und das Licht des Kamerasystems anging, sodass er unwillkürlich einen Schritt zurücktrat und seine Erscheinung durch einen kurzen Blick auf den Sitz seiner Kleidung überprüfte. Er zog die Hose etwas hoch und befreite den zerknitterten Saum aus dem Schaft seiner dunkelbraunen Stiefelette. Als sich das Tor langsam öffnete, ging er die Auffahrt hinunter zum Haupthaus.

Die Aufbahrung eines toten Körpers war eine katholische Tradition, und er hatte sich, als jemand, der aus einer protestantischen Familie kam, lange gefragt, ob er sich das überhaupt antun wollte. Aber er wusste auch, er hätte es sich nie verziehen, wenn er gekniffen hätte.

In seiner Welt war der Tod ein unangenehmes Thema, dem man sich nur stellte, wenn es wirklich gar nicht anders ging.

In der geöffneten Tür des Grünbauer-Anwesens stand Roys Vater. Er erschien Marc plötzlich geschrumpft. Er musste an Frau Falter denken, die kleine Nachbarin seiner Kindheit, die er irgendwann überragte. Als Marc Herrn Grünbauer die Hand schüttelte und ihm dabei mit der linken an den Unterarm fasste, um sein Mitgefühl auszudrücken, bemerkte er ein leichtes Zittern. Der einst mächtige und gefürchtete Mann war alt geworden und sein Körper klein und schmal. So schmal, dass die Knochen hervortraten. Sein Blick schien seltsam fern. Als Marc kurze Zeit später mit Roys Mutter im Wohnzimmer auf dem Sofa saß, auf dem er schon als Teenager gesessen hatte und auf dem er stets eine Decke unterzulegen hatte, wenn er Jeans trug, damit das strahlende Weiß keine Flecken bekäme (es war immer noch makellos), fiel ihm auf, dass die Anstrengung, das Ganze hier zusammenzuhalten, auch bei Rosi Spuren hinterlassen hatte. Das Überschäumende, das mühelos Strahlende hatte sich abgenutzt. Übrig blieben repräsentative Gesten, die früher einmal auf Empfängen gebraucht wurden, zu denen sie schon lange nicht mehr gingen. Freundlich gab sie ihm zu verstehen, dass ihr Mann inzwischen nicht mehr alles ganz genau mitbekommen würde. «Es ist aber keine Demenz, jedenfalls nicht direkt.» Marc fiel auf, dass sie sich keine Mühe gab, das, was sie sagte, vor ihrem Mann zu verbergen. Er saß daneben und guckte still vor sich hin. «Er kann nur manches nicht mehr ganz richtig verstehen», meinte sie, «aber das ist eher altersbedingt.» Sie lächelte ihrem Mann zu. Er reagierte nicht. «Manchmal wiederholt er sich, und nicht immer erkennt er jemanden, wenn er ihn länger nicht gesehen hat. Aber dich hat er sofort erkannt», darüber war sie froh, und diese Freude erhellte für sie das Wiedersehen für einen Moment, trotz des traurigen Anlasses. Marc war sich keineswegs sicher, dass Roys Vater ihn erkannt hatte. Er dachte eher, dass Roys Mutter sein Verhalten einfach so interpretierte, wie sie es sich wünschte.

Als sie mit Marc den Raum betrat, in dem sich der tote Roy befand, fragte sie, ob sie ihn allein lassen dürfe. «In den vergangenen zwei Tagen habe ich so häufig Menschen in diesen Raum geführt. Jetzt gerade kann ich nicht mehr, verstehst du das?» Marc nickte stumm. Er legte verständnisvoll eine Hand an ihre Schulter und zog sie im gleichen Moment wieder zurück, unsicher, ob eine so persönliche Geste überhaupt angebracht war. Sie nahm seine Hand, drückte sie kurz und ging hinaus. Dann stand er allein vor dem toten Freund.

Er hätte gerne früher an Roys Bett gesessen und seine Hand gehalten. Wäre da gewesen für ihn. Nicht von seiner Seite gewichen. Wie Freunde das tun. Hätte die Freundin abgelöst, die nach vielen durchwachten Nächten im Krankenhaus eine Pause gebraucht hätte. Dabei wusste er gar nicht, ob Roy überhaupt eine Freundin hatte. Ob es überhaupt jemanden gegeben hatte in seinem Leben, der wichtig war. Er hätte sich gerne mit ihm ausgesprochen.

Der Sarg stand in einem Raum, der sonst als Esszimmer genutzt wurde und mit zwei großen Flügeltüren von den weiteren Repräsentationsräumen der riesigen Gründerzeitvilla abgetrennt werden konnte. Marc erinnerte sich nicht, ob er diese Türen jemals geschlossen gesehen hatte. Der große Esstisch mit den vielen Stühlen war weggeräumt worden. Stattdessen stand da ein Sarg aus glänzendem dunkelbraunem Holz. Er ruhte auf einem Podest, das mit einem bodenlangen weißen Tuch abgedeckt war. Das Tuch warf Falten wie ein Opernvorhang, und um den Sarg herum war alles mit einem roten Teppich ausgelegt. Ein Kühlgerät sorgte dafür, dass die Temperatur im Raum niedrig und der tote Körper kühl blieb. Die Rollläden der großen Erkerfenster waren heruntergelassen, draußen war es zwar dunkel, aber Marc war sich sicher, dass sie auch tagsüber nicht hochgezogen wurden. Vier große weiße Kerzen auf vergoldeten Kerzenständern aus Holz standen in den vier Ecken des Raums. Hinter dem Podest mit dem Sarg waren vier große Vasen mit Blumenschmuck im Halbkreis aufgereiht, wie ein Rundhorizont im Theater. Und ein Foto von Roy, so groß wie eines der Poster, die früher in Marcs Zimmer gehangen hatten, stand in Schwarz-Weiß auf einer Staffelei rechts vor dem Sarg. Es war ein Foto, das Marc nicht kannte. Es musste in den letzten Jahren aufgenommen worden sein. Sein Blick darauf war so, wie Marc Roy in Erinnerung hatte. Eine trotzige Überheblichkeit lag darin, die nichts von ihrer Energie verloren hatte, Menschen zu provozieren. Er ging näher an den geöffneten Sarg heran. Er war mit heller Seide ausgekleidet. Marc fragte sich, wie lange Roys Haar schon graue Stellen hatte. Als sie sich das letzte Mal gesehen hatten, war es noch dunkelbraun.

Er hatte auch ordentlich Gewicht zugelegt seit damals. Sein Gesicht war fast faltenfrei. Wie bedeutungslos solche Fragen plötzlich erschienen. Vorsichtig legte er seine Hand auf die Stirn des Toten. Seltsamerweise fiel es ihm leichter, den leblosen Freund zu berühren als dessen lebendige Mutter. Er war überrascht, wie kalt der Leichnam war. Wie anders sich ein Körper anfühlte, durch den kein Blut mehr pulsierte, der nicht gewärmt wurde von all den Prozessen, die in unserem Innern Tag für Tag abliefen. Natürlich wusste er, dass Tote sich kalt anfühlen. Aber es zu wissen, war das eine, es zu erleben, war etwas anderes. Seine Haut hatte etwas Wächsernes. Er sah so anders aus als früher. Nicht nur, weil er älter war. Ganz anders auch als der lebendige Roy. Es hatte etwas Beruhigendes, fand er, so klar zu sehen, dass das, was hier vor ihm lag, nur eine Hülle war. Der Mensch, den diese Hülle umgab, war hier nicht mehr zu finden, auch wenn es unverkennbar sein Körper war. Neben dem Sarg stand ein Stuhl, auf dem er sich niederließ.

Was bedeutet Verlust? Klar, jemand ist nicht mehr da, und die Welt besteht ohne ihn weiter. Und er begann sich erneut zu fragen, wie das sein kann, dass wir Wesen sind, die die Welt betrachten durch unsere Augen, nichts anderes kennen als unseren Blick, den wir auf die Welt richten. Die Welt ist nur das, was wir sehen. Und wenn wir nicht mehr sind und nichts mehr sehen, dann gibt es diese Welt immer noch? Wie kann das sein? Wie sieht sie aus, diese Welt, die wir nicht mehr betrachten?

Er fragte sich, ob alles eine Täuschung war. Die Welt, wie wir sie wahrnahmen. Wie konnte der Mensch überhaupt wissen, ob er dem trauen konnte, was er sah?

All die Gewissheiten, mit denen Marc aufgewachsen war. Die Planbarkeit des Lebens. Die Sicherheit, dass auf jede Nacht ein Morgen folgte, dass man zur Arbeit gehen, Verabredungen einhalten, Reisen buchen konnte. Dass das Leben seinen Gang ging, dieses Gefühl der Gewissheit hatte einen Riss bekommen, als er jetzt auf das stille Gesicht seines Freundes blickte. Es war idiotisch, er wusste ja, dass der Tod zum Leben dazugehörte. Und hatte doch keine Ahnung, was Verlust bedeutete.

Er versuchte, sich vorzustellen, wie dieser Körper wohl in ein paar Tagen oder Wochen unter der Erde aussehen würde. Es gelang ihm nicht. Diejenigen, die weiterlebten, deren Augen die hiesige Welt noch sahen, verbargen den Prozess der Verwesung vor ihren Blicken unter die Erde. In die Unterwelt, den Hades. Das Reich der Toten. Das man von uns aus nicht sehen kann.

Ihm fiel ein, wie Roy und er das Video zu Michael Jacksons «Thriller» zum ersten Mal sahen. Es war unfassbar lang, vierzehn Minuten. Wegen der Leichen, die aus Gräbern stiegen, der Zombies, all der halb verwesten Gestalten durfte das Video erst nach zehn Uhr im deutschen Fernsehen gesendet werden. Marc waren die puppenhaften Zombies lächerlich vorgekommen. Er fand daran nichts zum Gruseln.

Als er jetzt vor dem toten Körper seines Freundes saß, wurde ihm bewusst, warum ihm das alles damals so unwirklich erschienen war und er nicht verstanden hatte, wie man sich vor ein paar klappernden Gerippen gruseln sollte. Er hatte damals einfach keine Ahnung vom Tod. Nicht den blassesten Schimmer. Und jetzt, mit Ende vierzig, rückte der Tod auf einmal ganz nah an ihn heran. Allen Versuchen seiner Familie zum Trotz, den Tod auf Abstand zu halten und den Blick von ihm abzuwenden, war er plötzlich da. Als Marc seinen Freund noch einmal berührte, begriff er im eigentlichen Wortsinn, was das hieß: ein lebloser Körper. Was für ein Schock. Was für ein Glück bis dahin. Er hatte ja keine Ahnung von Unglück. Vor wirklichem Unglück hatte er sich immer zu schützen gewusst. Er musste an die Worte von Roy bei ihrem letzten Gespräch denken. «Du denkst, wenn du immer schön aufpasst, dann passiert dir nichts. Aber dann passiert dir eben auch nichts.»

Die Tränen, die über seine Wangen liefen, fühlten sich warm an. Er konnte sich nicht erinnern, Roy jemals weinen gesehen zu haben.

Marc hatte kein gutes Gespür für sich selbst, als er jung war. Er war fasziniert von Roys Leichtigkeit im Umgang mit Frauen. Er dagegen hatte es weniger leicht. Er hatte so viele Fragen an sich, so viele Unsicherheiten. Weil er sich selbst so wenig vertraute, konnte er sich nicht vorstellen, dass es Mädchen geben könnte, die sich für ihn interessierten und nicht für die anderen Jungs um ihn herum, allen voran natürlich Roy, der jeden Raum mit seinem Glanz erhellte. Marc war auch nicht dauernd auf Abenteuer aus, so wie er. Zumindest nicht ausschließlich. Er hätte gern mal länger bei jemandem verweilt. Aber weil er durch seine Zurückhaltung, die oft nichts anderes als Angst vor Zurückweisung war, gar nicht bemerkte, wenn das Interesse einer Frau einmal tatsächlich ihm galt, blieb ihm meist nur das gute Gespräch. Oder verständnisvoll ausgetauschte Blicke mit der Freundin eines Mädchens, das da wild mit Roy in einer Ecke herummachte, während sie beide nutzlos danebenstanden. Manchmal spendeten die auf diese Weise Deplatzierten einander auch Trost, weil sie nicht wussten, was sie sonst tun sollten, mehr aus Zufall zusammengewürfelt.

Der Fixpunkt aller Nächte, die sie alle damals miteinander verbrachten, der Stern, um den sich alles drehte, war das Roxy. Sehnsuchtsort, letzte Instanz aller Abende der samstäglichen Eskalation und Hoffnungsschimmer eines vor sich hin dümpelnden Donnerstags. Die Tür war streng, und das Gefühl, zu denen zu gehören, die hier eingelassen wurden, tat Marc gut. Es gab ihm ein Stück Selbstvertrauen.

Sobald Roy dort erschien, teilte der Türsteher die Traube vor dem Club wie Moses das Rote Meer und ließ ihn und sein Gefolge hindurchschreiten. «Macht's amal Platz da – geht's auf d'Seitn bitte», rief der Herrscher über die Schwelle den Wartenden zu, die den Eingang oft seit Stunden belagerten. Die Glücklosen, die selbst gerade noch mit Sätzen wie «Es ist zu voll heut, sorry» von ihm und seinen muskelbepackten Höllenhunden der Nacht abgewimmelt worden waren, blickten in einer Mischung aus Neid, Empörung und Ratlosigkeit auf Roy und seine Entourage. Widerwillig machten sie Platz für die Auserwählten. In den Gesichtern die immer gleiche Frage: «Was zum Teufel soll an dir so besonders sein, dass du hier reindarfst und ich nicht?»

Es war lächerlich, sich auf diese Weise das Ego streicheln zu lassen, seinen Wert daran zu bemessen, ob man es schaffte, irgendwo reinzukommen oder nicht, das hatte Marc damals schon verstanden. Aber es tat zu gut, sich als etwas Besonderes zu fühlen, um sich davon einfach zu befreien. Das Roxy blieb das Wohnzimmer ihrer Jugend.

Unzählige Male hatte er sich von Roy hinschleppen lassen, weil er ihm als der perfekte Begleiter für seine Aufreißermasche diente. Marcs höfliche Verbindlichkeit gepaart mit Roys unverschämtem Charme und seinem übergroßen Selbstbewusstsein war eine unschlagbare Kombination. Eines Abends sprach Roy zwei, wie sich bald herausstellte, russische Mädchen an. Eine Dunkelhaarige und eine Blonde.

Sie standen schüchtern herum und guckten, als gehörten sie nicht hierher. Außerdem trugen sie Dirndl, das machte die Sache für Roy erst recht interessant.

Roy ging einfach zu den beiden hin und sagte:

«Entschuldige, mein Freund hat da mal 'ne Frage, aber er traut sich nicht so richtig ...»

Das Ganze mit diesem Gebrauchtwagenhändlergrinsen, das immer die Möglichkeit beinhaltete, dass das alles einfach nur eine Riesenverarsche war, vielleicht aber auch ein witziger Einstieg in einen richtig guten Abend mit zwei lustigen Jungs. Die Nummer war ein Eisbrecher. Auf irgendeine Weise funktionierte das Spiel immer. Und wenn sie mal abblitzten, machte es wenigstens Spaß. Außerdem wurde die Frage, die Marc tatsächlich stellte, vorher nicht abgesprochen zwischen ihnen. So blieb es spannend, in welche Richtung die Sache sich entwickeln würde.

Zu den beiden jetzt fiel Marc allerdings wenig ein. Sie sahen aus wie zwei unsichere Vorstadtmädchen. Nach einer Weile fragte er sie einfach, indem er auf ihre Kleidung verwies:

«Wo kommt ihr denn gerade her?» Und versuchte dabei, möglichst vertrauenswürdig zu lächeln. Es gelang so mittelgut.

«Wir waren bis vorhin im Hofbräuhaus», seufzte die Dunkelhaarige leicht genervt. Es sah so aus, als ob sie Marcs und Roys Masche nicht besonders lustig fand.

Darauf mischte Roy sich ein und fragte lachend:

«Hä? Seid ihr Touris, oder was? Da gehen doch nur Touristen hin.»

Sie hatte pechschwarze, lange Haare. Ihr Ton und der Ausdruck in ihrem Gesicht ließ Marc vermuten, dass sie klare Vorstellungen davon hatte, wie es zu laufen hatte in ihrem Leben. Er wusste, dass Roy total auf so was stand. Er strahlte sie mit seinem 100-Watt-Grinsen an. Sie guckte angestrengt an ihm vorbei, als warte sie auf eine Verabredung, die jeden Augenblick eintreffen müsste und die sie dann hoffentlich schnell aus diesem mühsamen Gespräch befreien würde.

«Wir sind keine Touristen, wir sind aus Germering», sagte sie mit rollendem r. Das g klang, als wäre ein zusätzliches j darin versteckt. Sie strich sich eine Haarsträhne aus dem Gesicht und nestelte an ihrer rosa Handtasche herum, die an einer goldenen Kette über ihre Schulter hing. An ihren Ohrläppchen baumelten goldgefasste kleine Sonnen, und um ihren Hals hatte sie ein rosa Chiffonband mit goldenem Edelweißanhänger. Das Mieder ihres Dirndls brachte ihre ohnehin schöne Figur noch besser zur Geltung.

«Germering kenn ich», sagte Roy und machte ein beeindrucktes Gesicht. Sie ignorierte ihn und kramte eine Zigarette hervor. Natürlich eine dieser ganz dünnen, langen. Bevor sie nach ihrem Feuerzeug in der winzigen Tasche suchen konnte, hatte Marc schon seins gezückt.

Die Freundin stand stumm daneben. Sie hatte unglaublich weiße Haut und fast ebenso weißblonde Haare und blickte während des Gesprächs meistens zu Boden. Marc sah ihr fasziniert dabei zu, wie sie unglaublich langsam Kaugummi kaute. Die Musik wurde lauter. Roy näherte sich dem goldbehängten Ohr der Dunkelhaarigen vorsichtig und sagte etwas lauter:

«Mein Vater hat da gerade Bauland für ein neues Projekt gekauft. Germering scheint im Kommen zu sein.»

Ihr angestrengter Ausdruck veränderte sich, und eine Art skeptischer Respekt machte sich in ihrem Gesicht breit. Sie musterte ihn. Scheinbar hatte sie beschlossen, dass Roy es möglicherweise doch wert sei, von ihr beeindruckt zu werden. Sie war ganz offensichtlich eine Frau, die großes Vergnügen daran hatte, schwer rumzukriegen zu sein. Und Roys

Ehrgeiz ließ sich wiederum durch nichts mehr wecken als von einer Frau, die ihm zu verstehen gab, dass es alles andere als leicht war, sie zu erobern. Sie passten perfekt zueinander. Marc begann sich zu langweilen, aber er wollte seinem Freund die Tour nicht vermasseln, also machte er weiter ein freundliches Gesicht.

«Was macht denn dein Vater? Ist er Bauarbeiter?», fragte die Dunkle, ihr Blick war nun voll auf Roy gerichtet und signalisierte gespannte Erwartung.

«So was Ähnliches», antwortete er beiläufig.

«Wenn ich mir dich so anschaue», sagte sie lächelnd und zog dabei an ihrer Zigarette, «kann ich mir das gut vorstellen.» Sie freute sich über die kleine Frechheit, die sie sich da auszusprechen getraut hatte, und Roy verzieh sie ihr großzügig, weil er wusste, dass er sein Spiel praktisch schon gewonnen hatte.

«Was habt ihr denn überhaupt im Hofbräuhaus gemacht?», wollte Marc jetzt von der Weißblonden wissen.

«Wir waren für eine Misswahl da», antwortete statt ihrer die Dunkelhaarige, ohne Marc eines Blickes zu würdigen. «Die ist nächstes Wochenende. Heute war nur so eine Art Vorauswahl. Sie haben uns genommen, wir machen da mit.»

Ihr Blick verriet, dass sie beinahe platze vor Stolz über die kleine Sensation, die sie eben, wie sie fand, gelassen ausgesprochen hatte. Sie hob leicht die Augenbrauen, als ob sie sagen wolle: «Was sagst du jetzt, Superman? Es gibt viele Männer, die mich haben wollen, was wirst du dir wohl einfallen lassen, um mich zu überzeugen, ausgerechnet dir eine Chance zu geben?» Sie hatte Vergnügen an dem kleinen Spiel, das begonnen hatte. Von der anfänglichen Unnahbarkeit war nicht viel übrig geblieben.

«Wow», sagte Roy so, dass nicht klar war, ob er damit Bewunderung oder Verachtung ausdrücken wollte. Er wusste, dass er jetzt auf keinen Fall zu interessiert rüberkommen durfte. Also schaltete er gekonnt einen Gang zurück:

«Wer veranstaltet die Misswahl denn? Vielleicht kenn ich den ja?» Er lächelte jetzt nicht mehr.

«Du? Woher willst du den kennen?» Kleiner verächtlicher Lacher, der aber auch klar als Aufmunterung zu verstehen war, sich jetzt ein bisschen mehr ins Zeug zu legen. Roy blieb bei seiner Strategie und guckte sie nur durchdringend an. Es funktionierte.

«Kennst du viele Leute, oder was?», fragte sie, ihr Ton changierte zwischen Bewunderung und Koketterie. Auch sie spielte ihr Spiel ziemlich gut. Sie wusste, dass Männer wie Roy im Grunde nur bewundert werden wollten. Dann sagte sie, als ob sie ein Geheimnis ausplaudern würde:

«Ich weiß nicht genau, wie er heißt. Aber es ist irgendein Typ, der eine Trachtenfirma hat. Die Gewinnerin bekommt einen Vertrag bei einer Münchner Modelagentur.»

Der Blick der Weißblonden kreuzte den von Marc.

Dann setzte die Dunkelhaarige hinterher:

«Ich bin schon länger auf der Suche nach einer neuen Agentur. Meine alte bringt einfach keine guten Jobs.»

Und dann legte Roy los. Es war Marc wahnsinnig peinlich, ihm dabei zuzuhören, wie er der Aspirantin auf den Schönheitsköniginnenthron einer Hofbräuhaus-Misswahl von seinen Verbindungen zu mächtigen Agenten vorlog. Noch unangenehmer war nur, dass sie ihm mit Begeisterung zuhörte. Währenddessen saß ihre Freundin stumm daneben, mit einem Gesichtsausdruck, der Marc rätseln ließ, ob sie überhaupt ihre Sprache sprach. Er beschloss, sie die Sphinx zu nennen.

Es war faszinierend zu sehen, mit welcher Chuzpe Roy vorging. Gleichzeitig war Marc angewidert von der Armseligkeit, mit der er sich aufplusterte, aber auch von der Hemmungslosigkeit der Dunkelhaarigen, sich von seinem Geruch nach Geld und Status kaufen zu lassen. Marc war gelangweilt davon, wie billig der ganze Abend war. Billig in jeder Hinsicht.

Und als Roy schließlich einen Schlüssel zu einer Wohnung aus der Tasche zog, die sein Vater in der Innenstadt gegenüber der Oper besaß und den er genau zu diesem Zweck eingesteckt hatte, ging Marc, er wusste selbst nicht, warum, mit Roy und den Russinnen dorthin, obwohl er ahnte, dass es schrecklich werden würde. Beim Verlassen des Clubs, noch an der Garderobe, legte Roy seine Hand auf die Hüfte seiner Eroberung, Marc stand daneben und atmete tief ein. Er lächelte die stumme weißblonde Freundin an. Reichte ihr den Mantel und sagte etwas Belangloses. Fragte dann etwas, was ihn überhaupt nicht interessierte. Sie antwortete nicht. Keine Chance. Aber irgendwie musste der Moment ja ausgehalten, irgendwie diese Peinlichkeit überbrückt werden, dass man nicht, wie die beiden anderen, füreinander gemacht war.

Als sie kurze Zeit später die Wohnung im Dachgeschoss eines Altbaus in der Residenzstraße betraten, verschwand Roy mit derjenigen, die so schwer zu erobern war, sofort im Schlafzimmer. Marc und seine undurchsichtige Begleiterin blieben zurück im Wohnzimmer der fremden Wohnung und schwiegen einander an. In der Küche fand er eine angebrochene Flasche Weißwein, stellte sie aber gleich wieder zurück in den Kühlschrank. Zum einen, weil er nicht wusste, wo er Gläser finden konnte und es ihm auf einmal peinlich erschien, danach in Gegenwart der Russin zu suchen, zum anderen, weil ihn Zweifel überfielen, wie lange die Flasche wohl schon offen stand und ob Weißwein vielleicht schlecht werden konnte. Er trank ein paar kräftige Schlucke aus dem Wasserhahn und begab sich, nach einer Ewigkeit, zurück ins Wohnzimmer. Dort hatte sich das Mädchen, das weiterhin undurchdringlich vor sich hin blickte, nicht von der Stelle gerührt. Sie sah kurz auf und hob die Beine an, um Marc Platz zu machen, der sich auf einen Sessel neben sie setzte. Dann guckte sie wieder weg, meist auf den gemusterten Brokatstoff der Sofalehne, als könnte sie dort die Lösung finden, wie dieser Abend zu einem heiteren Ende zu bringen wäre. Sie war vollkommen starr. Man konnte nicht erkennen, ob sie gelangweilt war oder Angst hatte oder einfach nur schlafen wollte und wartete, bis ihre Freundin nebenan fertig war mit Roy. Sie saß immer noch so da wie vorhin, als Marc aus dem Zimmer gegangen war. In Schal und Mantel, die Beine eng angewinkelt in dem schmalen Zwischenraum von Beistelltisch und Sitzfläche. Bis auf die Geräusche aus dem Schlafzimmer war es vollkommen still. Roy und seine Miss gaben sich keine Mühe, ihre Lustschreie zu dämpfen. Die Peinlichkeit im Wohnzimmer wuchs mit der Zeit zu einer riesengroßen Wolke aus Scham. Was sie da hörten, türmte sich in ihren Köpfen zu immer mächtigeren Bildern auf, sodass der Raum um sie immer enger zu werden schien, bis keiner sich mehr rühren konnte. Marc sagte kein Wort, weil die Sphinx ebenfalls nicht sprach.

Irgendwann hob er die Hand, um das Kissen in seinem Rücken, welches ihn die ganze Zeit schon drückte, herauszuziehen. Da rückte die Sphinx unwillkürlich noch weiter an den Rand des Sofas, und Marc begriff, dass sie gerade offenbar schreckliche Ängste ausstand. Möglicherweise dachte sie, er würde sich gleich mit Gewalt nehmen, was ihre Freundin seinem Freund freizügig gewährte. Er wusste nicht, wie er sich verhalten sollte, und beschloss deshalb, sich möglichst gar nicht mehr zu bewegen, weil er hoffte, sie würde dann begreifen, dass er hier nichts von ihr erwartete, bloß weil sie beide in dieser bescheuerten Situation gelandet waren.

Nach einer Weile fielen ihm die Augen zu. Als er aufwachte, war er allein in der Wohnung. Der Morgen dämmerte, und weder Roy noch die Sphinx noch die Schönheitskönigin waren zu sehen. Er ging durch die fremde Wohnung, öffnete die Türen zu allen Räumen, es war niemand da. Er öffnete sogar die Fenster, um zu gucken, ob sich einer der drei auf einem Sims oder einem Vorsprung versteckt haben konnte, wie sie es in Gangsterfilmen oder alten Seitensprung-Komödien machten. Nichts. Er war allein. Unter ihm lag der Opernplatz in gespenstischer Ruhe.

Er zog die Tür hinter sich zu und ging das Treppenhaus hinunter, vorbei an einem alten Aufzug mit Gittertür, für den man einen Schlüssel brauchte. Er lief vor bis zum Max-II.-Denkmal und von da den ganzen Weg entlang der Isar bis nach Hause. Als er zwischen kahlen Bäumen flussaufwärts marschierte, rauschte das Brummen der langsam erwachenden Stadt in seinen Ohren.

Warum stellte er sich der Rastlosigkeit seines Freundes, seiner Gier nach mehr, immer wieder so bereitwillig zur Verfügung? Er hatte keine Lust mehr, das fünfte Rad am Wagen zu sein. Er beschloss, in Zukunft nicht mehr mitzukommen, wenn Roy ihn nur als Adjutanten oder Claqueur dabeihaben wollte, um bei Frauen besser landen zu können.

Marc hatte sein Abitur mit einer Note bestanden, die seinem Vater so viel Anerkennung abnötigte, dass er beschloss, ihm die Möglichkeiten einer Karriere beim Bundesnachrichtendienst einmal ganz detailliert auseinanderzusetzen, und zwar auf einer Wanderung durch die Voralpenlandschaft des Chiemgaus. Solche Momente der Zweisamkeit waren rar zwischen ihnen. Sein Vater hatte sich so selten in Marcs Leben eingemischt, dass es Marc manchmal schien, als ob er sich nicht besonders für ihn interessierte.

Bei strahlendem Sommerwetter spazierten die beiden durch sattgrüne Weiden, auf denen hölzerne Heuschober standen, die aussahen, als habe sie der liebe Gott selbst in die Landschaft gewürfelt. Im Hintergrund thronten die mächtigen Berge, davor schimmerte der See im Mittagslicht. Während sein Vater von Besoldungsstufen und der vielversprechenden Ausbildung zum Verwaltungsfachwirt erzählte, die er Marc unbedingt empfehlen wollte, bevor er ein Studium begänne, beobachtete Marc, wie blassbraune Kühe am Wegesrand grasten oder sich träge im warmen Gras fläzten. Er blieb an einem Weidezaun stehen, als sein Vater gerade von den Organigrammen und Strukturen des «Dienstes» sprach, und studierte die verkrusteten Flatschen Kuhmist auf der Weide. Reste davon befanden sich an den Hinterteilen der Kühe, die mit ihren Schwänzen unermüdlich und vollkommen gleichmütig Horden von Fliegen verscheuchten, die ständig um sie herumkreisten. Die ganze Almwiese schien ihm ein großer Messapparat, dessen Zeiger die Kuhschwänze waren, die in allen möglichen Posen wedelten und auf und ab schlugen.

Ein Schwarm Fliegen drängte sich dicht um das linke Auge einer Kuh, die ganz nah bei ihm am Weidezaun stand. Sein Vater schien Marcs gedankliche Abwesenheit überhaupt nicht wahrzunehmen und sprach ungerührt weiter über die Vorteile einer Anstellung im öffentlichen Dienst. Während die Kuh das eben gerupfte Gras kaute, schüttelte sie ab und zu gutmütig den Kopf, um die Insekten von ihrem Auge wegzuscheuchen. Sein Vater sprach von den Regionalabteilungen des Dienstes, und Marc glaubte nun, in den Fladen auf der Wiese Kontinente und sogar die Konturen ganzer Länder ausmachen zu können. Als kleiner Junge hatte er, wenn er auf dem Klo saß, in den Mustern der Bodenfliesen des elterlichen Badezimmers, die gelb-blau-schwarz gefleckt waren, auch immer ganze Welten und Geschichten gesehen. Die einzelnen Fliesen waren irgendwann zu den Titelblättern verschiedener darunter liegender Bildergeschichten geworden, die bei jeder Sitzung von Marc auf ihre Vollständigkeit überprüft wurden. Hatte er alle Fliesenmuster ihren jeweiligen Geschichten zuordnen können, stellte sich die Befriedigung ein, welche einen erfasst, wenn man Ordnung in ein Durcheinander gebracht hat.

Etwas später, bei einer Brotzeit auf den steinernen Hockern eines Rastplatzes mit herrlichem Blick über den Chiemsee, hatte Marc sich dann ein Herz gefasst und seinem Vater mitgeteilt, dass er mit Sicherheit keine Karriere im Bundesnachrichtendienst anstreben würde. Er wolle auch in keiner anderen Behörde arbeiten. Er wollte etwas ganz anderes machen. Er würde gerne Schauspieler werden.

Sein Vater sah ihn überrascht an.

«Ich habe einen Platz an der Schauspielschule.»

Keine Antwort.

«Sie haben mich genommen. Was sagst du dazu?»

Eine kleine Pause entstand.

«Nun, die Ausbildung zum Verwaltungsfachwirt könntest du trotzdem machen», sagte sein Vater, mehr zu sich selbst als zu seinem Sohn. «So was kann man doch immer brauchen.»

Marc war sich nicht sicher, ob er richtig gehört hatte. Hatte sein Vater ihn überhaupt verstanden? Wollte er nicht auf das eingehen, was er ihm da eben gesagt hatte? Hoffte er, falls ihm das, was Marc gerade gesagt hatte, missfiel, dass es dadurch, dass er es einfach ignorierte, von ganz alleine wieder verschwand?

Jetzt lächelte sein Vater. Es war unwahrscheinlich, dass er das, was er da gehört hatte, total ablehnen würde. Man konnte es nicht genau sagen. Was sein Vater wirklich dachte, konnte Marc schon immer schwer einschätzen.

«Ähm, ich glaube, das kommt für mich nicht infrage», antwortete Marc vorsichtig.

Sein Vater sah ihn an und sagte: «Na ja, das andere ist natürlich auch ganz schön. Aber sei dir im Klaren darüber, dass Kinder aus so behüteten Verhältnissen wie die, aus denen du kommst, meist auf fatale Weise unterschätzen, wie unwahrscheinlich es ist, in so einem Beruf glücklich zu werden. Es gibt so viele, die davon träumen, gefragt zu sein und Arbeit zu haben. Und nur so wenige, deren Träume sich am Ende erfüllen. Bist du wirklich bereit, das auszuhalten? Bereit dazu, dass deine Träume sich nicht erfüllen?»

Marc sah ihn an, als ob er ihn zum ersten Mal überhaupt habe sprechen hören. Und er antwortete eher, weil er so perplex war über das, was sein Vater gesagt hatte, als aus richtiger Überzeugung:

«Natürlich bin ich das.»

Er fragte sich, woher sein Vater über diese Dinge Bescheid wusste. Der deutete kurz mit der Hand zum Himmel. «In unserer Familie hat über Generationen niemand besonders herausgeragt. Wir haben kaum Überflieger hervorgebracht. Aber auch keine kompletten Versager.»

Über dem Chiemsee segelte ein Drachenflieger. Marc folgte ihm mit dem Blick. Er fragte sich, ob sein Vater absichtlich in dessen Richtung wies oder ob es Zufall war. Marc hatte ihn bisher nicht bemerkt. Es war ein heißer Tag, und die Thermik ließ den Paraglider immer weiter in den Himmel hinaufsteigen, er schien sich förmlich nach oben zu schrauben. Die brennende Mittagssonne stand hoch über dem See.

«Unter deinen Vorfahren gibt es keine großen Berühmtheiten. Das kann man bedauern, aber andererseits gab es auch niemanden, der besonders nach unten herausgeragt hätte. Wir haben immer ein gutes Mittelmaß gehalten. Das hat uns viel Leid erspart. Moderat zu sein in seinen Ansprüchen an das Leben bewahrt einen nämlich davor, enttäuscht zu werden. Wer dagegen volles Risiko spielt und alles auf eine Karte setzt – noch dazu auf eine, bei der es so unwahrscheinlich ist, am Ende Erfolg zu haben –, der riskiert, ein unglückliches Leben zu führen.»

Der Paraglider leitete den Sinkflug ein und schwebte auf der anderen Seeseite langsam in Richtung einer großen Wiese hinab, auf der bereits andere Drachenflieger gelandet waren. Die bunten Gleitschirme lagen in der Wiese verteilt wie Farbkleckse, mit denen jemand eine klassische Landschaftsmalerei verunstaltet hatte.

Marc verstand wohl, warum sein Vater ihm diesen Ratschlag, in seinen Ansprüchen immer hübsch bescheiden zu bleiben, mit auf den Weg geben wollte. Aber er verspürte, trotz des warmen Gefühls des Verständnisses und seiner seltenen Offenheit, auch einen starken Widerwillen, diesen Ansichten beizupflichten. Ihr Verhältnis war nicht eng, aber es war immer von gegenseitigem Einlenken geprägt. Doch hier wollte er einmal nicht einlenken. Auch wenn er genau wusste, dass viel von dieser Vorsicht und dem Maßhalten seines Vaters auch in ihm steckten, wollte er sich nun für den anderen Weg entscheiden. Wollte auf Risiko gehen, auch wenn das bedeuten könnte, dass er es später bereuen würde. Irgendwann später. Und vielleicht ja auch nicht. Warum sollte es denn gerade bei ihm nicht klappen? Wie unwahrscheinlich es tatsächlich war, dass er einmal das erreichen könnte, was er sich da so leichthin erträumte, das konnte er sich in diesem Moment, zu dieser Zeit überhaupt nicht vorstellen. Niemand kann das. Dafür ist man ja jung, um überall auf dem Weg nur großartige Chancen zu erkennen, wo einem später ausschließlich Abgründe von Gefahr gewesen zu sein scheinen.

Abgesehen von dem, *was* sein Vater sagte, bemerkte er aber auch, *wie* er es sagte. Dass er vielleicht sogar stolz auf ihn war, das konnte er so direkt einfach nicht ausdrücken. Seine Art zu kommunizieren war … anders. Er hatte nun gesagt, wovon er dachte, dass es ausgesprochen werden müsste. Er hatte gewarnt. Das genügte ihm. Sich damit letztlich auch durchzusetzen, war ihm dabei gar nicht wichtig.

Für jemanden, dem Sicherheit im Leben so wichtig war, war das eine ganze Menge Freiheit und Laisser-faire, fand Marc. Auch wenn er seinen Vater sonst oft nicht verstand, in diesem Moment war er sich sicher, dass er auch ein wenig glücklich war darüber, dass sein Sohn etwas riskieren wollte.

Dass es für Marc keine Ausbildung zum Verwaltungsfachwirt geben würde, war nach diesem Spaziergang klar. Er hatte seinem Vater zu verstehen gegeben, dass er ihm für seine guten Ratschläge dankbar sei und dass er seine Fürsorge zu schätzen wisse, aber er würde ganz sicher keine Beamtenkarriere einschlagen. Sein Vater würde ihm wegen seiner Entscheidung keine Steine in den Weg legen, da war Marc sich sicher.

Während der restlichen Wanderung sprachen sie wenig und schon gar nicht über Marcs berufliche Zukunft. Trotzdem fühlte sich das Zusammensein plötzlich viel leichter an.

Für Roys Vater war Sicherheit auch wichtig. Aber bei ihm sah die Sache anders aus. Roy begann nach der Schule auf Wunsch seines Vaters ein Praktikum im eigenen Unternehmen. Anschließend war geplant, dass er an einer Business School in England studieren sollte. Abweichungen von diesem Plan waren nicht vorgesehen.

Bei Ludwig Grünbauer musste immer alles genau nach Plan laufen. Das Leben für Leute seiner Generation war schon zu Beginn, als nach dem verlorenen Krieg kein Stein mehr auf dem anderen stand, so durcheinandergeraten, dass in der Folge alle Dinge unbedingt in geordneten Bahnen zu verlaufen hatten. Das Durcheinander sollte sich auf keinen Fall wiederholen, und dafür war Planung nötig.

Damals, als Roy sich noch widerwillig in das ihm zugewiesene Praktikum fügte, um den Konflikt mit seiner Familie zu vermeiden, hatte Marc den Eindruck, dass er ein wenig von seiner Geschmeidigkeit zu verlieren begann. Er wurde von seinem Vater eingespannt wie eine Feder, die, wenn man zu sehr daran zog, einen gewaltigen Riss verursachen konnte. Entweder dort, wo sie verankert war, oder an der Stelle, an der sie einschlug, wenn man sie losließ.

Das Fest, das Roy ein Vierteljahr später veranstaltete, fand kurz vor Weihnachten statt. Es war der dritte Advent. Mitten in der Stadt, in einem Haus mit Garten, hatte Roy groß aufgefahren. An die kleinen Fenster hatte der Partyausstatter Eisblumen sprühen lassen. Das Gebäude sah eher aus wie ein Chalet in den Bergen, wo dicke Wände der Kälte möglichst wenig Fläche zum Eindringen bieten dürfen. Im Garten, der von Fackeln erleuchtet war, hatte Roy eine Bar aus Schnee aufschütten lassen, obwohl überhaupt kein Schnee lag. Es war aber kalt genug, dass der Schnee, der extra mit einem Lastwagen herangekarrt worden war, nicht sofort taute.

Hinter der Bar standen die Angestellten eines bekannten Caterers in Lederhosen und Daunenwesten und boten den Gästen Glühwein an, sobald sie das Grundstück betraten. Das Haus war alt, vielleicht aus dem achtzehnten Jahrhundert. Man konnte meinen, man sei hier plötzlich auf dem Dorf, tatsächlich war man aber nur einen Steinwurf von der Oper entfernt, die glitzernde Maximilianstraße gleich um die Ecke. Marc war erstaunt, so etwas mitten in der Stadt überhaupt zu finden. Es lag komplett im Verborgenen, verdeckt von Gründerzeitbauten, die es zur Straße hin abschirmten. Erst ging es durch eine Einfahrt und dann öffnete sich ein großzügiger Hof mit altem Baumbestand, und man kam direkt auf ein kleines Gartentor zu. Obwohl Marc seit ein paar Monaten wenige Hundert Meter weiter täglich Schauspielunterricht hatte, war ihm dieser Ort noch nie aufgefallen.

Er hatte die Entscheidung, Schauspieler zu werden, alleine getroffen, mit niemandem Rücksprache gehalten. Auch nicht mit Roy. Als er ihm dann von der bestandenen Aufnahmeprüfung erzählte, meinte Marc zu sehen, dass es Roy einen kleinen Stich versetzte. Aber sie hatten sich umarmt, und Roy hatte ihm natürlich herzlich gratuliert.

Marc hatte im Vorfeld der Prüfung nicht nur keinem seiner Freunde, sondern auch niemandem in seiner Familie von seinem Versuch, an einer Hochschule angenommen zu werden, erzählt. Weder seinen Eltern noch seiner Großmama, deren Urteil er in der Sache am meisten fürchtete.

Sie war zwar hoffnungslos altmodisch und voller Vorurteile, aber Marc fürchtete ihr Gespür für Dinge, die eine Spur zu groß sind für manche Leute. Und obwohl er sicher war, dass er nichts so gut beherrschen würde, wie in eine Rolle zu schlüpfen, war er sich beileibe nicht darüber im Klaren, ob ein Mensch wie er wirklich ein Künstler sein könne.

Denn wenn es eine Künstlerin in seiner Familie gab, so war das Großmama. Das schien zunächst ein Widerspruch zu sein, da sie ja all die bürgerlichen Tugenden, die in ihren Kreisen so bedeutsam waren, bis ins Kleinste pflegte und kultivierte. Aber sie besaß dabei eine Portion Extravaganz, die auch für eine Operndiva oder Großschriftstellerin ausgereicht hätte. Sie fürchtete sich nicht vor dem, was andere von ihr dachten, und beherrschte und genoss ihren Auftritt auf jedem Parkett. Bevorzugt natürlich dem glänzenden. Sie war Mitglied verschiedener Kulturkreise und Leserunden, hatte selbstverständlich ein Abonnement für Oper und Philharmonie. Überall zog sie die Aufmerksamkeit der Leute auf sich. Es gab Fotos von ihr auf Veranstaltungen, der Rücken durchgedrückt, das Haar sturmfest onduliert und dazu ein Lächeln auf den Lippen, als bisse sie mit den Zähnen auf ein unsichtbares Messer. Sie war hart zu anderen, aber auch hart zu sich selbst.

Wenn er als kleiner Junge in ihrer Wohnung übernachtete, weil seine Eltern über Nacht wegblieben, hatte Marc sich manchmal gefragt, ob sie vielleicht irgendwann in sein Zimmer käme, um ihn im Schlaf zu töten. Zwischen all den Dingen aus der Vergangenheit, die sie auf der Flucht gerettet oder später wiederbeschafft hatte und mit denen sie sich gerne umgab, war es für Marc immer ein wenig so, als wäre er nachts im Museum eingesperrt. Da konnte man auch nie wissen, ob die Ritterrüstungen nicht zum Leben erwachen und sich rasselnd auf einen stürzen würden.

Er stellte sich vor, dass Großmama zwei Gesichter habe. Ein gutes und ein böses. Oder dass vielleicht eine böse Person von ihr Besitz ergriffen habe und auf irgendeine Weise in ihren Körper geschlüpft sei, um ihn zu töten. Oft hatte er vor dem Einschlafen seiner Großmama Testfragen gestellt, von denen er annahm, dass ein Fremder die Antwort darauf nicht kennen würde. Er fragte dann zum Beispiel immer wieder, wie genau die Vornamen seiner Mutter lauten würden und in welcher Reihenfolge sie korrekt aufgezählt werden müssten. Was Großmama zu der Sorge veranlasste, er könne Gedächtnisschwierigkeiten haben. Und was ihm schließlich eine Untersuchung beim Neurologen bescherte, der ihm dann, zu Großmamas Erstaunen, eine sogar außergewöhnlich hohe Gedächtnisleistung und Auffassungsgabe bescheinigte.

Absurderweise war die Angst, im Schlaf von Großmama getötet zu werden, gepaart mit einem tiefen Gefühl von Vertrauen zu ihr. Sie bot sich seiner kindlichen Fantasie einfach als perfekte Projektionsfläche für Monster und Ungeheuer an, weil sie so exaltiert war. Er liebte seine Großmama, und dass sie zum Fürchten war, machte das Zusammensein mit ihr irgendwie auch spannend.

Würde sie ihm wohl zutrauen, Künstler zu sein? Nicht, dass sie davon eigentlich viel verstanden hätte. Wie die meisten Menschen aus ihren Kreisen hatte sie ein sehr enges Verständnis von Kunst. Begriffe wie Werktreue oder Verständlichkeit des Gesprochenen waren ihr wichtiger als Genie oder Individualität. Sie bemaß die Leistung eines Sängers oder Malers stets mit dem Zollstock des sogenannten guten Geschmacks. Ihres Geschmacks. «Gründgens in Hamburg damals, der konnte im Theater so flüstern, dass man noch in der letzten Reihe jedes Wort verstand. Heute kann ja keiner mehr richtig sprechen auf der Bühne.» Und wenn einmal ein Schauspieler ihrer Meinung nach «gut» sprach, konnte die Aufführung, in der er auftrat, noch so banal sein, es war von vornherein klar, dass es ein «Hochgenuss» sein würde, diesen großartigen Künstlern zusehen zu dürfen.

Ihr gefiel der unsinnige Gedanke, dass Kunst von «können» käme. Etwas Neues zu schaffen, mit Gewohnheiten zu brechen, fand sie geschmacklos, und es irritierte sie. Sie hatte in ihrem Leben viel Sorgfalt und Kraft darauf verwendet, das «richtige» Bild von sich selbst zu entwickeln und der Öffentlichkeit zu präsentieren. Anpassungen in Zeitgeist und Geschmack waren da nur lästige Zumutungen, denen sie am besten durch Herablassung und Ignoranz begegnen zu können glaubte.

Aber dann war sie gleichzeitig absolut furchtlos darin, ihr Leben so zu führen, wie sie es für richtig hielt. Sie scherte sich umso weniger darum, was andere von ihr dachten, je schonungsloser sie über andere urteilte. Das hatte etwas Künstlerisch-Radikales, das Marc zwar komisch inkonsequent fand, das ihm aber gleichzeitig auch Respekt abrang. «L'état – c'est moi! Was Kunst ist, bestimme ich.»

Einmal, als er schon größer war und gemeinsam mit ihr im Fernsehen ein Interview verfolgte, sagte sie über einen bekannten Schauspieler, der befragt wurde: «Der ist nur gut, wenn er den Text spricht, den jemand anderes ihm aufgeschrieben hat.» Dann lachte sie genüsslich, weil der Mann, ein beliebter Fernsehkommissar, sich tatsächlich gerade um Kopf und Kragen redete. «Das ist bei Schauspielern meistens so. Wenn man sie zu ihren eigenen Gedanken befragt, kommt nie etwas Interessantes dabei heraus», sagte sie.

Die Verachtung, die da mitschwang, hatte Marc verunsichert. Er verstand nicht, was sie meinte. Deshalb führte sie weiter aus: «Gute Schauspieler müssen leere Gefäße sein, ohne eigenen Inhalt. Erst, wenn man die Gedanken anderer, tatsächlich kluger Leute in sie hineinschüttet, kommen sie zur Geltung.» Darüber hinaus war Großmama der Meinung, dass das Recht, sich in der Öffentlichkeit zu äußern, sowieso nicht jedem zustand. Sie fand, es habe sich bewährt, dass nur Menschen, die ein Leben lang darauf vorbereitet wurden, öffentliche Aufgaben zu übernehmen, dieses Privileg genießen sollten. Wo kämen wir denn sonst hin?

Marc war es wichtig, von ihr als Künstler anerkannt zu werden. Sie hatte weder ein positives noch ein negatives Urteil über seine Berufswahl gesprochen, als er ihr davon erzählte. Vielleicht wollte sie auch erst einmal abwarten, was bei der Sache herauskommen würde.

Aber er spürte auch ihre Erwartungshaltung, dass er dann schon etwas Besonderes leisten müsse, um ihre Anerkennung zu verdienen. Er war hin- und hergerissen. Einerseits wollte er sich ihr und ihren veralteten Bewertungskategorien entziehen, und gleichzeitig wollte er vor ihr bestehen.

Marc fragte sich, ob das Haus, in dem Roy das Fest veranstaltete, wohl auch zum Immobilienbesitz seines Vaters gehörte. Vielleicht besaßen die Grünbauers aber auch den gesamten Häuserblock darum herum? Als er an den Eingang kam, stand dort als Türsteher ein Weihnachtsmann mit einer goldenen Klingel in der Hand. Er sah aus wie aus der Coca-Cola-Werbung und gab Marc zum Glühwein noch ein Glas Champagner, nachdem er seinen Namen auf der Gästeliste gefunden hatte. Von drinnen pumpten die Bässe so intensiv, dass Marc spüren konnte, wie der Boden des historischen Gebäudes vibrierte. Er bedankte sich beim Weihnachtsmann und machte sich auf den Weg in die Richtung, aus der die Musik kam.

Es waren viele Leute da, die Marc nicht kannte. Aber auch Freunde, manche unter ihnen eher flüchtige Bekanntschaften, die er länger nicht gesehen hatte. Nach ihrem gemeinsamen Sommerurlaub war das letzte Schuljahr wie im Flug vergangen. Seitdem er im Herbst nach dem Abitur in sein neues Leben am Theater eingetaucht war, hatte er fast alle Brücken in seine alte Welt abgebrochen. Und es hatte ihm praktisch keine Schmerzen bereitet. Es lag sicher auch daran, dass ihn die neue Umgebung auffraß wie ein gefräßiges Tier, das kein Stückchen von ihm übrig lassen wollte für irgendwen oder irgendwas außerhalb des Theaters.

Sein ganzes Leben hatte sich von jetzt auf gleich auf den Kopf gestellt. Er war nun Tag und Nacht mit diesem Dutzend Menschen zusammen, die mit ihm gemeinsam studierten. Mit einigen verstand er sich gut, aber insgesamt fühlte er sich dort fremd und allein. Er verstand so vieles nicht, was dort gesagt und von ihm verlangt wurde. Bei einigen Lehrern hatte er das Gefühl, dass sie sich fragten, was einer wie er dort überhaupt zu suchen habe. Ähnlich wie Großmama hatten auch einige der Dozenten an der Schauspielschule eine klare Meinung darüber, wem welche Dinge zustanden und wem nicht. Und einige fanden, dass es jemandem wie ihm sicher nicht zustünde, Schauspieler zu sein, das war klar. An ihm haftete kein Schmutz, kein Schmerz, kein Material, aus dem man etwas formen konnte, das einen echten, künstlerischen Mehrwert hatte. Aber er war noch in einer Phase, in der er sich das nicht eingestehen wollte, und tat lieber so, als bemerkte er die Feindseligkeiten nicht, die ihm dort entgegenschlugen.

Denn obwohl oder vielleicht auch gerade weil seine eigene Andersartigkeit dort von so vielen, die hier zu bestimmen hatten, wer dazugehörte, abgelehnt wurde, kämpfte er mit ganzer Kraft um ihre Anerkennung. Er wollte seine Chance nicht vermasseln. Endlich konnte er sich mit Menschen verbinden, die ganz anders waren als er selbst und seine bisherigen Freunde.

Wie anstrengend es aber für ihn auf der Schauspielschule war, sich durchgehend zu verstellen, wurde ihm klar, als er jetzt hier wieder zwischen all den überdrehten, wohlstandsverwahrlosten Kids auf einer Party stand. Die waren zwar extrem abgefuckt und sicher auch nicht gerade das, was man sich unter verlässlichen Freunden landläufig so vorstellt, aber sie waren ihm irgendwie vertraut. So richtig zu Hause war Marc gerade nirgendwo, aber das alles hier, das fühlte sich trotzdem am meisten wie ein Zuhause an.

Er betrat den Raum, aus dem die Musik zu kommen schien, und nur Sekunden später brüllte Oliver durch das gesamte Wohnzimmer Marcs Namen und stürzte sich auf ihn wie ein Fußballer auf seinen Mitspieler beim Torjubel. Als er dabei im Überschwang den Glühwein verschüttete, den Marc noch in seiner Hand hielt, kam sofort jemand vom Personal herbeigelaufen und wischte die klebrige Flüssigkeit auf, damit sich erst gar keine hässlichen Flecken auf dem alten Holzboden bilden konnten.

Oliver zog ihn dicht an sich heran und flüsterte ihm mit heißem Atem ins Ohr: «Ich hol dir einen neuen.» Marc verzog angeekelt das Gesicht, weil aus Olivers Rachen eine gewaltige Glühweinfahne strömte. Als Oliver bemerkte, dass Marc so viel körperliche Nähe unangenehm war, lachte er und leckte ihm lustvoll mit der Zunge über die Wange. Marc stieß ihn mit gespielter Empörung von sich und lachte ein wenig hilflos mit. Verlegen, aber auch glücklich darüber, den Freund hier zu treffen. Dann ließ er sich langsam tiefer in die Party hineinziehen.

Alles war weihnachtlich dekoriert. Überall waren kleinere und größere Christbäume aufgestellt. Mal mit Kunstschnee bedeckt, mal mit knallroten Kugeln behängt. Überall standen Rehe aus Stroh herum, und auf den Sofas wie auf dem Fußboden lagen Kissen jeglicher Größe in Rot, Gold und

Grün, mit Schlitten- und Rentiermotiven und Weihnachtssternen bestickt. Ein großartiges Dekodebakel. An den dunklen hölzernen Deckenbalken hingen Weihnachtsmobiles mit bunten Krippenfiguren. Alles sah aus, als hätte ein durchgeknallter Sammler von Weihnachtskitsch die Kontrolle über seine Sammelwut verloren und sei dabei, zum Messie zu werden. Zum Edel-Weihnachtskitsch-Messie.

Junge Frauen in kurzen weißen Röcken und tüllartigen, fast durchsichtigen Oberteilen samt Engelsflügeln und Heiligenschein servierten Fingerfood auf silbernen Tabletts. Der Juniorchef des traditionsreichsten Partyunternehmens der Stadt hatte sich selbst übertroffen. Er war persönlich anwesend und gab so den Gastgebern das Gefühl, mehr als ein Dienstleister zu sein. Eher ein Freund, der es seinen Freunden einfach gerne nett und gemütlich macht. Henning war auch da. Er saß neben dem Cateringchef auf einer Eckbank an einen grünen Kachelofen gelehnt und trank Bier aus der Flasche. «Ein belgisches Christmas Ale», sagte Oliver. «Ich hol uns auch eins. Warte hier!»

Das gesamte Innere des historischen Hauses sah aus wie eine Skihütte in Lech oder Kitzbühel. Zwischen den Rentieren aus Stroh, von denen manche silbern oder golden angesprüht waren, standen in dem übervollen Raum auch noch jede Menge halb volle oder bereits geleerte Champagnerflaschen wild auf dem Boden herum. Genau wie bei den Weihnachtsbäumen waren von Magnum über Methusalem bis Salmanazar beinahe alle Größen vertreten.

Als Marc Roy endlich entdeckte, musste er genauer hinsehen. Er trug eine jener roten Hosen, über die er sich noch vor Kurzem furchtbar lustig gemacht hätte. Karmesinrot, mit einer Bügelfalte, so scharf wie die Klinge des Säbels, den er in der Hand hielt und mit dem er offenbar eine riesige Champagnerflasche öffnen wollte, die unter dem Jubel der Partygäste gerade hereingetragen wurde. Zu der roten Hose hatte er einen dunkelblauen Blazer mit stoffbezogenen, ebenfalls dunkelblauen Knöpfen und ein hellblaues Hemd an, das er sehr weit aufgeknöpft trug. So weit, dass die Hälfte seines beachtlichen Brusthaares zu sehen war. Er war umgeben von Menschen, die Marc überhaupt nicht kannte.

Zwei starke Jungs vom Catering hielten ihm die schwere Flasche hin, indem sie sie links und rechts am Boden fassten und mit der jeweils anderen Hand den unteren Teil des Flaschenhalses festhielten, gewiss in der Hoffnung, dass Roy seinen Schlag nicht zu tief ansetzen und dabei ihre Finger abtrennen würde. Roy machte noch einen Witz, dass er zwar nicht versichert sei, die beiden aber keine Sorge haben müssten, dass er ihre Invalidenrente nicht bezahlen könne, falls er danebenhaue. Dann holte er aus und köpfte die Flasche stilecht mit einem sauber von schräg unten angesetzten Schlag gegen den Wulst unterhalb des Flaschenkopfes. Er traf gekonnt, sodass der Flaschenkopf mitsamt dem Korken abfiel und der Champagner sofort aus der Flasche zu strömen begann. Daraufhin wurde der Rest des Inhalts mithilfe einer Leiter von den beiden Hilfskräften über einer Pyramide von Gläsern, die dafür auf einem Tisch aufgebaut worden war, ausgegossen. Die Hälfte war bereits auf den Boden gelaufen, der Rest floss nun in die Gläser und ergoss sich strömend wie ein Wasserfall von oben nach unten. Um alle Gläser vollzubekommen, mussten weitere Flaschen geöffnet und über der Pyramide ausgegossen werden. Später nahmen sich Leute Gläser herunter, wobei ein paar Witzbolde immer wieder ein Glas aus dem unteren Teil herauszogen, sodass einige Gläser zu Boden fielen und zerbrachen. Auch hier stand Personal bereit, das immer wieder eilte, um den Dreck wegzumachen. Marc schätzte, dass höchstens die Hälfte des Champagners, der hier rausgehauen wurde, auch tatsächlich getrunken wurde.

Als Roy Marc unter seinen Gästen erblickte, griff er erneut nach dem mächtigen Säbel, der bereits wieder an seinem offenbar angestammten Platz an der Wand hing. Er tänzelte spielerisch auf seinen seit Kurzem verschollenen alten Freund zu und reckte dabei die Spitze der rasiermesserscharfen Klinge bedrohlich hoch in Richtung von Marcs Hals.

«Der Staatsschauspieler!», rief er, ließ den Säbel elegant über seinem Kopf kreisen und machte dann eine tiefe Verbeugung vor Marc, indem er die Waffe behutsam zu Boden führte, als wäre er ein Musketier, der sich einem Gegner ergibt. Mit der freien Hand schwenkte er einen imaginären Hut mit Federbusch. «Schön, dass du gekommen bist», sagte er und ließ die Waffe am Boden liegen, als er sich wieder aufrichtete. Es klang überraschend warm und herzlich. Marc lächelte verlegen, und Roy machte eine Bewegung, die offenbar bedeuten sollte: «Jetzt komm schon an meine Brust, ich hab dich vermisst, mein Freund!»

Marc umarmte Roy daraufhin ein wenig fester, als er es sich vorgenommen hatte. Roy schien es nicht zu stören. Er löste sich aus der Umarmung, raunte kurz: «Wehe, du haust ab, bevor wir länger gesprochen haben, du Verräter», und war dann schon wieder umgeben von anderen Gästen. Auf einmal brüllte er übertrieben schrill den Namen einer Frau, den Marc in dem Lärm nicht richtig verstand. Sie war eben angekommen, und Marc erkannte sie nicht gleich. Dann war er sich einen Moment lang nicht sicher, ob er richtig gesehen hatte, aber es gab keinen Zweifel: Es war Véronique!

Sie trug einen blinkenden BH, jeweils mit einem roten und grünen Weihnachtsstern über ihren beeindruckenden Brüsten auf dem ansonsten nackten Oberkörper. Das Engelshaar der Perücke auf ihrem Kopf hing bis zu ihren Hüften, und sie ging damit auf Roy zu, der sich, wie ein Hund, rücklings vor ihr auf den Boden legte. Woraufhin sie sich vornüberbeugte und ihr silbern gelocktes Kunsthaar in Schlangenbewegungen über seinem Kopf kreisen ließ, als wolle sie ihn hypnotisieren. Dann machte sie mit den Lippen eine Schnute, die verführerisch wirken sollte, und griff sich dabei an ihre blinkenden Brüste. Sie hob sie rhythmisch an, als wolle sie Roy Leuchtsignale senden, wie eine Lotsin dem Flugzeug, das von ihr seine Parkposition zugewiesen bekommt. Roy richtete sich auf und folgte brav, bis er seinen Kopf schließlich zwischen ihren Lichtern versenkte. Die Umstehenden applaudierten dieser kleinen Einlage überschwänglich, und zum Abschluss nahm Roy ihre Hand und setzte ihr galant einen Kuss auf den Handrücken.

Marc nahm sich ein weiteres Glas Champagner von einem der umstehenden Engel mit Tablett und trank es in einem Zug aus. Um ihn herum all die Codes und Zeichen einer bestimmten Schicht, die dem Eingeweihten verrieten, wer dazugehörte und, was noch viel wichtiger war, wer vor allem nicht.

In der neuen Welt, in der Marc sich seit Kurzem aufhielt, war das genau genommen gar nicht so anders. Auch am Theater trugen die Leute, selbst wenn sie von der Bühne abgegangen waren, ein Kostüm. Das Künstler-Erkennungskostüm. Das konnte gerne schwarz sein und sollte auf jeden Fall «anders als normal» aussehen. Hut war gut, aber nicht verpflichtend. Schal vielleicht, aber dann nicht aus Seide, und falls doch, dann nur an Kleinstadttheatern. Beliebt waren ungewöhnliche Schnitte, zum Beispiel Hosen aus den Vierzigern mit Hosenträgern oder bei Frauen bunte Röcke über schwarzen Leggings, dazu klobige Winterstiefel. Oder ein abgewetzter alter Armeemantel. Idealerweise war man so angezogen, wie Wim Wenders immer angezogen war. So, dass man schon von Weitem erkennen konnte: Da kommt ein Künstler.

Hier, in der langsam immer stickiger werdenden Glitzerbauernstube, die in vorweihnachtlicher Partyekstase vor sich hin brummte, galten ganz andere Codes. Schuhe zum Beispiel mussten selbstverständlich handgemacht sein. Schuhe waren eines der wichtigsten Erkennungsmerkmale. Alle hier trugen rahmengenähte Lederschuhe, an den falschen Schuhen waren Leute von außen immer gleich zu erkennen. Die Frauen trugen fast alle flache Ballerinas und manche auch Absatz, aber keine trug etwa Springerstiefel oder abgewetzte Sneaker wie die Frauen, die jetzt mit Marc zusammen studierten. Klar konnten einige hier, die auf dieser Party herumliefen, ihren Style anpassen. Konnten, wenn nötig, zerrissene Jeans tragen und dazu Adidas, rote Lederjacke, Nieten, Glitzer-Leggings, das war alles drin, wenn der Anlass stimmte. Nicht alle natürlich, manchen konnte man auch ansehen, dass das Einzige, von dem sie hofften, dass es sie interessant machen würde, ihre Zugehörigkeit zu dieser exklusiven kleinen Welt war.

Maßhemden, in die auf Brusthöhe die Initialen des Besitzers eingestickt waren. Manschettenknöpfe. Dazu ein Armreif aus Kupfer oder ein Siegelring bei den Männern. Der Schmuck der Frauen: gerne Perlen, gerne alt und geerbt. Die männlichen Hemdkragen eher groß und eher hoch. Das Einstecktuch niemals im gleichen Muster wie die Krawatte. Uhren von Breitling oder Rolex. Bei Älteren Patek Philippe. Oder gleich Taschenuhr. Marc war diese Welt auf seltsame Weise fremd geworden. Noch vor ein paar Jahren hatte er sich bemüht, all den Anforderungen, die diese Codes an jemanden wie ihn stellten, der sie nicht mit der Muttermilch eingeflößt bekommen hatte, perfekt zu entsprechen. Er wollte so sehr dazugehören. Jetzt hatte er diese andere Welt, die Welt der Künstler und Theaterleute, betreten und stand vor der gleichen, unüberwindbar hoch scheinenden Wand an Anforderungen, denen er zu entsprechen hatte. Warum nur, fragte er sich, war es so wichtig für ihn, Anerkennung durch Anpassung zu erlangen? Warum konnte ihm nicht einfach egal sein, was die anderen dachten und wie er aussah? Und war sein Bestreben dazuzugehören in der neuen Umgebung nicht genauso bemüht wie bisher in der alten? Das war es, was ihn an Roy vom ersten Tag so angezogen hatte: dass der sich solche Fragen nie zu stellen schien.

Irgendwann mitten in der Nacht, als alle Gespräche geführt, alle Wiedersehen gefeiert, alle Verbrüderungen einander versichert worden waren, beobachtete er Roy auf der Tanzfläche. Marc saß ein Stück weit entfernt auf einem Sofa. Am Rand der Tanzfläche im Halbdunkel, aber so, dass er ihn gut im Blick hatte. Roy hatte sein Sakko längst ausgezogen, und das blassblaue Hemd klebte komplett durchgeschwitzt an seinem Körper. Der DJ spielte Donna Summer. «I feel Love» von Giorgio Moroder, Siebziger. Zeitlose, ewig moderne, futuristisch anmutende Trancemusik, die in der hölzernen Hüttenumgebung dieses überdekorierten Reichenstadels die Tanzfläche in ein Kaleidoskop von Klängen und Licht tauchte, vor dem Roy mit seinem Körper auf und ab zuckte. Um ihn herum ein Lichtgewitter aus winzigen Blitzen. Den Rücken weit zurückgebeugt, den Unterleib stoßweise vorangeschoben, bewegte er sich, als wolle er sich selbst den Teufel austreiben, in kleinen Sätzen durch den Raum. Umgeben von ein oder zwei anderen in sich selbst verlorenen Tanzleichen pulsierte die Musik durch Roys Körper. Marc konnte seinen Blick nicht abwenden von diesem Schauspiel. Als wolle er die messerscharfe Bügelfalte aus der roten Twillhose heraustanzen, drückten seine Oberschenkel gegen diese harte Zivilisationsspur, pressten sich mit aller Kraft dagegen. Als wäre die Falte so etwas wie ein Joch der guten Herkunft, von dem er sich wenigstens für diesen einen Moment befreien wollte. Marc stellte sich vor, wie die Hose nach dieser Nacht, von Roy irgendwo zu Hause ausgezogen und weggepfeffert, zerknüllt am Boden lag. Endlich die Bügelfalte zerstört, die Hose fleckig und zerknittert. Und noch während er schlief, kam irgendein dienstbarer Geist und sammelte die hingeworfene Kleidung wieder ein. Steckte sie in die Waschmaschine. Trocknete sie und bügelte sie sorgfältig. Und ehe Roy wach war, lag die Hose bereits wieder frisch und in Form im Schrank. Damit konnte das Spiel von Neuem beginnen. Eine Sisyphusarbeit, sich von der Bügelfalte zu befreien. Nur, dass Marc sich Roy beim besten Willen nicht als glücklichen Menschen vorstellen konnte. Nicht mal im Schlaf.

Zum ersten Mal tat ihm Roy leid. Der Roy, den er bewunderte, seit er als Junge auf ihn getroffen war. Der so viel cooler war, so viel selbstbewusster als Marc. Der alles hatte. Alles. Er stand auf und ging ein wenig durch den Raum. Irgendwann lehnte er sich an eine Wand, zündete sich eine Zigarette an und fragte sich, während all die Menschen um ihn herum feierten, ob er sich verändert hatte und deshalb nun auf die Welt um ihn herum mit anderen Augen blickte. Oder ob das alles immer schon so tragisch war, wie es ihm in diesem Moment erschien.

All der Überfluss, all diese unendlichen Möglichkeiten.

Diese unfassbaren Voraussetzungen für einen guten Start ins Leben. Diese Kontakte zu allen und jedem, der Verbindungen hatte. Diese sorgsam gepflegten Netzwerke, diese unendliche Mühe, mit der dafür gesorgt wurde, dass die Kinder der «richtigen» Leute aufeinandertrafen. Die Namen, die stets die paar gleichen waren: «Schon der Großvater war …», «Mein Vater hat mit einem … studiert», «Da kannte ich einen in …, sind Sie mit dem verwandt?»

Menschen sind Rudelwesen. Wenn du zu meinem Rudel gehörst, hast du nichts von mir zu befürchten. Wenn nicht – Pech gehabt. Dann fressen wir dich.

Zwei Jungs, die Marc nicht kannte, versuchten im Bad, ihre Frisuren mit Unmengen von Haargel wieder in Ordnung zu bringen. Marc wartete im Türrahmen, bis sie fertig waren, verriegelte dann die Tür hinter sich und setzte sich auf den geschlossenen Klodeckel. Die Musik hämmerte von draußen hinein in das kleine Bad. Er saß da und guckte sich in dem riesigen Spiegel, der eine ganze Wand einnahm, an.

Muss man sein Leben lang der sein, als der man geboren wurde? Wie viel Freiheit besitzen wir überhaupt, uns weiterzuentwickeln? Wer legt das eigentlich alles fest, wer man ist?

Er stand auf, wusch sich das Gesicht ab und ging wieder hinaus zu den anderen. Die Leute feierten ekstatisch. Er blickte um sich: All diese betrunkenen, bekifften und bekoksten jungen Menschen auf dieser Weihnachtsparty sind so aufgewachsen, dass sie «immer warm zu Abend essen können», wie Großmama sagen würde. Fragte sich niemand von ihnen, wer er oder sie etwa noch sein könnte? Fragte sich das nur er allein? Ihr Weg war so vorgezeichnet wie der auf der anderen Seite der Gesellschaft. Die einen können von oben nicht herunterfallen, und die anderen können von unten nicht heraufkommen.

Ein Mädchen kam strahlend auf ihn zu. Er hatte ihren

Namen vergessen, aber er tat so, als würde er sich riesig freuen, sie zu sehen. Sie hatte mitbekommen, was er jetzt machte, und gratulierte ihm überschwänglich. Es ratterte in seinem Kopf, er versuchte, sich zu erinnern, wie sie hieß. Ihre Eltern hatten ein Haus am Starnberger See. Sie hatten dort eine Party gefeiert, als Marc etwa fünfzehn war. Er war zu schüchtern gewesen, um mit ihr zu tanzen, weil er schreckliche Angst davor hatte, sich zu blamieren. Das hatte sie ihm damals übel genommen. Es war ein grauenhafter Nachmittag gewesen. Er war überrascht, wie glücklich sie schien, ihn zu sehen.

«Schauspielschule. Wow! Voll spannend!»

Sie erzählte ihm, dass sie jetzt ein Praktikum bei Kofi Annan machen könne, in seinem Büro. Aber sie wisse noch nicht, ob das etwas für sie sei. Ihr Vater habe ihr das organisiert, weil er ja eine Stiftung hat, die viel für die UNO tut, aber sie interessiere sich eigentlich gar nicht für Politik. Sie wolle vielleicht Mode studieren in London oder vielleicht auch in Antwerpen. Sie habe vor, bald die Bewerbungsunterlagen anzufordern.

«Man muss halt zeichnen können», sagte sie zu Marc, «das ist jetzt nicht so meine Stärke, aber da gibt's so einen Kurs, wo die einem das beibringen, so Mappe zeichnen und so, mal sehen, das wäre eher was für mich.»

Das mit der UNO ginge auch schon nächste Woche los. «Keine Ahnung, vielleicht probier ich es auch aus. Absagen kann ich immer noch.»

Marc sah sie an und wusste, es war ihr komplett egal. Alles in ihrem Leben war egal. Das war die Strafe, die das Universum für Leute wie sie und all die anderen vorgesehen hatte. Der totale Nihilismus. Kann man machen, kann man aber auch lassen. Was soll's.

Alle hier haben keine Ahnung, wie es Leuten geht, die nicht

sind wie sie. Aber alle hier sind unglücklich wegen irgendeinem Scheiß, ratlos, was sie machen sollen, weil es eben total egal ist, ob sie überhaupt was machen. Marc war sich so sicher, dass er all das durchschaute in diesem Moment. Er hatte den totalen Durchblick und fühlte sich wie ein Röntgenapparat, der die Seelen der anderen komplett durchleuchtete. Er war froh, hier nicht mehr dazuzugehören. Er hatte ja auch nie richtig dazugehört. Er hatte nichts, seine Familie hatte nichts. Er war hier immer nur geduldet, weil es Großmama gab und ihre Verbindungen, weil sie rechtzeitig die richtigen Leute ansprach, damit sich für Marc Türen öffneten, die anderen verschlossen blieben. Eben war er noch so glücklich, genau hier zu sein. Unter diesen Leuten. Jetzt kam ihm das absurd vor. Er fühlte sich aus alldem herausgewachsen. Das war doch alles ein Witz hier.

Am nächsten Morgen hatte Marc wieder einen seiner Träume:

Er lag am Boden, um ihn herum seine Freunde, die ganzen Jungs und alle am Lachen. Lachten sich kaputt. Konnten nicht mehr. Brüllten. Wahnsinnig komisch. Aus seiner Hand quoll Blut. Es tat scheißweh. Die Wunde war knapp über seiner Blinddarmnarbe. Volltreffer. Bauchschuss. Warum lachen die, verdammt. Ich sterbe. Warum hilft keiner, holt ein Handtuch, Verbandszeug, einen Arzt! Es tat echt weh. Ich werde ohnmächtig, dachte er. Gleich werde ich ohnmächtig, und dann werde ich langsam verbluten, ihr Idioten. Merkt denn keiner was? Er wollte schreien, um Hilfe rufen, sagen, sie sollen aufhören mit dem Scheiß und endlich Hilfe holen. Aber aus seinem Mund kam kein Wort. In seinem Kopf hörte er sich ganz deutlich reden: «Aufhören, verdammt! Das ist nicht lustig, mir ist echt was passiert. Das tut so weh, ich hab Angst, wieso tut ihr das?»

Aber das schien außer ihm niemand zu hören. Offensichtlich bewegten sich seine Lippen, formten Worte, aber es kam kein Ton heraus. Nur trockene Luft, die im Hals kratzte, wie Sand, gelber Wüstensand, der alles mit einem feinen Staub bedeckte und sich später, wenn ein dünner Sommerregen darüberging, in hässliche Flecken verwandelte. Vor seinem Gesicht, auf dem Fußboden, hatte sich eine kleine Speichelpfütze gebildet. Er spürte eine plötzliche Müdigkeit. Jetzt nicht einschlafen. Bloß nicht einschlafen. Wer einschläft, wacht vielleicht nicht mehr auf. Wieso hatten sie überhaupt auf ihn geschossen? Wahrscheinlich wieder einer dieser Jäger-Väter, der seine Waffen nicht richtig weggesperrt hat. Diese Idioten. Eigentlich klar. Musste so kommen. Irgendwann. Er hatte es die ganze Zeit geahnt. Eines Tages knallen sie dich ab. Einfach so. Ist doch lustig. Komm schon. Hab dich nicht so. Kleiner Spaß, wirst du doch verstehen. «Nein, verdammt, versteh ich nicht. Warum macht ihr das?»

Der Schmerz breitete sich aus. Brannte. Er traute sich nicht, die Hand von der Wunde zu nehmen, spürte das matschige Blut zwischen seinen Fingern. Wieso war das so dickflüssig? Er fühlte vorsichtig nach der Einschussstelle, um zu erahnen, wie groß die Wunde wohl sein mochte. Aber er fand kein Einschussloch. Verdammt. Da waren Hautfetzen zwischen seinen Fingern, die fühlten sich wie Plastik an.

«Gotcha!», schrie Roy wie irre. «Gotcha!» Und die anderen lachten noch lauter. «Alter, du müsstest dein Gesicht sehen! So geil! Er checkt's immer noch nicht. Was für ein geiles Spiel.»

Jetzt sah er die Waffe in Olivers Hand. Der Lauf war oben schwarz und unten beige. Sandfarben. Der Griff schien auch in dieser seltsamen Tarnfarbe zu sein. Desert Tan stand da. Er konnte es lesen, als Oliver ihm die Waffe vor das Gesicht hielt. «Das sind die Originaldinger von Desert Storm, Mann. Voll echt, oder? Hammer! Zimmert ganz schön, wenn dich damit einer erwischt, was? Paintball. Geiler Sport. Alter!»

Dann wachte er auf. Ohne Antwort, warum sie das alles veranstaltet hatten, kein Dialog. Keine Erklärung. Was sollte das? Warum war er sich sicher, dass seine Freunde in Wahrheit gar nicht seine Freunde waren? Dass sie ihm nach dem Leben trachteten, nur auf den richtigen Moment warteten, um ihn abzuknallen. Warum dachte er, dass das alles irgendwie falsch war? Alles, was sie verband. Sein ganzes Leben in dieser seltsamen Welt.

Marc griff nach dem Telefon neben dem Bett und wählte eine Nummer. Die Stimme am anderen Ende der Leitung klang verschlafen. «Robert Grünbauer?», fragte Marc mit nasaler Stimme. «Ja, wer ist da?», fragte Roy, er war kaum richtig wach. «Hier spricht Dr. Zapf, Oberstudiendirektor, stellvertretender Schulleiter. Herr Grünbauer, Ihre Abiturprüfung in Latein muss leider wiederholt werden, ein bedauerliches Missverständnis, man hat Ihnen die Aufgaben des Vorjahres zugeteilt, wir erwarten Sie morgen um …»

Nach 30 Sekunden musste Marc lachen. Es war nur ein kleines Zittern in der Stimme, das ihn verraten hatte, er hatte es fast geschafft, Roy dranzukriegen. Es war ein Spiel, das sie gerne spielten, sich am Telefon für jemand anderen auszugeben. Marc konnte Stimmen nachmachen wie kein Zweiter, besser als Roy allemal.

Und nun wollte er ihn zwingen, zuzugeben, dass er, wenigstens im ersten Moment, drauf reingefallen sei. «Am Anfang schon, am Anfang auf jeden Fall!», schrie Marc. Roy gab sich schließlich geschlagen: «Damit du endlich mit dem Geschrei aufhörst!»

Er hatte einen ziemlichen Kater. «Mir geht's ganz schön dreckig», krächzte er.

«Lass uns was frühstücken gehen», sagte Marc, «ich hol dich in einer halben Stunde ab, schaffst du das, bis dahin aufzustehen?»

«Ich steh in 10 Minuten unten, wehe, du bist zu spät!», antwortete Roy.

Eine Dreiviertelstunde nachdem sie telefoniert hatten, kam Roy aus seiner Wohnung in der Franz-Joseph-Straße in Schwabing geschlurft. Er zündete sich auf der Straße vor der Haustür eine Zigarette an und sagte erst mal gar nichts. Er sah vollkommen zerschlagen aus.

«Wohin gehen wir?», brachte er irgendwann heraus. Kein Wort über die Verspätung.

Dass er am Ende viel länger als Marc dafür gebraucht hatte, sich fertig zu machen und runterzukommen, obwohl Marc erst noch zu Roy rüberlaufen musste, Schwamm drüber.

Marc wunderte sich nicht. Er wunderte sich bei Roy nie. Er konnte sein Verhalten inzwischen so genau vorhersagen wie ein Forscher, der durch jahrelanges Beobachten sein Studienobjekt besser kannte als sich selbst.

Sie gingen in ein Café gegenüber der Alten Pinakothek. Die Straßenbahnlinie 27 fuhr durch die Barer Straße und brachte sie durch das wolkenverhangene, vorweihnachtliche Schwabing in das Kaffeehaus, das ein wenig auf Wiener Fin de Siècle machte, aber bei aller Anstrengung dennoch nicht verleugnen konnte, dass es sich in München befand. Zu wenig Intellektuelle, zu viele Münchner. Drinnen war es angenehm warm.

Es war erst vor Kurzem eröffnet worden und für Marcs Budget definitiv zu teuer. Aber es war beliebt bei Studenten. Jedenfalls bei Studenten, die sich die Preise dort leisten konnten. Marc hoffte insgeheim, dass die Rechnung von Roy übernommen würde. Er bestellte French Toast mit Ahornsirup, Roy trank einen Espresso. Und dann gleich noch einen hinterher.

«Wie isses auf der Schauspielschule?», fragte er. Und Marc erzählte zunächst, dass es aufregend und großartig sei. Jeden Morgen hatten sie Körpertraining, danach Stimmbildung oder Gesang. Und wie er im Improvisationsunterricht die anderen in seiner Klasse zu beeindrucken versuchen würde. «Klappt das denn?», fragte Roy. «Schon», antwortete Marc. «Aber der Lehrer, der den Unterricht gibt, kann wenig damit anfangen, wenn man immer so auf Pointe spielt», sagte er schließlich. Und dann erzählte er doch von seiner Unsicherheit, von dem Gefühl, an der Schule nur geduldet zu sein. Von seiner Sorge, er habe es noch nicht raus, wie man sein müsse, um in diesem System erfolgreich zu sein. Davon, dass sein Instinkt zu versagen schien. Sein Instinkt, zu ahnen, was von ihm erwartet wird, bevor sein Gegenüber diese Erwartung überhaupt verspürt. Er wusste selbst nicht, warum er Roy gegenüber mit seinen Zweifeln so unvermittelt herausrückte. Vielleicht war der Kater schuld, dieses weiche Gefühl in seinem Kopf, nach der ausufernden Nacht zuvor. Vielleicht aber auch die Tatsache, dass er mit Roy jemandem gegenübersaß, der ihn besser kannte als alle anderen. Auch wenn er bei ihm stets auf der Hut sein musste, was er ihm erzählen durfte, um nicht Opfer seines scharfen Spotts zu werden, wollte er sich genau in diesem Moment nicht verstellen. Er hatte das Bedürfnis, jemanden ins Vertrauen zu ziehen. Ihm zu erzählen, wie es wirklich gerade in ihm aussah und Roy war hier und jetzt genau der Richtige dafür. Sollte er sich seinen Teil über ihn denken, Marc und er hatten so viel erlebt miteinander, Roy hätte sowieso gleich bemerkt, wenn er ihm etwas hätte vormachen wollen. Dann lieber gleich die Flucht nach vorn antreten und erzählen, wie es wirklich aussah in ihm drin.

«Ich check das da alles nicht so ganz, wie das läuft», sagte er. «Neulich meinte einer der Lehrer zu mir, ich müsse mich daran gewöhnen, nicht mehr auf dem Gymnasium zu sein. ‹Hier geht es nicht um Ergebnisse, sondern hier geht es um Entwicklungen›, hat er gesagt. In zwei Monaten ist die Zwischenprüfung. Da entscheidet sich dann, wer bleiben darf und wer gehen muss.» Marc hatte ein mulmiges Gefühl.

Roy hatte nur halb zugehört. Es interessierte ihn offenbar nicht wirklich, was Marc da machte. Er fand aber, dass diese ganze Künstlerschiene, auf die Marc sich begeben hatte, schon etwas hergab. Wenn jemand sagen konnte, er mache irgendwas mit Kunst, interessierte ihn vor allem die Attitüde, die sich damit verband, dachte Marc. Und wie so oft wollte er ihn auch auf diesem Feld übertrumpfen. Zumindest wollte er aber mit ihm gleichziehen.

«Ich bin da auch an so 'ner Kunstsache dran», sagte Roy. «Mein Vater hat ein Fabrikgelände oben im Norden von der Stadt München gekauft. Da sollen in ein paar Jahren Wohnungen gebaut werden. Bis dahin kann ich da machen, was ich will. Eine Art Open Air Gallery veranstalten, Kunstpartys, DJs, egal. Das volle Programm. Er gibt mir sogar ein bisschen Spielgeld. Wir können mit den Räumen machen, was wir wollen. Die werden hinterher abgerissen.»

«Und dein Studium in England?», fragte Marc. Er war enttäuscht, dass Roy die Gelegenheit, sich als Freunde zu begegnen und einander zu sagen, was gerade wirklich los war, nicht ergriff. Aber er war auch erleichtert, dass er sich nicht auf ihn stürzte, um seine Zweifel sofort aufzuspießen und ihm seine Weinerlichkeit um die Ohren zu hauen.

«Mach ich trotzdem. Parallel. Am Wochenende Party und Galerie und unter der Woche London. Vorher muss ich noch das Praktikum bei uns im Unternehmen durchziehen. Das ist aber in sechs Wochen rum.»

«Und dein Vater ist einverstanden?»

«Er hat das mit der Galerie selbst vorgeschlagen. Die Vergabe des Geländes von der Stadt aus war an irgendein Kulturengagement geknüpft. Ich hab nicht lange überlegen müssen.» Roy lachte. «Ist doch Hammer, oder?»

«Hammer. Absolut», erwiderte Marc.

Der gestrige Abend hatte in Marc völlig widersprüchliche Gefühle ausgelöst. Es war einerseits wie ein Nachhausekommen. Ein unleugbares Gefühl von Dazugehören, von Vertrautheit und Sicherheit. Und auf der anderen Seite war da der Ekel vor all der Selbstgefälligkeit und der Stumpfheit dieser Welt, die er so gut kannte und von der er wusste, schon lange wusste, dass er ihr entfliehen wollte. Entfliehen musste.

Er dachte an den Sommerurlaub, den sie damals miteinander verbracht hatten. Als alles noch offen war. Als sie so sehr im Moment lebten, dass Marc nicht überlegen musste, ob ihre Freundschaft bestehen bleiben würde. Als eine Frau mit langen braunen Haaren an ihrem Tisch vorbeiging, fiel ihm Carolin wieder ein. Er hatte seit dem Sommer vor anderthalb Jahren öfter an sie gedacht. Anfangs hatte er versucht, sich ihr Gesicht und ihre Gestalt immer wieder möglichst genau vorzustellen, damit er ja nichts vergesse. Er wollte gerne ganz genau in seinem Kopf behalten, wie sie aussah. Aber mit der

Zeit fiel es ihm immer schwerer, sich an jedes einzelne Detail zu erinnern, und ihr Bild verschwamm.

Einmal hatte er im Kino einen Splatterfilm gesehen, in dem ein verrückter Wissenschaftler versuchte, seine tote Freundin zu konservieren, als wäre sie ein ausgestopftes Tier. Schließlich legte er sie in Formaldehyd ein. Er saß vor dem Glaskasten, in dem sie lag, betrachtete sie stundenlang, er sprach mit ihr, als wäre sie noch lebendig. Marc hatte sich gefragt, warum ihn die Szene an Carolin denken ließ. Er träumte daraufhin ein paar Mal von gruseligen Körpern in Glasbehältern. Gott sei Dank kam Carolin in diesen Träumen nicht vor.

Dann hatte er gedacht, er habe sie in einer Fernsehwerbung entdeckt. Er hatte beim Sender angerufen, um sich durchzufragen nach der Werbeagentur, die den Spot gedreht hatte, um so herauszubekommen, ob er sich vielleicht nur eingebildet hatte, dass sie es war.

Man hatte ihn abgewiesen, man habe keine Informationen über die jeweiligen Agenturen der Werbespots und dürfe sowieso nichts herausgeben, selbst wenn man etwas wüsste. Bei der Marke, für die der Clip warb, war es das Gleiche, keine Ahnung, kein Kommentar.

Er hatte den Spot kein weiteres Mal gesehen.

«Was denkst du?», fragte Roy. Jetzt hatte Marc plötzlich das Gefühl, Roy konnte ihm doch hinter die Stirn gucken. Dachte er noch an Carolin? Wusste er überhaupt, wie ihr Name war?

«An gestern», antwortete er zögernd. «An den ganzen Wahnsinn, der da stattgefunden hat.»

«Du warst lange nicht mehr dabei, wenn wir gefeiert haben», murmelte Roy und blickte auf seine Schuhe unter dem Kaffeehaustisch. Auf die Schuhspitzen war irgendeine Flüssigkeit gespritzt, schwer zu sagen, was es war. Er versuchte mit einem Fuß, den Dreck vom anderen abzukratzen. Die Flüssigkeit war mit der Zeit offenbar hart geworden und schien festgebacken. Er gab das Unterfangen irgendwann auf und sah Marc direkt ins Gesicht: «Alles verlernt, oder was?» Marc war immer noch verunsichert, beschloss aber erleichtert zu sein, dass Roy ihn offenbar doch nicht so sehr durchschauen konnte, wie er gefürchtet hatte. Wahrscheinlich erinnerte er sich nicht einmal mehr an den Abend in St. Tropez, geschweige denn an Carolin.

«Ach das ... das verlernt man doch nicht», sagte er möglichst beiläufig und lachte ein bisschen künstlich. «Dieser abrupte Wechsel in eine ganz neue Welt ist einfach seltsam für mich. Auf einmal spielen so viele neue Dinge eine Rolle in meinem Leben. Ich muss mich vielleicht ein bisschen umgewöhnen.»

«Was machen die da auf der Schule mit dir?», fragte Roy. «Gehirnwäsche?» Als Marc nicht antwortete, nahm Roy den Espressolöffel von seiner Untertasse und wedelte damit vor Marcs Gesicht hin und her, als wollte er ihn mit einem Pendel hypnotisieren. «Du wirst dort untergehen, wenn du dich nicht wehrst, mein Freund», sagte er mit der dunklen Stimme eines Budenzauberers vom Jahrmarkt und fixierte ihn dabei, dass Marc schwindlig wurde. Marc lachte jetzt noch bemühter als vorhin und wandte schließlich ruckartig den Kopf ab, aber als Roy seinem Gesicht mit dem pendelnden Löffel weiter folgte, schlug er ihm das Ding aus der Hand, und der Löffel landete, unangenehm laut klirrend, auf dem Steinboden. Er kam ein gutes Stück vom Tisch entfernt zum Liegen. Marc erschrak, der Schlag gegen Roys Hand war fester geraten, als er es beabsichtigt hatte. «'tschuldige», sagte er leise und stand auf, um den Löffel vom Boden aufzuheben. Als er an den Tisch zurückkam, hielt Roy seine Hand immer noch auf die gleiche Weise in der Luft, den Ellbogen auf den

Tisch aufgestützt, als ob er weiter pendeln würde, als wäre nichts geschehen. Den Blick auf die Stelle gerichtet, wo Marc eben noch gesessen hatte. Marc legte den Löffel neben Roys Untertasse und setzte sich zurück an seinen Platz. Plötzlich war die Fremdheit zwischen den beiden so greifbar wie noch nie zuvor.

Roy blickte auf den Löffel, nahm den Ellbogen vom Tisch, lehnte sich zurück und steckte beide Hände in die Hosentaschen. Dann sagte er leise lächelnd:

«Warst du wegen Carolin eigentlich damals sauer?»

«Wieso? Warum soll ich denn sauer gewesen sein?», antwortete Marc ein wenig zu schnell.

«Weil sie damals *dich* eingeladen hat und wir dir dabei zugesehen haben, wie du es verbockt hast. Es war nicht auszuhalten, wie du da gesessen hast und keinen Fehler machen wolltest.» Marc starrte ihn an.

«Und deshalb musstest du die Situation retten und dich kurz zu ihr rübersetzen, um dich mit ihr zusammen über mich lustig zu machen?» Er ärgerte sich darüber, dass seine Stimme ein wenig zu sehr verriet, wie empfindlich er bei diesem Thema war.

Roy nahm die Hände aus der Hosentasche und machte eine Geste, die bedeuten konnte: «Siehst du?» Die Finger ausgestreckt, die Daumen nach oben, schien er zu sagen: «Wusste ich's doch.»

«Worüber habt ihr eigentlich gesprochen damals?», fragte Marc, der seltsamerweise auch froh war, dass das Thema nun auf dem Tisch lag.

«Über Männer und Frauen ganz allgemein», sagte Roy. «Wir waren nicht in allem einer Meinung.»

«Ich fand, ihr saht aus, als hättet ihr euch ganz gut verstanden.»

«Ich glaub, sie fand's vor allem gut, dass einer mal die Eier in der Hose hatte, zu ihr hinzugehen. Ich mein, stell dir mal vor, du sagst zu jemand: ‹Hey, komm doch vorbei, wenn du magst›, und dann tut der so, als ob er dich nicht kennt?»

«Ich hab nicht so getan, als ob ich sie nicht kennen würde. Ich hatte nur plötzlich das Gefühl, das passt gar nicht. Ich hatte das Gefühl, ich hätte einfach irgendwas in sie hineinprojiziert.»

«Sind das so Worte, die ihr in eurer Schauspielschule benutzt? Apropos Eier in der Hose, ich fand's echt super, dass du gestern zu meinem kleinen Fest gekommen bist. Ich hatte schon Angst, wir sind dir nicht mehr gut genug. Jetzt, wo du in Künstlerkreisen weilst ...»

Marc grinste und antwortete möglichst teilnahmslos:

«War eh nichts anderes los an dem Abend. Die Party lag auf meinem Nachhauseweg, also hab ich gedacht, ich schau mal rein ...»

«Arsch», sagte Roy und grinste zurück.

«Selber», antwortete Marc und wunderte sich darüber, wie schnell sich die Fremdheit, die eben noch so greifbar schien, in Luft aufgelöst hatte. So plötzlich, wie sie sich über die beiden herabgesenkt hatte, war sie auch wieder verschwunden. Das war das Gute an ihrer Freundschaft. Es wurde nichts nachgetragen. Oder es ging darum, sich nicht dabei erwischen zu lassen, wenn einer nachtragend war. Ein kleiner, aber feiner Unterschied.

Bis eben hatte Marc sich gefragt, ob Roy wirklich einmal sein bester Freund gewesen war. Ob er sich da nicht getäuscht hatte all die Jahre. Jetzt war diese Vertrautheit im Handumdrehen wieder da. Irgendwie bleiben wir, trotz allem, immer verbunden, dachte er. Irgendwie werden wir uns nicht los.

Als sie aus Südfrankreich zurückgekommen waren, hatten weder Roy noch Marc irgendein Wort über die Begegnung mit Carolin verloren. Keiner wollte aus der Deckung kommen.

«Warum ist Wettkampf überhaupt so ein Ding für dich?», sagte er plötzlich laut. «Oder vielleicht besser für uns? Worum geht's dabei eigentlich?»

Er hatte gespürt, dass Roy ihm diese Frau gerne weggeschnappt hätte. Und wenn er ehrlich war, gönnte auch er sie Roy ums Verrecken nicht.

«Es geht darum, dass wir Männer sind, ganz einfach», sagte Roy trocken. «Es geht ums Gewinnen. Letzten Endes geht's immer ums Gewinnen.» Kurze Pause. Blicke.

«Aber du weißt ganz genau, es gibt nichts, was ich gerade *dir* nicht gönnen würde», setzte er unschuldig hinterher. Marc hatte nun doch das Gefühl, als hätte er die ganze Zeit über seine Gedanken gelesen.

«Außerdem ist damals überhaupt nichts passiert.»

Marc schnaubte leise und versuchte durch ein Lächeln zu überspielen, dass er sich da nicht so sicher war. Er stützte die Ellbogen auf den Tisch, verschränkte die Finger und legte sein Kinn darauf. Er sah Roy direkt an. Er kannte ihn besser.

Aber es war so angenehm, sich dem wohligen Gefühl der gerade erst erneut bekräftigten Freundschaft hinzugeben. In diesem Augenblick wollte er einfach, dass es genau so war, wie sein Freund sagte.

Roy riss einen der Zuckerbeutel auf, die in der Tischmitte bereitstanden, und schüttete den Inhalt langsam und genussvoll über Marcs Haaren aus. Marc zog den Kopf nicht weg. Er löste die Hände aus der Kinnstütze, ballte mit einer Hand eine Faust und drehte die andere im Kreis, als betätigte er eine Kurbel. Langsam, wahnsinnig langsam, hob er den Mittelfinger und streckte ihn steil in die Luft. Aus der geballten Faust heraus. Roy mitten ins Gesicht.

Im Garten von Roys Eltern stand immer noch diese riesige Skulptur. Als Marc die Villa in der Dunkelheit verließ, erschrak er beinahe, als er an dem grässlichen Ungetüm vorbeiging. Sie war also noch da. «Ikarus descending».

Als er ankam, hatte er den gestürzten Schwan, seinen zerschmetterten Körper, der da schwarz und verstörend realistisch auf der Wiese stand, seltsamerweise nicht bemerkt. Der Schwan war das Kernstück einer großen Ausstellung gewesen, die Roy am Anfang seiner Galeristenkarriere veranstaltet hatte.

Er stand auf dem abrissreifen Fabrikgelände, das Roys Vater ersteigert und dann Roy für eine Zeit als Kunstareal zur Verfügung gestellt hatte.

Das Werk war aus Bronze, und es war wie ein Autounfall. Jeder musste hingucken. Die riesigen Augen des Schwans waren grotesk verdreht, ein hyperrealistisches Tier, die Beine in die Luft gestreckt, wie ein Turmspringer, der auf eine gefrorene Wasseroberfläche schlägt.

Die Herstellung hatte ein Vermögen verschlungen, und Roy hatte den Künstler mehrmals zu überreden versucht, doch ein weniger teures Material zu wählen. Aber er fand, das schwarze Metall und der rissige graue Beton auf dem Hof der alten Fabrik bildeten eine ideale Synthese, und so hatte sich Roy breitschlagen lassen, die Produktionskosten vorzufinanzieren. Er hieß Lodewijk, kam aus Amsterdam und war angeblich vielversprechend. Roy wollte unbedingt der Erste sein, der ihn in Deutschland zeigte.

Am Ende wollte niemand das Ding kaufen, obwohl Roy mehreren Sammlern anbot, es wenigstens probeweise für einige Wochen bei sich zu Hause aufzustellen. Als einer sich dazu bereit erklärte und dann kurz darauf schrieb, Roy solle den zerschmetterten Schwan so schnell wie möglich abholen lassen, der Vogel hätte eine extrem ungute Energie, hatte Roy ihn in seiner Verzweiflung einfach in den Garten seiner Eltern liefern lassen.

Seine Mutter war ausgerastet, als sie das Monstrum sah. Roy konnte immerhin verhindern, dass sie die Skulptur in den abgelegenen Teil des Parks hinter dem Teich verbannte, wo nur sehr aufmerksame Spaziergänger am Isarufer einen Blick auf das schwarze Ungetüm hätten erhaschen können.

Er hatte Marc erzählt, wie er seine Mutter überzeugen konnte, die Arbeit auf der Wiese mitten vor dem Haus stehen zu lassen: «Du kennst doch so viele kunstverständige Menschen, Mama. Wenn jemand Begeisterung für einen Künstler wecken kann, der es schwer hat, verstanden zu werden – dann du!» Damit hatte er sie. Wenigstens bei seiner Mutter wirkten seine magischen Kräfte noch.

Die Sache hatte Roy einen schweren Treffer versetzt. Es war das erste Mal, dass etwas Konsequenzen hatte. Das erste Mal war etwas nicht egal, wenn es schiefging. Er hatte darauf gesetzt, dass er einen Riecher für Künstler hatte, die bald durch die Decke gehen würden, und er hatte komplett danebengelegen. Nun drehte sich der Wind. Die Leute machten sich über ihn und seinen Geschmack lustig. Die Risse, die der Aufprall des Schwans im Betonboden hinterlassen hatte, zeigten sich, wenn auch nur in winzigen Spuren, in der Fassade von Roys sorgfältig gepflegtem Äußeren.

Er hatte nicht nur das teure Material und die enormen Transportkosten ausgelegt, er hatte auch keine Ahnung, wo er mit dem Monstrum auf Dauer hinsollte. Lodewijk war abgetaucht. Sein Atelier hatte er gekündigt, er selbst war unauffindbar, und es gab keine Chance, ihn in irgendeiner Weise haftbar zu machen. Der wirtschaftliche Schaden für Roys jungen Kunstbetrieb war zwar verkraftbar, aber symbolisch beträchtlich.

Roy hatte dennoch als Galerist weitergemacht. Und er überzeugte sich selbst so gut es ging, dass er durchaus Erfolg damit hatte. Seine Vernissagen waren anfangs sehr gefragt. Zu den Ausstellungen kamen zuerst die reichen Eltern seiner Freunde, und bei der anschließenden Party blieben ihre Sprösslinge bis tief in die Nacht und feierten sich die Seele aus dem Leib. Alles war eigentlich wie immer. Nur dass der Anlass jetzt irgendwie kulturell aussah.

Es war ein bisschen wie in Salzburg. Man ist im Sommer sowieso in den Bergen, geht schwimmen im See und anschließend in einen schattigen Wirtsgarten. Da passt es ganz gut, wenn es in der Nähe noch Freilicht-Festspiele mit bekannten Fernsehschauspielern und ein paar Vernissagen mit netter Kunst zu überteuerten Preisen gibt. Leute, die von allem zu viel hatten, mussten ein hübsches Paket geschnürt bekommen, damit ihr Interesse überhaupt erst geweckt wurde. Ein paar Konzerte und Opern, dazu einen luxuriösen Fahrservice mit Sponsorenautos, und die örtlichen Schaufenster werden mit den Fotos großer Stars bestückt, die einem vielleicht die Entscheidung erleichtern, welche Cartier-Uhr nun diesen Sommer für Tante Christl oder Onkel Bobby am passendsten sein könnte.

Zu Anfang war es Roy immer wieder gelungen, mit seinen Ausstellungen einen kleinen Hype zu schaffen. Und nicht immer lag er in der Auswahl der Künstler so weit daneben wie mit Lodewijk. Aber als das Fabrikgelände nach drei Jahren schließlich abgerissen wurde und sein Vater Kasse machte, sank Roys Stern am Galeristenhimmel, der ja eben erst zart zu leuchten begonnen hatte, schneller, als er aufgestiegen war. Ohne finanzielle Hilfe durch den Vater wurde es schwierig für ihn, das wurde bald klar.

Die Galerie zog dauernd um. Für jede Ausstellung mietete Roy eine andere gerade leer stehende Örtlichkeit, eine Notlösung, die er als Pop-up-Taktik darzustellen versuchte. Es stellte sich heraus, dass an den neuen Standorten für seine Galerie weniger Besucher kamen und somit auch weniger Umsatz gemacht wurde. Coole Locations waren schwer zu finden und mussten teuer angemietet werden. Und sie waren nie wieder so einmalig wie das alte Firmengelände im Norden.

Nach kurzer Zeit endete Roys Karriere als Impresario mit einer krachenden Pleite. Die Münchner Kunstblase ließ ihn einfach fallen. Viele waren zu Anfang vor allem deshalb zu seinen Vernissagen gekommen, weil sie sich das Wohlwollen von Roys Vater zu sichern hofften. Oder sie wollten einfach nur in den immer gleichen geschlossenen Gruppen unter sich sein. Und dort die ewig gleichen Gespräche führen, wer mit wem wieder wo war, zwischen Kitzbühel und dem Tegernsee oder Porto Cervo und Miami. Dabei wurde halt ein bisschen an Kunst vorbeiflaniert. Erfolglose Feuilletonisten und Möchtegernkuratoren entdeckten, dass sie mit schlecht gemeinten Ratschlägen jederzeit auf ein Beraterhonorar aus Roys gut gefüllter Kasse hoffen durften. Er umgab sich mit den falschen Leuten und merkte zu spät, dass die ihn ausnutzten.

Irgendwann war der Konkurs unabwendbar. Natürlich bekam Roy einen Bail-out durch die Familienkasse, aber sein Groll auf die Welt war groß. Er richtete sich gegen seine Partner, in deren unnachgiebigen Geschäftsgebaren er die alleinige Schuld für sein Scheitern zu erkennen glaubte. Gegen Kuratoren, die ihn überredet hatten, auf die falschen Leute zu setzen. Alle hatten sich gegen ihn verschworen. Wollten ihn scheitern sehen, waren neidisch. Gönnten ihm keinen Erfolg.

Die Künstler, deren Werke er präsentiert hatte, waren für ihn nun nichts mehr als einfallslose, faule Nichtskönner und vollkommen überbezahlt. Wütend erzählte er Marc nach der letzten Ausstellung, bei der fast nichts verkauft worden war: «Als Galerist hast du die ganze Arbeit und das Risiko. Der Künstler wurstelt irgendetwas hin und hält dann nur noch die Hand auf. Und oft für Sachen, die vollkommen beliebig sind und die der Galerist dann mit irgendwelchen halbintellektuellen Begleittexten, die er sich mühsam aus den Fingern saugt, zu einer «wichtigen Arbeit» hochjazzen muss. Damit der Dreck wenigstens hübsch angemalt ist, bevor die Leute einen Haufen Geld dafür ausgeben, wenn sie es denn tun.»

Er hatte beschlossen, in Berlin für die nächsten paar Monate erst mal das richtige Großstadtleben zu üben, bevor er sich überlegen würde, wie es für ihn überhaupt weitergehen sollte. All das Unfertige, im Übergang Befindliche übte eine ungeheure Anziehung auf ihn aus. Er war geradezu berauscht von den vielen Möglichkeiten. München, das da in seinem Saft vor sich hin schmorte, sollte sich seinetwegen gerne weiterhin für den Mittelpunkt der Welt halten. All diese degenerierten Bauernadligen mit ihren Trachtenjankern und ihrem beschissenen Kunstgeschmack und ihrer ganzen Herablassung konnten ihm gestohlen bleiben. In München sah man Frauen auf Vernissagen in Kleidern, die aus schweren Vorhangstoffen gemacht schienen, so steif und grob wie ihre Trägerinnen. In Berlin trug niemand Kleider. Niemand gab sich überhaupt Mühe, zu irgendwelchen Anlässen etwas anderes anzuziehen als das, was man sowieso jeden Tag trug. Nicht diese Perlenketten-, Spangenballerina- und Faltenrockspießigkeit, die in München alle für Eleganz hielten. Er konnte sich in Berlin neu erfinden. Hier war er ein unbeschriebenes Blatt, und diesen Zustand genoss er so sehr, dass er sich fragte, warum er nicht schon viel früher aus München ausgebrochen war. Hier war er nicht Robert Grünbauer, den alle Roy nannten. Der Sohn eines reichen und verstockten Mannes. Einer, über den jeder eine Meinung hatte. Hier war er einfach irgendwer und konnte ganz neu bestimmen, wer er sein wollte.

Marc stand vor dem Schwan und dachte an all das, was seitdem passiert war. Ihm fiel der Drachenflieger wieder ein, auf den ihn sein Vater wie zufällig hingewiesen hatte, als sie damals über dem Chiemsee spazieren gegangen waren. Und plötzlich bekam er eine Ahnung, warum Roy diesen schwarzen Vogel wahrscheinlich so unbedingt in seiner ersten Ausstellung haben wollte.

Roy war ja selbst dieser Schwan. Ein Ikarus, der auf keinen noch so wohlmeinenden Ratschlag hören wollte, dem jede Bescheidenheit und jedes Maß zuwider war. Der seine Flügel lieber in höchster Höhe verbrennen wollte, statt in der sicheren Mitte zu bleiben, um heil anzukommen. Bewusst oder unbewusst hatte Roy seinen Eltern hier sein eigenes Sinnbild in den Garten gepflanzt. In den Gesichtszügen des Schwans, seinen verdrehten Augen und dem zersplitternden Schnabel, der sich in den feuchten Boden drückte, meinte Marc plötzlich ein höhnisches Grinsen zu erkennen, als wäre Roys Geist in das Metall gefahren und machte sich jetzt gerade über ihn, seine Vernunft und Bedächtigkeit lustig. Dass ihn sein sicherer Kurs so weit gebracht hatte, weiter vielleicht sogar als Roy, kam ihm auf einmal nur noch sterbenslangweilig und erbärmlich vor. Als strecke der tote Roy ihm gerade die Zunge heraus und riefe ihm zu: «Mach nur so weiter, du mit deiner Übersicht und deiner Angst vor jedem Risiko. Schau mich an, ich trau mich wenigstens was! Und wenn es nur auf die Fresse fallen und sich die Schnauze aufschlagen ist.»

Warum war ihm das nicht früher aufgefallen?, fragte sich Marc in diesem Moment. Das war der Unterschied zwischen ihnen. Roy hatte, selbst im krachenden Scheitern, nichts zu verlieren. Der Überfluss, in dem er steckte wie ein verirrter Wanderer im Sumpf, in den man immer weiter einsank, je mehr man strampelte, dem konnte er nicht entkommen. Und deshalb strampelte er lustvoll so wie einer, der die Sinnlosigkeit, dem Leben einen Sinn abzuringen, vor langer Zeit erkannt hatte und der nichts darauf gab, ob er scheiterte oder ob ihm eben auch mal etwas gelang. Es hatte keine Bedeutung für ihn. Er wollte nicht wirklich etwas vom Leben. Marc dagegen wollte immer etwas. Er hatte Träume und Ziele, und ihm waren Dinge wichtig. Er sehnte sich nach Verlässlichkeit und ja, natürlich nach Anerkennung. Er wollte sich freuen, stolz darauf sein, wenn ihm etwas gelang. Roy waren solche Dinge egal. Roy war kein ernsthafter Mensch, seine Meinungen waren Launen, seine einzige Überzeugung war, dass ihm alles gleichgültig zu sein hatte. Und deshalb, ohne es zu wissen, hatte Marc ihn damals zum Freund gewählt: weil Roy die größte Herausforderung für ihn darstellte, für seinen ewigen Wunsch, zu gefallen.

Jetzt, an diesem trüben Tag, hätte er sich nichts so sehr gewünscht wie einen heiteren Moment mit seinem alten Freund, wie damals im Café an der Pinakothek. Mit Roy, bei dem der Tod so früh kam und der so viel Leben verpasste. Der kein Vater werden durfte, kein Großvater. Was hätte er jetzt gegeben für einen blöden Spruch von ihm, der nun nicht mehr da war, um Marc die Vergeblichkeit seiner Wünsche auf so unnachahmliche Weise vor Augen zu führen, und der ihn deshalb immer dazu anspornte, mehr zu sein als das, was er war.

Weil er immer hoffte, eines Tages doch seine Anerkennung zu bekommen, für all das, was er ihm da vorturnte und in schönster Weise vor ihm ausbreitete, in der Hoffnung, es fände schließlich sein Wohlwollen.

Er legte die Hand auf das vom Novembernebel feuchte Metall der Skulptur. Es fühlte sich kalt an. Kalt wie der Körper eines Menschen, aus dem alles Leben entwichen ist.

VIER

Noch während der Schauspielschulzeit, die er mit Eifer und ausreichend Weitblick absolvierte, um Roy, seinem Vater und allen anderen zu beweisen, dass er in diesem Beruf nicht scheitern werde, hatte Marc ein paar kleine Rollen am Theater bekommen und sogar in einigen Filmen mitgespielt. Nichts Großes, aber er hatte ein wenig Bestätigung erfahren. Roys Prophezeiung, dass er untergehen werde, wenn er sich nicht wehre, hatte sich nicht erfüllt. Im Gegenteil, seine eigentümliche Eigenschaftslosigkeit schien für die Anforderungen des Schauspielerberufs recht gut geeignet zu sein. Großmama war zufrieden. Er war ein gutes Gefäß geworden. Er war bereit, sich auch über bescheidene Anerkennung zu freuen. Es musste ja nicht gleich das Burgtheater sein.

Die Frage, die sein Vater ihm gestellt hatte, ob er es aushalten würde, falls seine Träume sich eines Tages nicht erfüllen würden, hatte ihre Wirkung nicht verfehlt. Indem er nicht allzu hohe Ansprüche an seine Träume stellte, hoffte er, sich vor Enttäuschung zu schützen, falls sie platzen würden. Aber er spürte auch, dass er sich damit selbst belog. Eine Lehrerin hatte ihn gewarnt, dass seine Fähigkeit, zu den eigenen Abgründen immer ein Stück Abstand zu halten, im Leben zwar hilfreich, auf der Bühne aber letztlich hinderlich sei. «Für eine Rolle kann man sich nicht auf Knopfdruck öffnen», sagte sie. «Wenn du nicht bereit bist, dich im Leben in Gefahr zu bringen, kannst du nicht erwarten, dass dir das auf der Bühne gelingt. Das eine gibt es nicht ohne das andere. Wenn du andere mit deinem Spiel jemals wirklich berühren willst, musst du etwas an dir verändern. Wenn du auf der Bühne dazu fähig sein willst, ins Risiko zu gehen, dann musst du auch im Leben bereit sein, dich für andere Menschen zu öffnen.»

Von «Gipfelfähigkeit» hatte ein Schauspielkollege ihm gegenüber einmal gesprochen und dabei wahrscheinlich dasselbe gemeint. Marc fand, dass das Wort sehr hochtrabend klang. Er hatte schon verstanden, um was es ging, wollte aber noch nicht so ganz daran glauben. Er suchte noch immer nach Auswegen, die es ihm ermöglichten, Erfolg zu haben, ohne sich wirklich zu zeigen, wie er war.

Nach der Schauspielschule hatte er dann einige Anfragen von Theatern erhalten. Die Champions League war nicht dabei, aber an den Häusern, von denen er träumte, hatte er entweder erst gar kein Vorsprechen bekommen oder ein in Aussicht stehendes Engagement am Ende doch nicht gekriegt; einmal hatte er seine Monologe vor Aufregung derart runtergerattert, dass man ihm empfahl, sich als Werbesprecher für Arzneimittel umzusehen. «Zu Risiken und Nebenwirkungen lesen Sie die Packungsbeilage und fragen Sie Ihren Arzt oder Apotheker», witzelte der Oberspielleiter, «das wär doch was für Sie.»

Und dann waren da noch Häuser an ihm interessiert, die nicht mal Zweite Liga, sondern eher schon Kreisklasse waren. An einem sehr kleinen Haus bot man ihm an, den Hamlet zu spielen. Der Regisseur, der ihn einlud, beschwerte sich ständig über alles Mögliche. Er war eitel und ließ keine Gelegenheit aus, darüber zu berichten, wer ihm alles das Leben schwer machte. Es war offensichtlich, wie gekränkt er vom Leben war. Marc ahnte, dass die Arbeit mit Leuten, die unglücklich darüber sind, ihre Kunst nicht im hellen Licht der großen Scheinwerfer ausbreiten zu können und die nur am äußeren Rand des Lichtkegels, fast schon im Dunkeln vor sich hin werkeln, die Gefahr barg, sich von der ganzen negativen Energie, die dort herrschte, anstecken zu lassen. Es gab halt keine Gerechtigkeit in der Kunst, das wusste er. Wer sich über die Ungerechtigkeit beklagt, nicht gesehen zu werden, und die Schuld für seine Unzufriedenheit bei anderen sucht, verliert die Energie, die er an anderer Stelle dringend braucht, um ein guter Spieler zu werden. Er kannte sich und wusste, dass ihn so ein Umfeld beschädigen würde. Selbst wenn er sich noch so zu schützen versuchte, bliebe ja doch immer etwas von den Erfahrungen und Erlebnissen aus so einer Zeit an einem haften. Und er wollte sich ja auch nicht vollständig abschotten von den Menschen, mit denen er arbeitete. Irgendwann würde er anfangen, ihre Sicht auf die Kunst, das Theater und die Welt zu teilen, weil man ja Zeit miteinander verbrachte. Und ehe man sich's versah, war man einer von ihnen. Er hatte nicht auf der Schauspielschule so darum gekämpft, bemerkt zu werden, nur um jetzt, gleich am Beginn seiner Karriere, in den äußeren Sphären der Theaterwelt zu verglühen. Vielleicht war er nicht das größte Talent seines Jahrgangs, aber er hatte genug Übersicht, um zu erkennen, wann ein vermeintlich gutes Angebot in Wahrheit eine Abseitsfalle war. Ein Abseits, aus dem man dann nicht mehr herauskommen würde. Ein Gutes hatte seine Fähigkeit, sich im Leben zu schützen, auf jeden Fall, sie schützte ihn vor den falschen Leuten.

Das Gastengagement am Staatstheater Wiesbaden, das er schließlich ergatterte, schien eine glückliche Wahl zu sein, stellte sich nach seiner Ankunft aber leider nicht als das heraus, was er sich erhofft hatte. Im Haus herrschte die Atmosphäre eines Postamtes, in dem die Angestellten nur das zu tun bereit waren, wozu man sie vertraglich verpflichtet hatte. Er blieb dennoch pragmatisch, die Bezahlung war okay, und er hatte sich ja vorsichtshalber nur für ein Stück verpflichtet. Auf den Proben begann er sich aber sehr bald zu langweilen.

In der Fußgängerzone des beschaulichen Orts, in dem Kurgäste sich über einen «werktreuen» Shakespeare freuten, nachdem sie ein erholsames Heilbad genossen hatten, entdeckte er bald nach seiner Ankunft ein kleines Programmkino, das in diesem Frühling eine Reihe von alten Filmen spielte, die er zum Teil schon als Kind mit seiner Großmama im Fernsehen gesehen hatte. Und so suchte er nachmittags, immer wenn die Proben beendet waren, dort ein wenig Zuflucht, um in der heilen Welt der Fünfzigerjahre-Schnulzen Trost zu finden. Er hoffte, sich auf diese Weise davon abzulenken, dass er selbst in einer ähnlich furchtbar altbackenen Aufführung mitwirken musste. Wenn er dann die schwarz-weißen Heimatfilme auf der Leinwand sah, fand er plötzlich, dass die Inszenierung des «Sommernachtstraums», an der er vormittags probte, zwar nicht gerade heutig, aber im Vergleich zu Willy Fritsch und Grethe Weiser doch durchaus schmissig war. So verließ er beruhigt das Kino und fand letztendlich sogar die Kraft, seinen Puck trotz der Umstände zu etwas Persönlichem zu formen, das ihm Freude machte und ihn motivierte, diese Figur in den vierzehn Aufführungen der nächsten drei Monate weiterzuentwickeln.

Nach der Premiere hatte er ein paar Tage Zeit bis zur nächsten Vorstellung. An denen ging er nicht nur nachmittags ins Kino wie bisher, sondern verbrachte nun auch die Abende dort. Zu der Fünfzigerjahre-Reihe mit all den Heinz-Erhardt- und Curt-Goetz-Filmen sowie den ganzen Hans-Moser-Komödien gab es abends auch ein paar neuere Arthouse-

Filme im Programm. Am zweiten Abend, an dem er spielfrei hatte, betrat er den Vorraum des Kinos, das sich in einer kleinen Passage befand, und kaufte seine Eintrittskarte. Er hatte es sich zur Gewohnheit gemacht, nicht vorher zu gucken, was für ein Film gezeigt wurde, und freute sich auf die Überraschung.

Es gab nur einen Vorführraum, und so trat er in den bereits dunklen, spärlich besuchten Saal und nahm in einer der hinteren Reihen Platz. Er hatte erwartet, dass es abends voller sein würde als tagsüber, wenn sich hauptsächlich ältere Damen in dem kleinen Kino versammelten, um dort den Filmhelden ihrer Jugend und sich selbst in Gedanken beim Jungsein zuzusehen. Ein wenig Werbung lief, diese unnachahmliche, billig produzierte Lokalwerbung, für den Schreibwarenladen um die Ecke und den Getränkemarkt von gegenüber. Den Höhepunkt bildete ein Spot für eine Tanzschule, die Tangokurse anbot, und der wie eine schlechte Version von «Carmen» von Carlos Saura aussah, mit dazugehörigem Sprecher, der klang, als wolle er einen Swingerclub anpreisen und nicht einen Tanzkurs. Irgendwann war die Werberolle durch, und der Film begann. Als der Verleiher sein Logo präsentiert hatte, begannen die Titel, «The Saul Zaentz Company presents», dann der Name des Regisseurs, «A Philip Kaufman Film» und schließlich: «Die unerträgliche Leichtigkeit des Seins», Celloklänge setzten ein, und ein vierter Schriftzug erschien vor schwarzem Hintergrund: «1968 lebte in Prag ein junger Arzt namens Tomas …» Der Film lief in der deutschen Synchronfassung.

Marc kannte den Titel, er hatte das Buch von Milan Kundera allerdings nie gelesen. Er war froh und gespannt zugleich. Er dachte an Roy und an die Leichtigkeit, um die er ihn oft beneidet hatte. Und dann nahm der Film ihn in seinen Bann.

Daniel Day-Lewis, Juliette Binoche und Lena Olin spielten in einer Geschichte um Liebe, Eifersucht und den Prager Frühling. Der Film strahlte eine wunderbare Ruhe aus, und gleichzeitig erzählte er so merkwürdig schön über die Menschen, dass Marc ganz in die Geschichte eintauchte und ihm die Frau ein paar Reihen weiter vorne, die sich den Film ebenfalls allein ansah, zunächst gar nicht auffiel. Die osteuropäische Schwermut der Musik hatte ihn ganz und gar gefangen genommen, fast noch mehr als das Spiel von Day-Lewis, Olin und Binoche. Als der Abspann über die Leinwand lief, blieb er bis zum Ende sitzen, berührt von dem, was ihm da eben erzählt worden war.

Tomas, die Figur, die Daniel Day-Lewis so unnachahmlich verkörperte, war genau so einer, wie Marc gerne gewesen wäre. Die dunkle Sonnenbrille, das maliziöse Lächeln und dazu die Klaviermusik, die erst in den tiefsten Seelenabgründen wühlte und dann wieder durch den Film perlte wie ein klarer Gebirgsbach, das alles hatte ihn beeindruckt. Das überraschende Ende, das ihn erstaunlicherweise, obwohl es so traurig war, wehmütig und glücklich zugleich sein ließ. Wie bei den alten Griechen, die der Film auch zitiert, erlebte Marc einen kathartischen Moment. Innerlich gereinigt stand er langsam auf, als das Licht im Saal schließlich anging. Da sah er, dass die Frau vor ihm ebenfalls bis zum Ende des Abspanns sitzen geblieben war und nun schnell an ihm vorbei und schon zur Tür hinaushuschte. Er folgte ihr in das bleiche Licht der Passage vor dem Kino. Plötzlich befiel ihn eine Ahnung, und er beschleunigte seinen Schritt, als sie vor einem der Schaukästen in der Passage stehen blieb.

Ihr Gesicht spiegelte sich dunkel im Glas des Kastens, und obwohl Marc sie zunächst nur von hinten sah und ihre Züge nicht genau erkennen konnte, wusste er sofort, dass nur sie es sein konnte. Er ging näher, blieb mit etwas Abstand hinter ihr stehen. Ein neuer Woody-Allen-Film wurde auf dem Plakat beworben.

Sie stand tatsächlich vor den Schaukästen des kleinen Kinos in der Fußgängerzone.

Es war ein milder Abend Anfang Mai. Sie trug einen karierten Wollmantel, für den es offensichtlich viel zu warm war, über dem Arm. Weiße Jeans mit ausgefranstem Saum, ein eng anliegendes Top und dazu eine sehr feine Halskette. Obwohl es mehr als fünf Jahre her war, glaubte Marc sich an diese Kette zu erinnern, damals fast unsichtbar auf ihrer leicht gebräunten Haut. Sie hatte ihn nicht bemerkt. Offenbar war sie ganz vertieft in die Filmkritik oder was auch immer sie da im Schaukasten studierte.

Ihre kleine Handtasche klemmte zwischen den Knien, als ob sie etwas darin gesucht und sie dann dort vergessen hatte, weil ihre Aufmerksamkeit so sehr dem galt, was sie da las. So stand sie da, mit einem seltsamen Knick in der Hüfte, und strich sich mit ihrer rechten Hand über den Nacken. Dieser Nacken, der Marc damals schon auf der Frühstücksterrasse des Hotels in Fréjus inspiriert hatte.

Irgendwann drehte sie sich um und sah ihn überrascht an. Ihr suchender Blick, wie ein inneres Flattern der Augen, wenn die Suchmaschine angeworfen wird und das Gehirn keinen passenden Anschluss ausspucken will. Marc war sich sicher, dass sie keinen Schimmer hatte, wer vor ihr stand.

«Carolin?», sagte er, ziemlich überrascht, dass er seine Sprache so schnell wiedergefunden hatte. Er war nicht mehr sicher, ob *er* ihr seinen Namen damals überhaupt gesagt hatte. Das Ganze war wirklich lange her, wahrscheinlich hatte sie es längst vergessen.

«Barcelona, der Club – dein Shooting in Südfrankreich … erinnerst du dich?» Ratlosigkeit in ihren Augen. Plötzlich ging ein Ruck durch ihren Körper.

«Du bist der Münchentyp! Damals in dem Lokal nach der Fotoproduktion? Le Vieux Corse?»

«Die Kellnerin hat meinem Freund alle Spezialitäten der korsischen Landesküche einzeln aufgezählt. Ich hatte Angst, er würde am nächsten Tag zusammen mit ihr dorthin auswandern.»

«Was?» Für einen Moment schien sie unsicher, ob Marc sich gerade über sie lustig machte. Vielleicht überlegte sie bereits, wohin sie jetzt möglichst schnell flüchten könne, falls er ein Wahnsinniger wäre oder ein Stalker.

Er setzte deshalb ein möglichst harmloses Gesicht auf und sagte lächelnd: «Egal. Ich heiße übrigens Marc.»

Sie schwiegen einen Moment.

«Was machst du hier?», fragte Marc.

Sie grinste. Offenbar hielt sie ihn doch nicht für einen Irren, der ihr etwas antun wollte.

«Ins Kino gehen. Und du?»

«Auch. Ziemlich oft sogar in letzter Zeit. Was führt dich ausgerechnet nach Wiesbaden?»

«Sag ich nicht», antwortete sie, seltsam bestimmt. Es klang nicht wie ein Scherz. Eine kurze Pause entstand, in der sie betreten zu Boden sah.

«Und selber? Von einer langweiligen Stadt in die nächste gezogen?», fragte sie zurück.

«Wieso langweilig?», fragte Marc und tat ahnungslos.

«Guck dich doch mal um hier», sagte sie. «Was kommt als Nächstes? Baden-Baden?»

Marc lachte. Sie griff nach ihrer Tasche, die sie immer noch zwischen ihre Beine geklemmt hatte. Er sah auf ihre schmalen, schönen Handgelenke und zögerte einen Moment, bevor er fragte:

«Wolltest du nicht nach Amerika gehen, damals?»

«Stimmt, ja, wollte ich. Hab ich dann auch gemacht.» Sie

lächelte, aber der Ton ihrer Stimme hatte sich leicht verändert. Sie klang jetzt einen Hauch fester, als sie sagte: «Ich bin aber schon eine Zeit lang wieder in Deutschland.» Sie strich sich eine Haarsträhne aus der Stirn, schloss den Clip ihrer Handtasche und blitzte ihn an:

«Und du? Was machst du hier?»

Es schien Marc, als ob sie ihn unauffällig zu einem weniger mühsamen Gesprächsthema lenken wollte.

«Gastvertrag», sagte er. «Ich spiele hier am Staatstheater.»

Ihre Augen weiteten sich.

«Cool, du bist Schauspieler?»

«Ja.» Er war ein wenig verlegen, es fühlte sich immer noch ein bisschen nach Hochstapelei an, zu sagen: *Ich bin Schauspieler.*

«Und was spielst du da so?», fragte sie.

«Sommernachtstraum. Ich spiele den Puck», antwortete er, «wenn du magst, kann ich dir Karten besorgen.»

«Mal sehen», sagte sie, «lohnt es sich denn?»

«Na ja, finde schon. Also, die Schulklassen sind jedenfalls begeistert.»

«Wieso Schulklassen? Ist das ein Jugendtheater?» Eine kleine Falte erschien auf ihrer Stirn.

«Nein, aber bei ‹Sommernachtstraum› hast du immer jede Menge Schulklassen im Publikum.»

«Klingt aufregend.» Sie zog die Augenbrauen hoch, lächelte aber nicht.

Marc bereute, dass ihm das mit den Schulklassen rausgerutscht war. Er hatte sagen wollen, dass das Stück beim jungen Publikum ein Renner war. Das kam jetzt total bescheuert rüber. Er versuchte stattdessen lieber, über sie zu sprechen.

«Aber wolltest du nicht auch auf eine Schauspielschule gehen? In New York?», fiel ihm ein.

«Ja. Na ja. Ist 'ne lange Geschichte.» Sie lachte kurz. «Kann ich dir ja mal irgendwann erzählen.»

«Gerne. Wann?», antwortete er.

Eine kleine Pause entstand. «Hast du ein Handy?», fragte sie.

Marc hatte keins. Einige Kollegen aus dem Ensemble hatten bereits so etwas, aber er hatte sich bisher gescheut, einen Haufen Geld auszugeben, nur um ständig erreichbar zu sein. Er hatte sich ja gerade erst ein Fax gekauft. Es war die Zeit, in der alle ständig faxen mussten. Im Theater gab es zur Premiere Toi-toi-toi-Faxe aus anderen Theatern. Die Tagespläne für die Drehtage beim Film wurden gefaxt, und seine Agentur schickte Rundbriefe per Fax an alle Klienten. Handschriftlich. In der klaren, gestochenen Schrift seiner Agentin, die er so mochte. Er hätte gerne auch so eine schöne Handschrift gehabt und nicht diese hektische Klaue, die es den Empfängern seiner Briefe nahezu unmöglich machte, das Geschriebene zu entziffern. Hier in seiner Wiesbadener WG gab es natürlich kein Fax, ja noch nicht mal ein Telefon, die Zimmer wurden oft kurzfristig von irgendwelchen Theaterleuten belegt, das Haus war ziemlich heruntergekommen. Manchmal fiel der Strom einfach aus; der Festnetzanschluss, den der frühere Hauptmieter vor langer Zeit installiert hatte, war abgemeldet worden, weil niemand mehr die Rechnung dafür bezahlte.

«Ein Handy hab ich leider nicht», antwortete er. «Ich hab hier nicht mal Telefon, da, wo ich wohne. Ich kann dir aber die Nummer von meiner Wohnung in München geben», fiel ihm jetzt ein. «Da läuft ein Anrufbeantworter. Den kann ich sogar von überall abhören.» Marc hatte dafür ein kleines Gerät. Wenn der Anrufbeantworter ansprang und man das viereckige, streichholzschachtelgroße graue Ding an die Sprechmuschel hielt und eine bestimmte Zahlenfolge eintippte, wechselte der AB in den Abhörmodus, und man konnte von anderswo die Nachrichten abhören. Er erinnerte sich noch, wie unfassbar er es gefunden hatte, den neuen AB zum ersten Mal vom Anschluss eines Freundes aus zu bedienen. Verrückte Welt! Er kam aus einem Haushalt, in dem es bis in die Neunzigerjahre hinein einen Schwarz-Weiß-Fernseher ohne Fernbedienung mit nur drei Programmen gab. Der Umgang mit moderner Technik war ihm nicht gerade in die Wiege gelegt worden.

Carolin machte ein leicht skeptisches Gesicht und sagte trocken: «Wow. Das klingt ... einfach.»

Marc lachte verlegen. Mein Gott, er war manchmal so umständlich. Er war sich nicht sicher, ob in Carolins Bemerkung ein wenig liebevolle Ironie mitschwang oder ob sie ihn einfach komplett für einen Freak hielt.

«Äh, okay, gut. Ja, klar. Blöd.» Wieso verliefen seine Gespräche mit ihr immer so ungelenk? Er musste einen besseren Vorschlag machen, er durfte jetzt nicht wie ein Idiot rüberkommen. Plötzlich fiel ihm ein: «Du kannst mir aber auch eine Nachricht über das Theater zukommen lassen. An die Pforte legen oder so. Da bekommen manche meiner Kollegen sogar ihre Post hin.» Er war froh, gerade noch die Kurve gekriegt zu haben.

Aber jetzt herrschte völlige Ratlosigkeit in ihrem Gesicht. O Gott. Sie hielt ihn definitiv für einen Freak! Das war klar.

«Gute Idee. An die Pforte», sagte sie nach einer kleinen Pause. «Das ist so rührend altmodisch, das passt ganz gut zu der Gegend hier. Brieftauben wären auch noch eine Möglichkeit. Hast du nicht zufällig einen Nachbarn, der auf dem Dach Tauben züchtet?» Bevor Marc irgendwie reagieren konnte, sagte sie sehr höflich, als ob sie mit einem älteren Herrn sprechen würde, der sie im Park nach der Uhrzeit gefragt hatte: «Ich muss jetzt leider los. Bin echt spät dran. Hat mich gefreut.» Dabei lächelte sie und hielt ihm die Hand zum Abschied hin. Es war gerade mal halb zehn Uhr abends. Marc war sich sicher, dass sie ihn hier stehen lassen wollte, weil sie eine andere Verabredung hatte oder vielleicht auch einfach, weil er sich schon wieder so bescheuert anstellte. Es war zum Heulen. Warum hatte er überhaupt diese zweite Chance bei ihr bekommen, wenn er sie gleich wieder so gnadenlos versemmeln musste? Er überlegte fieberhaft, womit er sie jetzt noch einen Moment halten könnte. Da fiel sein Blick auf den Schaukasten des Kinos, vor dem sie immer noch standen.

«Und Kino? Du gehst doch lieber ins Kino als ins Theater», rief Marc ihr nach, als sie sich anschickte loszulaufen.

«Hättest du Lust, morgen Nachmittag wieder einen Film zu gucken?»

«Du meinst, eine der Schnulzen aus der guten alten Zeit, die man hier am Nachmittag zu sehen bekommt?», fragte sie.

«Die schaust du auch?», fragte er überrascht. Er konnte sich nicht erinnern, in den letzten Wochen neben den alten Damen irgendjemand Jüngeren in den Nachmittagsvorstellungen gesehen zu haben. Konnte er sie übersehen haben?

«Ich war ein paar Mal da, ja. Fand's ganz amüsant, aber Hansjörg Felmy und Liselotte Pulver sind auf Dauer nicht so meins.»

Marc lachte. «Meins eigentlich auch nicht, aber irgendwie haben die mich hier durch die Tage gebracht.»

«Ich sag ja, ist 'ne langweilige Stadt.»

«Da kann man ruhig auch mal die passenden Filme dazu ansehen», antwortete er.

Er zeigte auf das Plakat eines Films, der «Das Wirtshaus im Spessart» hieß, und grinste schief. Irgendwie hoffte er, sie würde jetzt sagen, dass sie lieber eine Aufführung mit ihm im Theater angucken kommen würde.

«Na ja», meinte sie seltsam zögerlich und hob die Augenbrauen ein wenig. «Ich weiß noch nicht so richtig. Ich muss wirklich los, bin spät dran.»

Warum hatte sie diesen seltsamen Gesichtsausdruck? Stand sein Hosenlatz offen, oder was stimmte nicht mit ihm?

«Melde dich einfach, wenn du magst!», rief er ihr nach, ein wenig lauter, als er wollte. «Vielleicht gehen wir auch einfach spazieren?»

Sie war schon ein paar Schritte entfernt, als sie sich noch mal umdrehte und ihm winkte. Es war keineswegs klar, wie sie seinen Vorschlag fand. Sie schien überrascht zu sein. Es sah vor allem so aus, fand er, als sei sie ein bisschen froh, ihn loszuwerden. Daniel Day-Lewis wäre das nicht passiert, dachte Marc. Er hatte den Eindruck, im wahren Leben, dem, das anfängt, wenn im Kino der Abspann zu Ende ist, war es genau umgekehrt wie in dem Film, den sie beide eben gesehen und über den sie erstaunlicherweise kein Wort verloren hatten:

Er war der Unsichere, der versuchte, Carolin zu halten. So wie Juliette Binoche zu Beginn Day-Lewis alias Tomas zum Bleiben zu überreden versucht, als er ins Auto steigt, um zurück nach Prag zu fahren. Wenn sie ihm an den Kopf wirft, dass er bestimmt nicht zurückkommt, in das Nest dort, den Kurort: «Warum sollten Sie hierher zurückkehren wollen? Es ist so langweilig hier. Niemand liest, niemand unterhält sich mit irgendwem.»

Als er an die Szene dachte, fiel ihm auf, der Film spielte ja auch in einem Kurort.

Er biss sich auf die Lippen. Warum musste er, wie vorhin, immer alles laut aussprechen? Warum konnte er nicht einfach mal die Klappe halten und sie davonziehen lassen? Wie Tomas, der sich seiner Sache bei Frauen immer so sicher war. So sicher wie Roy in diesem Augenblick gewesen wäre, wenn er an Marcs Stelle gewesen wäre.

Morgen Nachmittag: Kloster Eberbach. Wir machen einen Spaziergang. Caro»

Der Pförtner hatte ihm den Zettel gereicht, als Marc ein paar Tage später abends ins Theater kam. «Herr Berger, Post für Sie», rief er ganz aufgeregt, mit seiner hohen Stimme und in diesem nasalen Ton, bei dem Marc immer dachte, in dem rundlichen Mann mit Halbglatze stecke in Wahrheit Theo Lingen, der sich eines Tages die Maske vom Gesicht reißen und sich diebisch freuen würde, weil er alle zum Narren gehalten hatte. Der Zettel war mehrfach gefaltet. In runder Schrift stand darauf «Für Marc».

«Ich hab's leider nicht persönlich entgegengenommen», sagte der Pförtner bedeutungsvoll, «sondern die Kollegin vom Frühdienst. Deshalb weiß ich auch nicht, wer den Brief abgegeben hat.» Er lächelte beflissen und war äußerst neugierig.

Marc ging hinauf ins Betriebsbüro. Dort hing ein Plan, auf dem ganz Wiesbaden und die Umgebung abgebildet waren. Er suchte nach dem Kloster, das Carolin ihm genannt hatte. Es lag bei Eltville. Ein Stück den Rhein hinab.

Als er sich am nächsten Tag mit dem Fahrrad auf den Weg dorthin machte, war er verwirrt. Irgendetwas muss das Universum mit uns wohl vorhaben, dachte er, als er aus der Stadt herausradelte. Die hügelige Landschaft, die den Ort umgab, breitete sich im Nachmittagslicht vor ihm aus. Die Sonne brannte um diese Jahreszeit noch nicht besonders heiß. Jetzt im Mai stand alles in voller Blüte. Die Weinreben an den Hängen trugen kleine hellgrüne Blätter. In den vergangenen Tagen war es im Schatten noch ziemlich kalt gewesen, aber wenn die Sonne schien, konnte man spüren, dass es Frühling war.

Als er im Garten des Klosters ankam, saß sie mit geschlossenen Augen auf einer Bank inmitten von sattem Grün. Akkurat geschnittene Buchsbüsche säumten die Kieswege hinter der Klosterkirche. Die großen Bäume oberhalb des Gartens und die frisch gemähten Wiesen leuchteten so grün, wie es nur zu dieser Jahreszeit möglich war. Eine Mauer, in deren Mitte eine Art Kavaliershäuschen errichtet war, begrenzte den weitläufigen Garten. Dahinter ging es hinauf in die Weinberge. Sie hatte ihren Kopf in den Nacken gelegt und das Gesicht der Sonne zugewandt. Marcs Fahrrad knirschte im Kies. Als er sie sah, blieb er kurz stehen. Sie hatte ihn noch nicht bemerkt. Oder sie tat so, als würde sie ihn nicht bemerken.

Er stellte das Fahrrad ab und spürte plötzlich, wie aufgeregt er war. Sein Bauch kribbelte. Dann stellte er sich neben die Bank und verdeckte ein wenig die Sonne auf ihrem Gesicht. Sie blinzelte kurz, schloss die Augen halb, und ohne ihn richtig anzusehen, murmelte sie:

«Geht es Ihnen eigentlich nur ums Vergnügen? Oder ist jede Frau für Sie ein neues Land, dessen Geheimnisse Sie entschlüsseln möchten?» Sie sagte es so, als spräche sie im Schlaf, als sei es Zufall, dass Marc es hören konnte.

Er lachte leise. Es war ein Zitat aus dem Kundera-Film. Vielleicht hielt sie es ja nicht für ausgeschlossen, dass er doch ein paar Gemeinsamkeiten mit Daniel Day-Lewis hatte. Sie öffnete ihre Augen und warf ihm einen Blick zu, der ahnen ließ, dass sie sich möglicherweise fragte, ob Marc es wert sei, dass seine Geheimnisse von ihr entdeckt würden. Sie streckte ihre Arme über dem Kopf aus und machte einen Laut, als sei sie eben aus einem festen Schlaf erwacht.

«Unglaublich, wie sehr der Typ sich für Gottes Geschenk an die Frauen hält, findest du nicht?» Marc war überrascht und ein wenig betreten. So hatte er das noch gar nicht gesehen. Ihm war gar nicht in den Sinn gekommen, dass man die Geschichte ja auch aus dieser Perspektive betrachten konnte. Vorsichtshalber sagte er also erst mal nichts, machte nur eine kleine Handbewegung, als wollte er fragen: «Darf ich?», und setzte sich neben sie auf die Bank.

Das Gespräch zwischen ihnen begann verhalten, mit einem Schweigen.

«Schön ist das hier», sagte er nach einer Weile.

«Warst du noch nie hier draußen?», fragte sie.

Er schüttelte den Kopf. Ein paar vorbeiziehende Wolken verdeckten ab und zu die Sonne, aber darüber hinaus gab es keine Anzeichen, dass sich die Zeit weiterbewegte.

«Was ist eigentlich aus deiner Schauspielkarriere geworden? Vor dem Kino hast du gesagt, das sei eine lange Geschichte?»

«Jetzt?», fragte sie.

«Ich hätt' jetzt Zeit ...»

Der Nachmittag schien endlos vor ihnen zu liegen, wie das Wasser des Rheins, der ruhig unter ihnen entlangfloss.

Und dann erzählte sie ihm von New York. Von dem kleinen Apartment in Greenwich Village, das sie sich dort mit einer Dänin geteilt hatte.

«Die Dusche war in der Küche. Direkt neben Waschbecken und Herd war ein kleiner Abfluss im Boden. Es gab keinen Vorhang oder so. Man duschte mitten im Raum.»

Sie erzählte, wie großartig es dort am Anfang gewesen sei. «Die Wohnung sah aus, als seien Simon and Garfunkel erst gestern dort ausgezogen. Mit Feuertreppe im Hinterhof und diesen breiten Fenstern, die man nach oben schieben kann.»

Marc hörte aufmerksam zu, wie sie vom Unterricht an der Strasberg School erzählte. Der Ruhm vergangener Tage, von dem die Schule immer noch zehrte, war offenbar verblasst. Ihren Platz dort hatte sie erhalten, einfach weil sie die Schulgebühr bezahlen konnte. Man musste zwar eine Aufnahmeprüfung machen, «aber wenn du kein Stipendium bekommst, weil du nicht talentiert genug bist, kannst du immer noch aufgenommen werden, wenn du genug Kohle hast, um die exorbitante Semestergebühr hinzulegen.»

Jetzt blockierten dort lauter unbegabte, gelangweilte Töchter irgendwelcher Rinder- oder Koksbarone aus Südamerika die limitierten Plätze. «Ich hatte eine vollkommen falsche Vorstellung von dem, was mich an der Schule erwartete. Da waren total phlegmatische Leute, die das als Beschäftigungstherapie sahen. Für die war das Ganze nur eine Zwischenstation auf ihrem Selbstfindungstrip.» Sie schwieg einen Moment und sah ihn an.

«Wenn du auf der Bühne stehst und den ... Was spielst du noch mal?»

«Den Puck.»

«Wenn du also den Puck spielst, magst du es, angeschaut zu werden? Genießt du das, die Blicke auf dir?»

Er zögerte.

«Ehrlich gesagt, schon. Ja. Ich werde gern angeschaut.»

Er versuchte ein zaghaftes Lächeln und hoffte, dass sie ihn nicht für einen totalen Narzissten halten würde.

«Siehst du, und das ist der Unterschied. Ich hab's immer schon gehasst.»

Carolin erzählte ihm, dass sie sich in New York darüber klar geworden sei, dass sie selbst offenbar keinen wirklichen Drang besaß, sich im Spiel auszudrücken. Sie hasste es, sich zu präsentieren. Von anderen beurteilt zu werden.

«Aber du hast doch auch Fotos gemacht und gemodelt? Hast du das denn auch gehasst?»

«Das war irgendwie anders. Da konnte ich ein Gesicht machen, das Unnahbarkeit ausdrückt. Ich konnte mein Inneres verbergen, indem ich versucht habe, so zu tun, als wäre mir das Urteil der anderen egal. Das war seltsamerweise leicht und hat manchmal sogar dazu geführt, dass sie mich besonders interessant fanden. Beim Spielen geht das nicht. Da muss man etwas von sich zeigen wollen. Sonst klappt es nicht. Das kennst du doch?»

Marc war sich nicht sicher, was er darauf sagen sollte. Oft genug hatte er sich selbst gefragt, ob er wirklich bereit war, im Spiel etwas von sich preiszugeben, oder ob er nur besonders geschickt darin war, vorzuführen, was die Leute sehen wollten.

«Außerdem bin ich dünn», fuhr sie fort, ohne eine Miene zu verziehen. «Da fahren die Leute in der Mode einfach am meisten drauf ab.»

Um einen dünnen Körper zu haben, hatte sie sich schon als Model quälen müssen. Und dort, bei den Schauspielübungen, die sie machen sollte, musste sie sich schon wieder quälen. Nicht körperlich quälen natürlich. Aber sie empfand Dinge wie zum Beispiel eine Kaffeetasse halten und spielen, was für ein Kaffee das ist – «Zeig mir, wie heiß der Kaffee ist, ich will es in deinem Gesicht, in deinem ganzen Körper sehen können» –, einfach als idiotisch. Sie hielt von den meisten Lehrern kaum etwas, und wenn sie doch mal jemanden respektierte, konnte sie sicher sein, dass er oder sie ihr gegenüber besonders unbarmherzig war. Der Zynismus der meisten Lehrer war groß, weil es so offensichtlich war, dass fast niemand von den Studentinnen oder Studenten aufgrund seines Talents dort war. Wer genug bezahlen konnte, bekam einen Platz. «Und die Lehrer machten keinen Hehl aus ihrer Verachtung für die meisten ihrer Schüler.» Marc fragte sich, wie *er* unter diesen Umständen wohl zurechtgekommen wäre.

«Mir hat es vielleicht immer ein wenig zu gut gefallen, angeguckt zu werden. Das haben die bei mir aber immer gleich gesehen und gesagt: ‹Sei doch mal existenzieller.›» Er lachte. «Das Wort musste ich nachschlagen. Ich hatte keine Ahnung, was die meinten. Irgendwann habe ich zu ahnen begonnen, dass es darum gehen könnte, dass man, um angeguckt zu werden, nicht unbedingt etwas machen muss. Also nichts hinzutun muss. Dass man selbst genug ist. Das wusste ich nämlich nicht. Ich dachte immer, wenn man nix macht, ist da auch nix.»

«Wollen wir ein bisschen laufen? Mir wird ein wenig kalt, hier beim Sitzen», fragte sie, als mehr und mehr Wolken sich vor die Sonne schoben.

Sie verließen den Klostergarten durch ein Tor, hinter dem der Weinberg begann, und liefen einen Feldweg zwischen den Rebzeilen hinauf. Marc schob sein Fahrrad neben sich her, es war gar nicht so einfach, das Gelände war steil, ein Rad hier eher hinderlich.

«Du bist mir damals wie ein Wesen von einem anderen Stern erschienen», sagte er und schnaufte ein bisschen. «Unerreichbar. Frei und aufgehoben in der Welt.»

Er sah den Abend in dem Club in Barcelona vor sich, als sie wie ein Irrlicht in der Menge der schwitzenden und tobenden Menschen vor ihm auftauchte. «Da habe ich die ganze restliche Nacht versucht, dich wiederzufinden. Irgendwann habe ich mich gefragt, ob ich mir dich, wie eine Fata Morgana, vielleicht nur eingebildet habe.»

Marc wusste nicht, warum er immer wieder das Gefühl hatte, seiner eigenen Wahrnehmung nicht trauen zu können. Was war es nur, das ihn manchmal vermuten ließ, etwas habe nur in seinem Kopf und gar nicht im wahren Leben stattgefunden? Oder verhielt es sich vielleicht genau andersherum? Wenn er sich etwas nur fest genug einbildete, wurde es dann Realität? Konnte es sein, dass er in der Lage war, Dinge heraufzubeschwören? Hatte er sich Carolin erträumt, und sie war nur hier, weil er sie sich genau so vorgestellt hatte?

«Weiß ja doch, Ihr alle schier,
Habet nur geschlummert hier,
Und geschaut in Nachtgesichten,
Eures eignen Hirnes Dichten», sprach er vor sich hin.

«Das ist schön», sagte sie. «Was ist das?»

«Das sagt Puck im Sommernachtstraum. Am Ende, wenn alle wieder aufwachen aus ihrem Wahn.»

«Und den spielst du?»

«Hm», antwortete Marc. «Als du in dem kleinen Hotel in Südfrankreich auf einmal vor mir standst, bist du mir vorgekommen wie jemand, für den das Leben ganz leicht war», sagte er. «Alles sah so spielerisch aus. Der Fahrer, das Leben, das du zu führen schienst, nichts davon machte den Eindruck, schwer zu sein.»

Er versuchte, ihren Blick zu erhaschen, während sie nebeneinanderher liefen, aber sie sah nicht zu ihm, sondern richtete ihre Augen in eine unbestimmte Ferne.

«Das Leben ist so leicht ...», sagte sie lächelnd und so leise, dass Marc es nur gerade so verstehen konnte. Wieder waren die Rollen vertauscht. Nicht er war hier Daniel Day-Lewis, sondern offenbar sie.

Er wurde mutiger und setzte neu an:

«Ich hab mich damals gefragt, was würde mein bester Freund tun, wenn er die Chance hätte, einer Fata Morgana ein Date vorzuschlagen? Deshalb hab ich mir ein Herz gefasst und dich überhaupt angesprochen. Auf diese Weise konnte ich wenigstens sicher sein, dass du tatsächlich existierst.»

Jetzt sah sie doch zu ihm her.

«Ich hatte in dem Moment nicht den Eindruck, dass du so was vorher nicht schon das ein oder andere Mal gemacht hattest. Deshalb fand ich den Abend in dem Restaurant ein paar Tage später ja so komisch.»

Marc schoss das Blut in den Kopf, als er sich erinnerte.

«An dem Abend mit meinen Freunden im Restaurant», antwortete er, «da hat mich der Mut verlassen. Ich war mir sicher, dass einer wie ich zu schwer ist für jemand so Leichten wie dich.»

«Lustig, dass du das sagst», sagte sie, schnaubte durch die Nase und schob den Unterkiefer ein wenig trotzig nach vorn. Marc verstand nicht, was sie meinte. Spielte sie wieder auf den Film an? Ihm war fast, als würden sie dessen Geschichte jetzt hier weiterspinnen.

Sie waren inzwischen ein gutes Stück hinaufspaziert. Er schob das Rad neben sich. Es ging immer steiler bergan. Die Pedale des Rads verhakten sich in irgendeinem Gestrüpp, und er versuchte, mit dem Fuß die holzige Schlinge zu zertreten. Als das nicht gelang, riss er ruckartig am Rad und wäre fast der Länge nach hingefallen.

Carolin grinste.

«Was ist daran so lustig?», fragte er keuchend, stellte das Rad neben sich hin und lachte jetzt selbst. Froh, dass er sich gerade nicht wieder total blamiert hatte.

«Ich lache gar nicht über dein Rad, sondern ...» Sie machte eine kleine Pause. «Weil sich meine Kotzerei dann wenigstens gelohnt hat.»

Er war nicht sicher, ob er richtig gehört hatte.

«Das habe ich lange Zeit so gemacht», sagte sie. «Alles immer wieder ausgekotzt. Damit ich schön leicht bleibe.» Marc sah sie irritiert an, dann verstand er.

«Die unerträgliche Leichtigkeit, ja, ja ...», rief sie jetzt ganz laut, als wolle sie, dass es möglichst weit in der Ferne noch zu hören sei.

«Ich meinte mit Leichtigkeit etwas anderes», sagte Marc. Er spürte auf einmal eine kleine Sorge für sie.

«Schon klar», antwortete sie wieder ruhig, «das bot sich halt gerade so an.»

Sie grinste verlegen.

«Weiß auch nicht, warum ich das erzähle. Ich hatte eigentlich nicht vorgehabt, es dir auf die Nase zu binden. Aber das ist der Grund, warum ich hier bin. In der Parkklinik, oben am Hang.»

Marc sah sie an. Nicht erstaunt, nicht erschrocken. Sah sie einfach an.

Er strahlte diese Mischung aus Unbeholfenheit und Offenheit aus, die Carolin in diesem Moment wahrscheinlich das Gefühl gab, ihm vertrauen zu können. Etwas an ihm versprach Sicherheit.

Und dann erzählte sie von ihrem Alltag in der Therapie. Von der geradezu ekelhaft freundlichen Atmosphäre. Von den Pflanzen überall und der Behaglichkeit. Und davon, wie die Ärzte auf jede erdenkliche Weise zu kaschieren versuchten, dass ihre Patienten in Wahrheit Insassen waren. Keine Gäste. Auch wenn sie so taten, als sei das Ganze ein nettes Hotel. Und dann erzählte sie davon, wie alle immer versuchten, wenn sie das Gelände verließen, so gesund und normal zu wirken, wie es nur ging. Bloß nicht erkannt werden als die Bekloppten vom Hügel. Normalität behaupten. Nur um bei der Rückkehr sofort wieder daran erinnert zu werden, wo sie hier waren.

«Wir müssen dann auf die Waage, es wird kontrolliert, ob wir unser Gewicht gehalten oder, na ja, gefressen oder gekotzt haben. Sie entnehmen Haarproben, wegen der Drogen. Oder Blut, um zu gucken, ob wer getrunken hat, wenn einer Alki ist.»

Ihre Stimme klang kalt, als sie sagte: «Dann weiß man auch wieder, warum man dort ist. Die vergessen niemals, einen daran zu erinnern.»

Die Parkklinik lag idyllisch über sonnenbeschienenen Weinhängen. Für ihre therapeutischen Fortschritte wurden die Patienten mit kleinen Vergünstigungen belohnt. Wenn sie ein vorher verabredetes Ziel erreicht hatten, zum Beispiel eine bestimmte Gewichtszunahme, durften sie sich innerhalb des Klinikgeländes frei bewegen. Sobald sie eine weitere Hürde genommen hatten, etwa eine bestimmte Zeit durchzuhalten, ohne sich zu ritzen oder zu verletzen, durften sie das Klinikgelände tagsüber verlassen, mussten aber spätestens um achtzehn Uhr zurück sein. Für sehr weit Fortgeschrittene gab es die Möglichkeit, Ausgang sogar bis zweiundzwanzig Uhr zu erhalten!

Carolin war in der dritten Stufe. Sie durfte die Klinik verlassen und musste spätestens abends um zehn wieder zurück sein.

«Deshalb die Eile nach dem Kino», murmelte Marc.

«Wenn du aufgenommen wirst, nehmen sie dir alles ab, womit du dich verletzen könntest. Alles. Und trotzdem schaffen es einige immer wieder, sich etwas anzutun. Letzte Woche hat einer in der Gruppensitzung plötzlich eine Glühbirne gegessen. Riesenalarm, alles voller Blut. So viel Blut hab ich noch nie gesehen. Na ja, du merkst schon. Es ist nicht ganz so der klassische Kuraufenthalt mit Heilwassertrinken und so.»

Sie waren jetzt ganz oben auf dem Weinberg angelangt und blickten hinab auf das Rheintal. Ein Stück weiter stand eine hölzerne Bank. Daneben legte er sein Fahrrad, das er bisher geschoben hatte, jetzt einfach auf den Boden. Dann setzten sie sich, um ein wenig zu verschnaufen. Unter ihnen lagen die kleinen Ortschaften, malerisch am Ufer entlang aufgereiht. Dahinter die Eisenbahnschienen. Und überall kleine Türme und Burgen über den Weinbergen um sie herum. Die Landschaft war schon fast unangenehm lieblich. Wie damals, zu Hause bei Richard, der Kichererbse, die Modelleisenbahnwelt. Wie in dem Haus mit den Chesterfield-Kissen auf der

Fassade, dachte Marc. Es war zum Fürchten langweilig, das alles hier. Carolin seufzte und lachte kurz, als habe er sie bei etwas ertappt. Ihn überkam das Gefühl, dass sie beide mehr miteinander gemein hatten, als er anfangs dachte.

Er wollte etwas sagen, ihr sagen, dass es ihm leidtue, dass sie das mitansehen musste, mit der Glühbirne und dem Blut und überhaupt allem, was sie so erlebt haben musste, in den vergangenen Jahren. Und dass er zu schätzen wusste, dass sie das ausgerechnet ihm erzählte. Hier in dieser Modelleisenbahnlandschaft. In seinem Kopf drehte sich alles ein wenig.

«Danke, dass du dich traust, dich so zu zeigen vor mir. Ich meine ...» Die Worte kamen ihm nicht leicht über die Lippen. Er konnte spüren, sah es an ihrem Gesicht und hörte es in ihrem Schweigen, wie sehr sie mit sich kämpfte gerade.

Es wurde ein Nachmittag, wie beide noch keinen erlebt hatten. An dem sie sich auf eine seltene Weise unverstellt kennenlernten, einfach weil sie beschlossen hatten, einander zu vertrauen.

Da wusste Marc wieder, dass er das konnte, Menschen gewinnen. Er gab Carolin das Gefühl, sich fallen lassen zu dürfen. Und das, fand sie, war genau das Gegenteil von dem, womit Roy sie damals so irritierend beeindruckt hatte. Seine physische Präsenz hatte etwas Raumverdrängendes, er roch förmlich nach Testosteron und war immer auf dem Sprung, seinem Gegenüber einen plötzlichen, harten Schlag zu versetzen. Das fand sie auf seltsame Weise sexy. Aber ihre Gedanken an ihn führten ausschließlich in den Unterleib.

Bei Marc war das anders. Er hatte nichts Bedrohliches. Er gefiel ihr jetzt besser als bei ihren früheren Begegnungen. Er stellte vorsichtige Fragen, schien sich zu sorgen. Ermutigte sie, von sich zu erzählen.

Und das tat sie. Als ihr Körper begonnen hatte, seine Kindlichkeit zu verlieren, als die Hormone dafür sorgten, dass ihre

Brüste größer wurden, als alles runder und weicher wurde und das Kindliche nach und nach zugunsten von etwas Weiblichem verschwand, hatte sie versucht, diesen Prozess mit Gewalt aufzuhalten. Allerdings war sie für Kalorienzählerei und die Selbstkasteiung der reinen Magersucht nicht die Richtige. Sie zog keine Befriedigung daraus, nur einen halben Apfel als einzige Mahlzeit des Tages zu essen. Sie empfand kein Glück oder keinen Stolz, wenn sie sich selbst und ihre Bedürfnisse besiegt hatte, wie sie schnell bemerkte.

So blieb ihr allein die Bulimie als Möglichkeit, ihren Ekel über sich selbst voll und ganz auszukosten. Und sich zur gleichen Zeit, wenigstens für einen Moment, davon zu befreien.

Unbemerkt von ihren Eltern, von Lehrern und Mitschülern hatte sie sich einen Schlüssel zu einem geheimen Raum besorgt, der ihr allein zur Verfügung stand und den sie nach Belieben betreten und verlassen konnte, ohne dass man die Wunden sah, die sie sich dort zufügte.

Der Widerwille, sich den Finger weit in den Rachen zu stecken, und der Ekel vor dem Vorgang des Erbrechens, gepaart mit der Freude darüber, auf so rasche und stets verfügbare Weise die eben begangene Sünde des Essens gleich wieder ungeschehen machen zu können, gaben ihr ein wunderbares Gefühl von Kontrolle über ihr Leben. Eine Kontrolle, die zu verlieren ihr unvorstellbar erschien. Denn sobald Dinge ins Rutschen gerieten, sobald Frust oder Traurigkeit zu groß wurden, gab es diese Möglichkeit, alles wieder ins Lot zu bringen. Die Gewissheit, dass es einen Ort, ein Mittel gab, sich Linderung zu verschaffen. Sogar glücklich zu werden. Wenigstens für kurze Zeit.

Marc spürte, dass er nicht wusste, ob er dem am Ende gewachsen sein würde. Er fragte sie, wie ihre Eltern mit der Bulimie umgegangen seien, und sie erzählte ihm, dass sie als Mädchen vor der Pubertät ein ganz unbefangenes Körpergefühl gehabt hatte. Sie war daran gewöhnt, dass andere Menschen von ihrem Aussehen bezaubert, von ihren schönen Haaren begeistert und von ihrem Strahlen angetan waren. Sie hatte alldem keine große Bedeutung beigemessen. Sie dachte, dass alle Mädchen solche Komplimente bekämen.

Und als sie älter wurde und das Interesse der Jungs und Männer an ihr wuchs, so schnell, dass sie sich noch mehr danach sehnte, wieder ein Kind zu sein, verstand sie nicht, was all diese Männer an ihrem Körper fanden. Als sie in das Modeln eher zufällig reingerutscht war, weil eine Freundin sie zu einem Shooting mitgenommen hatte und der Fotograf dort sofort voll auf sie abgefahren war, war sie zunächst geschmeichelt, aber auch verwundert. «Als ich damit angefangen habe, war das auch eine Möglichkeit, mich als jemand Neues auszuprobieren. Wenn ich fotografiert wurde, durfte ich jemand anderes sein. Jemand, der die private Carolin niemals gewagt hätte zu sein. Das war gut, und es fiel mir leicht, allen das zu bieten, was von mir erwartet wurde. Ich fand es seltsam, wie vorhersehbar dort alles war. Aber diese ewigen Bewertungen und das Vermessen und Kiloszählen, als sei man ein Stück Fleisch. Die brutale Konkurrenz, und dass einem alle immer das Gefühl geben, es reicht nicht. Das hat mich schließlich noch härter fertiggemacht als ich mich selbst vorher schon. Irgendwann trug ich privat nur noch möglichst weite Klamotten, damit ich mich nicht ständig beglotzen lassen musste. Meine Fähigkeit, einfach ‹Fuck you› zu sagen, war am Ende aufgebraucht. Nach dem Frankreich-Shooting bin ich noch ein halbes Jahr bei meiner alten Agentur geblieben. Dann hab ich's in New York noch mal halbherzig mit einer amerikanischen Agentur versucht. Aber der ganze Schlamassel an der Strasberg School hat jegliche Ambitionen, die ich da mal hatte, endgültig unter den Bus geschmissen.»

«Und was hast du nach New York gemacht?», fragte Marc.

«Ein bisschen rumstudiert. Erst hab ich's mit Philosophie versucht, aber das war mir zu abstrakt. Ich hab gemerkt, dass ich was Greifbareres brauche. Und dann bin ich bei Literaturwissenschaft und Komparatistik gelandet. Na ja, auch nicht extrem greifbar, aber ich hab bis jetzt durchgehalten.»

«In Köln oder woanders?»

«Erst in Bochum. Und dann in Berlin.»

«Und der Freund, den du damals hattest, als du nach New York gingst? Hattest du nicht gesagt, er studiert auch dort?»

«Tom? Wegen ihm bin ich eigentlich nur an diese Schule gegangen. Weil er schon da war.»

«Ist er Amerikaner?» Marc bemerkte, wie seine Kehle etwas trockener wurde. Ihm war warm von der Fahrradschieberei, und er hatte nichts zu trinken dabei.

«Deutscher. Er heißt Thomas, aber er nennt sich Tom. Er hat sogar seinen Nachnamen amerikanisiert. Hat aus Thomas Böringer Tom Berenger gemacht, weil das cooler klang in seinen Ohren. Er ist drübengeblieben, als ich nach einem halben Jahr zurückgegangen bin. Er war überzeugt, dass er es dort eher schaffen würde als hier. Dass es dort einfach besser sei. Je klarer ihm wurde, dass ich zurückgehen werde, desto mehr hat er auf Deutschland geschimpft. Er hat gar nicht mehr aufgehört damit.»

Marc spürte jetzt ein kleines Stechen in der Brust. Genau wie damals in Frankreich hatte er sich bis eben gar keine Gedanken darüber gemacht, ob sie in einer Beziehung war. Er schlug sich in Gedanken an die Stirn, weil ihm in dem Moment klar wurde, dass eine Frau wie Carolin unmöglich als Single durch die Welt spazieren konnte. In seiner Fixierung auf sie hatte er das total ausgeblendet. Und dann hieß der Typ auch noch Tom, wie Tomas, aus dem Film.

«Als ich zurück bin, haben wir es eine Zeit lang mit ‹long distance› versucht. Aber es hat nicht gehalten.»

Marc schluckte und schöpfte kurz Hoffnung.

«Ich hab mich dann zu Beginn des Studiums in Bochum in einen anderen verliebt.»

Ich wusste es, dachte er.

«Aber als ich nach Berlin gegangen bin, um dort weiterzustudieren, war Tom plötzlich wieder da und hat mich irgendwann angerufen. Da ist das mit uns beiden wieder von vorne losgegangen.» Sie zog eine Tabakpackung aus ihrer Jackentasche und begann sich mit flinken, abgehackten Bewegungen eine Zigarette zu drehen. Platzierte den Filter geschickt im einhändig gebogenen Zigarettenpapier, ließ ein wenig Tabak dazurieseln und rollte das Ganze mit einem Handgriff zu einer dünnen Zigarette, suchte Feuer, fand keins – bis sie Marcs Hand vor ihrem Gesicht fuchteln sah, er hielt ihr ein Feuerzeug hin. Das Ding hatte nicht mehr viel Power, und hier oben wehte ein leichter Wind, sodass die Flamme gleich wieder auszugehen drohte. Sie legte ihre freie Hand um seine, um die Flamme zu schützen.

Als sie an der Zigarette zog, sah sie ihm kurz in die Augen. Dann löste sie sich und sprach weiter, ohne ihn anzuschauen:

«Kurz bevor ich hierherging, hat er dann jemand anderen kennengelernt.»

Eine Pause entstand. Marc hatte das Gefühl, dass er mehrere Minuten lang zu atmen aufgehört hatte, als sie irgendwann sagte:

«Hat sicher nicht unwesentlich dazu beigetragen, dass ich mich überhaupt entschlossen habe hierherzukommen.»

Marc sah das Fahrrad am Boden neben ihm.

Was für eine Scheißidee, es auf diesem Spaziergang mitzuschleppen, dachte er. Ein paar Schweißtropfen liefen ihm den Rücken hinunter. Entlang der Wirbelsäule, einzeln und unglaublich schnell. Als wären sie Murmeln, die Kinder in eine Murmelbahn geschubst hätten.

«Wie sieht's eigentlich mit einem Kurschatten aus?», fragte er nach einer Ewigkeit. Jetzt war es auch schon egal.

«Ich meine, zu einem anständigen Kuraufenthalt gehört doch ein anständiger Kurschatten», sagte er in die große Stille nach all den Bekenntnissen hinein. Er hielt den Blick dabei streng nach vorne gerichtet, als würde er sie fragen, ob sie auch immer darauf achte, alle notwendigen Inspektionen bei ihrem Auto machen zu lassen. Als sie nichts sagte, wagte er einen kleinen Seitenblick. Sie blickte ebenfalls streng geradeaus in die Landschaft.

«Sieht ganz gut aus», sagte sie nach einer Weile. «Ich hab da vielleicht jemanden in Aussicht.»

Am Abend, nachdem Marc zurück in seine ranzige WG gekommen war, aufgewühlt von all den widersprüchlichen Gefühlen, die die Begegnung mit Carolin in ihm geweckt hatte, fand er einen kleinen Zettel in seiner Jackentasche. Schmal zusammengefaltet, wie der, den er am Tag zuvor an der Pforte des Theaters bekommen hatte, darauf eine Handynummer und ein kleiner Satz, der ihn kurz aus dem Gleichgewicht brachte. Langsam rutschte er mit dem Rücken an der Wand im Flur hinunter in die Hocke, als er las, was Carolin geschrieben hatte:

«Wie soll ich denn je wieder ohne dich spazieren gehen?»

Er hatte nicht bemerkt, wann sie ihm den Zettel zugesteckt hatte. Zum Abschied, als sie an der S-Bahn-Haltestelle standen, von der sie zurück zur Parkklinik fahren wollte, hatten sie sich kurz umarmt. Nicht ganz so ungelenk wie damals in Frankreich, aber immer noch unsicher, welche Art von Berührung zwischen ihnen die richtige wäre. Marc schob mit der einen Hand das Fahrrad und stand nun an der Treppe zum Bahngleis, überrascht von Carolins auf einmal eng um ihn geschlungenen Armen. Mit der freien Hand umfasste er erst zaghaft ihren Rücken, dann wollte er sie doch mit beiden Händen umarmen, um die Nähe zu erwidern, mit der sie ihn da so unerwartet überfiel. Als er den Sattel losließ, rutschte das Rad an seinem Bein herab und knallte auf den Boden. Reflexartig hatte seine Hand noch danach gegriffen. Der Moment war zu kurz, um zu bemerken, dass etwas in seine Jackentasche geschoben wurde. Wann hatte sie die Zeilen überhaupt unbemerkt schreiben können? Er saß auf dem Boden und starrte ratlos und glücklich auf den Zettel in seiner Hand.

Weil es in der WG nach wie vor kein Telefon gab, rief er sie tags drauf nach der Vorstellung von der Pforte aus auf ihrer Handynummer an.

Carolin hatte kein eigenes Zimmer in der Klinik. Als er anrief, ging sie hinaus auf den Gang ihrer Station. Das Gespräch war dadurch seltsam öffentlich und zugleich sehr vertraut. Sie sprachen, als könnten nur sie einander hören. Als gäbe es einen geschützten Raum, einen Kokon, der nur ihnen zugänglich wäre. Manchmal sprachen sie gar nicht, sondern dachten nur ihre Gedanken in den Hörer hinein. Und wussten, selbst wenn sie eine Weile nichts sagten, würde der andere sie verstehen.

Am nächsten Tag beschloss Marc, sich auch ein Handy zu besorgen. Und er versuchte in den kommenden Wochen, so viel Zeit wie möglich mit Carolin zu verbringen, er blieb selbst dann in Wiesbaden, wenn mehr als eine Woche zwischen zwei Aufführungen lag. Wenn sie sich nicht sehen konnten, weil Marc doch mal kurz nach einer Vorstellung nach München fuhr, schickten sie sich täglich kleine Nachrichten. Bald lernte er die Vorzüge seines neuen mobilen Begleiters schätzen, die offenbar weniger im Telefonieren bestanden als in der Möglichkeit, sich zu schreiben. Sie schrieben sich, was sie dachten, was sie lasen, was sie in ihrem Alltag sahen, verdrehten es möglichst zweideutig, um ein wenig Dampf vom Druck der Begierde abzulassen, die sich zwischen ihnen aufzubauen begann. Zumindest Marc malte sich farbig aus, was zwischen ihnen geschehen sollte, wenn es nach ihm ginge. Er spürte auch, dass Carolin ihn zwar gut leiden und vielleicht sogar riechen konnte, sobald es aber weiter hätte gehen können, trat sie auf die Bremse.

Das Frühjahr ging in den Sommer über, der langsam Fahrt aufnahm, und mit den steigenden Temperaturen stieg auch die Dichte der Schmetterlinge, die in seinem Bauch herumflogen.

Sie trafen sich in den Weinbergen, machten Spaziergänge durch die hügelige Rheinlandschaft und lachten über die Sechzigerjahre-Atmosphäre aus dem Wirtschaftswunderdeutschland, die in den kleinen Orten rund um Eltville konserviert zu sein schien. Hier sah alles aus wie auf alten Postkarten.

Wenn Marc ein paar Tage in München sein musste, nahm er Kassetten für Carolin auf. Stundenlang saß er vor der Anlage in seiner kleinen Wohnung und kuratierte Playlists mit ausgefeilter Dramaturgie. Jeder Song war eine Botschaft, auf die nur ein ganz bestimmter, entscheidender, von ihm für perfekt befundener nächster Song folgen durfte. Nur der!

Und auch wenn die Musik in ihrer Abfolge für sich genommen schon eine Geschichte ergab, begann Marc irgendwann zusätzlich kleine Textpassagen hineinzuschnipseln. Kurze Dialoge aus alten Hörspielen oder Lesungen, von denen er viele auf Schallplatte besaß. Carolin konnte nicht immer

Sinn in den gesprochenen Einsprengseln erkennen, war aber meist amüsiert über die altmodisch-übertriebene Sprechweise der Schauspieler. Irgendwann begannen sie auf ihren gemeinsamen Wanderungen, kleine Zitate daraus, im gleichen Ton wie die alten Knattermimen auf den Aufnahmen, zu deklamieren. Sie konnten immer wieder über eine bestimmte Betonung in wahnsinniges Gelächter ausbrechen und schufen sich so einen Kosmos ihrer eigenen Codewörter, die nur sie verstanden, einen Kosmos, der außerdem noch perfekt mit der Wirtschaftswunderatmosphäre und Weinköniginnenwelt der Gegend harmonierte. An einem kleinen Kiosk in der Nähe der Parkklinik gab es eine Eiskarte mit lauter Eissorten, die aus den Siebziger- oder gar Sechzigerjahren zu stammen schienen. Der Besitzer sagte ihnen, die meisten Sorten, die darauf abgebildet waren, würden schon lange nicht mehr hergestellt, er hatte die Karte nur aus Nostalgiegründen immer noch ausgehängt. Aber eine Sorte hatte Langnese kürzlich wieder neu herausgebracht, «Dolomiti», das Eis mit den rot-weiß-grünen Zinnen, das könne er ihnen anbieten. Marc freute sich: «Das war mein Lieblingseis als Kind», sagte er, und Carolin brachte zu ihren Spaziergängen von da an immer wieder mal ein Dolomiti mit. Marc war glücklich, dass sie ihm diese kleinen Liebesbeweise erbrachte. Und er war froh, dass sie Spaß an den alten Hörspielausschnitten hatte, die er immer wieder in die Mixtapes mischte, und seinen Humor teilte.

Als der Spielplan für den Juni erschien und die letzte Vorstellung des Sommernachtstraums angekündigt wurde, war Carolin seit fast zwei Monaten in Behandlung.

Die Ärzte waren zufrieden mit ihr, und sie selbst fand, dass es ihr lange Zeit nicht so gut gegangen war wie in den vergangenen Wochen. Sie wusste allerdings nicht, ob sie diesen Umstand dem Geschick ihrer Therapeuten zuschreiben sollte oder eher der Begegnung mit Marc. Sie hatte ein wenig Gewicht zugelegt und sogar stabil gehalten. Zum ersten Mal seit Langem hatte sie kein Bedürfnis mehr verspürt, sich selbst abzulehnen oder Schaden zuzufügen. Sie aß maßvoll und hatte es einige Wochen lang geschafft, dem Drang zu widerstehen, alles wieder rauszukotzen. Vieles war besser geworden, und ihr Körper schien ihr im Moment so viel weniger wichtig.

Sie fand sich auf eine Art schön, von der sie vergessen hatte, dass sie ihr einmal selbstverständlich erschienen war.

Trotz aller Vertrautheit blieb eine letzte körperliche Distanz zwischen ihnen. Sie ging von Carolin aus, und Marc spürte, dass er behutsam sein musste, wollte er sie nicht verschrecken. Hand in Hand zu gehen, den Arm um den anderen zu legen, ihren Kopf auf seine Schulter, das alles war zwischen ihnen ganz selbstverständlich. Aber sie hatten sich noch nicht geküsst. Beide wussten, dass der Moment jederzeit da sein konnte. Beide fieberten darauf hin und fürchteten sich gleichzeitig ein wenig davor. Marc wusste, dass er es sein musste, der den ersten Schritt tat. Aber er hatte Angst, dass er den falschen Moment erwischen könnte, und tat wie so oft: lieber nichts als das Falsche. Er hatte das Gefühl, dass Carolin enttäuscht war, dass er nicht mutiger vorging, und zugleich dankbar, dass er sie nicht bedrängte.

Als es endlich passierte, standen sie in einer kleinen Seitenstraße nahe der Klinik, zu der Marc sie nach einem weiteren langen Spaziergang zurückbegleitet hatte. Es war eher ein Missgeschick als geplant oder gar kunstvoll herbeigeführt. Sie waren dabei, sich zu verabschieden, und wollten sich auf die Wange küssen, wie sie es bisher immer halbwegs unschuldig getan hatten. Aber weil sie beide den Kopf in die gleiche Richtung bewegten, berührten sich kurz ihre Lippen, und nach einem kleinen Schreck fanden sie sich Augenblicke später fast wie von alleine wieder.

«Ich dachte schon, du traust dich nie», sagte sie, als sie sich voneinander gelöst und etwas verblüfft, aber auch glücklich angesehen hatten.

«Ich wusste nicht, ob du das möchtest», sagte Marc. «Obwohl, ich dachte schon, dass du möchtest, aber ich war mir nicht sicher, wann.»

«Wenn du bei allem anderen auch einen Fahrplan brauchst, wann und wo was zu tun ist, dann gute Nacht», antwortete sie und lachte sich fast kaputt. Auch weil sie verlegener war, als sie zugeben wollte, aber vor allem, weil Marc so ein bedröppeltes Gesicht machte.

«Oh Gott, jetzt hab ich dich gekränkt, das wollte ich nicht!», rief sie sofort und umfasste sein Gesicht mit den Händen, aber Marc küsste sie direkt noch mal, und dann sagten sie eine Weile nichts und standen noch einen Moment in der stillen Straße herum und tauschten so viele Zärtlichkeiten aus wie nie zuvor. Und immer noch spürte Marc, dass sie ihn zwar wollte, aber dass es da noch etwas gab, ein Stück von sich, das sie nicht hergeben mochte.

«Weißt du», sagte sie, «ich bin nicht schüchtern oder prüde, es ist nur so, dass das, weswegen ich hier bin», sie wies mit dem Kopf Richtung Klinikmauer, «mir ein wenig von der Unbefangenheit geraubt hat, die ich mal in solchen Momenten hatte. Ich bin an sich kein Kind von Traurigkeit, weißt du?»

Marc nickte. Er wunderte sich selbst, wie leicht es ihm fiel, sich zurückzuhalten. Auch wenn er nie so forsch wie etwa Roy gewesen war, kannte er doch auch Momente, in denen sein Trieb komplett die Kontrolle übernahm, und er kannte sich auch, wenn er fordernd war und ungeduldig. Nichts davon spielte in diesem Moment eine Rolle. Carolin rührte ihn in ihrer Verletzlichkeit. «Ritterlichkeit» hätte Großmama das genannt. Er war jetzt sehr gern «ritterlich» zu ihr. Auch wenn er das Wort selbst nicht angewandt hätte. Die, wenn auch subtil gezeichneten, Grenzen einer Frau zu respektieren, brauchte für ihn keine glänzenden Titel. Er spürte instinktiv, dass der Zauber vergangen wäre, wenn er etwas tat, das sie nicht wollte. Sie sagte:

«Sich ganz einlassen auf jemanden, also körperlich, dazu bin ich gerade noch nicht bereit. Kannst du das verstehen?»

Sie versuchte, ihm zu erklären, warum sie momentan so anders war als früher und wie dankbar sie war, dass er ihr in den vergangenen Tagen nicht das Gefühl gegeben hatte, sie zu bedrängen.

«Und trotzdem will ich, dass es irgendwie passiert, verstehst du?», fragte sie und machte ein Gesicht, als suche sie nach einer Erklärung. «Ein Teil von mir will das unbedingt, dem wäre es am liebsten, wenn du mich einfach mit zu dir nach Hause nehmen würdest. Aber es ist irgendwie gerade aufregender, mir das vorzustellen, als es tatsächlich zu tun. Es ... ach, es ist kompliziert. *Ich* bin dir bestimmt zu kompliziert», sagte sie schließlich.

Marc blieb gerne geduldig. Gleichzeitig unternahmen sie weiterhin eine Menge miteinander, sie küssten sich nun bei vielen Gelegenheiten und hofften, irgendwie den perfekten Moment herbeizuzaubern, in dem ihnen alles ganz leicht erscheinen würde und sie wie von alleine endlich im Bett landen würden.

Sie gingen weiter spazieren und ins Kino, saßen danach in Studentenkneipen und redeten über Gott und die Welt, bis Carolin zurück in ihre Klinik musste. Sie besuchten Weinfeste und machten eine Dampferfahrt auf dem Rhein. An einem besonders heißen Tag überraschte er sie, indem er sie auf den Gepäckträger seines Fahrrads packte und zum Freibad kutschierte.

«Ta-taa», sagte er stolz, als sie vor dem Bad ankamen, und bemerkte nicht, wie Carolins Körper sich zu versteifen begann.

«Ich weiß, du bekommst jetzt Panik, weil du denkst, ich würde dich nackt in den Pool schmeißen, weil du ja keine Badesachen dabeihast. ‹Scheiße, Marc, warum hast du nichts gesagt …› Aber ich habe mich schlaugemacht: Man kann hier Badesachen kaufen. In einem Minishop neben der Kasse. Du bist eingeladen!»

Als er sah, dass sie nicht lachte, dachte er erst, sein Witz, das mit dem Nackt-in-den-Pool-Schmeißen, wäre ein bisschen drastisch gewesen, und er versuchte, darüber hinwegzugehen, indem er, als er das Fahrrad an einem Bügel anschloss, sagte:

«Ich hab so Bock zu schwimmen. Es hatte gestern schon über dreißig Grad. Jetzt am Vormittag sind auch noch nicht so viele Leute da. Keine Schulkinder, die ständig vom Beckenrand springen.»

Sie machte noch immer ein Gesicht, als suche sie auf dem Boden nach einer Öffnung, durch die sie unauffällig verschwinden könnte. Marc war jetzt doch ein bisschen irritiert, und wenn er sich nicht immer noch so gut im Griff gehabt hätte, hätte man fast meinen können, es habe wütend geklungen, als er zu ihr sagte:

«Was ist denn los? Magst du kein Wasser?»

Er ging mit ihr zum Eingang und deutete lachend auf ein paar Gummibadekappen mit Blümchenschmuck, die in der Auslage beim Bademeister verstaubten. Carolin verzog keine Miene.

Dann bemerkte er ihren ängstlichen Blick auf zwei mittelalte Frauen, die hinter der Drehsperre gerade in Richtung der

Umkleidekabinen liefen. Und plötzlich sah er selbst die ganzen fast nackten Körper um sie herum. Sah all das Fleisch, das da von mehr oder weniger Textil kaum bedeckt wurde, und die Menschen, die sich darin unbefangen bewegten, dazu der Duft von Chlor, Pommesfett und Sonnencreme.

«Entschuldige. Wir verschwinden einfach. Okay? Komm, steig auf», sagte er in einem Ton, von dem er hoffte, es würde weich genug klingen, um sie zu beruhigen, und nicht so schleimig, wie er Angst hatte, jetzt rüberzukommen, nachdem ihm klar geworden war, was er eigentlich hätte wissen müssen.

Als sie wie mechanisch wieder auf seinen Gepäckträger stieg, sagte er: «Ich hätt's wissen können. Ein Schwimmbad ist ein totaler Albtraum für dich, oder? Ich hab dich hier jetzt, nach wochenlanger Therapie, buchstäblich ins kalte Wasser geschmissen. Scheiße. Es tut mir total leid.» Sie stieg zögerlich wieder ab und ging neben ihm her, dann sagte sie leise, während sie sich langsam vom Schwimmbad entfernten:

«Weißt du, es ist gerade noch nicht der richtige Zeitpunkt, mich vor anderen auszuziehen, mit anderen Körpern konfrontiert zu sein, so viel nacktes Fleisch um mich herum zu sehen.»

Marc nickte.

«Und es muss dir total bescheuert vorkommen, weil, als du mich kennengelernt hast, hab ich mich in Badesachen für große Kampagnen fotografieren lassen. Da hatte ich überhaupt kein Problem damit, meinen Körper herzuzeigen.» Sie atmete aus, suchte nach Worten, um ihm zu erklären, was ihr so schwerfiel. «Aber jetzt gerade ist das anders, ich habe lange dafür gebraucht, um hierherzukommen und mich dem zu stellen, was ich alles nicht mag an mir. Und dem, was ich mir angetan habe, um mich zu bestrafen, weil ich mich manchmal richtig geekelt habe vor mir. Ich bin gerade nicht in der Verfassung für so was. Es tut mir leid. Und es ist ja wirklich heiß. Wenn du schwimmen gehen möchtest, geh ruhig ohne mich. Ich kauf dir so lange ein Dolomiti.»

«Quatsch. Und es braucht dir nicht leidzutun», sagte Marc, «mir tut es leid.»

Zum zweiten Mal nach dem Therapiegeständnis im Weinberg überkam ihn das Gefühl, dass da etwas sein könnte in ihr, das vielleicht zu groß war für ihn. Etwas, für das er vielleicht nicht genug Hingabe und Selbstlosigkeit besitzen könnte. Obwohl er ihr so gut zuhören und auf sie eingehen konnte, hatte er am Ende nur an sich gedacht. Er dachte, es sei eine super Idee, ins Schwimmbad zu gehen und dort Abkühlung zu suchen. Er hatte total vergessen, warum sie überhaupt hier war. Er wusste doch, dass sie sich in ihrem Körper gerade nicht wohlfühlte, aber daran hatte er in dem Moment nicht gedacht, weil es heiß war und er einfach ins Wasser wollte. Er sah, wie schwierig es sein konnte, die eigenen Bedürfnisse für jemand anderen zurückzustellen, wenn dieser jemand Hilfe brauchte. Seine Gefühle für sie waren echt, und er wollte gern der Mann sein, der stark genug war für sie. Aber wenn er ehrlich zu sich selbst war, wusste er nicht, ob er das wirklich sein konnte.

Am Abend schrieb er ihr eine lange Nachricht, in der er versuchte, all diese Widersprüchlichkeiten zu schildern. Aber als er zum dritten Mal alles gelöscht hatte und wieder neu beginnen wollte, gab er auf. Am nächsten Morgen beim Aufwachen war er erleichtert, dass er nichts geschrieben hatte.

Carolin hatte mit Marc danach nicht wieder über die Schwimmbad-Episode gesprochen. Es schien Marc, als sei es ihr sogar peinlich, dass er sie in einem solchen Moment erlebt hatte. Sie schien jetzt allerdings noch mehr seine Berührungen zu suchen, und Marc war noch behutsamer als zuvor.

Nachdem sie irgendwann endlich seine Aufführung

besucht hatte und Marc spüren konnte, wie der Mann, der er auf der Bühne war, in ihrer Fantasie mit dem, der er im Leben war, auf vorteilhafte Weise verschmolz, dachten beide, jetzt sei der Moment gekommen. Im Überschwang nach der Vorstellung führte er sie aus der Kantine, wo sie gewartet hatte, hinter die Bühne, um ihr alles zu zeigen, ihr seine Welt zu präsentieren, wie ein Kindergartenjunge sein Lieblingskuscheltier seiner Kindergartenliebe.

Sie standen in seiner Garderobe, und sie fasste ihn an, wie sie ihn vorher nie angefasst hatte. Als sie sich küssten, hatte Marc das Gefühl, dass sie es jetzt darauf anlegte, es hier und sofort zu tun. Ihre Hände glitten unter sein T-Shirt, er begann ihre Bluse zu öffnen. Marc überlegte schon, ob man die Garderobe von innen verriegeln könnte.

Aber dann verließ ihn der Mut. Ungeschickt gab er vor, Angst zu haben, dass sie entdeckt werden könnten. Irgendwie war er überfordert von der Situation. Weil er Angst hatte, ihr nicht zu genügen. Weil er Angst hatte, dass sie doch noch nicht so weit war, so kurz nach der Schwimmbad-Geschichte. Weil er fand, das sei nicht der richtige Ort dafür, weil ... er wusste es selbst nicht so genau.

Als sie die Garderobe wieder verlassen hatten, sagte sie nur «Schisser» und grinste dabei. «Selber», antwortete Marc, und so waren sie fürs Erste quitt.

Um seinen Rückzieher nicht so sehr nach Schwäche aussehen zu lassen, stellte er sie ganz besonders höflich seinen Kollegen vor, als er sie zurück in die Kantine geleitete. So wie sie seine Nähe nach der Sache mit dem Schwimmbad suchte, umsorgte er sie jetzt wiederum regelrecht, als hätte er etwas angestellt, das er wiedergutmachen wollte. Das Gefühl, sich von ihr begehrt zu wissen, hatte etwas Berauschendes, und gleichzeitig machte ihm die Vorstellung Angst, dieser Frau nicht gewachsen sein zu können. Wie damals, als sie auf dem Abschlussfest des Fotoshootings vor ihm stand, hielt ihn irgendetwas zurück, ganz er selbst zu sein.

Scham war immer wieder etwas, das ihr Verhältnis bestimmte. Scham war ein Gefühl, dass ihnen beiden vertraut zu sein schien. Erstaunlicherweise machte ihn das aber nicht unglücklich, sondern steigerte nur seine Erwartung auf das, was da noch kommen würde. Ohne Scham gab es auch keine echte Intimität, das wusste er, der oft zögerlich war mit Frauen, ihnen dadurch aber näher kam als andere, wenn sie sich auf ihn einließen. Roys Schamlosigkeit beraubte ihn ja genau dessen: einer echten Erfahrung, die einen Abdruck hinterlässt auf der Seele, oder wo auch immer solche Erlebnisse ihre Spuren hinterlassen mögen.

Und Henning, begann Marc damals langsam zu verstehen, Henning, der scheinbar Schamloseste von ihnen, war in Wahrheit sogar besonders einfühlsam, und zwar wirklich einfühlsam, nicht nur um einer Eroberung willen. Henning hatte das mit der Scham auch verstanden. Und darüber hinaus konnte er noch etwas anderes, er konnte anderen ihre Scham *nehmen*.

Marc war dennoch skeptisch, was die kommenden Wochen betraf. Er und Carolin wussten beide, dass ihre Zeit in Wiesbaden bald zu Ende sein würde. Danach wollte sich Carolin vorsichtig ins Leben zurücktasten. Sie würde zurück nach Köln fahren und sich nach und nach wieder mit dem normalen Leben vertraut machen. Freunden begegnen. Sie wollte ihre Isolation selbst beenden, wollte nicht gleich von allen um sie herum wieder bedrängt werden. Und Marc war sich keineswegs sicher, ob sie ihn dann überhaupt wiedersehen und nicht lieber als Teil ihrer Therapie hier zurücklassen wollte. Trotz all der Nähe und, zumindest was Marc betraf, einer großen Verliebtheit, waren sie nie wirklich allein oder für sich gewesen. Immer war irgendeine Öffentlichkeit um sie herum. Auch bei ihren Spaziergängen, selbst in der Garderobe im Theater. Er wünschte sich ein paar Tage, die er nur mit ihr verbringen konnte, an einem Ort, den sie zu ihrem machen konnten. Falls er sie wiedersehen würde, brauchte es einen Zauber, irgendetwas, was größer war als ein Treffen in einem Café in Köln oder München. Und er wusste: Carolins unverplante Zeit in den nächsten Wochen bot die Chance dafür.

Das Haus von Roys Mutter lag auf der Westseite, ein Stück hinauf in die Berge, oberhalb des Gardasees. «Westside», sagte Roy gerne, als sei es ein Gangrevier.

Marc war mit ihm ja mal dort gewesen. Nach einer durchfeierten Nacht in München hatten sie beschlossen runterzufahren, jetzt gleich. Morgens um vier waren sie gestartet. Gegen halb acht waren sie bei strahlend blauem Himmel in Riva an der Nordspitze des Sees angekommen. Der Lago war aufgewühlt vom Nordwind, der morgens von den Bergen herab über das Wasser fegte. Es war Vorsaison, und so tummelten sich nur vereinzelte Surfer auf dem Wasser. Als sie die Uferstraße entlangfuhren, blickte Marc ihnen nach, wie sie dahin schossen wie Pfeile, mit zitternden Segeln, und staunte über einige von ihnen, die waghalsige Sprünge über die Wellen machten. Das Blau des Sees und das Weiß der Gischt auf dem aufgepeitschten Wasser zusammen mit den zuckenden bunten Segeln, dazu der Geruch des Südens, der Wind, der ihnen im Cabrio um die Nase wehte, das alles weckte seine müden Lebensgeister langsam wieder.

Als sie die Abzweigung zum Weg hinauf in das kleine Dorf erreichten, veränderte sich die Landschaft. Schwarze Tunnel, grob in den Fels gehauen und ohne Beleuchtung, wechselten sich ab mit Brücken über rauschenden Sturzbächen. Ein kleiner Wasserfall, neben dem in einer winzigen Grotte ein kerzengeschmücktes Marienbild leuchtete, wurde von einer Touristengruppe bestaunt, an deren Reisebus sich Roys BMW nur mühsam vorbeiquetschen konnte. Die Haarnadelkurven die Straße hinauf wurden enger und enger. Vor dem Dorf mussten sie das Auto abstellen und die letzten Meter zu Fuß gehen, weil die Straßen im Ort zu klein für den BMW waren.

Auf einem verwunschenen Grundstück, umgeben von einer alten Mauer, die an manchen Stellen bereits eingefallen und von Pflanzen überwuchert war, stand ein kleines Haus aus unbehauenen Feldsteinen, das der Vater von Roys Mutter Ende der Vierzigerjahre den Bauern im Ort für eine Handvoll Lire abgekauft hatte. Ging man zwischen dem hüfthohen Gras darauf zu, konnte man es für eine Ruine halten. Der alte Gärtner aus dem Dorf, der sich früher um alles gekümmert hatte, war schon vor Jahren gestorben, und seitdem tat dort niemand mehr irgendwas. Das Haus befand sich in einem Dornröschenschlaf, war aber innen halbwegs in Schuss.

Uralte, knorrige Oliven- und Apfelbäume wuchsen im Garten, und im Sommer hing der Duft von Kräutern in der Luft, die an dem felsigen Abhang hinter dem Haus wild wucherten. Das Grundstück lag so weit oben, dass es hier auch an sehr heißen Tagen immer ein wenig kühler war als weiter unten, am Wasser. Der Wind in den Bergen sorgte zusätzlich für angenehme Luft.

Roy hatte die alte Tür mit einem Schlüssel aufgesperrt, den er in der Bar des Ortes bekommen hatte, als er dem Wirt ein Codewort nannte. Es war ihm nach kurzem Zögern eingefallen – «Belvedere», der Name, den seine Großeltern diesem Ort ihrer Träume gegeben hatten, nachdem sie ihn für sich entdeckt hatten.

Innen war es stockdunkel, Roy öffnete die Terrassentür und die alten Fensterläden und zog die weißen Decken von den Möbeln, die sie vor dem Staub schützen sollten, der sich in der endlosen Zeit, in der niemand hier war, über alles legte. Marc ging hinaus auf die Terrasse und folgte einem kleinen Weg durch den Garten bis zu zwei Olivenbäumen. Dort fiel das Grundstück steil ab, und dem staunenden Betrachter bot sich ein spektakulärer Blick über den See. Im Norden wurde er von steilen Berghängen umgrenzt, auf der gegenüberliegenden Seite thronte der gewaltige Monte Baldo. An klaren Tagen konnte man rechts bis hinunter zum flach auslaufenden Ufer im Süden, fast bis hinein in den Apennin weit dahinter gucken. Marc war wie erschlagen von der Aussicht, die sich ihm bot.

Im Erdgeschoss befand sich ein großer Raum mit Kamin. Zum Garten hin gab es nur zwei kleine Fenster, an der Tür zur Terrasse klapperte ein kaputtes Fliegengitter. Auf der rechten Seite eine spartanische Küchenzeile. Eigentlich nur ein paar Bretter mit Geschirr in einer Nische aus Bruchstein, ein Gasherd, eine Arbeitsplatte, der Bereich darunter abgedeckt mit einem grauen Vorhang. Mitten im Raum ein paar Korbsessel, ein Sofa mit einem Bezug, der Marc vermuten ließ, dass diese Möbel seit dem Einzug der Großeltern niemals ausgetauscht worden waren. Links ein Regal mit alten Merian-Heften über Norditalien. Hinter einer Falttür aus Plastik lag ein winziges Bad. Aus der Dusche tröpfelte das Wasser eher, als dass es strömte, und neben dem Klo, trotz aller Enge, befand sich das in Italien unvermeidliche Bidet. Roy bemerkte Marcs erstaunten Blick und zuckte mit den Schultern. «Ist hier Vorschrift, gibt in Italien ein Gesetz dafür.»

Über eine enge Holztreppe erreichte man das obere Stockwerk mit drei winzigen Schlafzimmern, die fast komplett von den darin stehenden Betten ausgefüllt wurden. Roy stieß die quietschenden Fensterläden auf und befestigte sie an Haken aus grobem schwarzen Metall. Auch von hier aus hatte man einen atemberaubenden Blick über den See. Der Wind wehte den Duft der Umgebung herein, und Marc legte sich auf eines der Betten. Bald war er völlig erschöpft auf der durchgelegenen Matratze eingeschlafen.

Ihm war diese Episode wieder eingefallen, als er über den idealen Ort nachdachte, an den er Carolin nach ihrem langen Aufenthalt in der Klinik entführen konnte. Eigentlich hatte er nur noch den Blick vom Haus auf den See in Erinnerung. Diese unglaubliche Weite, mit den mächtigen Bergen darum herum und die Luft dazu. Die Luft, die so gut roch. Das wollte er ihr zeigen.

Er rief die Nummer von Roys Eltern an, die er immer noch auswendig wusste, die Nummer, die er als Junge so oft gewählt hatte. Roys Mutter ging ans Telefon.

«Marc! Wie geht's dir?»

Er erzählte kurz.

«Theater, ist ja toll», sagte sie und fragte: «Und deine Eltern sind einverstanden?» Er lachte, weil sofort wieder diese Fragen kamen. Die Fragen, wegen derer er diese Welt hinter sich gelassen hatte.

Er hatte Roy länger nicht gesprochen. Noch während Marc in München studiert hatte, war Roy nach Berlin gegangen.

«Seht ihr euch denn manchmal?», fragte sie.

Roy und er hatten seit dem Nachmittag im Café ein paar Versuche unternommen, ihre Freundschaft in ihr neues Leben zu retten. Marc war auf einigen von Roys Vernissagen gewesen. Roy kam auf die Partys der Schauspielschule (und war sogar kurz mit einer Kommilitonin von Marc zusammen gewesen). Aber nachdem Roy aufhörte, seine Ausstellungen zu machen, und mit seiner Galerie eine Bruchlandung hingelegt hatte, ging er irgendwann aus München weg. Seitdem hatten die beiden ein paar Mal telefoniert und versprochen, einander zu besuchen, aber es wurde am Ende meist nichts daraus. Roy war nicht zu Marcs Aufführung nach Wiesbaden gekommen, was ihm, nachdem er Carolin dort wiedergetroffen hatte, sogar ganz recht war, und Marc hatte Roy nicht in Berlin besucht. Er wusste nur, dass Henning, der schon länger in der Hauptstadt lebte, jetzt sehr eng mit Roy war. All das ging ihm durch den Kopf, als er zu Roys Mutter sagte: «Wir haben uns eine Weile nicht gesehen, aber das holen wir bald nach. Bestimmt.» Es tat ihm gut, mit ihr zu sprechen. Plötzlich fühlte es sich an wie früher, als die beiden jeden Nachmittag miteinander verbracht hatten, und er nahm sich fest vor, Roy bald anzurufen, jetzt wirklich. Aber erst, wenn er mit Carolin im Haus über dem See gewesen wäre. Vorher nicht, das wollte er nicht riskieren. Etwas zaghaft fragte er Roys Mutter, ob das Haus in Italien denn frei wäre und er für ein paar Tage dorthin könne. Es war eher eine Höflichkeitsfrage. Falls sie das Haus nicht verkauft hatten, und das konnte er sich nicht vorstellen, würde sie sich über seine Reisepläne sogar freuen. Die Grünbauers waren in der Hinsicht großzügig, das wusste er.

«Allein?», fragte sie.

«Mit jemandem zusammen», antwortete er und wand sich ein wenig. Es war ihm auf einmal unangenehm, mehr zu erzählen. Vielleicht weil er sich in diesem Telefonat wieder fühlte wie mit zwölf, er wusste es selbst nicht. Aber an ihrem Tonfall erkannte er, dass sie ihn durchschaut hatte. Sie sagte nur: «Da ist's aber nicht aufgeräumt. Und da steht doch immer noch das ganze alte Zeug drin. Mein Mann sagt ja, ich soll's verkaufen, aber ich häng dran, was soll ich machen.»

Marc hatte seine letzte Vorstellung in Wiesbaden gespielt. Am Tag danach hatten sie noch einmal auf der Bank im Klostergarten gesessen, wo sie sich das erste Mal verabredet hatten.

Er hatte für Carolin eine neue Kassette aufgenommen. Ewig hatte er überlegt, was er auf den kleinen weißen Streifen schreiben sollte, den er vorsichtig auf das Tape geklebt hatte. Am Ende hatte er einfach «Muslone» darauf geschrieben. Er fand, das klang fremd und schön. Dazu hatte er aus einer Wanderkarte, auf der die Gegend um den Ort herum so genau abgebildet war, dass man die einzelnen Häuser erkennen konnte, ein Stück ausgeschnitten.

Carolin nahm überrascht ihre beiden Geschenke entgegen.

«Fast so klein gefaltet wie meine Briefchen an dich ...»

Er lächelte.

«Und die ist auch für mich?», fragte sie und las, was auf der Kassette stand. «Was ist Muslone?», fragte sie. «Eine Band?»

Marc lachte.

«Nein, so heißt ein Ort am Gardasee, wo ein kleines Haus steht. Es gehört einem Freund. Seine Mutter hat mir erlaubt, dort ein paar Tage zu verbringen.»

Er machte eine kleine Pause, dann sagte er: «Vielleicht hast du ja Lust, mich dort zu besuchen?»

«Besuchen?», fragte Carolin und sah ihn erstaunt an. «Du meinst, mal kurz auf einen Kaffee vorbeikommen?»

«In Italien ist der Kaffee jedenfalls besser als hier», sagte er so beiläufig wie möglich. Sein Herz schlug dabei bis zum Hals. Er hatte plötzlich Angst, dass sie ihn doch nicht so dringend wiedersehen wollte, wie er gehofft hatte.

«Das klingt alles gut», sagte sie. «Aber muss ich das sofort entscheiden?»

«Natürlich nicht», antwortete Marc. «Aber versprich mir eines, bevor du hier aufbrichst. Hör erst mal in die Kassette rein, vielleicht weißt du dann ja, ob du kommen magst.»

Sie umarmten sich lange und vereinbarten, dass sie einander die nächsten Tage nicht schreiben würden, bis Carolin ihre Therapie beendet hätte.

«Lass dich überraschen», sang Marc grinsend mit holländischem Akzent wie Rudi Carrell. Carolin machte ein Gesicht, als habe sie eben in ein Bonbon gebissen, das unerwartet säuerlich schmeckte.

Zwei Tage bevor sie aus der Parkklinik auschecken durfte, nahm sie das Tape aus der Hülle und legte es in ihren Walkman. Sie sah, dass Marc in seiner krakeligen Schrift innen auf die Hülle eine Kombination aus Zahlen und Buchstaben geschrieben hatte. Daneben stand: «Frankfurt Flughafen, Lufthansa Ticketschalter».

Der erste Song, der in blubberndem Sound, mit siebzigermäßigen Synthiegeigen aus den schaumstoffgepolsterten Kopfhörern in Carolins Ohr floss, war von Amanda Lear:

«I'm getting out – I'm moving on – And from now on address unknown – I shall be difficult to find – So follow me – just follow me – unbelievable maybe – you'll have a new identity –»

Carolins Entschluss war schnell gefasst.

Am Tag ihrer Abreise rief sie ein Taxi zum Bahnhof und nahm die nächste S-Bahn Richtung Frankfurt. Sie lächelte, als sie aus dem Fenster sah und die Landschaft an ihr vorüberflog. Alles war grün, unglaublich grün, und in ihrem Magen machte sich ein wohlig schmerzhaftes Gefühl aufgeregter Erwartung breit. Dann schickte sie Marc eine Nachricht: «Bin auf dem Weg.»

Als sie aus der S-Bahn gestiegen war und etwas ratlos

durch das Untergeschoss des Frankfurter Flughafens streifte, erhielt sie eine SMS von Marc. «Geh zum Ticketschalter und gib einfach die Auftragsnummer an. Der Flug geht nach Verona. Dort wartet ein Taxi.»

Am Ticketschalter händigte ihr die Mitarbeiterin, als sie die Nummer nannte und ihren Pass zeigte, ein Ticket aus. Es war ein One-Way-Flug, durchgeführt von einer Regionallinie, die den gleichen Namen hatte wie Marcs Lieblingseis. Air Dolomiti. Sie fragte sich, ob das Zufall war, und machte sich auf den Weg zum Gate.

Eine weitere SMS ging ein: «Ich hoffe, du magst italienische Musik? Flieg vorsichtig, M.»

Als sie in Verona gelandet war und unsicher den Ankunftsbereich verließ, wartete in der frühsommerlichen italienischen Hitze ein Mann mit einem Schild, auf dem ihr Name stand. Darunter klein: Servizio Taxi Gasparini. Als sie vorsichtig die Hand hob, ging ein Strahlen über sein Gesicht, und er stürzte auf sie zu, um ihr den Koffer abzunehmen, in dem die ganzen Sachen aus dem deutschen Frühjahr waren, von denen sie sich fragte, ob sie bei den Temperaturen hier überhaupt irgendetwas davon gebrauchen konnte. Der Chauffeur sah ein wenig aus wie Franco Nero, fand sie.

Carolin setzte die Kopfhörer des Walkmans auf, und das Taxi ließ die eher hässliche Gegend um Verona und die Landstraße mit den unzähligen riesigen Werbetafeln, die sich entlang der Strecke aneinanderreihten, langsam hinter sich. Auf Höhe von Salò breitete sich dann der See in seiner ganzen Schönheit vor ihr aus. Marc hatte alles an Italienschmelz auf die Kassette gepackt, was seine Plattensammlung hergab. Es war später Nachmittag, und das Ufer auf der Ostseite leuchtete golden, alles wurde von der tief stehenden Sonne in ein glänzendes Licht getaucht, während die Westseite bereits im Schatten lag.

Der Chauffeur versuchte immer wieder sehr charmant, Carolin in ein Gespräch zu verwickeln. Aber sie sprach so gut wie kein Italienisch und er nur ein paar Brocken Englisch. «Bello» und «Beautiful» waren daher die Wörter, die auf der eineinhalbstündigen Fahrt von Verona bis hinauf zu dem alten Steinhaus, während derer sich der Anblick der Landschaft ständig veränderte, am häufigsten fielen.

Nach Norden hinauf wurde der See schmaler, die Gegend bergiger. Die südliche Vegetation mit Palmen und Zitrusfrüchten wich jetzt einer eher alpinen Landschaft. Carolin drückte erneut die Play-Taste des Walkmans. «Piove» von Jovanotti. Marc hatte den Song schon früher mal auf eine Kassette gepackt. Regen. Sie hatte das Stück immer gehört, wenn sie in der Parkklinik bei Regen aus dem Fenster sah. Gott sei Dank regnete es hier nicht, dachte sie, lehnte sich zurück und schloss für einen Moment die Augen.

Als sie wieder aufwachte, befanden sie sich bereits auf der wildromantischen Straße hinauf in das Bergdorf. Es war die mit den dunklen Tunneln und den Brücken und dem kleinen Wasserfall neben der Madonnengrotte. Carolin gefiel all das auf Anhieb genauso gut wie Marc bei seinem ersten Besuch mit Roy. Sie hatte seltsamerweise totales Vertrauen, dass diese Reise ins Ungewisse gut ausgehen würde. Während sie Marcs hoffentlich ironisch gemeinte, für ihren Geschmack trotzdem etwas zu schnulzige Auswahl von Italoschlagern auf dem Walkman hörte, nahm das Taxi die verschlungene Bergstraße hinauf bis in das kleine Dorf, dessen Namen sie zuerst für eine Band gehalten hatte. Sie lachte kurz auf, als sie daran dachte. Der Taxifahrer sah sie fragend an. Die Landschaft hier gefiel ihr wirklich gut, und sie beschloss, sich Marcs Sentimentalität gern anzuvertrauen. Wenn das Universum sich dreimal solche Mühe macht, damit unsere Wege sich kreuzen, kann man ja wohl mal ein wenig Vertrauen haben, dachte sie.

Im Dorf angekommen, hielt der Taxifahrer auf einem kleinen Platz vor der Kirche, lud ihr Gepäck aus und weigerte sich beharrlich, auch nur ein Trinkgeld anzunehmen.

«E tutto pagato. Tutto pagato», wiederholte er und wies ihr den Weg zu der schmalen Dorfstraße, an deren Ende die «Casa Belvedere» liege. «L'ultima casa», bekräftigte er gestikulierend und entschuldigte sich wortreich, dass er ihr mit dem Koffer nicht helfen könne. «Mal di schiena», sagte er lächelnd und fasste sich dramatisch an den Rücken.

Carolin gab ihm zu verstehen, dass alles okay sei, sie würde das schon schaffen. Dann nahm sie ihren Koffer und zog ihn über die kleinen Pflastersteine holpernd den Berg hinauf.

Als sie vor dem letzten Haus der Straße angekommen war, stand dort auf einem verwitterten Schildchen neben dem Gartentor: «Belvedere». Sie atmete kurz durch und ging dann langsam den Weg durch das hohe Gras auf das kleine Haus zu. Die Tür war nur angelehnt. Drinnen war es dunkel und angenehm kühl, die Fensterläden im Wohnzimmer alle geschlossen, nur feine Lichtstreifen fielen durch die Lamellen. Sie stellte das Gepäck auf den brüchigen Steinfußboden und trat hinaus auf die Terrasse, auf der sie sofort das grelle Nachmittagslicht umfing. Auch hier war niemand. Ob sie überhaupt im richtigen Haus war? Es war das letzte in der Straße, genau wie der Taxifahrer gesagt hatte. Auf einmal wurde es ihr unheimlich. Sie ging wieder hinein, stieg die Treppe zur Galerie hinauf und fand Marc schließlich oben, in einer der Schlafkammern auf einem Bett liegend.

«Hier bist du», sagte sie erstaunt. «Du hast mir ein bisschen Angst gemacht, weißt du das? Warum versteckst du dich denn vor mir?»

Sie sah, dass er ein Buch in der Hand hatte. «Die unerträgliche Leichtigkeit des Seins». Er legte es zur Seite, lächelte ihr zu und streckte die Hand nach ihr aus. Ganz kurz packte sie der Gedanke, auf dem Absatz kehrtzumachen. Als bekäme sie auf den letzten Metern dieser Reise doch noch Angst vor der eigenen Courage.

Da war wieder diese Scheu davor, einem anderen das erste Mal zu begegnen. Sich auf einen fremden Körper einzulassen.

Sie hatte in solchen Momenten früher manchmal das Gefühl gehabt, den eigentlichen Akt hätte man auch weglassen können. Nach den langen Wegen vorher, die ja nur beschritten wurden, um zum Finale der Vereinigung zu gelangen, war die Unfähigkeit, sich einander zu öffnen, oft größer als der Wunsch, endlich Wirklichkeit werden zu lassen, was sich als Fata Morgana bereits abzeichnete und was erträumt oft besser war als real. Die Vorstellung von Sex war meist viel aufregender als der Sex selbst. Es gab, fand sie, in diesem Zusammenhang keine Schuld. Niemand konnte etwas dafür. Es kam einfach nicht so häufig vor, dass zwei Menschen, ihre Körper und ihre Eigenheiten am Ende wirklich zueinanderpassten. Es ist wie mit der Kunst, dachte sie: Wenn alle Versuche, Kunst entstehen zu lassen, am Ende tatsächlich auch Kunst hervorbrächten, gäbe es ja keine Kunst mehr.

Sie setzte sich vorsichtig zu Marc auf das Bett.

«Du bist da», sagte er leise.

«Ja», antwortete sie und strich sich eine Haarsträhne hinters Ohr.

Was dann folgte, war eine Mischung aus Vertrauen, das sie einander immer wieder in großer Offenheit schenkten, und plötzlicher Verlegenheit. Aus aufgestautem Drängen, das sich endlich Bahn brechen durfte. Aus Übermut und jähem Erschrecken darüber, wie tief der Fall tatsächlich war, wenn man sich ganz fallen ließ. Aus erstauntem Schweigen, das lange anhielt und anhalten durfte, und aus Buchstaben, die mit dem Zeigefinger auf nackten Rücken gezeichnet und dann doch nicht zu ganzen Wörtern geschrieben wurden. Aus tausend leuchtenden Staubpartikeln, die im Nachmittagslicht, das durch den Spalt der Fensterläden in den halbdunklen Raum drang, die Luft des Schlafzimmers erfüllten. Und die bei jeder Bewegung in den schweren alten Federbetten immer wieder neu aus den Daunen aufstiegen.

Sie sah sein Gesicht über ihr, sah, wie es zu zerfließen schien, fühlte seine Hände, die sie umfassten, und nur ganz selten in dieser Nacht meldete sich ihre Scham zurück. Der Zweifel, mit dem sie ihren Körper betrachtete, wenn sie an sich herabsah, als sie über ihm war. Die Fremdheit, mit der sie sich wahrnahm, selbst wenn sie in Momenten ganz die Kontrolle über sich verlor. Die kindliche Verletzlichkeit, mit der sie sich zusammenzog, als Marc neben ihr lag und mit den Fingerspitzen ihren Nacken berührte.

Dazu das anschwellende Zirpen der Grillen, die, als es draußen dunkel geworden war, ihre Flügel aneinander rieben, als wollten sie das Haus zum Beben bringen. Das gleichmäßige Blinken der Lampen unten auf dem nächtlichen See, die die Stellen markierten, wo die Fischer ihre Netze geworfen hatten. Und das gelegentliche Röhren eines Motorrads, das gellend beschleunigte, Marc stellte sich das Knie des Fahrers vor, wenige Zentimeter über dem Asphalt in den engen Kurven der Bergstraße, die sich wie eine Schlange den Hang hinaufwand. Und dann das Echo, das die Schlucht zurückgab, als das Motorrad längst über den Berg war. Dazwischen war es immer wieder still. Nur das Geräusch ihres Atems war zu hören.

Im Morgengrauen saßen sie einander gegenüber auf der Fensterbank aus hellem Travertin, der sich weich und fast anschmiegsam anfühlte auf der nackten Haut. Die Beine angezogen, die Fußsohlen auf dem warmen Stein, erschöpft und erstaunt.

Und dann sahen sie der Sonne zu, die langsam über dem Monte Baldo aufging.

«Das Haus gehört einem Freund, hast du gesagt?», fragte Carolin.

«Du hast ihn schon kennengelernt», antwortete Marc. «Na ja nicht wirklich kennengelernt, aber ihr seid euch schon mal begegnet. Damals in Südfrankreich. In dem Lokal.»

«Ich kann mich nicht so gut erinnern», sagte sie vorsichtig. «Du warst da mit mehreren Freunden.»

Marc warf ihr einen zweifelnden Blick zu. Versuchte sie gerade, ihn zu schonen?

«Er hatte keine besonders gute Laune an dem Abend», sagte er nach einer Pause. «Eigentlich hat er ziemlich oft keine besonders gute Laune.»

«Klingt nach einem Freund, wie man ihn sich wünscht. War das der, der sich zu mir rüber an den Tisch gesetzt hat?»

«Ich stell ihn dir noch mal neu vor, wenn du magst», sagte Marc irgendwann.

«Ich weiß gerade nicht so genau, ob ich mag», sagte sie, beugte sich nach vorne und strich über die dünne Haut an Marcs Schienbeinen, «fürs Erste bist du mir genug. Aber ich sag Bescheid, wenn mir langweilig wird.»

In den nächsten Tagen machten sie Ausflüge, fuhren mit einer alten Vespa, die sie in der Garage fanden und die sie erstaunlicherweise zum Laufen gebracht hatten, zum See hinunter. Fuhren wieder Dampfer, diesmal auf dem See und nicht auf dem Rhein, aßen als einzige Gäste eines kleinen Lokals in ihrem Bergdorf herrliche Gnocchi, stellten erstaunt fest, dass es in Italien kein Dolomiti-Eis zu geben schien, und schliefen in den Tag hinein.

Als die Woche sich dem Ende zuneigte und nur noch zwei Tage bis zur Abreise blieben, hatten wieder einmal kräftige Schaumkronen zahlreiche Windsurfer aufs Wasser gelockt. Marc war früh wach und hatte ihnen zugesehen, wie sie über den See schossen und Kunststücke vollführten. So wie damals, als er mit Roy ganz früh zum ersten Mal die Uferstraße entlangfuhr, hatte er sich gefragt, wie es ihnen gelang, den Elementen Wasser und Wind scheinbar mühelos diese eleganten Bewegungen abzutrotzen. Es sah aus, als gälte für sie keine Schwerkraft. Nur ab und zu fiel einer ins Wasser, wurde ein Board förmlich hineingebohrt in die Wellen oder in die Luft geworfen, wenn der Wind dem Surfer das Segel aus der Hand riss und es ihn katapultartig nach vorne schleuderte. Blitzschnell konnte ein Wechsel zwischen totaler Beherrschung und dem Verlust jeglicher Kontrolle alles verändern.

Carolin war leise auf die Terrasse getreten und hatte Marc beobachtet, wie er die Surfer beobachtet hatte. Sie ging zu ihm, löste seine Hände vom Terrassengeländer, auf das er sich abgestützt hatte, ging auf die Zehenspitzen und gab ihm einen Kuss in den Nacken.

«Sagtest du nicht, hier gäbe es diesen sagenhaften Kaffee?»

Nach dem Frühstück saßen sie den Vormittag über im Garten, und Marc las eine Zeitung, die er zwei Tage vorher gekauft hatte. Sie war da schon vom Vortag gewesen.

Die Sonne brannte stärker, und es wurde langsam heiß.

«Bist du glücklich?», fragte sie ihn irgendwann.

«Jetzt gerade?» Marc drückte seine Zigarette in der kleinen Espressotasse aus, die auf dem dreibeinigen Gartentischchen vor ihm stand.

«Überhaupt», sagte Carolin.

Sie hatte sich auf einer Decke im Gras ausgestreckt und guckte genau in die Sonne, nur Marc bot ihr mit seinem Kopf etwas Schatten. Das hohe Gras um sie herum hatte sie platt gedrückt. Neben der Decke standen jede Menge Grashalme hervor, sie sahen aus wie Fransen, die zum Stoff gehörten.

Marc ließ seinen Blick über den See schweifen. Vor ihnen das Wasser, hinter ihnen die Berge. Er wusste, er hatte oft Glück gehabt in seinem bisherigen Leben. Manches war ihm gelungen, vieles war ihm einfach zugefallen. Obwohl er so oft mit sich und der Welt haderte, gab es jetzt gerade wenige Probleme am Horizont. Aber hieß das auch, dass er glücklich war? Vielleicht war alles auch nur ein bisschen langweilig. Gleichförmig, normal. Und er hatte Ziele, er wollte weiterkommen. Er hatte keine Lust, ewig in Theatern wie Wiesbaden bleiben zu müssen.

In seiner Familie wurde Unglück immer gleich im Keim zu ersticken versucht, sobald es sich auszubreiten drohte. Zum Wichtigsten überhaupt gehörte, dass man nach außen Haltung bewahrte. «Wir machen keinen Seelenstriptease», hatte Großmama oft gesagt.

«Als ich klein war», erzählte er ihr, «kam manchmal Großmamas Schwester zu Besuch. Großtante Margarethe. Sie lebte in irgendeiner norddeutschen Stadt. Osnabrück oder Oldenburg. Das konnte ich mir nie merken. Meine Eltern sprachen über diese Großtante immer mit einer gedämpften Stimme, die signalisierte, dass irgendetwas mit ihr nicht in Ordnung, irgendwas an ihr peinlich war. Damals habe ich das Wort Depression zum ersten Mal gehört.»

Er hatte keine Ahnung gehabt, um was es sich dabei handeln könnte, aber das schien den Erwachsenen nur recht zu sein. Sie fanden offenbar, das waren keine Themen für Kinder.

«Wenn ich dann doch mal nachgefragt habe, wurde ich ganz schnell abgefrühstückt. ‹Das kannst du noch nicht verstehen›, hieß es immer.»

«Vielleicht wollten sie dich schützen. Davor, dass du dir zu große Sorgen machst?», warf Carolin ein.

«Natürlich wollten sie das», erwiderte er. «Und ich habe nicht weiter nachgefragt, weil ich gemerkt habe, dass ihnen diese Fragen unangenehm waren.»

«Als Kind versucht man immer zu kooperieren», sagte sie. «Das kenne ich.»

Marc verstand nicht ganz, was Carolin damit meinte, und erzählte, statt nachzufragen, weiter:

«Als Tante Margarethe starb, war ich vielleicht elf Jahre alt. Sie war immer wieder in der Klinik, und deshalb dachte ich, Depressionen seien vielleicht so etwas wie Krebs. Krebs kannte ich. Krebs war gefährlich. Ich wusste, da kann man dran sterben, wenn es schlimmer wird. Ich dachte, vielleicht war es mit ihren Depressionen ja genauso. Am Anfang geht es noch, aber wenn man ‹es nicht in den Griff bekam›, wie Großmama sich ausdrückte, musste man auf der Hut sein. Es hieß immer, meine Großtante hat vor allen möglichen Dingen Angst.» Er lachte: «Deshalb durfte man mit ihr auch nie über die Nachrichten sprechen. Meine Eltern sagten mir: ‹An manchen Tagen reicht eine reißerische Schlagzeile in der Bild-Zeitung aus, um sie komplett aus der Bahn zu werfen.›» Seine Stimme senkte sich ein wenig. «Aber ich glaube, das war nur ein hilfloser Versuch, mir als Kind zu erklären, was es bedeutet, unglücklich zu sein. Also, so extrem unglücklich, dass es einem wie eine Erlösung erscheint, seinem Leben ein Ende zu bereiten.»

Carolin strich vorsichtig über Marcs nackte Zehen im Gras. Es war die einzige Stelle seines Körpers, die sie mit ihrer Hand erreichen konnte. Am liebsten hätte sie ihn umarmt.

«Sie hat sich vor einen Zug geworfen. Mit Ende sechzig. Es war ein furchtbares Unglück. Für Großmama, für meine Mutter und natürlich auch für meinen Vater. Wobei, ihm war das Ganze eher ungeheuer peinlich. Er fand, sich umzubringen, das gehöre sich einfach nicht. Mir haben sie zuerst gar nicht die Wahrheit gesagt. Ich konnte mir nicht vorstellen, warum sie so plötzlich tot war, ich dachte nur, vielleicht war es schlimmer geworden mit den Depressionen, und meine Eltern haben auf meine Fragen ausweichend geantwortet. Ich dachte, vielleicht ist sie eben an den Depressionen gestorben. Als wäre das ein Krebs, der einen ja auch irgendwann einfach umbringt. Erst nach ein paar Tagen hat Großmama mir erklärt, was passiert war. Dabei sprach sie, ganz gegen ihre sonstige Gewohnheit, sehr sanft über ihre Schwester.»

Marc hatte lange nicht mehr an die Geschichte gedacht.

«Früher hatte ich geglaubt, wenn ich ein Leben wie das von Roy führen könnte, wäre ich glücklich. Ich habe überhaupt geglaubt, jedes Leben, egal in welcher Familie, Hauptsache, nicht in meiner eigenen, wäre aufregender und erstrebenswerter als meins. Und damit meine ich nicht etwa Geld oder Überfluss, sondern eher so eine Art Pfeffer. Etwas Extravagantes, Nicht-Normales. Bei uns war alles immer so moderat.»

«Aber das ist doch ein großes Glück», sagte sie.

«Warum?», fragte er.

«Meine Eltern haben sich scheiden lassen, als ich zwölf war. Meine Mutter war nach der Scheidung von meinem Vater nach Spanien gezogen, in einen kleinen Ort an der Costa Brava. Sie hat mich mitgenommen, aber ich wollte wieder zurück nach Köln. Zurück zu den Freunden, die ich aufgeben musste.»

Sie rupfte mit den Zehen ein paar Grasbüschel aus.

«Als ich nach zwei Jahren endlich zurückdurfte, wollten die aber nichts mehr von mir wissen. Ich habe meine Mutter gehasst. Wir haben uns dann ein paar Jahre lang gar nicht gesehen. Sie lebt immer noch dort. In den letzten Jahren haben wir uns wieder ein bisschen angenähert. Damals in dem Club in Barcelona, da hab ich sie gerade besucht. Mein Vater hatte in der Zwischenzeit eine andere Frau geheiratet, die beiden bekamen noch zwei Kinder. Ihre Mutter, also die neue Frau meines Vaters, und ich hatten echt viele Probleme miteinander. Es hat ganz schön gekracht. Und mein Vater ist zu harmoniebedürftig gewesen, um sich bei diesen Streiten auf meine Seite zu schlagen. Wenn er sich mal für eine Seite entscheiden musste, dann hat er sich immer für sie entschieden. Ich hatte mir als Kind oft gewünscht, in einer normalen Familie aufzuwachsen. Mit Eltern, die einfach zusammenbleiben, so wie bei meinen Freundinnen.»

«Ich hatte immer das Gefühl, das Wichtigste für meine Familie war, bloß nicht aufzufallen», sagte Marc.

«Möchtest du gerne anders sein? Also anders, als deine Eltern oder deine Großmama es von dir erwarten?», fragte sie ihn.

«Ich weiß nicht, ob erwarten das richtige Wort ist», sagte Marc leise. «Ich glaube ...» Er wich ihrem Blick aus und suchte nach Worten, um sich zu erklären, fand aber alles bemüht.

«Ich glaube, sie erwarten gar nicht so viel. Ich erwarte irgendwie selbst so viel von mir und trau mich dann nicht, etwas dafür zu riskieren.»

Er sah wieder zu ihr, versuchte, in ihrem Gesicht zu lesen, ob sie ihn jetzt für einen Vollidioten hielt. Sie saß vor ihm im Gras und schwieg eine Weile.

Dann drehte sie sich vom Rücken auf die Seite und stützte den Kopf auf ihre linke Hand, den Arm angewinkelt. Sah hinauf zu Marc, der auf dem klapprigen Gartenstuhl im Gegenlicht saß. Sie versuchte mit der freien Hand, ihre Augen zu beschirmen.

«Ich hab das Angebot für ein Volontariat bei einem Boulevardblatt in Berlin. Ziemlicher Trash. Der Chefredakteur ist ein Freund meines Vaters. Er hat die Firmenzentrale des Verlags in Köln gebaut.»

«Ist er auch ein Baulöwe?», fragte Marc erschrocken und wusste im selben Moment, dass Carolin nicht ahnen konnte, dass er an Roys Vater gedacht hatte.

«Architekt», antwortete sie.

Und nach einer kleinen Pause: «Er hat seine Kontakte spielen lassen. Während ich in der Parkklinik war, hat er mir den Job einfach besorgt. Ohne mich zu fragen. ‹Damit du was zu tun hast, wenn du rauskommst›, hat er gesagt. Ich glaube, er hat panische Angst, dass ich mein Leben komplett verkacke.»

Die Rubrik, bei der sie nächsten Monat anfangen sollte, hieß «Leute». Klatschgeschichten aus Berlin.

«Bin mir aber nicht sicher, ob es da in Berlin so viel zu berichten gibt. Im Westen ist alles unglaublich altbacken und spießig, da wird höchstens Harald Juhnkes neuester Suff zum hundertsten Mal aufgekocht. Oder es gibt ’ne Premiere am Ku’damm mit Günter Pfitzmann in der Hauptrolle», sagte sie und schüttelte dabei den Kopf, während sie eine kleine Fliege von ihrem Bein strich, die sich gerade darauf niedergelassen hatte.

«Und im Zuschauerraum sitzt Eberhard Diepgen, umgeben von alten Damen mit blau getönten Haaren?», fragte

Marc grinsend. Er hatte sich vom Stuhl herabbegeben, lag jetzt neben ihr auf der Decke und pikste sie in die Seite.

Sie versuchte, ihn zu treten, aber er zog sein Bein rechtzeitig weg.

«Und im Osten ist alles immer noch grau und kaputt und voller Nazis», stöhnte sie, drehte sich auf den Rücken, nahm Marcs Arm und legte ihn sich um die Schultern. Kritisch blickte sie hinauf zu einer Wolke, die auf einmal hinter einer Bergspitze über ihnen aufzog und die eindeutig zu gewitterdunkel war.

«Da ziehen jetzt aber irgendwie immer mehr Leute hin. Soll eine krasse Partyszene geben, nicht nur zur Loveparade. Keine Ahnung.» Sie verscheuchte die Fliege, die nicht lockerlassen wollte.

«Ich werde mir das Ganze einfach mal anschauen», sagte sie und wandte Marc ihr Gesicht zu. «Kommst du denn mit? Dein Engagement in Wiesbaden ist doch beendet, oder?»

Ein leises Grollen im Hintergrund kündigte an, dass die Wolke tatsächlich der Vorbote eines Sommergewitters war, das sich gerade startklar machte.

Marc war seltsam zumute. In Wiesbaden hatte sein Herz bis zum Hals geklopft, als er sie fragte, ob sie hierherkommen wolle zu ihm, in dieses Haus. Da hatte er sich alles mit ihr vorstellen können. Weil er nicht wusste, ob sie genauso starke Gefühle für ihn empfand wie er für sie. Jetzt, wo sie ihm andeutete, dass sie genauso empfand, wie er es sich erhofft hatte, ihn sogar bat, sie in eine neue Stadt zu begleiten, schlich sich das Bedürfnis, mit ihr zusammen zu sein, ganz sachte aus ihm heraus. Wie ein Partygast, der einen heimlichen Abgang macht, um ohne großes Aufsehen zu gehen.

Marc wusste, eigentlich hätte er jetzt sagen müssen: «Ja klar, ich komme mit. Ich gehe auch nach Berlin, wohin sonst.» Aber das sagte er nicht. Er verspürte einen seltsamen Abschiedsschmerz genau in diesem Moment, in dem er Carolin so nah war. Er dachte an seine Pläne für die nächste Zukunft.

«Ich hab vielleicht bald die Möglichkeit, in einem amerikanischen Film mitzuspielen, wenn ich das Casting gewinne, das in ein paar Tagen in München stattfindet.» Es klang, als müsse er etwas beichten. Er sah sie nicht an, als er das sagte. Sein Blick war dabei auf die Wolke hinter dem Berg gerichtet. Er traute sich nicht, Carolin in die Augen zu sehen.

Die Rolle war nicht riesig, aber die Casterin kam extra aus England rüber, um ihn und nur noch einen weiteren Kollegen vorsprechen zu lassen.

«Ich muss am Montag in München sein.»

Seine Chancen standen gut. Seine Agentur hatte an diesem Morgen auf seinem Handy angerufen. Carolin hatte noch geschlafen. Wie gut, dass er jetzt überall erreichbar war ... Oder war es schlecht, dass er ausgerechnet hier erreichbar war und diese Möglichkeit bekam? Hätte er anders auf Carolins Frage reagiert, wenn sich ihm diese Aussicht auf einen Karrieresprung nicht geboten hätte?

«Ich bin mit nur noch einem anderen im Rennen. Wenn ich gewinne, darf ich nach New York fliegen und den amerikanischen Regisseur treffen. Der hat dann das letzte Wort.»

«Ein amerikanischer Film? Wow, gratuliere. Ich freu mich für dich. Freust du dich denn auch?»

«Ich weiß nicht», sagte er, «ich glaube schon.»

«Und da bist du immer so?», fragte sie. «Ich meine, ist das nicht etwas, worüber man in einem anderen Ton erzählt? Irgendwie begeistert oder so?»

«Doch, natürlich. Ich freu mich auch wirklich», sagte er.

Carolin und Marc hatten bisher nicht definiert, wie sie nennen wollten, was sie verband. Ihre Frage übte trotzdem Druck auf ihn aus. Seine Gedanken kreisten auf einmal darum, wie es weitergehen könnte. Er hatte sich in Wiesbaden so sehr nach dieser Zweisamkeit gesehnt, die genauso schön war, wie er es sich vorher ausgemalt hatte. Die gemeinsamen Tage in dem alten Haus waren ganz leicht gewesen. Es gab keinen Streit, keine Missverständnisse. Bis auf seine kleine Unsicherheit über jenen Moment damals zwischen ihr und Roy gab es nichts, das sich komisch angefühlt hätte. Er war glücklich. Und gleichzeitig mischte sich etwas Traurigkeit in dieses Glück. Er wusste selbst nicht genau, warum.

Unten über dem See herrschte weiter strahlender Sonnenschein. Hier am Berg konnte das Gewitter jede Minute losbrechen. Die Landschaft war zweigeteilt in Hell und Dunkel. Bald würde das Gewitter auch unten über den See fegen. Sie nahmen die Tassen, die zu Aschenbechern umfunktioniert worden waren, packten die Decke, die T-Shirts und Carolins neue Sandalen, die sie sich bei einem Ausflug nach Salò gekauft hatte, und trugen alles schnell ins Haus, als die ersten Regentropfen schon zu fallen begannen. Das Gespräch war damit erst mal beendet.

Minuten später waren all die bunten Segel auf dem See verschwunden, das Wasser wurde dunkelgrün. Der Wind ließ die Fensterläden gegen das Haus schlagen, und die Luft wurde merklich kühler.

Sie saßen am offenen Fenster und sahen der Natur dabei zu, wie sie ihr Schauspiel aufführte. Es begann ein Sommersturm, der sich anfangs wie eine weiße Dampfwolke über den See schob, als habe jemand das Wasser zum Kochen gebracht. Und gleich darauf wurde alles grau, der See war im dichten Nebel nicht mehr zu sehen. Dicke Regentropfen prasselten herab auf die Landschaft um das Haus. Die kleinen Rinnsale, die eher tröpfelnd zwischen den Felsen am Hang vor sich hin flossen, verwandelten sich binnen Minuten in rauschende Bäche, die kleine Äste und Blätter aus den Wäldern oberhalb mit sich rissen. Im Haus schlug das Geräusch der Regentropfen jetzt mit zweihundert Beats pro Minute auf das Ziegeldach. Es hatte etwas Unheimliches und zugleich Gemütliches. Es war wunderschön, und als das Ganze nach kurzer Zeit so schnell endete, wie es begonnen hatte, gingen sie hinaus und bestaunten das Glitzern der Blätter im Garten im bereits wieder strahlenden Sonnenlicht, und die Luft dampfte wie in einem Dampfbad von all dem Wasser, das die Sonne nun, als sei sie nur mal kurz verhindert gewesen, mit unverminderter Kraft verdunsten ließ.

Marc gab Carolin auf ihre Frage, ob er mitkäme nach Berlin, an diesem Tag keine Antwort mehr. Bis sie abfuhren aus Muslone, versuchte er, die richtigen Worte zu finden.

Einmal hatte sie das Berlinthema noch aufgebracht. Da hatte er geantwortet:

«Wahrscheinlich klappt's mit dem Film eh nicht, und dann kann ich ja versuchen, ein Engagement in Berlin zu bekommen.»

Er lachte, als er das sagte, und gab ihr einen Kuss. Aber es war eine Art Schlechtes-Gewissen-Kuss. Er spürte, dass sich ihr Verhältnis zu ihm zu ändern begann. Nur minimal. Etwas kühlere Luft war zwischen ihnen aufgezogen. Dass sie enttäuscht war, war offensichtlich, und genauso, dass sie ihm das nicht zeigen wollte. Der Temperatursturz war zwar nicht so heftig wie der echte, draußen, nach dem Sommersturm, aber zwischen ihnen hatte sich etwas verschoben. Ein anderer Ton lag nun in manchen Sätzen. Sie waren beide darauf bedacht, nichts zu sagen, was den anderen hätte verletzen können. Sie waren immer noch in der Phase, in der sie einander fremd genug waren, um die unangenehmen Eigenschaften, die Macken, die sie hatten, voreinander verbergen zu können. Auch wenn Marc der erste Mann war, dem Carolin sich seit Langem öffnete, und obwohl er glücklich darüber war, dass sie ihm vertraute, gab es ein paar Dinge, die sie sich gegenseitig noch nicht zumuten wollten.

Carolin hatte kein Interesse daran, vor Marc als eine Frau zu erscheinen, die klammern würde. Sie fragte kein weiteres Mal, ob er nach Berlin käme. Sie ließ ihn sein, wie er war.

Sie wollte ja schließlich auch von ihm sein gelassen werden. Das hatte er schon in Wiesbaden gemerkt, als er sie überredete, ihn hier zu besuchen. Sie wollte dazu nicht gedrängt werden, und er wollte doch unbedingt, dass sie tat, was er sich wünschte. Warum konnte er ihr jetzt nicht den Wunsch erfüllen, mit ihr zusammen in eine neue Stadt zu ziehen? Es war ja nur die gleiche Stadt. Es ging ja nicht darum, zusammenzuziehen. Die vergangenen Tage hatten sich komplett richtig angefühlt, dennoch hatte er ganz im Innersten schon begonnen, sich zurückzuziehen. Warum war die Verletzlichkeit nur manchmal umso größer, je unverbindlicher das Arrangement war?

Diese Traurigkeit im Glücklichsein, die er am Nachmittag zuvor gespürt hatte, die schien jetzt zum ersten Mal in diesen Tagen von Carolin Besitz zu ergreifen. Er hatte sich gefragt, wer von ihnen vielleicht als Erster aussprechen würde, was sie doch beide zu empfinden schienen. Irgendwann fragte er Carolin, ob alles in Ordnung sei. Sie legte den Kundera-Roman, in dem sie nun las, zur Seite – eine Weile hatte vorher vollkommene Stille geherrscht in dem kleinen Haus –, und dann sagte sie leise:

«Das alte Gefühl, sich ins Schneckenhaus zurückziehen zu wollen, stellt sich langsam wieder ein.»

«Hast du gedacht, dass das diesmal anders wäre?», fragte er.

Sie gab ihm keine Antwort auf seine Frage, lächelte nur stumm.

Warum konnte er sich denn jetzt nicht zu ihr bekennen? Er hatte in Gedanken oft versucht, sich mit Carolin eine Art von Zukunft vorzustellen. Irgendetwas, das wachsen könnte.

Er hätte ja sagen können: «Ich wollte schon immer nach Berlin.» Wäre ganz leicht gewesen. Stimmte aber nicht.

Die Wahrheit war, er wusste nicht, was er wollte. Er wollte sich nicht für etwas entscheiden. Er wollte abwarten, was vielleicht noch so alles passierte. Er wollte vielleicht auch ankommen, sicher. Aber nicht sofort. Irgendwann, nach einer Weile. Irgendwann im Leben irgendwo anzukommen, fand er durchaus ein vorstellbares Konzept.

Am nächsten Tag fuhren sie beide mit dem Zug zurück nach München. Es war ein Freitagabend. Sie übernachteten in Marcs Wohnung in dem schmalen Bett, das er dort immer noch stehen hatte, das Bett, das schon in seinem Jugendzimmer stand. Am nächsten Morgen fuhr Carolin weiter nach Berlin. Sie musste sich um eine Wohnung oder ein Zimmer kümmern. Marc blieb in München. Es sollte eine Weile dauern, bis sie sich wiedersehen würden.

FÜNF

Zwei Tage nachdem Carolin abgefahren war, betrat Marc den Vorraum einer großen Suite im Hotel Bayerischer Hof am Promenadeplatz. Als er vorsichtig angeklopft und dann die Tür geöffnet hatte, machten zwei Assistentinnen lautlos Zeichen, um ihm zu bedeuten, dass er leise sein solle. Sie standen vor einer großen Flügeltür auf der anderen Seite des Vorraums. Wie der Schauspieler hieß, der auch noch im Rennen war, wusste er nicht.

Dahinter ist jetzt also der andere dran, dachte Marc, als er sich umsah und überlegte, wo er sich hinsetzen könnte. Dass es so still war, machte ihn noch nervöser, als er sowieso schon war. Er nahm auf einem Sessel Platz, der zu einer Sitzgruppe mit beigen Bezügen gehörte, und versuchte, nicht an seinen Text zu denken. Als er die Sätze dann doch im Kopf durchging und prompt an einer Stelle, an der er beim Lernen immer wieder gescheitert war, nicht mehr weiterwusste, überlegte er, ob er die drei Seiten mit dem Dialog noch mal aus seiner Jackentasche nehmen sollte. Er verwarf die Idee gleich wieder, weil er Angst hatte, das Rascheln des Papiers könnte die Assistentinnen stören.

Nach einer Ewigkeit stieß der Kollege, der vor ihm dran war, endlich die Flügeltür auf, die Marc die ganze Zeit gebannt angestarrt hatte. Marc kannte seinen Konkurrenten vage von der Leinwand, er war viel älter als er. Er würdigte ihn beim Rausgehen keines Blickes. Marc überlegte, wie der Mann hieß, er kam nicht drauf. Dann war er endlich dran. Eine der Assistentinnen gab ihm ein Zeichen und begleitete ihn in den angrenzenden Hauptraum der Suite, wo eine weitere junge Frau schon hinter einer Videokamera bereitstand. Die Casterin saß auf einem Sofa, in einem Erker und besprach sich mit einem jungen Mann, der Marc den Rücken zugewandt hatte. Als er reinkam, rief die Casterin, die vielleicht Ende sechzig war, gepflegte blonde Haare hatte und auffallend roten Nagellack trug, ihm bereits aus der Entfernung zu: «Hi, I'm Kate. And you must be … ehm …» Sie suchte seinen Namen auf ihrem Zettel. «Yes … Marc. It's Marc, right?»

Marc nickte scheu. Wenn sie nach seinem Namen suchen musste, gab es vielleicht doch noch mehr Konkurrenten, von denen er nichts wusste? Der Aufwand, der hier betrieben wurde, schüchterte ihn ganz schön ein.

«Nice to meet you», sagte Kate dann und lächelte ihm zu, als ob sie ihn gleich zum Frühstück verspeisen wollen würde.

Der junge Mann bei ihr drehte sich um und musterte Marc von oben bis unten. Er hatte, obwohl wahrscheinlich noch keine dreißig, bereits schütteres Haar und trug eine eckige Brille mit schwarzem Rand, dazu ein schwarzes T-Shirt und schwarze Jeans mit schwarzen Reeboks.

«Yes, thank you for inviting me, Kate», antwortete Marc und ging auf die beiden zu, um sie zu begrüßen, wie es sich gehörte. «I'm a huge fan of …» Weiter kam er nicht, denn Kate hatte abrupt beide Hände in Abwehrhaltung vor ihr auffällig unauffällig operiertes Gesicht gehoben und unterbrach ihn sogleich in forschem Ton:

«I never shake hands, I never touch people. It's nothing personal, it's just that I don't want to catch a flu or something. I hope that's fine for you?» Der letzte Satz klang, obwohl besonders hell geflötet, wie ein strenger Befehl, und Marc antwortete pflichtbewusst:

«Sure. No problem. Absolutely fine with me.» Er sah sich in dem großen Raum um. Rechts neben dem Erker mit dem Sofa ging es in ein Schlafzimmer. Hohe Fenster mit strahlend weißen Gardinen und dunklen Vorhängen an der Seite ließen gedämpftes Licht herein. Von draußen war das Quietschen der Straßenbahn zu hören, die auf dem Promenadeplatz um die Kurve fuhr. Ein Scheinwerfer war in einer Ecke aufgebaut und leuchtete den Teil des Zimmers aus, in dem Marc unsicher herumstand und am liebsten direkt wieder gegangen wäre.

Der Reebok-Mann ging zu der Frau hinter der Kamera, setzte sich zu Füßen des Stativs in den Schneidersitz, nahm den Casting-Text zur Hand und wies Marc an, sich auf ein aus grünem Tape aufgeklebtes Kreuz auf dem Teppichboden, etwa drei Meter vor der Kamera zu stellen.

«I'll be reading Tom's lines for you, okay?», sagte er und guckte Marc dabei kaum an.

Marc nickte und schluckte ein wenig. Tom war Tom Cruise. Der Hauptdarsteller in dem Film, der auf einem U-Boot spielte und für den sie hier einen deutschen Kommandanten suchten, der Toms Nazi-Gegenspieler sein sollte. Marc fragte sich, ob er mit dreiundzwanzig Jahren nicht zu jung für die Rolle sein würde. Der Kollege vor ihm war mindestens fünfunddreißig.

Kate bat ihn noch, dass er nicht irritiert sein solle, wenn sie die Kamera erst einschalte, sobald sie etwas Interessantes sehen würde. Das mache sie immer so, sie schalte erst ein, wenn sie das Spiel eines Schauspielers interessant genug fände, um es auch auf Band aufzunehmen. Die Fernbedienung, mit der sie die Videokamera bedienen konnte, lag auf dem Sofa neben ihr. Die andere Assistentin, die ihn hineingeführt hatte, schloss die Flügeltür, die Kamerafrau sah ihn mit einem Blick an, der wahrscheinlich heißen sollte: «Bist du so weit?», und Reebok Man im Schneidersitz schob sich die Brille auf seine kahle Stirn, um auf den Text zu blicken, dann schob er sie wieder runter, sah hinauf zu Marc und machte ein erwartungsvolles Gesicht. Die Fernbedienung lag unberührt an ihrem Platz.

Als Marc mit der Szene fertig war, hatte er das Gefühl, das Vorsprechen komplett versemmelt zu haben. Er hatte nicht mitbekommen, ob Kate überhaupt die Kamera eingeschaltet hatte oder ob sie aus dem Fenster geguckt hatte, während er irgendwie versuchte, in die Figur reinzufinden. «Tom» war ein Gefangener der Deutschen, Marc sollte ihn verhören und rausbekommen, wo sich Nachschub-Schiffe der Amerikaner aufhielten, damit die deutsche U-Boot-Flotte sie versenken könne. Was er eben gespielt hatte, fühlte sich wie Instant Acting an. Als ob er löslichen Kaffee mit heißem Wasser aufbrühen würde, so wenig raffiniert und klischeehaft kam ihm sein Spiel vor. Reebok Man zu seinen Füßen leierte den Text vollkommen uninspiriert runter, und Marc fragte sich zwischendurch, ob er ihn eigentlich angucken sollte oder ob das dann für die Kamera aussähe, als ob er mit einem Kind spielen würde. Vielleicht war das aber auch Absicht, weil Tom Cruise ja bekanntermaßen so klein war und potenzielle Spielpartner sich schon mal daran gewöhnen sollten, nach unten zu spielen.

Irgendwann hörte er nur «Thank you» und stellte überrascht fest, dass Kate sein Spiel offenbar doch interessant genug gefunden hatte, um es auf Video zu bannen, denn sie legte gerade die Fernbedienung aus der Hand. Auch Reebok Man guckte viel freundlicher als vorher, und dann fragte Kate Marc auch noch zum Abschied, ob er in den nächsten Tagen «available» wäre und nach New York kommen könne, um den Regisseur zu treffen. Überraschenderweise kam sie dabei auf ihn zu und schüttelte ihm die Hand. Marc war verwirrt und euphorisch zugleich.

Als er keine vierundzwanzig Stunden nach dem Casting im Bayerischen Hof einen Anruf erhielt, war er total nervös. Die Casterin fragte direkt, wann er nach New York kommen könne. Und es klang, als wäre jede Antwort, die nicht «Spätestens morgen» lautete, bereits ein Grund, aus der möglichen Besetzung genauso schnell wieder rauszufliegen, wie er hineingewürfelt worden war. Der Regisseur, den er dort treffen sollte, war eine Legende. Er hatte in den Achtzigern Filme gedreht, die Marc noch als Teenager gesehen hatte. Richtige Blockbuster.

Zwei Tage später war es so weit. Er flog in die Stadt, von der er so oft mit Roy gesprochen hatte. Es war sein erster Besuch in New York. Roy war natürlich schon dort gewesen, aber als Kind, das galt irgendwie nicht. Sie hatten immer davon geträumt, dort eines Tages zusammen hinzuziehen.

Er war am späten Vormittag in München abgeflogen, und als er in New York landete, war es in Deutschland früher Abend. Bei der «Immigration» war die Schlange endlos, in New York war es erst Mittag, und er wäre am liebsten auf der Stelle eingeschlafen. Das Treffen sollte am nächsten Tag sein, eine Uhrzeit wurde ihm nicht genannt. Der Regisseur war auf Motivtour. Er würde Marc dann sehen, wenn es in seinen engen Zeitplan passe, wurde ihm mitgeteilt. Er solle sich ab acht Uhr morgens bereithalten. Ein Fahrer, der nur für ihn zuständig sei, würde ihn am Flughafen abholen und in das Hotel bringen, in dem auch der Regisseur wohne. Es kläre sich dann alles vor Ort, keine Sorge.

Der rundliche Immigration Officer war ziemlich unbeeindruckt, als Marc, auf die Frage nach dem Grund für seine Einreise, «I'm an actor and I'm here for a casting» antwortete, und nach ein paar stummen Sekunden hatte der Mann eine der Seiten für Visa und Sichtvermerke in der Mitte seines Reisepasses aufgeschlagen, den Einreisestempel reingedonnert und Marc das Dokument hingeschoben, ohne noch mal aufzuschauen.

Draußen hatte der Fahrer ihm den kleinen Rollkoffer abgenommen und brachte ihn durch den dichter werdenden Nachmittagsverkehr von JFK nach Manhattan ins Hotel. Das Waldorf Astoria hatte einen klangvollen Namen, aber als sie vor dem berühmten Gebäude aus den Dreißigern ankamen, bemerkte Marc, dass das Haus offenbar schon mal bessere Zeiten gesehen hatte. Alles war ein wenig angegraut und abgewetzt, die Sandsteinfassade ziemlich heruntergekommen. Als er das Foyer betrat, sah er ein großes Mosaik, in den Steinfußboden eingelassen. Frauen und Männer im Art-déco-Stil mit floralen Elementen ineinander verschlungen, das Leben als Kreislauf, von der Geburt bis zum Tod. Die dunklen, marmornen Türrahmen der Aufzüge waren umrankt von reich verzierten Frauenfiguren, die auf Metallflächen emporwuchsen, wie Schlingpflanzen, die sich bis hinauf zur Spitze des Gebäudes rankten.

Das Zimmer, das er bekam, war klein und hatte nichts vom Dreißigerjahre-Charme der Lobby. Ockerfarbener Teppichboden mit undefinierbarem Muster, gelbe schwere Vorhänge und ein blaues durchgesessenes Sofa. Es sah eher nach einem Hilton im mittleren Westen aus, das seine letzte Renovierung zu Beginn der Achtziger erhalten hatte.

Eine Sache gab es, die er unbedingt machen wollte, gleich nachdem er eingecheckt hatte: das Poster nachstellen. Genauer gesagt den Blick über die Stadt, der auf dem Poster zu sehen war. Dem Poster, das früher in so vielen Zimmern seiner Klassenkameraden hing. Den Blick über New York. Genauer gesagt, den Blick vom Dach des Empire State Buildings über die Skyline der Stadt, die alle Sehnsüchte vereinte, die man als deutscher Teenager in den Achtzigern haben konnte, den wollte er endlich live erleben. Den Central Park. Die ganzen dicht an dicht gebauten Wolkenkratzer. Auf der einen Seite der East River, auf der anderen der Hudson. Die Fähre, die morgens von New Jersey nach Manhattan fährt. Carly Simon dazu, «Let the River Run». Working Girls. All die Hoffnungen all der Hollywood-Figuren, die dem amerikanischen Traum nachjagen. Du kannst es schaffen. Wenn du dich anstrengst und nur hart genug arbeitest, kannst du es schaffen. Es waren nur zwanzig Minuten zu Fuß zum Empire State Building.

Noch während er im Aufzug nach oben fuhr, hatte er seinen Walkman ausgepackt, er hatte ihn extra für diesen Moment mitgenommen. Es sollte wie im Kino sein. Kurze Schnittbilder, und darunter läuft Musik. Der Moment, wenn ein guter Film eine Atempause macht. Unter der ein Song liegt, der alle Sehnsucht vereint, die man als Münchner Teenager in sich tragen konnte. Ein Song, wegen dem man den Soundtrack des Films kaufen wollte, gleich nachdem man das Kino verlassen hatte. Er ließ die Klaviertöne aus Billy Joels «New York State of Mind» in sein Ohr tröpfeln. Der Abendverkehr, gelbe und rote Lichter der vielen Autos tief unten in den Straßenschluchten. Totale Freiheit. Unfassbar, das jetzt zu sehen, nur ein paar Stunden nachdem er Europa zum ersten Mal verlassen hatte. Live und echt. Nicht im Kino. Saxofon dazu, in keinem Song aus dieser Zeit durfte das Saxofonsolo fehlen.

Er kam oben auf dem Empire State an, als eine blaue Stunde die dunstige Stadt in ein weiches Abendlicht tauchte, sodass das Bild, das sich ihm bot, beinahe schon wieder unecht wirkte. Er blieb bis nach Einbruch der Dunkelheit auf der Aussichtsterrasse. Marc konnte sich gar nicht lösen vom Blick auf den Central Park, auf die vielen gewaltigen Gebäude mit all den Lichtern, die nach und nach hinter den Fenstern angegangen waren. Die Fenster, hinter denen so viel Leben stattfand, das er aufsaugen wollte.

Er hatte einen Stadtplan aus dem Hotel dabei, ganz grob, nur die wichtigsten Straßen waren drauf. Nicht mal Manhattan war komplett abgedruckt. Er ließ sich, als er das Gebäude verlassen hatte, einfach noch ein wenig durch die abendliche Stadt treiben, von einem Gefühl kindlicher Neugier und Abenteuerlust getragen, das sich gerade in ihm breitmachte. Er hätte gern die Subway genommen, wäre irgendwohin gefahren. Wäre über die Absperrung gesprungen, weil er keinen Token für die Bahn gehabt hätte. Das machten doch alle hier so, und er hätte es gerne genauso getan. Stattdessen lief er allein die knapp zwölf Blocks bis zum Waldorf Astoria zu Fuß zurück. Durch das abendlich warme Spätsommer-New-York. Umgeben von all den Lichtern, den Hupen und Polizeisirenen, die hier genauso aussahen und klangen wie in den ganzen Filmen, die er gesehen hatte.

Er lief durch die Straßen und fragte sich, wer er denn nun war. Er selbst. Marc.

Auch wenn er gerade dabei war, hier seine ersten Erfolge verbuchen zu können, war er immer noch leicht zu verunsichern, wenn ihm nicht ganz klar war, was von ihm erwartet wurde.

Konnte er sich noch auf sein Talent verlassen, zu erspüren, was die anderen von ihm sehen, von ihm haben wollten? Wer er für sie sein sollte? Das konnte er doch immer von ihren

Gesichtern ablesen. An ihrer Körpersprache erkennen. Aus ihren Stimmen heraushören.

Warum hatte er selbst auf einmal ein ganz anderes Gefühl gehabt, wie sein Spiel wirkte, als er der Casterin in dieser riesigen Suite gegenüberstand? Was hatte sie nur in seinem Spiel gesehen, das er selbst oberflächlich und uninspiriert, ja geradezu künstlich fand?

Es kam doch sonst nicht so oft vor, dass er sich täuschte. Er war doch immer so gut darin, der zu sein, der gewünscht wurde. Und warum konnte er sich nicht auf Carolin einlassen, als sie sich ihm gegenüber geöffnet hatte in Italien? Was hinderte ihn, klare Entscheidungen zu treffen? Auf der Lexington Avenue hatten ein paar Arbeiter den Asphalt aufgerissen. Die Schweißfunken, die sie verursachten, als sie dabei waren, ein Rohr aufzutrennen, das in der Erde lag, flogen durch die Nachtluft, und aus einem Gully vor ihm stieg heißer Dampf auf, als hätte ein unsichtbarer Regisseur die Klischees aller New-York-Bilder auf einmal inszeniert, nur für ihn.

Am Nachmittag des nächsten Tages traf er endlich den Regisseur in einem kleinen Besprechungsraum des Waldorf Astoria, der fast vollständig von einem großen Konferenztisch ausgefüllt wurde. Kurze Zeit später wurde ihm klar, dass er sich vielleicht doch nicht so sehr getäuscht hatte, als er vermutete, dass sein Casting eher mittelmäßig gewesen war. Neben dem Regisseur – einem Riesenkerl von etwa fünfzig Jahren mit kantigem Kopf und mächtigem Bauch, er trug hellblaue Karottenjeans und weiße Joggingschuhe zu einem weiten, karierten Kurzarmhemd –, saßen der Produzent, ein Italiener mit Glatze, der aussah, als sei er der Schutzgeldeintreiber ganzer Blocks in Little Italy, und weiter hinten der Drehbuchautor, ein Mann mit schulterlangen grauen Haaren, die langsam licht zu werden schienen. Der Regisseur reichte

Marc seine riesige Pranke und fragte: «How are you, Marc? It's great to have you with us here in New York.»

Der Produzent blickte nur mürrisch von seinem Platz am Konferenztisch in Marcs Richtung und nuschelte etwas, das vielleicht eine Begrüßung sein sollte. Der Autor erhob sich kurz von seinem Platz am hinteren Ende des riesigen Tisches, winkte freundlich und hauchte ein sympathisches «Welcome», dann vergrub er sich wieder hinter irgendwelchen Papieren. Er sah als Einziger im Raum nicht furchteinflößend, sondern fast rührend unbeholfen aus.

Im Verlauf des Gesprächs, das der Regisseur mit Marc führte, während der Produzent leise telefonierte und der Autor ständig mit Papier raschelte, stellte sich heraus, dass der U-Boot-Kommandant im Film längst besetzt war. Mit einem niederländischen Kinostar, ein gutes Stück älter. Sie hatten Marc nur nach New York geholt, um ihm die Rolle eines Maschinisten anzubieten, der zwar in einigen Szenen des Films vorkam, aber kaum Text hatte. Es fiel Marc schwer, seine Enttäuschung zu verbergen. Der Regisseur ließ sich vom Autor vier Seiten einer Szene reichen, die einzige, in der der Maschinist mehr als zwei Sätze hatte, und bat Marc um ein Cold Reading, also eine Textprobe, bei der ohne Vorbereitung abgelesen wurde. Vor lauter Überrumpeltsein brachte Marc kaum zwei gerade Worte heraus und merkte schnell, dass nicht nur der Mafiaproduzent, sondern auch der Regisseur Zweifel bekamen, ob sie hier den richtigen Mann eingeladen hatten. Nach dem dritten Versuch, bei dem Marc vor lauter Scham das Blut in den Kopf stieg und er alle Kraft darauf verwendete, irgendwie den Text rauszupressen, wurde es wirklich schlimm. Er gab sich die größte Mühe, bis ihm irgendwann die Textseiten in den Händen zu zittern begannen. Er merkte, wie er gerade dabei war, komplett zu versagen.

Da legte der Regisseur seine riesige Pranke auf Marcs Schulter und sagte nur: «Oh boy. You seem like a nervous fella. What are you gonna do if Tom stands in front of you?» Der Produzent hatte sein Telefonat beendet und blickte Marc kalt an, wie einen Typen, den er verdächtigte, ein Polizeispitzel zu sein. Nur der Autor sah aufmunternd herüber und grinste immer noch schief, als wolle sagen: «Kopf hoch, Junge, das wird schon irgendwie.»

Einen Tag später, im Flugzeug zurück nach Deutschland, war ihm klar, dass nicht nur der U-Boot-Kommandant an der Seite von Tom Cruise von jemand anderem gespielt würde, sondern dass er auch noch seine letzte Chance auf einen Maschinisten, der kaum zehn Worte im ganzen Film sprach, vor die Wand gesetzt hatte. Er wurde das Gefühl nicht los, lauter falsche Entscheidungen getroffen zu haben.

Ein halbes Jahr später lud Henning ihn ein, nach Berlin zu kommen. Marc hatte wieder ein Theaterengagement angenommen und sich diesmal für ein ganzes Jahr verpflichtet. Er spielte in Leipzig, es war nicht weit nach Berlin. Während der Zeit an der Schauspielschule in München hatte er ihn einmal in Berlin besucht und das ganze Wochenende, das er damals bei ihm verbrachte, praktisch gar nicht geschlafen, weil sie immerzu unterwegs waren. Henning war jetzt genau der Richtige, um Marc aus der leichten Trübsal, in der er seit der verunglückten Geschichte mit Carolin vor sich hin dümpelte, herauszureißen. Außerdem war gerade Berlinale, und er hoffte, sich mit Henning auf die ein oder andere

Party zu stehlen, mit ihm kam man überall rein, auch wenn man nicht eingeladen war.

Als er am Bahnhof Zoo ankam, nahm er die S-Bahn zur Warschauer Straße und lief zu Fuß bis zu Hennings Wohnung in Friedrichshain. Er hatte sich beim letzten Mal nur den Boxhagener Platz gemerkt, aber als er in der Grünberger ankam, in der Nachbarschaft jeder Menge besetzter Häuser, erinnerte er sich wieder an das Haus und suchte eine Klingel, an der Hennings Name stand. Die Gegensprechanlage sah nicht aus, als ob sie funktionieren würde, der Lautsprecher über dem Klingelbrett war mit mehreren Aufklebern zugeklebt. Einige Klingeln fehlten komplett. Wie damals bei Amy in Barcelona, dachte Marc. Als der Türsummer brummte, öffnete er die Haustür und ging hinein. Die Mietskaserne unterschied sich kaum von den besetzten Häusern ringsum. Alles war voller Graffiti, manche Wohnungen standen leer, das Gebäude sah recht mitgenommen aus. Er lief in den zweiten Hinterhof, wo Henning im Seitenflügel in einer kleinen Zweizimmerwohnung wohnte. Das Hinterhaus war erstaunlicherweise in besserem Zustand als das Vorderhaus. Es schien einen neuen Anstrich zu haben, Marc konnte sich nicht erinnern, ob das bei seinem ersten Besuch schon so war.

Er stieg die Treppen hinauf, Henning stand in Boxershorts in der Wohnungstür und kratzte sich am Bauch. Marc war selber überrascht, wie sehr er sich über das Wiedersehen freute, und auch Henning war sichtlich froh, ihn zu sehen.

«Was macht das Leben in Dresden?», fragte er und nahm Marc die kleine Tasche, die er dabeihatte, aus der Hand.

«Leipzig», antwortete Marc. «Ich bin in Leipzig, nicht in Dresden.»

Er hatte sich schon daran gewöhnt, dass Leute aus der alten Bundesrepublik keinen Unterschied machten zwischen den beiden Städten. Dresden oder Leipzig war für sie alles eins. Irgendwo im Osten halt. Marc war sich da einig mit den Leipzigern, dass das nicht besonders einfühlsam war von den Westdeutschen. Aber Henning konnte er nichts übel nehmen.

«Es gibt morgen Abend eine Premiere mit einem Wettbewerbsfilm auf der Berlinale, ‹Larry Flint›, da hab ich Karten gekriegt, läuft im Zoo Palast», sagte Henning, als sie in der kleinen Küche saßen.

«Wie hast du das wieder hinbekommen?», fragte Marc.

«Ich hab mich morgens ganz früh in die Schlange gestellt und hab am Schalter Karten erstanden.»

«Du ganz früh in die Schlange?» Marc zog die Augenbrauen hoch.

«Na ja, ich war noch wach, und weil ich wusste, dass du kommst, hab ich mich da angestellt, als ich auf dem Heimweg von irgendwo war. Das hat sich so ganz gut ergeben.»

«Großartig», antwortete Marc. «Danke.»

«Kein Ding», sagte Henning. «Ich hab sogar drei Karten bekommen. Ich hoffe, du hast nichts dagegen, dass Roy auch mitkommt?»

Als sie sich am nächsten Abend in Hennings klapprigem weißem Polo auf den Weg zum Zoo Palast machten, waren sie spät dran. Marc befürchtete, dass sie den Anfang des Films verpassen würden, und als Henning meinte, dass sie vorher auch noch Roy in Wilmersdorf abholen müssten, schnaufte er hörbar aus.

«Kann der sich nicht ein Taxi nehmen?»

«Ich hab's ihm versprochen, Marc», antwortete Henning. «Kennst ihn doch. Keine Sorge, das liegt quasi auf dem Weg, schaffen wir alles locker.»

Während Henning mit einem Affenzahn durch die Stadt fegte, erzählte er, dass er sich jetzt für Japanologie eingeschrieben habe. Marc suchte vergeblich nach dem Anschnaller am Gurt. «Gratuliere», murmelte er und stellte fest, dass das Ding abgerissen war. Henning studierte seit Jahren an wechselnden Fakultäten vor sich hin. Er belegte Kurse nach Neigung und Interesse und achtete dabei nicht besonders darauf, ob einer seiner Studiengänge karrieretauglich war. Er hatte sowieso keine Lust auf Karriere. Er war froh, hier in Berlin das Erwachsensein so lange wie möglich hinauszögern zu können.

Hennings Vater schickte Monat für Monat Geld, das ausreichte, in dieser Stadt, in der alles fast nichts kostete, bequem zu leben. Sehr bequem sogar. Henning war schon immer der Anspruchsloseste von ihnen gewesen. Das Einzige, wofür er Geld ausgab, war eigentlich das Nachtleben. Er ging gern in Läden, die bis weit in den Morgen offen hatten. Dort trafen sich nach getaner Arbeit diejenigen, die nachts in den Bars und Puffs arbeiteten. Er trank und rauchte mit den schönsten und schrägsten Nachtgestalten bis in den Vormittag und ließ mit ihnen ihren Arbeitstag ausklingen, der eben die Nacht war. Da man zum Studieren jedoch meist vormittags präsent sein musste, nahm seine Anwesenheitszeit an der Uni im Verlauf jedes Semesters rapide ab.

Henning war nicht etwa zu dumm fürs Studieren. Im Gegenteil, vielleicht war er der Schlauste von ihnen. Sein Geist schwang nur freier als der der meisten anderen Menschen. Gerade das mochte Marc an ihm. Aber sein Mangel an Disziplin und Ausdauer und sein sprunghaftes Wesen machten ihn für ein ordentliches Studium und generell für das, was man den Ernst des Lebens nennt, ungeeignet. Einmal verkündete der Professor in einem Seminar, er suche hier unter den Fleißigen die Unermüdlichsten. Henning antwortete, da sei er bei ihm an der falschen Adresse, er sei unter den Faulen der Antriebsloseste.

Mit dieser Eigenschaft wurde er zum perfekten Stadtführer

für alle Berlinbesucher aus der alten Münchenwelt. Henning kannte all die Clubs und halb legalen Bars in den Kellern der Stadt, die der Einfachheit halber gleich nach den Wochentagen hießen, an denen sie geöffnet waren. Manchmal war der Mittwochsclub aber freitags offen, oder ein Laden, der sich gestern noch in Mitte befand, war heute schon nach Friedrichshain umgezogen. Man konnte da als Ortsfremder leicht durcheinanderkommen. Henning war der Freund aller Türsteher und Clubbetreiber der Stadt. Und er wusste für jede Nacht den richtigen Ort.

Marc kannte sich in Berlin zwar nicht so gut aus, aber als die Fahrt kein Ende nehmen wollte, wurde er den Eindruck nicht los, dass der Weg über Roys Wohnung nicht gerade der direkteste war, um zum Zoo zu kommen. Er verzichtete darauf, etwas zu sagen, und hoffte einfach, dass der Abend hielt, was sie sich davon versprachen. Alle wieder vereint und alles wieder wie früher. Er freute sich auf das Wiedersehen.

Als sie ankamen, hupte Henning auf der Straße mehrmals laut, sodass die Leute aus den Häusern schauten. Von Roy natürlich keine Spur. Sie standen vor einem schönen Altbau in der Emser Straße, nicht weit vom Kurfürstendamm. Hinter den herrschaftlichen Fenstern der Beletage war eine Bogenlampe von Flos zu sehen. Marc dachte sich die Einrichtung der Wohnung wie ein Bühnenbild an der Schaubühne, lauter Designklassiker, als hätten Erich Wonder oder Karl-Ernst Herrmann die Ausstattung besorgt. Bestimmt war das auch eine Wohnung seiner Mutter. Sie sammelte Immobilien, und sie mussten immer passend zum jeweiligen Ort ausgestattet sein.

«Wieso seid ihr denn auf einmal so dicke miteinander?», fragte er Henning, der irgendwas unter seinem Sitz zu suchen schien.

«Lustig, oder?» Henning schraubte an der Rücklehne und

brachte sich in eine bequemere Position. Offenbar stellte er sich auf eine längere Wartezeit ein.

Eigentlich war Henning doch Marcs Freund. Roy hatte ihn nie groß beachtet. Gut, er war damals am Mittelmeer dabei gewesen. Und seine Schwester Véronique war einer der heißesten Feger des Münchner Nachtlebens geworden. Aber Marc war das Gefühl nie losgeworden, dass Roy nicht verstanden hatte, was er an Henning fand. Roy hielt ihn für einen Schlaumeier mit komischem Geschmack, was Klamotten und Frauen betraf. In Berlin allerdings hatte er offenbar begonnen, ihn in einem ganz anderen Licht zu sehen. Und Henning war derselbe herzliche Mensch geblieben wie immer. Er behandelte Roy ohne Vorbehalt, obwohl er dessen Herablassung doch gespürt haben musste. Aber Henning war nicht nachtragend. Er fand, jeder habe eine zweite Chance verdient.

«Obwohl er dich immer behandelt hat wie einen lästigen Pickel? Weißt du noch, wie er gesagt hat, wenn wir zu dritt vor dem Roxy standen und der Türsteher fragte: ‹Wie viele seid ihr?› ...»

«Nur wir zwei», unterbrach Henning ihn gelangweilt. «Das ist lange her, und ich glaube, er schämt sich ein bisschen dafür. Das würde er natürlich nicht laut sagen, aber ich finde ihn zurzeit für seine Verhältnisse erstaunlich selbstkritisch.»

Er nahm eine Jacke, die auf der Rückbank lag, knüllte sie zusammen und schob sie sich in den Nacken. Vielleicht hatte er ja bereits aufgegeben zu hoffen, dass sie es rechtzeitig zur Premiere schaffen würden, dachte Marc. Im Haus brannte immer noch Licht hinter Roys Fenstern.

Jetzt hatten die beiden sich also gefunden. Was hinter ihnen lag, spielte keine so große Rolle mehr. Das, was vor ihnen lag, war viel zu aufregend, um zurückzuschauen.

Henning erzählte, wie sie begonnen hatten, jeden Abend

auszugehen. Roy war wie ausgewechselt in Berlin. Und weil Henning allen Menschen gegenüber so offen und entwaffnend ehrlich auftrat, war er nach wie vor umgeben von einem Schutzschild der Unschuld.

«Ich glaube, ich bin sein neues Vorbild. In ein paar Sachen jedenfalls. Aber ich trau ihm nicht ganz über den Weg. Ich schau mir erst mal noch ein bisschen an, wie der Prinz von der Ludwigshöhe sich hier neu erfindet.»

Marc war beeindruckt, wie Henning über Roy sprach. So ebenbürtig war er ihm in all den Jahren nie gewesen. Jetzt erlosch das Licht in der Beletage.

Als Roy ins Auto stieg, nahm er Marc gleich von der Rückbank aus in einen liebevollen Schwitzkasten. Henning schlug vor, sie könnten ja knobeln wie damals in Frankreich, wer vorne auf dem Beifahrersitz sitzen dürfe. Roy winkte nur ab.

«Lass lieber mal Gas geben, der Film fängt ja gleich an.»

Kurze Zeit später parkte Henning verbotenerweise neben der Gedächtniskirche. Er ignorierte den strengen Blick eines Polizisten, der Gott sei Dank an einem Absperrgitter um das Kino für die Sicherheit der Premierengäste zu sorgen hatte und keine Zeit zum Einschreiten fand. Als sie an ihm vorbeikamen, winkte Henning ihm fröhlich zu. Auf dem roten Teppich drehte sich gerade Courtney Love im Blitzlichtgewitter der Fotografen. Daneben stand Woody Harrelson und grinste sein Woody-Harrelson-Grinsen. Die beiden spielten die Hauptrollen in dem Film über den Herausgeber des «Hustler». Marc liebte Harrelson seit seinem Auftritt in «Natural Born Killers» an der Seite von Juliette Lewis, dreimal hatte er den Film gesehen. Im Kino war es proppenvoll, und der Film entpuppte sich als besser als erwartet. Harrelson war großartig, fanden sie alle drei übereinstimmend.

Als sie den Zoo Palast nach dem Film verließen, standen draußen große schwarze Busse, mit denen die Premierengäste zur Party gefahren wurden, die der amerikanische Verleiher jetzt gab. Henning befahl Marc und Roy, kurz zu warten, und kam dann mit seinem Polo direkt vor das Kino gefahren. Offenbar war er trotz seines total illegalen Parkplatzes nicht abgeschleppt worden. Er schob sich zwischen zwei der Busse, kurbelte das Beifahrerfenster runter und rief den anderen zu, dass sie schnell einsteigen sollten. Dann fuhr er seelenruhig einem der Busse hinterher.

Sie landeten vor einer alten Industriehalle irgendwo draußen an der Spree, fast schon in Oberschöneweide, und Henning war erst mal ratlos. Das war keiner der Clubs oder Läden, die er kannte. Nicht mal er war hier schon gewesen.

«Das einzig Gute ist, dass wir schnell wieder bei mir zu Hause sind, wenn wir nicht reinkommen», sagte er, als sie das heruntergekommene Gelände aus dem Wagen heraus skeptisch beäugten. «Dann feiern wir einfach bei mir, oder?»

«Abwarten», sagte Roy nur und machte ein zweifelndes Gesicht, als sie die Warteschlange sahen. Sie stiegen aus und standen kurz darauf etwas verloren am Rand rum. Sie beobachteten die geladenen Gäste, wie sie aus den Bussen, Taxen und Limousinen stiegen und einer nach dem anderen in der riesigen Halle verschwanden. Und fast hätten sie das Unterfangen, sich auf die Party zu schummeln, wieder aufgegeben – da pfiff Roy plötzlich laut auf seinen Fingern. Über den kleinen roten Teppich vor dem etwas windschiefen Eingangsbaldachin, der von kräftigen Männern in langen Mänteln bewacht wurde, die sich gewissenhaft die Einladungen der Besucher zeigen ließen, ging jetzt, Marc konnte seinen Augen kaum trauen: Carolin.

Roy warf ihm einen kurzen Blick zu: «Willst du, oder soll ich?»

Marc verstand nicht gleich. Ihm war bisschen komisch

zumute, sie so unerwartet auf einmal wiederzusehen. Erst Roy, mit dem er an diesem Wochenende gar nicht gerechnet hatte, dann Carolin, er fragte sich, ob das Zufall war. Sie hatte kürzere Haare als letzten Sommer, ansonsten sah sie genauso fantastisch aus wie immer. Als Marc keine Anstalten unternahm, sich bemerkbar zu machen, pfiff Roy erneut. Die wartenden Gäste blickten irritiert in Richtung der drei komischen Jungs, die da in ihren Winterjacken etwas unbeholfen am Rand rumstanden.

«Carolin!», rief er laut. Henning hatte keinen Plan, was gerade ablief. Er hatte Carolin nur einmal kurz gesehen, damals in Frankreich. Er hätte sie nicht mal wiedererkannt, wenn sie ihm in der S-Bahn gegenübergesessen hätte.

Carolin versuchte, in der Dunkelheit auszumachen, wer da nach ihr rief. Roy ging lässig auf die Schlange der Wartenden zu, trat zu ihr hin, breitete die Arme aus, begrüßte sie mit Küsschen rechts und Küsschen links, während Marc und Henning langsam folgten und in den hell ausgeleuchteten Eingangsbereich neben die Absperrung traten. Da standen sie plötzlich alle vier beieinander, im Scheinwerferlicht einer Filmpremierenparty in Berlin. Marc war ein bisschen wackelig zumute.

«Was macht ihr denn hier?», fragte sie und lächelte Marc unsicher zu, als sie ihn entdeckte.

«Wir wollten auf die Party», sagte Roy strahlend. «Henning hat versprochen, das zu organisieren, aber er hat sich da wohl ein bisschen zu weit aus dem Fenster gelehnt. Kannst du uns irgendwie auf die Gästeliste bringen?»

Henning grinste schief und hob die Hand verlegen zum Gruß, als wolle er sagen: «Ist nicht schlimm, wenn's nicht klappt.»

Carolins Blick hing immer noch an Marc: «Du bist in Berlin?»

Ihm war, als könne sie es nicht richtig glauben. War das Zweifel oder Freude in ihren Augen gerade? Er lächelte und versuchte, sich ganz normal zu verhalten.

Dann redeten alle los, es herrschte ein aufgeregtes Durcheinander, und Marc konnte nicht sagen, ob die Aufgekratztheit, mit der Carolin sich jetzt für sie ins Zeug warf, ihre neue Art war.

«Ich hab nur eine Pressekarte für mich, ohne Begleitung», sagte sie zu Roy. «Aber ich bin sicher, für drei schöne Männer lässt sich ein Weg finden. Ich frag da mal jemanden, der hier was zu sagen hat.» Sie fischte ihr Telefon aus der Tasche und wählte eine Nummer. «Der Chef vom Verleih. Ich hoffe, er geht ran ...»

Und tatsächlich konnte sie ihn überreden, ihre alten Freunde auf die Party mitbringen zu dürfen. Kurze Zeit später schritten die vier, als täten sie nichts anderes in ihrem Leben, über den Teppich, der in dieser Gegend vor der heruntergekommenen Halle irgendwie deplatziert wirkte, vorbei an kräftigen Männern, denen der Atem in der kalten Abendluft gefror.

Henning machte einen blöden Spruch über die Wichtigtuerei der Aufpasser. «Als wenn das hier Hollywood ist oder was?», raunzte er, als er nachdrücklich gebeten wurde, seine Jacke an der Garderobe abzugeben. Marc fürchtete schon, wenn er so weitermachte, würden sie hier gleich wieder rausfliegen. Aber jeder bekam am Counter hinter der Tür ein Bändchen verpasst, und dann waren sie drin.

Leider war es auf der Party nicht so aufregend, wie sie gehofft hatten. Die Premierengäste verteilten sich recht weitläufig in dem riesigen kahlen Raum, der sich vor ihnen auftat. Zur Spree hin gab es eine große Fensterfront, überhaupt sah alles so aus, wie sich Amerikaner das abgerockte Berlin vorstellen, dachte Marc. Ein DJ spielte Siebzigerjahre-Musik, an mehreren Bars konnte man sich etwas zu trinken holen. Auf einer Art Empore hinter einer Absperrung drängten sich ein paar Fotografen. Das war der VIP-Bereich, in dem wohl auch Courtney und Woody irgendwo rumhingen, wenn sie nicht schon längst im Hotel oder wieder im Flieger zurück nach Amerika waren, erklärte Carolin und zuckte mit den Schultern.

Marc wunderte sich, wie anders sie sich benahm als vor einem halben Jahr. Sie schien jetzt wieder viel mehr die Frau, die er aus Frankreich in Erinnerung hatte. Er war sich nicht sicher, welche Carolin ihm lieber war. Die zerbrechliche oder die unnahbare, die sich im Nachtleben so selbstverständlich bewegte wie jetzt gerade. Bisher hatte sie kaum ein Wort mit ihm gesprochen. Sie sah meist auch nur Roy oder Henning an, wenn sie etwas sagte. Roy bestellte Drinks, und sie alle stießen auf das unverhoffte Wiedersehen an.

Marc fand Carolin plötzlich wieder so verführerisch wie am ersten Tag. Warum war das so? Als er mit ihr in Italien war, hätte er doch nur *Ja* sagen müssen zu ihrem Angebot, mit nach Berlin zu kommen. Warum wollte er denn damals nicht, und warum fand er sie jetzt wieder sofort so anziehend? Lag es daran, dass sie mit Roy so eng zu sein schien? Oder dass sie auf einmal wieder so unerreichbar war wie in Barcelona? Ihm kam der Gedanke, dass sein Unentschiedensein sie damals vielleicht mehr verletzt hatte, als sie zugeben wollte. Vielleicht hatte sie seine Verbindlichkeit zunächst womöglich angenehm, seine Ungeschicklichkeit nicht peinlich, sondern sogar rührend gefunden. Aber fand sie das jetzt immer noch, in dieser neuen Welt, in der sie nun lebte? Er wurde immer unsicherer, als er sie mit Roy lachen sah, während sie ihn kaum zu beachten schien. Die Hingabe, mit der Marc sie damals umgarnte, die Fantasie, die er entwickelt hatte, um sie mit einer selbst aufgenommenen Kassette nach Italien zu locken, das hatte sie bestimmt schön gefunden. Wahrscheinlich spürte sie bereits in Muslone, dass ihn immer etwas bremste, dass er, trotz des anfangs großen Engagements, sie zu gewinnen, etwas zurückhielt. Hier wurde ihm auf einmal klar: Sie ahnte längst, dass seine Verbindlichkeit eigentlich nur die Scheu davor war, sich ganz zu zeigen als der, der er war. Seine Höflichkeit war am Ende nichts anderes als Konfliktvermeidung. Er wollte unter allen Umständen gemocht werden, selbst, wenn er sich dafür verleugnete.

Er wusste plötzlich selbst nicht mehr, warum ihm das Casting in New York so wichtig gewesen war. Um unabhängig zu sein? War es die Aussicht auf den Film in den USA? Wollte er weiter warten, was sich in seinem Leben noch alles ergab? Er hatte ihr, nachdem er schneller wieder aus New York zurück war als erwartet, ein oder zwei Nachrichten geschickt, die sie natürlich unbeantwortet ließ.

Sie sah unglaublich aus, die kürzeren Haare standen ihr. Überhaupt wirkte sie stabiler, selbstbewusster. Dass Roy mit ihr so vertraut war, irritierte ihn.

«Scheint ja ganz gut zu laufen bei dir? Das Zeitungspraktikum war also doch keine so schlechte Idee deines Vaters?», fing er an, um mit ihr ins Gespräch zu kommen.

«Es ist 'ne gute Zeit für Klatschjournalisten in Berlin. Besser, als ich geglaubt hatte», sagte sie und blitzte ihn an.

«In meinem Job bin ich beinahe jede Nacht irgendwo unterwegs. Hier in Berlin gibt's für jeden Freak eine Freakshow, für jeden Fetisch einen Ort. Wenn alle Partys abgefrühstückt sind und selbst die Paris Bar zumacht, gibt es immer noch irgendeinen Laden, der aufhat.»

«Das Kumpelnest hat auf jeden Fall immer auf. Da waren wir letztes Mal, als du mich besucht hast, Marc», warf Henning ein.

«Wo du mit der Dicken rumgefummelt hast?»

«So dick war die gar nicht.»

Marc erinnerte sich an den kleinen Laden in Schöneberg, in dem man alles erleben konnte. Wirklich alles. Henning hatte ihm seit Jahren davon vorgeschwärmt und ihn dann natürlich auch hingeschleppt. Sein Lieblingsladen. Manchmal war es morgens um sieben so voll, dass man sich zwischen klatschnassen Körpern durchquetschen musste und sich, inmitten der ekstatischen Menge, plötzlich neben Leuten wiederfand, die sich gegenseitig auf durchaus interessante Art Befriedigung verschafften, sodass man dabei noch was lernen konnte. Manchmal war es auch total leer, und nur ein paar Verstrahlte der Nacht drehten ihre Gespräche zum wiederholten Mal im alkoholgetränkten Kreis. Gewichtige Worte, von schweren Zungen mühevoll geformt, kullerten durch den bunt tapezierten Raum wie müde Flipperkugeln.

Marc hatte an der Bar gesessen, über der ein gepolsterter Himmel mit einer Art Weihnachtslichterkette schwebte. Dahinter unzählige Flaschen Alkohol. Die Frontseite der Theke war mit einem seltsamen, groß gemusterten Teppichstoff bezogen, den er die ganze Zeit anfassen musste, obwohl oder gerade weil er sich davor eigentlich ekelte. Aber der Stoff war weich wie die Sessel bei Großmama, und wenn man gegen den Strich fuhr, war es wie eine kleine Handmassage.

Roy riss das Gespräch wieder an sich und sprach davon, dass er in Berlin bald etwas Neues aufmachen wolle, eine Galerie, viel größer noch als die, die er in München auf die Beine gestellt hatte.

«Da werden sich die Spießer da unten schön wundern, wenn sie mitbekommen, dass hier in Berlin die besseren Partys stattfinden als in München. Die besseren Künstler sind sowieso alle hier. Das haben die nur noch nicht gecheckt in ihrem Kaff. Die Zukunft findet hier statt.»

«Und wenn's ihnen einer zeigen sollte, dann du, oder? Der große Galerist und Partyveranstalter!»

«Hey», sagte Roy grinsend, «seit wann dürfen Frauen ungefragt das Wort ergreifen, wenn sich die Männer unterhalten?» Er sagte es ironisch, aber es war klar, dass das nur ein Trick war, um das, was er dachte, ungestraft aussprechen zu können. Carolin konterte souverän:

«Das ist in München zwar verpönt, aber in Berlin ganz normal, mein Schatz.»

Ihr Spott hatte einen Unterton, der Marc irritierte. Wieder schien es ihm, als würden Carolin und Roy sich auf einmal überraschend gut kennen. Hatte er da irgendetwas verpasst? Plötzlich verabschiedete Carolin sich. Wegen ihm vielleicht? Das war doch lächerlich, dachte er und zwang sich, nicht jede ihrer Regungen auf sich zu beziehen.

«Ich geh jetzt mal da rauf auf die Empore zu den wichtigen Leuten», sagte sie, «und versuche ein paar Sätze von Courtney über ihr Leben als Witwe und alleinerziehende Mutter zu bekommen. Sehen wir uns später noch?»

Sofort bildete Marc sich ein, dass diese Frage nicht an sie drei, sondern nur an Roy gerichtet war. Das Ganze fühlte sich so an, als ob das hier ein Zwiegespräch zwischen Roy und Carolin war, und Henning und er nur Zaungäste.

Roy sagte: «Mal schauen, sieht ja nicht so prickelnd aus. Alt werden wir hier bestimmt nicht. Außer du holst uns da hoch in deinen Kreis der Erlesenen und Auserwählten?»

«Ich guck mal», sagte sie. «Der Chef vom Verleih steht auf mich.» Sie machte einen koketten Gesichtsausdruck und tat so, als würde sie rot, während sie das sagte. «Aber ich glaube nicht, dass ich euch alle drei reinbekomme.» Marc hatte den Eindruck, dass dieser Satz auch als Hinweis zu verstehen sein könnte, dass er das Feld von alleine räumen solle.

Als sie sich umdrehte, fasste er sie am Arm und fragte,

ob er sie einen Moment allein sprechen könne. Sie sah ihn an, als müsse sie über diese Frage erst einmal nachdenken, dann nickte sie. Sie gingen ein Stück weg von den anderen und hockten sich auf einen Betonblock in der Ecke. Marc hatte das Gefühl, dass Carolin sich kurz sammeln musste für die Begegnung mit ihm. Sie strich ihr Kleid glatt, als sie sich gesetzt hatte, und sah ihn an, als ob sie nur mitgekommen sei, um ihm einen Gefallen zu tun. Die betonte Unaufgeregtheit, ja beinahe Gleichgültigkeit, mit der sie ihm begegnete, verletzte ihn, obwohl er wusste, dass er kein Recht darauf hatte, sich verletzt zu fühlen.

«Wie geht's dir? Du siehst gut aus», sagte er.

«Danke. Du auch.» Ein Unterton von «Kommt da von dir noch was?» schien in ihrer Antwort mitzuschwingen.

Er zögerte, dann fragte er.

«Was ist da mit Roy und dir? Wieso seid ihr auf einmal so vertraut? Habt ihr euch in Berlin wiedergetroffen?» Carolin schwieg eine Weile, blickte zu Boden, atmete tief ein, und dann sagte sie so leicht, wie sie konnte:

«Ach, Marc, weißt du, seit unserer Woche in Muslone ist viel Zeit vergangen. Ich hab's gut hier in Berlin, und du warst es doch, der damals nicht mitkommen wollte.»

Er überlegte, ob es einen Weg gab, die Musik leiser zu stellen. Eine beschissenere Situation als die hier, fand er, gab es nicht für ihr Wiedersehen.

Als er nichts sagte, fragte sie ihn: «Wie ist dein Casting denn gelaufen? Sehen wir dich nächstes Jahr mit einem Film hier auf der Berlinale? Vielleicht bekomme ich ja ein Interview?»

Wow, jetzt war sie schon zynisch? Er hatte einen Kloß im Hals.

«Ich hab die Rolle nicht gekriegt», sagte er leise und ärgerte sich, dass er dabei so wehleidig klang. Dann fuhr er mit kräftigerer Stimme fort, als wolle er sich selbst Mut zusprechen: «Aber das ist okay. Ich bin jetzt wieder am Theater. Ich glaube, es tut mir ganz gut, eine Weile Theater zu spielen.»

«Das mit der Rolle tut mir leid», sagte sie. «Wo spielst du denn? Wieder in Wiesbaden?»

«In Leipzig.»

«Ist es da besser als in Wiesbaden?»

«Es ist ganz okay. Es ist nicht das Thalia Theater, aber es ist ganz gut. Ich habe einen Einjahresvertrag und schön was zu spielen.»

Sie stand auf und stellte sich vor ihn hin. Sie fuhr sich kurz durchs Haar, und dann strich sie ihm über die Schulter und seufzte, als müsse sie ihn irgendwie trösten.

«Lass uns doch bald mal telefonieren. Ich möchte gern wissen, wie es dir geht. Hier ist es so laut, und ich muss jetzt wirklich ein bisschen arbeiten. Bist du noch ein paar Tage in Berlin?»

«Ich muss übermorgen wieder in Leipzig sein», erwiderte er und lächelte. Er wurde das Gefühl nicht los, dass es da noch einen anderen Grund gab, warum sie jetzt so unbedingt zu den Leuten auf der Empore flüchten wollte. Weg von ihm und Roy und Henning. Irgendetwas war da, und er war langsam sicher, dass es mit Roy zu tun haben musste.

«Viel Erfolg», sagte er noch und streckte ihr etwas verunglückt die Hand hin, während sie sich zum Wangenkuss vorbeugte – sofort beeilte er sich, das Missverständnis zu überspielen. Ganz kurz berührten sich ihre Wangen. Dann sagte sie – und er hatte den Eindruck, dass sie wieder knapp an ihm vorbeisah: «Danke. Wir hören uns!» Es klang erleichtert.

«Ja, wir hören uns», rief Marc ihr nach, als sie schon Richtung Treppe entschwand. Oben wurde sie überschwänglich von einem strahlenden Typen mit hochgestelltem Kragen begrüßt. Sie umarmte und küsste den Verleihchef wie einen lang vermissten Freund aus glücklichen Tagen, und er drückte sie dabei so fest an sich, dass Marc seinen Blick abwandte und zurück zu seinen Freunden an die Bar schlich.

Dort war Roy mit Henning im intensiven Gespräch. Er redete auf ihn ein, als ob er ihm eine Standpauke halten würde.

Als sie Marc kommen sahen, beendeten sie ihre Diskussion, und Henning hielt Marc lächelnd ein Bier hin. Fehlte nur noch, dass er dabei unauffällig vor sich hin pfiff. Offenbar hatten sie eine weitere Runde bestellt.

Keiner sagte etwas. Vom Überschwang, mit dem der Abend im Polo begonnen hatte, war nichts mehr übrig. Die Musik auf der Party wurde immer schlimmer. Marc grübelte vor sich hin, wie das alles hier zu verstehen sei. Roy bekam eine SMS.

Dann nahm Henning sein Bier. «Ich lass euch beide mal allein.» Er mischte sich unter die Tanzenden, hauptsächlich feingemachte Leute in ihren Vierzigern, Fünfzigern, die wahrscheinlich alle gehofft hatten, hier endlich mal mit echten Stars zu feiern, und die jetzt ihre Enttäuschung darüber, wie lahm diese Party war, in eckigen Bewegungen aus sich herausschüttelten. Sie sahen aus wie Verwaltungsbeamte auf Klassenfahrt, dachte Marc.

Weder er noch Roy sagten etwas.

Nach einer ganzen Weile fragte Marc: «Was ist da zwischen dir und Carolin?»

«Was soll da sein?»

«Ihr seid so ... so selbstverständlich miteinander. Ich wusste gar nicht, dass ihr euch hier wiedergetroffen habt.»

«Ja? Und?»

«Nein nichts, ich dachte, du würdest mir vielleicht davon erzählen?»

«Jetzt? Im Ernst?» Er machte eine Pause. «Also gut, wir

haben uns da getroffen, wo alle irgendwann landen.» Marc sah ihn erstaunt an.

«Im Kumpelnest?»

Roy blickte hinauf zur Empore, wo Carolin mit dem Rücken zu ihnen stand.

«Alle haben die Köpfe gehoben, als sie mit ein paar Leuten reinkam, Künstler und Galeristen, ich glaube, aus Korea. Sie stand zwischen den Koreanern in einem Kaleidoskop von bunten Lichtern, die durch den Raum schwirrten wie Mücken über einem See im Sonnenuntergang, und sie hat sofort wahrgenommen, wie mein Blick an ihr hängen blieb. Sie hat ihn im Rücken gespürt, als sie sich mit ihren Begleitern an einen der freien Tische setzte. Ich hab sie angeschaut und einfach abgewartet, ob sie reagieren würde. Nach einer Weile, in der sie regungslos zwischen den Asiaten saß, als ob sie die fremd klingenden Worte wie Seifenblasen um sich herum zerplatzen ließ, drehte sie langsam den Kopf in meine Richtung und sah mir direkt ins Gesicht. Und ich sah zurück. Regungslos. Dann stand sie auf. Die Musik war leiser geworden, das Geräusch des Stuhls, den sie zurückschob, schien fast unnatürlich laut zu sein. Sie kam langsam zu mir rüber. ‹Na, setzt du dich immer noch für Frauenrechte ein?›, fragte sie, während sie einen Barhocker zu sich zog und sich neben mich setzte. Ich hab einen kleinen Moment gewartet, bevor ich antwortete.»

Marc starrte ihn an. Roys Blick war immer noch auf die Empore gerichtet. Er sprach, als ob Marc gar nicht da wäre. Aber plötzlich wandte er sich ihm zu.

«Und dann hab ich zu ihr gesagt: ‹Dafür, dass du wahrscheinlich nicht mal weißt, wie ich heiße, kennst du mich ja recht gut.›»

«Und was ist dann passiert?»

«Kurz danach haben wir gemeinsam die Bar verlassen.»

«Und du hast mit einem Pfiff ein Taxi gerufen.»

Roy nickte. Marc sah es förmlich vor sich, wie das Taxi, das genau in diesem Moment in der Potsdamer vorbeifuhr, anhielt. Wie damals, als er ihn zwischen den Bierleichen hinter den Zelten des Oktoberfests aufgesammelt hatte. Der magische Trick. Marc stellte sich vor, wie das Taxi direkt vor ihnen am Bürgersteig hielt. Wie sie einstiegen. Wie er Carolin die Tür aufhielt und sie durchrutschte, sodass er neben ihr auf der Rückbank Platz nehmen konnte.

«Liebst du sie?», fragte er verwirrt.

Roy sagte nichts. Marc bekam plötzlich Angst. Er konnte sich nicht entsinnen, dass er Roy jemals verliebt oder auch nur verknallt erlebt hätte. Keine der vielen Frauen an seiner Seite schien eine größere Bedeutung für ihn gehabt zu haben. Es ging eigentlich immer nur um ihn. Er genoss es, der geheimnisvolle und rätselhafte Mann zu sein, der Gefühle nicht zu brauchen schien. Konnte es sein, dass er ausgerechnet jetzt, bei dieser Frau, etwas Tieferes empfand?

«Du bist so süß, Marc. Glaubst du, du bist der Einzige auf der Welt, der etwas empfindet?», fragte Roy.

«Wie meinst du das?»

«Schau sie doch mal an.» Sie guckten beide hoch zur Empore. Carolin stand da und unterhielt sich jetzt mit Woody Harrelson.

«Die ist was Besonderes …», sagte er ganz selbstverständlich und trank einen Schluck.

«Du machst doch immer den Eindruck, als ob dir alles komplett egal ist.»

«Und wenn's so wäre?» Roy kam Marc nun ganz nah und schaute ihn herausfordernd an. Marc versuchte, sein letztes bisschen Würde zusammenzukratzen, und sagte tapfer:

«Ich will euch beiden nicht im Weg stehen, wenn ihr glaubt, dass ihr euch gefunden habt.»

«Ach komm, Marc», fauchte Roy jetzt, «lass doch diese pseudo-großzügige Nummer stecken. Das glaubt dir sowieso keiner.»

Er fühlte sich, als habe ihn jemand in den Magen geboxt, ihm wurde schlagartig übel. Er hatte plötzlich keine Kraft mehr, um zu antworten. Der Speichel schoss in seinen Mund, als müsse er sich gleich übergeben. Mühsam presste er heraus:

«Können wir uns nicht wie erwachsene Leute benehmen?» Er klang plötzlich heiser.

«Erwachsen? Was soll das sein? Was du für erwachsen hältst? Dieses ewige Moderatsein, Vorsichtigsein, das erträgt kein Mensch. Caro nicht, Henning nicht und ich auch nicht. Lass dir mal was anderes einfallen. Wie wäre es, wenn du einfach mal damit anfängst, zu sagen, was du selbst eigentlich willst? Hm, Marc, wie wäre das? Tu doch nicht immer so, als hättest du für alles Verständnis.»

In Marcs Kopf drehte sich alles. Er wünschte, er könne die letzten zehn Minuten löschen und noch mal zurückgehen. Dieses Gespräch mit Roy neu beginnen.

Mit Carolin noch mal von vorne anfangen. Am liebsten würde er zurück in die Woche nach Muslone springen, als Carolin ihn fragte, ob er mit ihr kommen wolle. Er fühlte sich leer.

«Ich meine nur», setzte er an. «Wenn ihr ineinander verliebt seid oder so, dann will ich nicht, dass ihr euch meinetwegen schlecht fühlt. Ihr seid mir ja beide wichtig. Und ich will, dass es euch gut geht. Also, wenn ihr euch mögt oder liebt, dann ...» Er hörte sich sprechen und hatte das Gefühl, er sei nicht er, sondern jemand anderes, der sich dabei zusieht, wie er spricht. Er wollte nicht eifersüchtig sein. Er wollte kein großes Ding daraus machen. Er war so lange mit Roy befreundet, er hätte sie ihm wahrscheinlich sogar gegönnt, zumindest hätte er es versucht. Aber er kam sich plötzlich vor wie ein Idiot. Er wollte hier Größe zeigen. Warum ging Roy nicht darauf ein? Er musste plötzlich an den Traum denken, in dem er erschossen wird, und alle seine Freunde stehen drum herum und lachen sich kaputt. Die Übelkeit wurde stärker. Er hatte Angst, jetzt wirklich gleich kotzen zu müssen.

«Ach, Marc», sagte Roy, «hast du wirklich vor, dein Leben lang allen hinterherzulaufen und zu sagen: ‹Bitte habt mich lieb!›? Meinst du nicht, es ist an der Zeit, endlich mal zu sagen: ‹Es reicht, es ist genug!›?»

Immer noch fehlten ihm die Worte, um sich zu verteidigen. Die Übelkeit schnürte ihm die Kehle zu.

«Warum hast du sie denn gehen lassen, wenn sie dir so wichtig war? Ist dir hinterher aufgefallen, dass sie dir doch was bedeutet? Du leidest, weil sie mit mir im Bett war, gib's doch einfach zu.»

«Ich leide nicht.»

«Du bist so verlogen», fuhr Roy fort. «Jetzt spielst du den Verständnisvollen, der seinen beiden liebsten Menschen nur das Beste wünscht. Hör dir doch mal selber zu», schrie er fast. Er schubste Marc ein Stück weg und stach mit seinem Zeigefinger auf seine Brust, als er sagte:

«Du versuchst immer zu vermeiden, dass dich mal wirklich etwas berührt. Dass dir was wehtut. Warum hast du nur so viel Angst vor Schmerz? Der Schmerz holt dich sowieso eines Tages ein. Gib's auf.» Fast verächtlich setzte er nun lachend hinterher: «Gib doch einfach auf, es nützt nix. Eines Tages sind wir alle tot, da kann man nichts dagegen machen. Gar nichts. Du hoffst die ganze Zeit, wenn du immer schön aufpasst, passiert dir nichts. Aber dann passiert dir eben auch nichts.»

«Warum machst du das?», fragte Marc, überfahren von der Heftigkeit, mit der Roy jetzt auf ihn eindrosch.

«Du willst doch ein Künstler sein, oder?», fragte Roy. «Dann zeig dich doch mal, wie du bist, und nicht, wie du glaubst, dass die anderen dich haben wollen.»

«Das kann ich nicht.»

«Warum?»

Marc sprach nun ganz leise. Aber das, was er sagte, kam so tief aus seinem Inneren, dass Roy trotz der lauten Musik jedes Wort verstand. «Weil ich gar nicht weiß, wer ich bin. Nicht weiß, was ich zu geben oder überhaupt zu sagen habe. Wer bin ich denn, etwas sagen zu wollen?» Er spürte, wie Tränen der Wut und der Verzweiflung in ihm aufstiegen. Er wollte jetzt auf keinen Fall weinen.

Roy hielt für einen Moment inne. Rührte ihn etwa, was Marc sagte, die Verletzlichkeit, mit der er sich ihm zeigte? Er schüttelte kaum merklich den Kopf, als ob er nicht begreifen wollte, wie man sich so kleinmachen konnte. Dann lächelte er und redete mit einer ungewohnt weichen Stimme auf Marc ein:

«Dann kümmere dich doch mal darum herauszufinden, was das ist. Du siehst dich ständig um, guckst, was andere von dir erwarten, das lenkt dich nur ab. Von dir und dem, was du für richtig hältst. Was dein Kern ist. Du schützt dich die ganze Zeit, weil du Schiss hast vor dem, was du findest, wenn du in dich hineinblickst. Könnte dir ja nicht gefallen, was du da so alles entdeckst.»

Als wäre er selbst überrascht, was da gerade aus ihm herausgebrochen war, machte Roy eine Fratze wie ein Zirkusclown. Er riss die Augen auf, als würde er sich erschrecken. Marc war hilflos. Wieso war es immer so aussichtslos, sich gegen Roy zu wehren? Am liebsten wollte er sich auf ihn stürzen. Weil er den entscheidenden Punkt getroffen hatte. Er hatte Angst, sich zu bekennen. Angst vor dem Risiko. War das ein Wunder, bei all den ängstlichen Leuten um ihn herum, mit denen er aufgewachsen war? Aber noch etwas machte ihn wütend. Wieso lenkte Roy von dem ab, worum es hier ging? Er hatte doch mit Carolin etwas angefangen, mit der Frau, die ihm so wichtig gewesen war. Möglicherweise hatte Marc davor seine Chance vertan, gut. Das war noch lange kein Grund, ihm jetzt vorzuwerfen, er sei ein Feigling, weil er versuchte, diesen Konflikt vernünftig zu lösen: Das war eine Gemeinheit zu viel. Roy war sein Leben lang ein Provokateur gewesen, aber das hier ging zu weit. Marc glaubte ihm auch die Schwärmerei nicht, er glaubte nicht, dass Carolin ihm wirklich etwas bedeutete. Für Roy war doch alles immer ein Spiel. Warum wollte er nicht einsehen, dass es für Marc Dinge gab, mit denen man nicht spielte? Warum prallte alles an ihm ab? Aber keinen dieser Gedanken konnte Marc aussprechen. Er hatte keine Kraft. Ihm war immer noch übel. Er hoffte, dies sei ein Traum, aus dem er gleich aufwachen würde. Roy machte eine Faust und verpasste ihm ein paar Kopfnüsse, wie früher in der Schule. Es tat weh. Ganz laut rief er in Marcs Ohr:

«Was ist los mit dir? Sag doch mal was dazu. Irgendwas. Hallo, McFly, jemand zu Hause?» Marc schlug seine Hand weg und holte aus: Roy zog seinen Kopf zurück, Marcs Hand rutschte ab und traf mehr die Nase als die Wange. Es war erbärmlich. Für einen Moment sahen sie einander an. Das war's. Endstation.

«Mach's gut, Marc», sagte Roy nur, dann drehte er sich um.

Die Musik im Raum schien plötzlich aus lauter tiefen Tönen zu bestehen. Alles um ihn herum klang ganz dumpf, wie beim Seilbahnfahren, wenn einem die Ohren zugehen. Der Barhocker, an den Roy während ihres Streits gelehnt war, lag am Boden. Offenbar war er umgekippt bei dem Gerangel. Ein Typ hinter der Bar sah ihn an wie ein verdächtiges Subjekt, das vom Sicherheitspersonal entfernt werden müsse.

«Was?», schrie Marc ihn an. «Was glotzt du so blöd?» Jetzt hatte er auf einmal seine Sprache wiedergefunden. Der Typ sah schnell weg. Roy war nicht mehr zu sehen. Marc lief über die Tanzfläche und rempelte einen der steifen Tänzer an. Es war ein Versehen, und ohne hinzusehen, hob er die Hand und murmelte: «'tschuldigung, war nicht so gemeint.»

Es wird nie wieder sein, wie es war, ging es ihm durch den Kopf, als er am Ausgang der Halle ankam. Wahrscheinlich war es das sowieso schon lange nicht mehr gewesen. Das war das Traurigste an dem Ganzen hier. Er sah nach oben. Henning stand bei Carolin auf der Empore und tanzte. Marc atmete aus und ging.

Zur Beerdigung schneite es. Es war kein kalter, trockener Schnee wie im Januar. Dicke, nasse, schwere Schneetropfen fielen vom Himmel. Novemberschnee. Ungewöhnlich früh im Jahr. Das Wetter passte zur Seele. Das Außen und das Innen im Einklang, dachte Marc. Ein Wetter, bei dem man nur schnell wieder ins Trockene wollte.

Es gab keine Aufbahrung in der Aussegnungshalle, keine Musik, keine großen Zeremonien. Die hohen Nadelbäume auf dem Hauptweg ließen die Äste hängen, schwer vom nassen Schnee. Als er ankam, waren die meisten anderen Gäste schon da. Es waren nicht übermäßig viele. Das überraschte Marc, und es gab ihm einen Stich. Er wusste, Roy hätte gern eine Menge Leute bei seiner Beerdigung gehabt. Die Gesichter der Trauergäste waren kaum zu erkennen. In dicken Mänteln, mit Hüten und unter Schirmen versuchten sie, dem ungemütlichen Wetter zu trotzen. Die Würde zu bewahren gegen diese widrigen Bedingungen. Roys Vater war alt geworden. Noch mehr als tags zuvor schien er ihm so zerbrechlich.

Roys Mutter hatte ihm gesagt, dass es keine richtige Trauerfeier geben würde, weil ihr Mann das möglicherweise nicht durchstehen würde. Es war nicht klar, ob sie damit seine körperliche oder seine geistige Verfasstheit meinte. Marc ging jetzt auf sie zu und zog den Handschuh aus. Die nassen Schneeflocken schmolzen sofort auf seiner von der Kälte geröteten Haut. Als sie ihm die Hand gab, ließ sie den schwarzen Lederhandschuh an. Die Friedhofsangestellten hatten den Sarg bereits vor der Kapelle auf einen Handwagen gesetzt. Zwei kräftige Männer standen hinter Ludwig Grünbauer, der eine hatte einen zusammengeklappten Rollstuhl dabei, wohl für den Fall, dass Roys Vater Hilfe brauchen würde. Seine Frau hielt ihren Mann fest untergehakt, es war klar, dass sie ihn stützen wollte, aber sie suchte auch seinen Halt, genauso wie er den ihren. Marc erkannte den Fahrer von Roys Vater, er stand mit seiner Frau neben den beiden Männern mit dem Rollstuhl. Auch Anetta, die Haushälterin, war gekommen. Marc vermisste seine Eltern, er hätte sie jetzt gern an seiner Seite gehabt. Sie waren auf einer Kreuzfahrt, seit Langem geplant. Sie hatten einen Kranz geschickt.

Kurz darauf zog der Sarg, gefolgt von der Trauergemeinde, in Richtung der Grabstelle. Die Eltern voran, die übrigen Trauergäste hinterher. Ludwig Grünbauer hatte offensichtlich Schwierigkeiten mit dem Gehen. In kleinen Schritten trippelte er am Arm seiner Frau hinter dem Sarg. Die kräftigen Sargträger, eigentlich ja Sargschieber am Handwagen, mussten immer wieder Pausen machen, damit Roys Vater nicht den Anschluss verlor. Der Rollstuhl wurde nicht aufgeklappt.

Als der Sarg von sechs Männern in langen grauen Mänteln mit schwarzen Schirmmützen vorsichtig ruckelnd in die Erde hinabgelassen wurde, stand Marc etwas abseits der anderen Trauernden. Er hatte gehofft, hier vielleicht Carolin zu sehen. Er konnte sie nicht entdecken.

Vorn am offenen Grab standen die beiden Eltern. Ganz allein und seltsam winzig. Woran lag es, dass Eltern im Alter immer so klein wirkten? Die Anwesenden bildeten einen Halbkreis hinter ihnen, als wäre um sie ein unsichtbarer Bogen, den niemand übertreten durfte. Die Gesichter der Sargträger waren um den Ausdruck größtmöglicher Würde bemüht. In ihrer etwas zu dick aufgetragenen Professionalität, der Zurschaustellung ihrer eingespielten Abläufe benahmen sie sich wie Komparsen beim Film, die spürten, dass die Kamera endlich einmal für einen kurzen Moment auf sie gerichtet war. Ein großer Schlanker mit spitzer Nase und ausgeprägtem Kinn hielt die Augen fest geschlossen, einer hatte ein sehr fleischiges Gesicht, und seine ausgeprägte Unterlippe rollte sich so auffällig zu einem Schmollmund nach vorne, dass Marc eine Zeit lang nur diese Lippe betrachten konnte. Er fragte sich, welche Berufe diese Männer wohl einmal gelernt oder ausgeübt hatten. Mitarbeiter des städtischen Bestattungsdienstes war womöglich nichts, was man bei der Berufsberatung empfohlen bekam. Sie sahen alle ein wenig verloren aus.

Marc musste an die vielen Beerdigungen denken, an denen er im Theater oder beim Film schon teilgenommen hatte. Einige mehr als im echten Leben. Als Großmama vor einigen Jahren auf demselben Friedhof zu Grabe getragen wurde, schien die Sonne. Es war eine fast heitere Stimmung an einem strahlenden Sommertag gewesen. Der Kontrast zu heute hätte nicht größer sein können. Beim anschließenden Essen sagte ein entfernter Onkel zu Marc: «Immer wenn ich dich in der Glotze sehe, bist du auch schon gleich wieder tot. Kannst du nicht mal einen spielen, der bis zum Schluss lebt?»

Es war ein wenig so wie mit Geburten und Hochzeiten. Als Schauspieler hatte man das Gefühl, wenn so ein Ereignis im eigenen Leben stattfand, die Situation irgendwie schon mal erlebt zu haben. Die Unschuld war weg. Es fühlte sich dann so an, als sei das, was jetzt ja in Wirklichkeit passierte, nicht ganz so intensiv und überwältigend, wie es im Film war. Kurz hing er diesem Gedanken nach. Manche Dinge ändern sich eben nicht. Und trotzdem, Fiktion ist einfach stärker als das Leben, dachte Marc und musste lächeln. Im Film war alles immer besser. Da konnte man auf die Details achten und outrierende Statisten zur Not rausschneiden. Die übertriebene Ernsthaftigkeit der Bestatter, die den Körper seines Freundes da gerade an dicken Seilen in die schneenasse, dunkle Erde hinabließen, nervte ihn sogar. Mit den Kostümen stimmte auch etwas nicht. Die viel zu langen Hosen der Männer unter den grauen Regenmänteln warfen Falten über ihren schweren Arbeitsschuhen, die ihnen aber einen sicheren Stand am Rand der Grube boten. Nicht dass am Ende noch einer ins Grab fiel, dachte Marc. Aber das passierte wohl wirklich nur im Film.

Der Pfarrer setzte zu einer kurzen Ansprache an. Einer der Sargträger hielt einen großen Schirm über seinen Kopf, und der prasselnde Schneeregen, der auf den Schirm traf, dazu der Wind machten es auch für Marcs Ohren nicht leicht zu verstehen, was er sagte. Die greisen Trauergäste verstanden sicher noch weniger. Beim Fernsehen beklagten sich die älteren Zuschauer ja auch immer, dass die Schauspieler angeblich alle so schlecht zu verstehen seien. Der Pfarrer sprach davon, in was für eine besondere Familie Robert hineingeboren war, er sagte tatsächlich Robert und nicht Roy, schon allein das musste ihn sich im Grab umdrehen lassen, dachte

Marc. Er fragte sich, ab wann diese Redewendung wohl galt. Erst wenn Erde darüber geschüttet war? Der Pfarrer unter dem Schirm erwähnte jetzt, dass Robert einen großen Freundeskreis hatte, dass er die Kunst geliebt habe und das Leben. Marc fragte sich, welchen Zweck die Vorgespräche vor Trauerfeiern hatten, bei denen man etwas aus dem Leben des Verstorbenen erzählen muss, wenn der Pfarrer später alles falsch wiedergibt. Und dann auch noch so unpersönlich vorträgt. Auf seiner eigenen Beerdigung sollten nur Menschen sprechen, die ihn kannten, nahm Marc sich vor. Oder gar niemand, vielleicht sollte er sich einfach verbrennen und in alle Winde verstreuen lassen, das wäre besser als das hier. Plötzlich fragte er sich, ob nicht vielleicht *er* hier hätte sprechen sollen. Aber was hätte er sagen sollen? Zu früheren Zeiten in ihrem Leben wäre das gar keine Frage gewesen, natürlich hätte Marc hier gesprochen, wer sonst?

Dass Robert immer wieder neue Herausforderungen gesucht habe, sagte der Pfarrer noch. So konnte man es natürlich auch sehen. Marc wusste nicht, was Roy zuletzt genau gemacht hatte. Ob er überhaupt einer Beschäftigung nachgegangen war. Wahrscheinlich hatte er einfach das Geld ausgegeben, das ihm immer noch reichlich zur Verfügung stand.

Nach den routiniert abgespulten Worten des Geistlichen durften alle nacheinander ihr Häufchen Erde auf den Sarg werfen, der da im aufgerissenen Boden in der Tiefe lag. Man hatte darum gebeten, auf Beileidsbekundungen am Grab zu verzichten. Roys Vater warf als Erster sein Schäuflein Erde hinunter. Kurz hatte Marc Angst, dass ihm die Beine versagen könnten. Seine Frau hatte ihn aber fest untergehakt und zog ihn sanft, nachdem auch sie Erde ins Grab ihres Sohnes geworfen hatte, am Arm, um ihm zu bedeuten, dass sie beide jetzt Platz für die anderen Gäste machen müssten. Es war erstaunlich, wie viel agiler sie war als er. Wie unterschiedlich Menschen altern konnten, dachte Marc. Da blieb der alte Grünbauer stehen und drehte sich um, als ob er doch einmal schauen wollte, wer denn da überhaupt alles gekommen sei. Sein wässriger Blick ging durch die Reihen, und Marc dachte kurz, ob Roy wohl so ähnlich ausgesehen hätte, wenn er so alt hätte werden dürfen. Dann blickte er wieder erstaunt zu seiner Frau, als wolle er fragen, was das alles hier denn eigentlich zu bedeuten habe. Stumm stand er da, der alte Chiemseefisch. Das Schweigen war ihm immer schon am liebsten gewesen. Von der Strenge, die er früher ausstrahlte, war nun nichts mehr zu sehen. Sein Blick war jetzt irgendwie anders. Offener, fragender, wärmer vielleicht sogar. Im immer ungemütlicher werdenden Schneetreiben verließen die Trauergäste, nachdem sie sich am Grab von Roy verabschiedet hatten, den Friedhof. Trotz Regenschirm wurden alle ziemlich nass. Niemand von den alten Schulkameraden war da. Henning war nicht gekommen, er hatte es Marc schon angekündigt. Ohne einen Grund zu nennen. Selbst jetzt fiel es Henning leichter, dachte Marc, seine Distanz zu wahren. «Wirf eine Blume und eine Handvoll Erde für mich mit», hatte er ihn gebeten. Erst jetzt erkannte Marc, dass die Frau, die da mit einem rundlichen Mann und zwei Kindern an der Hand, vielleicht zehn und zwölf Jahre alt, am Grab vorüberging, Véronique sein musste. Sie hatte einen dunklen Hut auf, der einen Teil ihres Gesichts verdeckte. Hennings Eltern hatten sich getrennt, die Mutter war zurück nach Frankreich gezogen. Der Vater lebte nun allein in dem Haus, in dem sie ihn früher nach der Arbeit an den Marterpfahl gebunden hatten. Marcs Eltern hatten keinen Kontakt mehr zu ihm. Und Véronique hatte also inzwischen eine Familie.

Roys Mutter stand, von Trauer gebeugt, neben ihrem Mann, den sie jetzt doch in den Rollstuhl hatte setzen lassen, auf der schneebedeckten Wiese, den Blick auf den Boden gerichtet. Der Schnee, der anfangs noch geschmolzen war, blieb jetzt langsam liegen. An immer mehr Stellen wurde der Boden weiß. Sie machte keine Anstalten, auf die Trauergäste zuzugehen oder mit jemandem zu sprechen. Wie es um ihren Mann und erst recht um sie stand, ging die Leute nichts an, schien sie zu finden. Sie sah furchtbar einsam aus, fand Marc. Eltern, die ihre Kinder begraben müssen, das ist das Schlimmste. Und wenn sie dann auch noch so alt sind. Die beiden Adjutanten hatten hinter ihnen Position bezogen. Wie zwei Palastwachen, die Schirme aufgespannt wie Hellebarden.

Im Anschluss folgte der obligatorische Leichenschmaus. Die Gäste waren in die Grünbauer-Villa geladen. Roys Eltern kamen an ihm vorbei in Richtung Ausgang. Einer der Männer schob den Rollstuhl, Roys Mutter hatte sich bei dem anderen untergehakt. Er hielt einen großen Schirm. Marc hatte kurz die Hand gehoben, aber sie hatte es nicht bemerkt.

Marc ging nicht mit. Er kannte die meisten hier nicht und wollte sowieso den Friedhof nicht verlassen. Nicht so schnell jedenfalls. Er war schließlich wegen Roy gekommen.

Dann trat er vor das Grab, warf zwei Blumen für sich und Henning hinein, nahm dreimal eine Handvoll Erde, für Carolin, Henning und sich, ließ sie ebenfalls auf den schneebedeckten Sarg fallen und sagte leise:

«Mach's gut, mein Freund.»

Er musste immer wieder an den Moment denken, als er tags zuvor allein vor dem toten Roy gesessen hatte. Der Moment, in dem klar war, dass dies nur die Hülle, nicht der Mensch war, von dem er Abschied nehmen musste. Und diese Hülle lag nun in einer Holzkiste unter der frischen Erde, die zwei Friedhofsarbeiter, als alle anderen Trauergäste gegangen waren, mit Schaufeln und einem kleinen Bagger in das Loch hineinschütteten, das sie vorher ausgehoben hatten.

Marc blieb als Einziger weiter in der feuchten Kälte stehen und sah den beiden Männern bei der Arbeit zu. Im Schneetreiben verschlossen sie das Grab mit nasser Erde. Weiße Schneekleckse besprenkelten den dunklen Boden wie die grauen Ascheflocken die helle Butter bei Großmama damals. In Gedanken erschien Marc der aufgebahrte Freund. Die Haut so fremd, gelblich und fleckig. Er versuchte, sich mit Macht von dieser Vorstellung zu lösen, um nicht zu verzweifeln angesichts dieses nun wirklich endgültigen Abschieds.

Warum hatten sie beide sich einander ausgesucht? Was verband ihn wirklich mit Roy? Warum fiel ihm, nach all den Jahren, in denen sie kein Wort mehr gewechselt hatten, der Abschied so schwer? Weil Beerdigungen einen auch immer an die eigene Vergänglichkeit erinnern? War das der Grund, warum manche Menschen sich weigerten, an ihnen teilzunehmen? Er hatte sich so lange an diesem schwierigen Menschen festgeklammert. Es nützte alles nichts. Egal, was er Roy gab, es war nie genug. Schlagartig wurde ihm klar, dass er die Anerkennung, die er sich von ihm die ganze Zeit erhofft hatte, nie bekommen konnte. Nie.

Klarer als jemals zuvor erschien es ihm, als sei alles, was Roy jemals tat und sagte, nur ein Schutzschild für seine Unsicherheit gewesen. Er dachte an die Schulaufführung und wie er Roys Gesicht zwischen den Zuschauern entdeckt hatte. Sein Gesicht hinter dieser unsichtbaren gläsernen Wand. Sein Ausdruck, der aussah, als wollte er ihm etwas zurufen. Der Nachmittag nach dem Fest in dem kleinen Haus mitten in der Stadt, als sie im Café saßen und sich ihre Freundschaft noch einmal bekräftigt hatten. Die Sache mit Carolin, an der sie schließlich zerbrach.

Er hatte nie mit jemandem über all das gesprochen. Über die Schulzeit und die ewige Unwucht zwischen ihnen beiden. Über die Welt, aus der Roy kam, Marcs Faszination dafür und seine Abscheu über die Leere, die dort herrschte. Über seine ewige Suche danach, wer er eigentlich war. Seine eigene Leere. Über sein Bedürfnis, es allen recht zu machen, und seine Angst, abgelehnt zu werden. Über die Frage, ob es vorbestimmt ist, wer man sein muss im Leben, oder ob man da eine Wahl hat. Wie viel man selber mitzureden hat bei solchen Fragen.

Das Schneetreiben passte irgendwie zu Roy. Bei ihm schneite es ja auch ständig. In seiner glatt polierten Schneekugel, die er stets schütteln musste, herrschte auch immer so ein Wetter. Damit ja keine Ruhe einkehrte und der Schnee sich legte und man gesehen hätte, was vielleicht auf dem Grund der Kugel los war. Marc hatte immer gehofft, dass etwas von Roys Glanz auf ihn abstrahlte. Dass sein ständiges Provozieren ihn beflügeln und sein Leben am Ende spannender und interessanter machen würde. Aber wahrscheinlich beneidete Roy vielmehr ihn um seine Fähigkeit, unsicher zu sein. Gefühle zuzulassen, Menschen für sich durch Freundlichkeit zu gewinnen. Marc machte sein Leben wärmer. Heute verstand er, warum einer wie er sich damals mit einem wie ihm zusammengetan hatte.

Als die Männer das Grab zugeschüttet und das Holzkreuz mit dem laminierten Foto aufgesteckt hatten und die schneebedeckten Kränze darum herum drapiert waren, stiegen sie in ihren kleinen Bagger. Er war ein wenig größer als das Gefährt von Wolfi, mit dem Marc damals in den Schneehaufen gekracht war.

«Sollen wir Sie zum Ausgang mitnehmen?», fragte einer der beiden. Er schüttelte den Kopf und ging, während der Bagger sich knatternd entfernte, langsam auf das Grab zu. Er trat an das Kreuz heran, wischte den Schnee vom Foto und nahm es vorsichtig ab.

«Du hättest ruhig einfach mal anrufen können», sagte er,

ging in die Hocke und zog eine Schleife glatt, die an einem der Kränze hing. Er strich mit dem Finger über das Bild und legte es in den Schnee.

Dann zog er die Handschuhe aus und kratzte ein wenig Schnee mit den Händen zusammen. Er war schmutzig und viel zu nass, um sich formen zu lassen.

«Aber das war ja immer meine Aufgabe. Einlenken.»

Der Schneeball, den er mit seinen nackten Händen zu formen versuchte, war jämmerlich. Mehr Dreck als Schnee.

«Diesmal klappt's, wirst sehen.»

Er stand auf und ging ein paar Schritte vom Grab zurück. An einer Weggabelung stand auf einem marmornen Sockel ein zwei Meter hohes Kreuz aus Stein, daran angeschlagen ein leidender Christus aus weißem Marmor. Er blieb drei Meter davor stehen. Zur Sicherheit ging er doch noch einen Schritt näher ran.

«Wenn ich treffe, rufe ich sie an. Oder was meinst du? Ich hoffe, die Nummer stimmt noch. Bestimmt hat sie jetzt auch eine Familie, so wie Véronique. Vielleicht ist sie ja auch schon wieder getrennt. Ja, du denkst, dass ich mir keine Hoffnungen machen soll. Mache ich aber. Hab ich immer gemacht, weißt du doch.»

Dann holte er aus und brach ab, bevor er werfen konnte. In seiner Hand war kaum noch Schnee, er schmolz zu schnell weg, es war einfach zu nass.

«Fast zwanzig Jahre sind jetzt rum», sagte er. «Zwanzig Jahre, beinahe die Hälfte unseres Lebens. Wer bist du geworden in all der Zeit, Roy? Was hast du gemacht? Wieso haben wir das nie mehr hinbekommen miteinander? Wieso weiß ich nichts mehr von dir? Wie konnte uns das nur passieren? Ich bin trotzdem froh, dass du mein Freund warst. Ohne dich wäre ich jetzt nicht der, der ich heute bin. Kein Angsthase mehr. Ich hab oft an dich gedacht. Ich hab mich immer wieder gefragt, was hätte er jetzt gesagt. Und weißt du, was das Blöde ist? Ich hätte dich ja die ganze Zeit fragen können. Aber irgendwie habe ich's nie gemacht.» Der Schnee in seiner Hand war nun vollständig geschmolzen.

«Und jetzt ist's zu spät. Jetzt wird das Ganze halt ein sehr einseitiges Gespräch, wenigstens kannst du nicht mehr widersprechen. Und deshalb sage ich dir: Wenn ich ihn diesmal treffe, ruf ich Carolin an, ich versprech's dir, Roy. Wenn ich was gelernt habe aus der Sache mit uns, dann ist es, dass man nicht warten soll, bis es zu spät ist.»

Er beugte sich hinunter, kratzte so viel Schnee wie möglich zusammen und drückte ihn zu einer festen Kugel. Dann fixierte er den Christus und holte aus.

«Ich weiß, dass du denkst, ich verkacke es wieder.» Er lachte. Er konzentrierte sich, fixierte das Kreuz. Dann zog er durch. Wie damals vor der Garage des Hausmeisters. Der Schneeball flog, er war fest genug geraten, um nicht sofort zu zerfallen. Ein richtiger Schneeball, auch wenn viel Dreck darin steckte. Und dann, Marc konnte es nicht fassen, zischte er wieder, genauso wie damals, haarscharf am Erlöser vorbei. Wobei, nicht ganz. Ein kleines bisschen Schnee traf Jesus am Ellbogen. «Das gilt», schrie er. «Treffer!»

Er ging zurück zum Grab, nahm seine Handschuhe, griff nach dem Foto und sagte, als er Roys zweifelnden Blick darauf sah:

«Ich will nichts hören. Das war ein Treffer. Der gilt.»

Dann steckte er das Bild in die Tasche und ging davon.

DANK

Ich danke Wilhelm Trapp für seine Ausdauer und für den Mut, den er mir immer wieder gemacht hat. Und Pina Kühr für ihren guten Rat und ihre klugen Ideen. Ohne die beiden gäbe es dieses Buch nicht.

Und ich danke meiner Frau Katrin fürs Zuhören, Begleiten und Verstehen. Ohne sie würde ich anders auf die Welt blicken.